TARA PAMMI

Une sulfureuse vengeance

AZUR

HARLEQUIN

Collection : Azur

Titre original :
CLAIMED FOR HIS DUTY

Ce roman a déjà été publié en 2017

HARPERCOLLINS FRANCE
83-85, boulevard Vincent-Auriol, 75646 PARIS CEDEX 13
Service Lectrices — Tél. : 01 45 82 47 47 - www.harlequin.fr
ISBN 978-2-2804-7338-5 — ISSN 0993-4448

Composé et édité par HarperCollins France.
Imprimé en février 2022 par CPI Black Print (Barcelone)
en utilisant 100% d'électricité renouvelable.
Dépôt légal : mars 2022.

FSC
www.fsc.org
MIXTE
Papier issu de sources responsables
FSC® C159065

Pour limiter l'empreinte environnementale de ses livres, HarperCollins France s'engage à n'utiliser que du papier fabriqué à partir de bois provenant de forêts gérées durablement et de manière responsable.

1.

En découvrant le tampon rouge « Rejeté » sur le formulaire, Leah Huntington s'effondra sur sa chaise. Le cœur au bord des lèvres, les yeux fixés sur les croquis qui s'étalaient sur son bureau, elle comprit que son rêve de voir un jour ses créations devenir réalité partait en fumée.

Mme Dupont, sa cliente, lui avait donné deux mois seulement pour créer et réaliser sa première collection. Leah devait s'occuper elle-même de tout au lieu de s'en remettre à un fabricant, comme lorsqu'elle travaillait à la boutique. Tout ce qui lui restait à présent, c'était cette série de croquis car, pour acheter le matériel nécessaire, elle avait besoin de cet argent.

Elle composa le numéro du directeur, avec qui elle avait parlé deux jours plus tôt. Derrière son refus, elle devinait la décision d'un autre homme. La réponse du banquier fut immédiate et brève, on aurait dit qu'il avait préparé son explication et attendait l'appel de Leah. Elle ne pouvait utiliser le fonds fiduciaire en guise de garantie pour son prêt car — Leah perçut dans la voix de son interlocuteur une pointe d'admiration — le curateur lui en refusait l'usage.

Stavros !

Elle se leva et, d'une main tremblante, lança son téléphone à travers la pièce. Jusqu'à quand allait-il continuer de la punir ? Et jusqu'à quand se laisserait-elle faire ?

Les yeux pleins de larmes, elle alla ramasser l'appareil et s'efforça de calmer sa respiration tout en composant à la hâte un nouveau numéro. Elle méritait une explication.

Son secrétaire lui répondit poliment qu'il n'était pas disponible, comme il l'avait fait à chaque fois qu'elle tentait de le joindre. Ils avaient beau habiter tous les deux à Athènes, ils auraient tout aussi bien pu vivre aux antipodes.

Leah se mordit la lèvre pour refréner un sanglot qui lui soulevait la poitrine. Elle sentait la fureur monter en elle, telle une tempête dévastatrice.

Cette situation ne pouvait plus durer. Elle devait rompre ce lien qu'il lui avait imposé, contrôlant ainsi chacun de ses pas, chacune de ses joies, tandis que lui profitait pleinement de la vie. Cinq ans… Cinq ans qu'elle menait cette existence stérile, cinq ans qu'elle était sa prisonnière, qu'elle supportait la culpabilité et la peur.

Tout en essuyant ses larmes, elle cliqua sur l'information découverte le matin même sur Internet. L'associé de Stavros, Dmitri Karegas, qui était lui aussi le filleul de Giannis, le grand-père de Leah, donnait ce soir une réception à bord de son yacht.

Stavros et Dmitri étaient taillés dans la même étoffe : beaux à tomber, ils avaient bâti chacun un empire en partant de rien sous la conduite de Giannis Katakris et se prenaient pour des dieux vivants dont la volonté faisait loi pour le commun des mortels.

Stavros détestait les réceptions, mais Dmitri serait là. Leah ferait en sorte que ce play-boy toujours entouré d'un troupeau d'admiratrices remarque sa présence à bord de son dernier joujou. Une tenue voyante s'imposait donc.

Après avoir appelé un taxi, elle enfila une robe de lamé de soie — la seule création de styliste qu'elle ait conservée. La jupe était très courte et le dos étant entièrement nu, pas question de mettre un soutien-gorge.

Cinq ans plus tôt, elle l'avait portée sans la moindre gêne pour parader avec Alex et Calista, alors qu'elle pesait presque dix kilos de plus. Rien qu'en pensant à l'allure qu'elle devait avoir, elle en était malade de honte. Mais Calista avait insisté pour qu'elle la mette ce soir-là.

Quoi qu'il en soit, elle n'avait plus rien dans son placard qui puisse convenir aujourd'hui. Même si cette robe scandaleuse lui couvrait à peine les fesses, même si elle l'avait portée la nuit qui avait scellé son destin, il y avait une chance qu'elle lui permette d'obtenir une entrevue avec celui qui était devenu son geôlier.

Leah ne pouvait plus supporter pareil isolement. Il fallait que les choses changent.

Dans la marina, au milieu des bateaux étincelants, un yacht blanc se détachait sous les feux du soleil couchant.

La tête haute, Leah sortit du taxi et se dirigea droit vers le vigile planté à l'entrée. Il ne cilla pas, toutefois elle vit qu'il l'avait reconnue et le toisa d'un air hautain.

Elle venait de passer cinq ans à travailler comme apprentie dans une boutique de mode banale, loin des projecteurs, enfermée dans une bulle où personne ne savait qui elle était.

Elle dormait, elle se réveillait, elle partait travailler, elle revenait, dînait et se couchait, surveillée par le cerbère de Stavros, Mme Kovlakis, son intendante, qui s'assurait en permanence qu'elle ne faisait pas de vagues. Cependant nul n'avait oublié ce qu'elle avait fait, ni la punition que lui avait infligée Stavros. Surtout dans ce milieu où tout ce qu'il disait était parole d'Evangile.

Le vigile s'écarta et lui tendit la main pour l'aider à monter sur le pont. L'estomac noué, elle en oublia la raison de sa venue l'espace d'un instant. Des serveurs passaient, portant des plateaux chargés de flûtes de champagne. La fête battait son plein sur le pont, où des corps ivres et tièdes se pressaient les uns contre les autres…

L'air vibrait d'une étourdissante énergie électrique et, sans même s'en rendre compte, Leah commença à se balancer au rythme de la musique.

Ce qu'on disait des fêtes données par Dmitri était donc vrai… Stavros ne viendrait pas, ce n'était pas son style. Elle devait donc attirer l'attention de Dmitri, sans doute très occupé à séduire sa prochaine conquête. Se forçant à sourire, elle se dirigea vers le bar, décoré d'une multitude de miroirs étincelants, s'assit sur un tabouret et commanda un Cosmopolitan ; bien décidée à se soûler le plus vite possible.

Stavros s'exaspéra en sentant son téléphone vibrer pour la dixième fois en cinq minutes. Pour s'excuser du dérangement, il sourit à Helene puis décrocha, furieux de gâcher leur dîner à deux. Voilà un mois qu'il ne s'était pas accordé de repos et il considérait son temps de détente comme tout aussi important que son temps de travail.

La voix traînante de Dmitri lui parvint.

— Elle est là. Sur mon yacht.

Sous le choc, Stavros s'écroula dans son siège. Pour que Dmitri l'appelle, il ne pouvait s'agir que de Leah.

Son sang ne fit qu'un tour.

— Es-tu certain que c'est elle ?

— J'ai mis un petit moment à la reconnaître, lança Dmitri avec un rire moqueur, mais c'est bien elle. Elle est en train de danser. Complètement soûle.

Le visage de sa sœur Calista, inerte, livide dans la mort, s'imposa soudain à lui. Depuis le drame, il n'avait pu tourner la page, la colère et l'impuissance le tiraillaient aujourd'hui encore comme si cela venait de se produire.

Serrant les dents, il rempocha son téléphone avant de présenter ses excuses à Helene et de quitter le restaurant.

« Elle fait de son mieux, monsieur Sporades, lui avait assuré Mme Kovlakis de sa voix nasillarde lors de leur entretien téléphonique hebdomadaire. Elle n'est plus la même. » Cette femme lui disait-elle simplement ce qu'il avait envie d'entendre ?

Quelques minutes plus tard, son hélicoptère le déposait sur le luxueux yacht.

— Où est-elle ? dit-il, tant dévoré par la colère que par la peur.

Dmitri indiqua d'un geste la piste de danse, sur le pont inférieur.

— J'ai pensé à la faire évacuer par un vigile mais je craignais que cela n'aggrave la situation.

Stavros approuva sans croiser le regard de son vieil ami. Il se dirigea dans la direction indiquée, redoutant de perdre son calme. Il n'avait aucune envie de revoir cette femme qu'il avait épousée pour se punir, pour la punir. Aucune envie de revoir Leah.

Même à travers les brumes des trois Cosmopolitan qu'elle avait enchaînés, Leah sut à quel moment précis Stavros surgit sur la piste de danse. Malgré la tiédeur de la brise marine, un frisson la parcourut lorsqu'elle leva les yeux.

Le bar en miroir qui faisait la renommée du yacht de Dmitri reflétait à l'infini l'image diffractée de Stavros. Ses traits spartiates, son nez plein d'arrogance, sa bouche sensuelle — qui rappela à Leah le baiser punitif qu'il lui avait infligé — ses yeux bruns bordés de longs cils… Des yeux qui étincelaient de haine dans le miroir où elle croisa son regard.

Elle vacilla, en proie à une épouvantable nausée, et crispa ses doigts sur la nuque du gamin avec qui elle dansait depuis un quart d'heure. Ou plutôt le gamin à qui elle s'accrochait pour éviter de tomber.

Comment sa vie était-elle devenue pitoyable au point que ce triste contact l'apaise ?

Leah s'écarta de son cavalier en murmurant une vague excuse. Ce n'était pas la faute de ce malheureux s'il ignorait qui elle était. Autrement il n'aurait pas même osé l'approcher ; il se serait tenu à distance, comme les autres. Car Alex, le seul de ses amis qui ne s'était pas détourné d'elle après la mort de Calista et son mariage, s'était retrouvé en prison sous un prétexte quelconque, par la volonté de Stavros et de son arrogant ami Dmitri.

Elle sentit soudain une poigne de fer la saisir par la taille et se retrouva plaquée contre un torse vigoureux, le souffle court. Contrairement à celui de l'adolescent avec qui elle dansait, le corps de Stavros était un paquet de muscles durs et puissants. Ses doigts longs et forts se posèrent sur ses bras et la forcèrent à se retourner.

Elle leva la tête vers lui et il détourna immédiatement le regard, *Lâche* susurra sa petite voix intérieure.

Engourdie par l'alcool, elle sentait s'apaiser sa haine. Elle était incapable du moindre mouvement volontaire. Stavros la souleva et la hissa sur son épaule. Le monde bascula sens dessus dessous et, malgré ses efforts, des larmes roulèrent sur ses joues. Elle avait obtenu ce qu'elle voulait. En se donnant en spectacle, elle avait attiré l'attention de Stavros. Leah avait beau se sentir anesthésiée, elle n'en avait pas moins perçu le regard méprisant que, l'espace d'une seconde, il lui avait adressé.

Elle ferma les yeux, s'abandonnant au brouillard qui lui emplissait la tête.

Leah sursauta au contact de l'eau glacée qui l'assaillait de toutes parts. En hurlant, elle recula pour échapper aux jets qui la transperçaient, sans trouver d'échappatoire. Sous ses doigts, elle perçut la froideur du marbre. Sa robe de lamé était trempée. Elle ouvrit les yeux et écarta sa chevelure ruisselante de son visage afin de regarder autour d'elle. Elle tremblait violemment et aspirait avidement l'air par la bouche. Nul besoin de se retourner pour savoir que Stavros l'observait avec satisfaction. En dépit des frissons qui la secouaient, elle tendit le bras et réussit à tourner le robinet étincelant avant de s'affaisser de nouveau sur le sol de marbre.

— Sors de cette douche.

L'ordre proféré par Stavros lui fit l'effet d'une gifle. Cet homme n'avait qu'une idée en tête : la faire payer pour le restant de ses jours. Même après tant d'années, Leah n'avait pas la force de lui faire face.

Cependant, il n'était pas question de s'apitoyer sur son sort.

A peine s'était-elle remise debout qu'une serviette l'atteignit en pleine poitrine.

— Couvre-toi.

Leah y enfouit son visage, s'accordant quelques secondes de répit, piquée par le dédain qui transparaissait dans cette voix.

— Merci, mais j'ai déjà une robe. Et si elle en dévoile plus qu'elle n'en dissimule, c'est de ta faute, rétorqua-t-elle en lui renvoyant la serviette à la figure.

— Je constate que tu es toujours incapable d'agir dans ton propre intérêt, Leah.

Tout en essorant ses cheveux, elle fixa Stavros avec une indifférence qu'elle était loin de ressentir.

— Disons plutôt que j'éprouve une forme d'allergie à ta personne. Je préférerais mourir de froid que d'être sauvée par toi.

Il avança vers elle, sans la quitter du regard. Ce regard brun doré, si semblable à celui de Calista. Oui, Calista avait les mêmes yeux ; sauf que les siens avaient été pleins de douceur, enclins à sourire et toujours en quête d'une nouvelle aventure. Mais à quoi bon repenser à Calista et à cette fameuse nuit ? En voyant Stavros s'approcher d'elle, Leah remarqua que, dans son visage aux traits si sévères, ses yeux étaient tels une oasis dans le désert, lui conférant un air à la fois sombre et magnifique. Son odeur était étrange et pourtant très excitante.

Au creux de ses reins, un frémissement se fit ressentir. Un frémissement qui ne devait rien à l'eau glacée.

— Stavros, je…

Il la prit par les cheveux et étudia son visage avec une extrême attention. Cela faisait si longtemps que personne ne l'avait touchée qu'au contact de Stavros elle crut s'enflammer. Fugacement, Leah fut tentée de s'abandonner.

Tout à coup, elle comprit : il l'examinait pour savoir si ses pupilles étaient dilatées. Pour savoir si elle était défoncée.

— Je n'ai rien pris, Stavros, l'implora-t-elle à mi-voix.

Comme il ne la lâchait pas, elle lui agrippa les poignets, tentant de desserrer son emprise.

— La dernière fois que tu m'as dit ça…

Sa voix semblait provenir de très loin, d'un autre lieu, d'une autre époque.

— Je t'ai dit la vérité, Stavros.

« Jamais je n'ai touché à la drogue. » Cette phrase, elle aurait voulu la crier, comme elle l'avait fait la nuit où Calista était morte. Mais il ne l'avait pas crue.

— Tu as échappé à tes gardes du corps et menti à Mme Kovlakis pour te rendre sur le yacht de Dmitri, où la débauche est reine, et te soûler à mort. Alors excuse-moi de mettre ta parole en doute.

Toujours son inébranlable politesse… Celle-là même qui avait brisé sa vie.

« Soit tu m'épouses, Leah, soit tu vas en prison. Tu as le choix. »

— J'ai fini par attirer ton attention, n'est-ce pas ?

Trop tard. Elle comprit qu'elle s'était trahie. Mais, au fond, peu lui importait.

2.

— Pardon ?

Stavros relâcha son emprise sur Leah tout en essayant de se maîtriser. La culpabilité lui nouait l'estomac. Il recula d'un pas en jurant.

Pour la première fois de sa vie d'adulte, il sentait faiblir l'exceptionnel sang-froid qui lui avait valu la reconnaissance des cercles d'affaires athéniens.

— Qu'as-tu dit ?

— C'est en ton honneur, Stavros, que j'ai donné ce spectacle de mauvais goût. Si tu m'avais rappelée une seule fois, si tu avais lu un seul de mes nombreux messages… Seulement tu n'as rien fait. Il a donc fallu que je m'abaisse à ton niveau.

— A mon niveau ?

Son cœur se mit à battre la chamade lorsqu'il posa les yeux sur Leah. En la contemplant avec avidité, il redouta de ne plus pouvoir se contrôler. La robe dorée qu'elle portait se mêlait presque à la couleur de sa peau naturellement hâlée et moulait son corps de façon si érotique qu'il en restait stupéfait.

La gamine dodue et effrontée qu'il avait épousée s'était muée en une jeune femme au visage délicat dont la frêle silhouette mettait en valeur la poitrine triomphante. Devant lui se tenait une parfaite étrangère.

— J'ai fait ce que tu attendais de moi et le résultat est là : te voilà, devant moi, pour la première fois en cinq ans.

Sa chevelure trempée était plaquée contre ses tempes et, à chacun de ses mouvements, des gouttes d'eau ruisselaient sur son visage. Il émanait d'elle une élégante sensualité, plus innée qu'acquise, songea Stavros.

Aveuglé par sa colère, et sa peur, il l'avait traitée avec sévérité. Calista le lui avait souvent répété : quand il se sentait déstabilisé, il sortait facilement de ses gonds.

— On dirait que… Que t'est-il arrivé au juste ?

Elle cilla mais resta impassible. Avec son visage mince et doré, ses yeux noisette étaient admirablement mis en valeur. Ses bras aussi étaient trop minces, bien que musclés.

— Comment ? Tu n'aimes pas ma nouvelle silhouette ? lança-t-elle en esquissant un déhanchement provocant. Mon emprisonnement aura au moins eu un effet positif, Stavros : j'ai tellement minci que même les modèles au magasin me demandent comment je fais pour garder la ligne. Oh ! et si tu savais combien de fois Marco m'a proposé de faire des photos…

Brusquement Stavros comprit que Leah était en train de le manipuler, de se glisser sous sa peau, comme toujours, sans qu'il parvienne à l'en empêcher. Depuis qu'il avait posé les yeux sur elle, elle s'était toujours comportée en gamine gâtée et égoïste, ne songeant qu'à son plaisir, sans se préoccuper du mal qu'elle pouvait faire autour d'elle.

Ainsi, elle avait beaucoup changé. Et trouvé une nouvelle façon de semer le désordre. Quoi qu'il en soit, il fallait avant tout faire en sorte… qu'elle se rhabille.

Il la prit par le poignet pour l'obliger à le suivre dans la chambre de Dmitri.

— Waouh ! s'écria-t-elle en s'allongeant sur le vaste lit.

Troublé, il ouvrit un placard et vit sans la voir la rangée de chemises Saville Row.

— Dmitri, lui, sait vivre et faire la fête, constata-t-elle.

En jurant, il décrocha une chemise et la lui lança juste au moment où elle se relevait.

— Explique-moi un peu. Pour attirer mon attention tu t'habilles comme une traînée de bas étage, tu te soûles et tu te colles à un malheureux gamin ? Est-ce compatible avec ta nouvelle vie : normale, sans drogue ni alcool ?

Leah tenta de lui réexpédier sa chemise mais le rata de peu.

— Ça fait un an que j'essaie de te joindre. Si tu avais eu la politesse de me rappeler, je n'aurais pas eu recours à de pareils moyens. Jusqu'à ce soir, je n'avais pas bu une seule goutte d'alcool depuis cinq ans. Parce que plus personne ne me pousse à boire.

Dans cette robe, elle avait tout d'un rêve érotique, un rêve auquel Stavros n'était en rien insensible.

Non !

Il s'agissait de Leah, un boulet qu'il devait traîner, lui rappelant sans cesse son échec. Leah dont, cependant, il devait assurer la sécurité. Et ce même si elle était responsable de la mort de sa sœur.

— Prétends-tu que c'est moi qui t'ai poussée à boire ? Très bien. Toutefois, certaines habitudes sont tenaces. Notamment celle de chercher un coupable pour excuser ses propres faiblesses.

Elle chancela et détourna la tête. Stavros s'en voulut de se réjouir de sa réaction. En sa présence, il redevenait un chien enragé : incapable de se contrôler, incapable de tourner la page. C'est d'ailleurs pour cela qu'il l'avait si longtemps évitée.

— Je ne me suis pas donnée en spectacle pour que tu viennes me faire la morale.

Observant sa bouche pulpeuse, il comprit qu'à la colère et à la culpabilité qu'il avait toujours ressenties à son égard se mêlait désormais un sentiment bien différent.

— Tu as toute mon attention, Leah. Que veux-tu donc ?

— Tu as prouvé au monde entier quel homme exemplaire tu étais en épousant l'héritière Katakris, en dépit de sa réputation. Tu as tenu ta parole vis-à-vis de Giannis. Pendant cinq ans, tu m'as punie pour mes péchés. Maintenant je t'en supplie, Stavros, rends-moi ma liberté.

— Tu t'imagines qu'en te comportant comme tu viens de le faire, en buvant, en te collant au premier venu, tu vas obtenir de moi ce que tu veux ? Dans un mois, tu retomberais dans l'ornière, les drogues, les orgies. Je ne peux pas te laisser faire.

— Tu m'as coupée du monde, de mes amis. Tu m'as fait

surveiller nuit et jour par tes sbires, tu as ignoré mes e-mails et fait filtrer mes appels par ton horrible secrétaire. Tu ne m'as pas laissé le choix. Mais ne parlons plus du passé, ce pour quoi je suis là, c'est mon avenir. Pour pouvoir sortir ma collection, j'ai besoin d'argent et donc de ton autorisation.

— Tu manques de curiosité, Leah.

— A quel sujet ?

Il lui prit le poignet pour l'attirer à lui et la fixa droit dans les yeux.

— Au sujet de ton grand-père, petite ingrate. Comment peux-tu délaisser ainsi l'homme qui a pris soin de toi à la mort de ton père ?

— Premièrement je n'ai plus seize ans, je te demande donc de ne plus me traiter comme une gamine. Ensuite, et bien que je n'aie pas de comptes à te rendre, je téléphone tous les jours à l'infirmière de Giannis pour prendre de ses nouvelles.

— En cinq ans, tu n'es pas allée le voir une seule fois !

Leah avait le cœur gros et, pour masquer son malaise, alla se servir un verre d'eau. Le sourire de Giannis lui avait tant manqué… Cependant, après un infarctus et un triple pontage, cinq ans plus tôt, elle craignait de lui faire courir un risque si elle allait le voir.

— Ma relation avec Giannis ne te regarde pas. Je viens de passer cinq ans sous ta férule. Tu contrôles tout, ma nourriture, mes vêtements, les personnes à qui je parle. Désormais, je souhaite faire ce qui me plaît, travailler comme je l'entends, répondit-elle sans pouvoir ravaler un sanglot de frustration. Qu'est-ce qui t'empêche de me laisser mener ma vie à ma guise ?

— L'appel que j'ai reçu de Dmitri : « Elle est complètement soûle, en train de danser collée à un gamin. »

— Je t'ai déjà dit pourquoi je l'avais fait. Sinon, il m'aurait fallu attendre encore dix ans avant que tu prennes mes appels. J'en ai parlé à un ami avocat, Philip, expliqua-t-elle en s'éloignant de Stavros. Je connais mes droits et j'ai de bonnes raisons de penser qu'une cour m'accorderait le divorce.

— Le divorce ?

— Oui, je veux divorcer et ne plus jamais te revoir. Et puis, je suis certaine que tu serais tout aussi ravi d'être débarrassé de moi.

Stavros esquissa un étrange sourire et, une fois de plus, Leah se dit qu'il lui cachait quelque chose.

— Tu as des droits et un avocat, néanmoins, sans mon accord, Leah, cela te prendra des années. On fêtera notre dixième anniversaire de mariage avant même que la procédure soit entamée.

— Tu comptes donc me punir éternellement de ce qui est arrivé à Calista ? Crois-moi, j'aurais préféré mourir à sa place cette nuit-là.

Effectivement, même si Leah n'avait jamais touché à la drogue, c'était elle qui avait donné à Calista la possibilité d'en consommer ce soir-là. Et la culpabilité la consumait.

Stavros lui jeta un regard si scandalisé qu'elle le perçut comme une victoire.

— Jamais je n'ai souhaité que tu meures à sa place, Leah.

Difficile à croire, quand bien même il était toujours d'une franchise exemplaire. Evidemment, il ne pouvait pas souhaiter la mort de la petite-fille de Giannis Katakris. D'ailleurs, Leah avait toujours été fascinée par la façon dont il gardait le contrôle non seulement sur ses actes, mais aussi sur ses pensées, suivant un code strict qu'il appliquait à tout son entourage.

— Je te crois, finit-elle par répondre en s'arrachant à ses souvenirs. Tu n'as pas souhaité ma mort. Autrement, sur qui aurais-tu pu assouvir tes instincts sadiques ?

— Tu nommes sadisme la façon dont je t'ai traitée toutes ces années. Eh bien, selon moi, c'est plutôt de masochisme qu'il s'agit.

Les doigts de la jeune femme se crispèrent autour du verre d'eau qu'elle venait de se servir, elle fut alors tentée de lui en jeter le contenu à la figure.

— Essaie, la défia-t-il en lui lançant un regard amusé.

C'était exactement ce qu'il attendait d'elle, ce genre de geste puéril. Chaque fois qu'il la mettait en garde contre quelque chose, elle le faisait, ou pire. Et ce depuis le jour où elle avait atterri en Grèce.

Haïr Stavros, surtout depuis qu'il lui avait donné les meilleures raisons de le faire, était plus facile que lutter contre le chagrin et l'angoisse qui la dévoraient.

Calme-toi, Leah.

Elle se rappela pourquoi elle était là. Pour récupérer son argent. Et ce ne serait pas une mince affaire, elle le savait. N'importe qui aurait envoyé au diable la femme qu'il jugeait responsable de la mort de sa sœur. Stavros non. Bien au contraire, à peine quelques heures après l'enterrement, il s'était uni à elle par le plus sacré des liens. Sauf que ce mariage n'avait été qu'une mascarade. A présent, Leah voulait donner un sens à sa vie, retrouver la joie de dessiner et de créer, aller plus loin.

— Que dois-je faire pour que tu débloques ce fonds ?

— Si je te demandais une faveur, me l'accorderais-tu ?

La douceur de sa voix provoqua en elle un regain de panique.

— Malgré les liens que tu m'as imposés, je ne suis pas prête à m'éloigner de ce qui fait ma nouvelle vie, si c'est ce que tu veux. La dernière fois que tu as voulu contrôler mon existence, j'étais trop…

— Trop défoncée pour te rendre compte de ce qui se passait ?

Dire qu'elle n'avait même pas pris les antidépresseurs prescrits après le décès de son père, de peur d'atténuer la douleur qu'elle ressentait… Cependant, à quoi bon protester ? Stavros ne reviendrait pas sur son avis.

Il fit le tour du bureau pour s'approcher d'elle. D'instinct, elle recula. Malgré son allure de dieu grec et son air arrogant, Stavros lui avait toujours donné l'impression d'être un vilain petit canard. Il semblait encore plus mal à l'aise qu'elle dans le milieu huppé que fréquentait son grand-père. Mais en ce moment sa présence lui faisait un tout autre effet, plus gênant encore. Retenant son souffle, elle le fixa droit dans les yeux. Il avait trente-trois ans, soit dix de plus qu'elle. Pourtant, le temps ne semblait avoir eu aucun effet sur lui.

— Puisque tu as attendu cinq ans, pourquoi es-tu soudain

si pressée de divorcer ? Ce Philip ne serait-il pas plus qu'un avocat ?

— Philip est un ami, rien de plus. Et si tu tiens à continuer de faire ce que ton esprit tordu considère comme ton devoir…

En contemplant son corps aminci, Stavros fut pris de honte. Cinq ans qu'il ne l'avait plus vue ni appelée. Rien depuis qu'il l'avait confiée à Mme Kovlakis.

Après la mort de Calista, il n'avait plus été capable de la regarder.

Il lui en voulait tellement…

Bien qu'il ait accepté qu'elle entre comme apprentie chez un créateur de mode, Stavros n'avait pas réellement accompli son devoir. Il l'avait épousée pour la protéger des coureurs de dot qui lui tournaient autour et de la vie agitée qu'elle menait, comme il l'avait promis à Giannis. Il aurait dû faire mieux, seulement le ressentiment l'en avait dissuadé. Il avait eu moins de mal à l'oublier qu'il n'en aurait eu à supporter sa présence. Mais elle avait raison, cela n'avait que trop duré.

— Dans cette maison de couture, j'ai énormément appris et je me suis créé des contacts. Maintenant, je dois partir.

— Partir ? Et pour aller où ?

— Idéalement, j'aurais aimé aller à New York, mais…

— New York, avec ton héritage ! Je vois déjà comment cela va finir.

— Ce serait un nouveau départ pour moi. J'ai beau avoir quelques bons contacts ici, des acheteurs et des mannequins qui apprécient mes créations, il me faut passer à l'étape suivante. L'industrie de la mode bouge très vite. Si j'attends encore, on m'oubliera.

— Et quelle est l'étape suivante ?

La détermination se lut dans le regard de Leah.

— Travailler en free-lance, sur commande. Une acheteuse londonienne s'intéresse d'ailleurs à mon travail.

— Cela me paraît risqué.

— Je confectionne des vêtements depuis toujours, Stavros. Cela fait cinq ans que je suis dans une boutique où je ne ferai jamais rien de plus que contribuer aux créations d'un styliste confirmé.

— Tu ne connais rien à la gestion.

— Et toi, à tes débuts ? Tu as grandi dans une ferme… Quant à Dmitri, était-il souteneur ou bien vendait-il de la drogue ? Quand Giannis vous a ramenés ici, vous ne connaissiez rien à rien.

Il la contempla en silence.

— Je dois saisir cette occasion. J'ai besoin de mon argent et, pour y accéder, de ton autorisation. Il faut que tu cesses de jouer ce rôle de…

— Ah, nous y sommes ! s'exclama-t-il avec un sourire satisfait. L'argent, c'est de ça qu'il est question.

Au moindre faux pas, Stavros ne l'écouterait jamais plus.

— Oui, l'argent, répondit-elle en imitant ce ton sarcastique qu'elle détestait. L'argent que mon père m'a laissé. Cela n'a rien à voir avec Giannis ou avec toi, pas plus qu'avec ma mère et toute cette fichue dynastie Katakris.

— Très bien.

Comment ça, très bien ? C'était trop facile, pensa Leah malgré elle, en poussant un profond soupir de soulagement. Dès qu'elle aurait rejoint l'atelier, elle appellerait son contact à l'usine de fabrication de tissus. Il allait aussi falloir commander du matériel et recruter une couturière…

— Rédige-moi un projet et je verrai ce qu'il en est. Si ça me paraît solide, ajouta-t-il sur un ton dubitatif, je pourrais même y investir moi-même.

La colère et la déception de Leah étaient telles qu'elle peinait à respirer. Elle eut tout à coup envie de balancer le précieux vase en porcelaine posé sur la table à côté d'elle à la figure de Stavros.

— Je ne veux pas que tu y investisses. Je ne veux rien de toi. Tout ce que je veux, c'est mon argent et mener ma carrière comme je l'entends !

— Je pense ne pas avoir été assez clair. Tu as raison, Leah, je t'ai négligée trop longtemps. Maintenant les choses vont changer. Tout de suite, même.

— Que veux-tu dire ? s'enquit-elle, le souffle court.

— J'ai promis à Giannis de te protéger de toi-même, jusqu'à ce que la mort nous sépare. Il nous reste toutefois deux points à régler, dit-il en la dévisageant, impassible. D'abord, cet ami avocat… il devrait avoir assez de bon sens pour ne pas tourner autour de ma femme ainsi. Deuxièmement, j'exige que tu emménages chez moi. Il est grand temps que nous vivions ensemble. Quant à ta carrière, on t'achètera une maison de couture, à Londres, Milan, ou Paris, comme tu préfères, afin que tu puisses te lancer. Mon épouse ne manquera de rien.

3.

« Pour que tu puisses te lancer » ? « Mon épouse » ?

Il devait plaisanter, histoire de l'humilier une fois de plus, comme il l'avait fait tant de fois par le passé : « Cesse de voir ce garçon, Leah… Plus de voyages à New York… Giannis te laisse disposer de trop d'argent, à partir de maintenant… »

Stavros Sporades ne s'engageait jamais à la légère. Assaillie par la crainte, elle chancela. Il se précipita vers elle pour la soutenir mais elle s'écarta d'un bond.

— Ne t'approche pas, siffla-t-elle entre ses dents en s'appuyant sur la porte.

Elle aurait voulu refuser sa proposition, sauf qu'elle n'en avait pas la force. Stavros ne se pardonnerait jamais la mort de Calista, pas plus qu'il ne lui pardonnerait. Tous deux seraient punis *ad vitam æternam*.

La rage qui brûlait en elle avait disparu ; elle était désormais insensible, de glace.

— Ce n'est pas au nom de notre mariage que je suis venue te demander une faveur aujourd'hui. Peu m'importe d'être restée seule durant toutes ces années, je savais que je méritais ce châtiment. Peu m'importent aussi tes promesses. Je veux divorcer, Stavros.

Seul un léger tressaillement de sa mâchoire trahit son étonnement. C'était un roc, prêt à l'écraser.

— Pour engager un avocat et entamer une procédure de divorce, il te faut de l'argent.

— Je suis prête à payer de ma poche, si besoin est. Dans

une semaine, j'aurai donné ma démission et déménagé. Ensuite, j'appellerai Philip pour lui faire part de mes projets.

Stavros s'avança vers elle.

— Je ne suis pas ton ennemi, Leah.

— Non ? Dans ce cas, prions pour que tu ne le deviennes pas ! Si tes sbires osent porter la main sur moi, j'appelle le premier journaliste venu et je lui raconte comment tu m'as traitée ces cinq dernières années.

— Je me fiche des médias.

— Et s'ils enquêtent sur ce qui s'est passé la nuit où Calista est décédée ?

Leah ne décela pas de colère dans son regard, mais une profonde amertume mêlée à du mépris.

— Si Giannis venait à l'apprendre, répliqua-t-il, crispé, lui qui t'a tant aimée, et que le nom des Katakris finisse ainsi traîné dans la boue, il n'y survivrait pas. Tu le tuerais. Sans parler de mes grands-parents qui ne peuvent toujours pas évoquer la mort de Calista…

— Tu sais pourtant que je ne pense qu'à moi, bluffa-t-elle en ravalant la bile amère qui lui montait aux lèvres.

Jamais elle n'avouerait la peine qui la hantait chaque jour davantage quand elle pensait à son grand-père, qu'elle prenait soin d'éviter alors qu'il vivait à deux pas de chez elle.

Elle avait beau être dévorée par la culpabilité, elle n'avait aucun levier excepté cette menace.

— Si tu ne souhaites pas voir les noms des Sporades et des Katakris traînés dans la boue, dit-elle en se forçant à sourire, tu n'as qu'à accepter.

Jamais Leah ne ferait le moindre mal à son grand-père. Elle l'adorait et, rien qu'à évoquer cette possibilité, elle se sentait anéantie. Seulement, il fallait que Stavros l'en croie capable.

— Un jour ou l'autre, tu débloqueras cet argent et tu cesseras de gouverner ma vie, lança-t-elle.

— Je te savais égoïste, Leah, mais à ce point-là… Tu réussis, une fois de plus, à me surprendre.

La voix de Stavros était si résignée qu'elle s'en sentit submergée par le désespoir.

— En quoi trouves-tu cela si surprenant ? Une fois débarrassé de moi, tu me remercieras, je n'en doute pas, s'écria-t-elle avant de se précipiter hors de la pièce et de s'enfuir aussi vite que l'y autorisaient ses jambes tremblantes.

Arrivée sur le pont supérieur, elle se laissa tomber à genoux, cherchant son souffle. A l'idée que Stavros puisse douter qu'elle mette sa menace à exécution, Leah sentit la peur l'envahir à nouveau.

En entendant des pas approcher, elle se raidit. Il ne fallait pas qu'il la trouve dans cet état, sinon il comprendrait qu'elle bluffait et tout cela aurait été vain. Elle leva la tête, essayant de dissimuler au mieux ses émotions.

— Salut, Leah, lui lança Dmitri du bar où il était adossé.

Avec le regard moqueur qu'elle lui connaissait bien, il lui tendit la main pour l'aider à se relever.

Elle la prit et se remit sur pied. Contrairement à celle de Stavros, la main de Dmitri ne lui faisait pas plus d'effet que ses yeux railleurs ou son arrogance coutumière. Néanmoins elle était contente de trouver un visage familier.

— Tu as l'air… très en forme, déclara-t-il en la toisant.

A l'inverse du regard condescendant de Stavros, celui de Dmitri, plein de complaisance, l'avait toujours mise à l'aise.

— Viens, je te ramène chez toi. Stavros me sera reconnaissant d'épargner à sa précieuse épouse une arrestation pour tenue indécente.

Leah frissonna, mais s'interdit de croiser les bras et soutint son regard.

— S'il ne m'avait pas traînée sous la douche…

En riant, il voulut l'attirer contre lui.

— Bas les pattes. Je ne joue pas à ton petit jeu, déclara-t-elle.

Peut-être que le but du jeu était justement de se rapprocher d'elle pour lui soutirer quelques renseignements à livrer à Stavros. Elle soupira, empreinte de fatigue et de solitude.

— Ta langue de vipère m'a manqué pendant toutes ces années, susurra-t-il.

— J'aimerais pouvoir t'en dire autant, toutefois je ne suis pas aussi douée que toi pour mentir.

— Allons donc. Inutile de faire semblant avec moi, répondit-il en la prenant par le bras et en l'entraînant vers l'escalier.

Leah le suivit à contrecœur. Comme toujours, Dmitri percevait bien plus que ce qu'il ne laissait croire. Aussi différent fût-il de Stavros, leur amitié était aussi indéfectible que leur dévotion pour Giannis.

— Je ne vois pas à quoi tu fais allusion. Et je peux tout à fait trouver mon chemin moi-même, merci.

— J'ai entendu votre conversation, Leah.

— Tu es donc aussi malappris qu'on le prétend.

— Je redoutais qu'il se passe quelque chose, rétorqua-t-il sans ciller.

Chaque fois qu'elle avait vu Giannis en compagnie de Dmitri ou de Stavros, son cœur s'était serré à la pensée qu'elle ne partagerait jamais avec son grand-père l'intimité qui les liait. Et que la faute lui revenait.

— Ça ne te regarde pas, Dmitri.

— Ton attitude est dangereuse pour la vie de ton grand-père, dit-il en lui prenant de nouveau le bras, et je ne parle pas de tes provocations à l'attention de Stavros.

Jamais il n'avait été dupe de ses stratagèmes.

— Mon seul but est de vivre librement. Comme toi.

Leah n'avait pas oublié ce que lui avait raconté Calista au sujet de Dmitri, ramassé dans une rue de Londres par Giannis.

— Dans ce cas, il faut faire évoluer votre relation.

— Comment ? Il ne m'a pas laissé le choix. Aujourd'hui, j'ai tenté de bluffer, mais… je ne m'en sens plus capable.

— Stavros et toi êtes en train de vous détruire mutuellement.

— C'est lui qui a toutes les cartes en main. Comme toujours.

Mais parce qu'elle s'était conduite de manière irresponsable, il ne lui restait plus aujourd'hui que l'effroyable menace de blesser Giannis, une possibilité qui lui faisait peur.

— Toi qui es son ami, reprit-elle, essaie de le convaincre que je n'ai plus besoin de sa protection. Je t'en prie, Dmitri…

Deux jours plus tard, Stavros et Dmitri s'entraînaient sur le ring de la salle de sport ultra-équipée attenante à l'appartement de ce dernier. Des années plus tôt, quand Giannis l'avait ramené à Athènes, il avait proposé la boxe comme moyen de résoudre les conflits des deux amis et de supporter l'emploi du temps rigoureux qu'il leur imposait. Une habitude qu'ils avaient conservée à l'âge adulte. D'ordinaire, Stavros n'était pas le plus hargneux, sauf qu'aujourd'hui il paraissait sur le point de craquer.

Cela faisait deux jours qu'il était incapable de travailler ; il n'avait toujours pas digéré sa rencontre avec Leah.

« Tu sais pourtant que je ne pense qu'à moi. » Ses paroles résonnaient encore dans sa tête tandis qu'il ne pouvait chasser le souvenir de son corps vibrant et de son regard étincelant. La courbe de ses lèvres, sa façon de hausser les épaules en se déhanchant, les boucles brunes qui encadraient son visage angélique… il n'arrivait toujours pas à y croire… Cette créature étonnante était donc Leah.

A seize ans déjà, elle savait sur quels boutons appuyer pour le mener par le bout du nez et, à présent, son objectif était de briser les chaînes grâce auxquelles Stavros la tenait.

Non !

Il avança le pied droit et lança un direct du gauche avec une violence incontrôlée. Le bruit de ses phalanges contre la mâchoire de Dmitri et la série de jurons que lâcha celui-ci firent écho dans le silence de la salle.

Dans les yeux de son adversaire, Stavros lut sa surprise. Dmitri, qui avait appris à se battre dans les gangs des rues de Londres, n'en revenait pas de le voir perdre le contrôle et lui asséner un tel coup.

— Dong, dong, le point revient à Leah Huntington Sporades ! se moqua-t-il.

Stavros répondit par un regard enragé.

Sans cesser de se masser la mâchoire, Dmitri attrapa sa bouteille d'eau.

— Aussi loin que je me souvienne, Stavros, pas une fois tu n'es passé à l'attaque. La victoire lui revient.

Stavros connaissait la lucidité de Dmitri. C'était un miracle qu'après le dernier esclandre de Leah il n'ait fait aucun commentaire. Cependant il était hors de question d'en discuter, surtout avec lui. Stavros constata que sa mâchoire bleuissait déjà.

— Tu devrais te mettre de la glace.

Dmitri lui prit le bras.

— Tu es allé trop loin, Stavros.

— Ne te mêle pas de ça.

Dmitri lui barra le passage.

— Tu es allé au-delà de ce que te demandait Giannis.

Après les avoir sauvés, eux qui n'étaient que des voyous, Giannis ne leur avait demandé qu'une chose. Et Stavros avait visiblement échoué.

— Te serais-tu accordé toi-même l'absolution pour tout ce que tu as fait ? Et pour ce que tu n'as pas fait ? Giannis t'avait demandé de la protéger, *ne* ? Pourtant, quand je pense à ce que j'ai vu il y a deux jours, il aurait mieux fait de me la confier. Je n'aurais pas mis une journée à la séduire, elle serait tombée amoureuse et je l'aurais larguée huit jours plus tard. Ça lui aurait servi de leçon.

A la pensée de Dmitri séduisant Leah, Stavros leva le poing.

— Leah n'est pas le genre de traînée qui fréquente tes soirées. C'est…

Dmitri observait de son regard affûté les efforts que Stavros faisait pour se maîtriser. Son ami avait deviné ce qu'il avait failli dire : « C'est ma femme. »

Depuis quand était-il devenu si possessif ? Depuis quand Leah était-elle devenue si désirable ?

— Si Stavros Sporades se met à perdre son légendaire sang-froid… Je dois admettre que son corps superbe ferait perdre la tête à n'importe qui. Tu l'as toujours eue dans la peau et, aujourd'hui, elle dispose d'une nouvelle arme.

— Ça suffit ! Je ne me mêle pas de ta vie, moi. Je ne te juge pas.

— Peut-être, mais Leah n'est pas n'importe qui. Ce n'est pas parce que tu t'es brusquement pris un coup de chaud… Ecoute, Stavros, tu es le type le plus honnête du monde et, là, c'est Giannis que Leah menace. Il va te falloir prendre une décision.

— Je l'ai déjà prise, il y a cinq ans.

— Pourquoi l'avoir éloignée de toi et laissée à la garde de quelqu'un d'autre ? Soit c'est ta femme pour de bon, soit tu te débarrasses d'elle. Vous ne pouvez pas continuer de mener cette vie, à vouloir vous racheter… Tu dois lui laisser une chance, Stavros. Ne serait-ce que pour savoir si tu as raison.

Dmitri quitta la salle le premier, laissant Stavros à ses réflexions. Ce qu'il avait dit, Stavros se le répétait depuis des années. Dès l'instant où son ami l'avait appelé, deux jours plus tôt, pour lui dire que Leah se trouvait à bord de son yacht, la culpabilité l'avait rongé. Comme toujours, il avait voulu faire son devoir envers ses grands-parents, envers Calista, envers Giannis, sans tenir compte de ses propres désirs ni de ses craintes. Désormais Leah méritait qu'il lui donne sa chance. Et pourtant, pour la première fois de sa vie, il hésitait.

Cinq ans plus tôt, il s'était laissé emporter par sa colère, mais aujourd'hui le désir qu'il éprouvait pour elle prenait le dessus, songea-t-il en scrutant son visage dans le miroir de la salle. Sa vie entière avait toujours été guidée par son sens du devoir et des responsabilités, et il s'interdisait d'y renoncer pour la gamine égoïste et effrontée qu'il avait épousée.

4.

Accoudée à la rambarde de son petit balcon, Leah contemplait la vue sur Athènes. Il était 17 h 15, les cafés et les bars se remplissaient déjà, et l'air vibrait de rires et d'éclats de voix. Un spectacle qui l'égayait toujours après ses longues journées de solitude. Seulement, cela ne suffisait pas à chasser son anxiété aujourd'hui. Bien qu'elle ait couru une heure cet après-midi, la seule chose qui réussissait habituellement à la calmer, Leah n'avait qu'une envie : s'enfuir, sans plus jamais regarder en arrière.

En soupirant, elle rentra et se mit à arpenter la pièce dont elle avait refusé d'orner les hauts murs blancs, pas même d'une photo. Pourquoi ne s'était-elle pas enfuie plus tôt, loin de Stavros et de cette pitoyable relation qu'ils osaient appeler mariage ? Et si son immense solitude l'avait poussée à rester dans un univers familier, quand bien même elle ne pourrait jamais revoir son grand-père ? Avait-elle préféré supporter la punition que lui infligeait Stavros plutôt que d'affronter seule l'inconnu ?

Bien sûr, Leah ne se pardonnerait jamais le rôle qu'elle avait joué dans ce drame même si, jusqu'à cette nuit fatale, elle avait ignoré que Calista se droguait. Elle n'aurait jamais imaginé non plus que cacher à Stavros — dont la présence déchaînait ses plus mauvais instincts — l'inconduite de sa sœur aurait de telles conséquences. Elle attrapa un sac à bandoulière, tout poussiéreux de n'avoir plus servi depuis si longtemps, dans lequel elle jeta quelques vêtements.

Voilà deux jours qu'elle attendait, en s'efforçant de garder son calme comme le lui avait recommandé Philip. Redoutant la fureur de Stavros, elle avait à peine fermé l'œil. Au moment même où elle s'empara de son téléphone, il émit un bip et le nom de Stavros apparut à l'écran. L'angoisse assaillit Leah. Ses mains se mirent à trembler si fort que l'appareil lui échappa et tomba sur le tapis. Le cœur battant, elle le ramassa pour lire le message.

Rendez-vous au café dans dix minutes. J'ai une proposition à te faire.

Une proposition ? Pouvait-elle lui faire confiance ? La comprenait-il, enfin ?

Si je vois un de tes gardes du corps, je me mets à hurler.

Elle attendit, appréhendant la réponse.

Pas de comédie, Leah. Soit tu descends, soit je monte.

A l'idée de le voir envahir son espace — même s'il s'agissait davantage d'une cellule que d'un jardin secret — elle s'empressa de répondre.

J'arrive.

Elle s'apprêtait à passer sous la douche lorsque l'appareil sonna de nouveau.

Leah… Habille-toi décemment.

Elle tira la langue, ravie qu'il soit tombé dans le piège. Elle ne le laisserait plus voir la peur qui l'habitait ni diriger leurs conversations à sa guise. Elle allait enfiler le masque de la petite égoïste sans cœur qu'il avait toujours méprisée.

Il avait dit dix minutes et, dix minutes plus tard, Leah traversait bien la rue qui séparait son immeuble du café. Comme à son habitude, elle avait choisi d'ignorer ses instructions. Son haut de soie pêche moulait délicatement sa poitrine et un short assorti mettait en valeur ses longues jambes. Sa silhouette musclée, sa queue-de-cheval brune qui se balançait tandis qu'elle marchait vers le café et ses bottes à hauts talons faisaient tourner la tête de tous les passants. Elle avançait vers lui avec grâce et assurance.

Rien à voir avec la Leah qu'il avait épousée ; et pas seulement parce qu'elle était plus belle. Elle était animée par une flamme intérieure qui attirait tous les regards. Etait-ce la perspective d'entamer une nouvelle vie ? Ou plutôt l'affection d'un homme ? Le dernier avec qui elle avait eu une relation s'était révélé être un escroc de la pire espèce — Alex Ralston. Il se trouvait en ce moment même en prison pour détention et trafic de stupéfiants.

— Quand comprendras-tu que me défier ne fait que te nuire, Leah ? demanda-t-il en lui désignant un siège voisin du sien.

Elle croisa langoureusement les jambes et lui sourit. Ses lèvres étaient peintes en rose.

— Quand comprendras-tu que tu n'as aucun ordre à me donner, Stavros ?

Le cœur battant la chamade, elle était en proie à une indescriptible nervosité. Cependant elle ferait tout pour qu'il n'en sache rien.

Alors qu'un serveur se précipitait vers leur table, Stavros lui fit signe de s'éloigner mais Leah le rappela en souriant.

— Moi, j'ai faim, Stavros. Je mange rarement à l'extérieur, alors je ferais comme si tu appréciais ma compagnie.

Il attendit en silence la réapparition du jeune serveur et fut agréablement surpris d'entendre la jeune femme commander trois entrées et deux plats dans un grec un peu lent mais parfait.

— Je ne compte pas manger, dit-il une fois le serveur parti.

— Je sais, nous sommes vendredi. Ce soir tu dînes avec Helene Petrou, ton ancienne maîtresse et désormais amie.

— Comment es-tu au courant ?

— Philip a ses sources.

— T'a-t-il conseillé de glisser ça au fil de la conversation ?

— Au contraire. Il m'a suggéré d'éviter toute allusion.

Stavros se carra dans son siège. Leah avait toujours été dépourvue de tout instinct de conservation. Comment aurait-elle pu survivre seule ?

— Pourquoi ne lui as-tu pas obéi ?

— Je ne veux pas entrer en guerre, Stavros. Ceci dit, j'ai été choquée d'apprendre qu'après tant d'années tu la voyais de nouveau, et ce toutes les semaines.

— Tu as été choquée d'apprendre que je suis resté en contact avec une femme que j'admire ?

Elle acquiesça, sans le regarder, et rougit légèrement.

Leah l'effrontée, Leah l'insouciante serait-elle mal à l'aise ?

— Je me souviens avoir entendu Calista dire que vous étiez faits l'un pour l'autre.

Sur son visage se lut une douleur que Stavros n'avait jamais perçue. Pleurait-elle encore réellement Calista ?

— Leah ?

Elle cilla, sans doute pour chasser quelques larmes.

— Tu pourrais être libre, dit-elle. Etre avec elle.

— Tu veux que je vive avec Helene ? s'enquit-il, abasourdi.

— Honnêtement je préférerais que tu sois aussi malheureux que je le suis par ta faute. Toutefois, si ma liberté est le prix de ton bonheur, pourquoi pas ?

— C'est très généreux de ta part. Je suis surpris que tu te souviennes d'elle, ou de quoi que ce soit d'autre de cette époque.

Cette pique la fit réagir.

— Son CV n'est pas facile à oublier. Femme d'affaires, icône de mode, ancien top model, la seule à pouvoir répondre aux critères élevés exigés par Stavros Sporades.

— As-tu vraiment de la considération pour Helene ?

— Bien sûr. Cela me fascinait que, si jeune, elle ait si bien réussi, acquiesça-t-elle en détournant le regard.

Stavros eut l'impression que ce n'était pas exactement ce qu'elle voulait dire. Il avait beau détester tout ce que Leah représentait et regretter l'effet que produisait sur lui le moindre de ses mouvements, il devait reconnaître qu'elle avait toujours été drôle et pleine d'énergie.

Après la mort de son père dans un accident de voiture, elle avait dû s'intégrer dans un environnement inconnu — celui de Giannis et le sien — et, pourtant, jamais il ne l'avait vue morose ou abattue. C'était sans doute grâce à cet égoïsme qu'il détestait tant mais qui lui conférait une force étrange. On aurait dit qu'un voile protégeait celle qu'elle était vraiment des gens qui la côtoyaient. Il changea de sujet.

— Et toute cette nourriture, c'est pour plaire au serveur ?

— Que sont devenues tes bonnes manières ?

— Tu as l'art de les réduire en poussière.

— J'ai couru cet après-midi. J'ai donc la ferme intention de manger tout ce que j'ai commandé.

Voilà donc pourquoi elle était si mince et si musclée.

— Où en es-tu avec ton appartement et ton travail ? Et, à mon sujet, ton petit avocat t'a-t-il dit de mettre la pédale douce ?

— Je… Philip m'a conseillé d'éviter tout éclat.

— Tu l'as écouté.

Leah faisait donc confiance à ce Philip… Il fallait qu'il en sache davantage sur lui.

Le serveur revint avec un plat. Elle s'empara de sa fourchette avec un murmure de satisfaction.

— Alors, quelle est ton offre ?

— Je te propose un compromis.

— Jusqu'à aujourd'hui, tu ne m'as rien proposé de tel. C'était toujours ta volonté, dissimulée sous d'autres termes. Comme avec…

Une étincelle dans le regard de Stavros la dissuada d'aller plus loin, alors elle se mit à jouer avec sa fourchette.

— Avec qui ?

Dans la bouche de Leah, tout prit soudain un goût de cendre. Elle s'empressa de boire une gorgée d'eau.

— Avec Calista, et moi aussi, évidemment. Des tas de fois. Ta sœur pouvait proposer n'importe quoi, c'était toujours non.

Comme lorsque cette dernière avait voulu aller étudier l'histoire de l'art à Paris pendant un an ou se rendre à New

York avec Leah ; ou encore tenir le bar dans un night-club où travaillait une amie.

A chaque fois que son frère lui avait opposé un refus, Calista s'était mise dans une colère noire mais elle avait toujours veillé à ce qu'il n'en sache rien.

— Par exemple ? Tout à l'heure tu avais l'air si triste. A quoi pensais-tu, Leah ? questionna-t-il sur ce ton autoritaire qui l'excédait.

Etrangement, elle sentait Stavros concerné et sincère. Pouvait-il réellement s'intéresser à autre chose qu'à ses règles de vie ? Il avait à peine plus de vingt ans quand elle était arrivée à Athènes et déjà un sens du devoir et des responsabilités extraordinairement développé. Pour la première fois, Leah se demanda pourquoi.

— Pourquoi me poses-tu cette question ? répondit-elle.

— Je… Je lui ai donné tout ce qu'elle voulait — il déglutit — pourquoi a-t-elle choisi de suivre ton exemple ? Pourquoi n'ai-je pas réussi à la protéger ?

Le désarroi qu'elle lisait dans son regard déclencha en Leah un flot d'émotions et de souvenirs.

— Je n'en sais rien, dit-elle d'une voix tremblante.

— Puisque tu es celle qui l'a initiée à la drogue, je ne m'attendais pas à une quelconque réponse de ta part.

Ses traits se chargèrent alors d'arrogance, exprimant une détermination implacable, comme s'il ne pouvait y avoir entre eux qu'un mépris mutuel.

— C'est faux, lança-t-elle en luttant contre la douleur que provoquait en elle sa certitude.

En dépit de tous ses projets et de toutes ses idées aventureuses, Calista n'avait jamais levé le petit doigt à la maison. Alors que Leah, qui avait perdu sa mère à la naissance, avait toujours fait de son mieux pour aider son père depuis son plus jeune âge.

« Saint Stavros, mon frère bien-aimé, a des domestiques pour le faire… » Voilà ce que Calista répondait lorsque Leah lui suggérait de ranger ou de faire un peu de cuisine.

Leah avait seize ans. Elle avait peur, elle était en deuil et ne comprenait en rien Calista. Un bref instant, elle pensa que le chagrin qu'ils éprouvaient encore, Stavros et elle, aurait pu les rapprocher. Malheureusement, le passé était révolu.

— Dis-moi ce que je dois faire.

Il la contempla longuement, ce qui ne fit que l'inquiéter davantage.

— Tu dois vivre avec moi pendant trois mois pour me prouver que tu es digne de confiance.

— Non, rétorqua-t-elle avec un geste si violent que la table en trembla.

— Je n'ai pas d'autre moyen de m'en assurer. Tu devras me convaincre que tu veux vraiment réussir dans le stylisme et non dilapider ton héritage dans une affaire imaginaire. Si tu échoues, nous resterons mariés et tu seras ma femme, dans tous les sens du terme, jusqu'à ce que la mort nous sépare.

Leah en eut le souffle coupé, mais se força à réfléchir. Chaque semaine, il avait rendez-vous avec sa maîtresse. Même si le ressentiment qu'ils éprouvaient l'un envers l'autre depuis des années semblait s'estomper, elle ne pouvait se résoudre à le considérer comme son mari. A côté de ça, il paraissait vraiment désireux de lui accorder sa chance.

— Mais si je me montre vertueuse, docile et dépourvue de personnalité, peut-être ne voudras-tu plus me lâcher ?

Le rire sonore de Stavros rebondit sur les murs du café. Leah l'avait si rarement entendu qu'elle le fixa, stupéfaite, tandis qu'il s'efforçait de recouvrer son calme. Son visage amusé le rendait tellement séduisant que Leah eut l'impression que tout le monde s'était arrêté de parler pour le contempler. A la table voisine, une femme s'était immobilisée, sa tasse en l'air, et le dévorait du regard. Sans cesser de rire, Stavros repoussa une épaisse mèche de cheveux qui lui tombait sur le front. Le large anneau qu'il portait au doigt brilla dans la pénombre et cet éclat toucha Leah en plein cœur.

Il portait donc encore l'alliance qu'elle lui avait donnée en pleurant le jour de leur mariage ? L'autre jour, sur le yacht de

Dmitri, l'avait-il déjà au doigt ? Ne l'avait-il donc jamais ôtée durant ces cinq années ? Elle était, à n'en pas douter, un rappel de ce qu'il devait à Giannis. La gardait-il au doigt quand il faisait l'amour avec la sublime Helene ?

— Même s'il s'avère que je te trouve irrésistible, dit-il, moqueur, je signerai les papiers du divorce et la mainlevée sur ton héritage. Tu seras libre.

Trois mois avec Stavros…

— Je vivrai ma vie comme je l'entends. Sans rien chercher à prouver de plus. Je ne te menacerai pas et je ne te ferai plus honte.

— N'es-tu donc pas totalement dépourvue de sens moral ?

C'était pourtant lui qui l'avait poussée à se comporter comme elle l'avait fait.

— Ne crois pas pouvoir me dire ce que j'ai à faire.

— Si. En vivant comme tu l'as fait, tu as perdu ton droit à l'autonomie, déclara-t-il calmement, en dépit de la flamme qui dansait dans son regard. Leah… par ta faute, Calista est morte et Giannis a bien failli être emporté lui aussi. Aurais-tu l'audace de t'en défendre ?

— Si je m'en défends, c'est que…

Troublée, elle se tint au bord de la table. Cette épouvantable accusation était fausse. Sauf que en creusant le passé pour en extirper la vérité, elle finirait par se livrer à cet homme qui n'avait jamais supporté la peur ni la faiblesse. Lui rirait-il au nez, comme il l'avait toujours fait, ou aurait-il pitié d'elle ? Mieux valait céder.

— Très bien. Je ferai ce que tu demandes pour récupérer mes droits.

Cette reddition fut accueillie sans un mot. Il ne s'était pas attendu à la voir capituler si vite et il considérait sans doute cela comme un aveu. Dès leur première rencontre, cette arrogante certitude de tout savoir mieux que les autres — pour leur bien, de surcroît — avait exaspéré Leah. Jamais il n'avait essayé de comprendre ce qu'elle éprouvait.

Stavros jeta quelques billets sur la table et lui tendit la main.

— Allons chercher ce dont tu as besoin. Les déménageurs viendront prendre le reste.

— Non ! s'écria-t-elle, prise de panique. Je… je ne peux pas faire mes bagages en dix minutes. Laisse-moi quelques jours.

Impossible d'emménager avec lui sur-le-champ. Il lui fallait du temps pour reprendre ses esprits, pour se faire à cette idée… Il consulta sa Rolex étincelante.

— J'ai demandé à quelqu'un de passer nous aider. Nous devrions pouvoir nous y mettre tout de suite.

— Tu tiens vraiment à m'aider à faire mes bagages ?

— Cela te pose problème ?

— Effectivement, je n'ai aucune envie de… L'appartement est en désordre, je sais que tu vas me juger et dire que tu ne comprends pas comment je peux vivre dans un pareil bazar.

Stavros se fendit d'un large sourire qui dévoila sa dentition parfaite et creusa, sur l'une de ses joues, une charmante fossette.

— Ce n'est pas sur ta capacité à ranger que je te jugerai.

— Je n'aime pas que l'on touche à mes effets personnels.

— Et moi, je n'ai aucune envie de t'accueillir chez moi, rétorqua-t-il en la prenant par le coude pour la forcer à se lever. Sois tranquille, je ne toucherai à rien. Je me contenterai de superviser l'opération.

— Pour asseoir davantage ton statut de chef ?

Depuis que Leah le connaissait, Stavros l'avait d'abord énervée, puis fascinée, pour finir par régenter sa vie alors qu'ils ne vivaient même pas ensemble. Comment pourrait-elle survivre à trois mois de cohabitation effective ?

5.

Elle lui avait menti, évidemment.

Stavros ne savait pas ce qui le surprenait le plus, le fait que Leah lui ait menti aussi facilement ou bien l'appartement lui-même, triste et sans vie. On aurait dit que, pour se punir, elle avait choisi de vivre dans une cellule de prison durant ces cinq dernières années.

Pourquoi ? Pourquoi s'imposer une telle existence ?

La mort de Calista l'avait-elle bouleversée à ce point ? Et réellement transformée ?

Dans le salon, tout était en ordre, comme dans la cuisine, d'ailleurs, ainsi que dans sa chambre où il n'avait jeté qu'un bref coup d'œil. Rien ne manquait à Leah : des placards débordant d'argenterie, une télévision à écran plasma sur le mur du salon… Mais il n'y avait aucun objet décoratif. Pas de bibelots. Seulement le strict nécessaire. Pour autant qu'il se rappelle, les murs étaient du même blanc cassé que lors de sa première inspection de l'appartement cinq ans plus tôt, la semaine qui avait suivi leur mariage.

Cet endroit respirait la solitude et l'isolement.

Leah avait toujours été un ouragan. Ici, pourtant, elle semblait n'être plus que l'ombre d'elle-même.

Durant les deux premières années, Stavros lui avait fait livrer nombre de vêtements, chaussures, et autres accessoires dont Helene pensait qu'une jeune femme pouvait avoir besoin. Il lui avait même fait porter divers objets qui avaient jadis appartenu à sa mère, découverts par Dmitri et lui dans la maison qu'occupait Giannis avant sa crise cardiaque.

Leah avait tout renvoyé, sans exception. Même la boîte qui contenait les affaires de sa mère. Il avait donc cessé de se préoccuper de ses besoins. Sans plus se soucier des obligations qu'il avait envers elle, il avait préféré ignorer son existence.

L'estomac noué, il la suivit dans sa chambre. Sur la table de chevet, il aperçut une boîte de mouchoirs, des stylos, du papier blanc et une petite photo ; sans doute le père de Leah, à en croire les yeux bruns qui ressemblaient tant aux siens.

Elle se mit sur la pointe des pieds pour attraper un sac dans un placard à moitié vide, fit demi-tour et s'arrêta net en le voyant sur le pas de la porte.

— Quelqu'un va apporter des cartons mais je doute que ce soit nécessaire.

— Il y a, dans l'atelier, du matériel dont j'aurai besoin.

Il acquiesça, perdu dans ses pensées.

— Stavros, pour passer ce… test, il n'est pas nécessaire que je déménage. Je pourrais très bien continuer à vivre ici.

Enervé, il avança dans la chambre puis réalisa que c'était contre lui-même qu'il était furieux. Contre elle, aussi. Evidemment. C'était totalement irrationnel mais il ne pouvait s'en empêcher.

— Je ne crois pas que ce soit une bonne idée.

— Tu me détestes pour des raisons que j'accepte, mais aussi pour d'autres que j'ignore, lança-t-elle, fébrile.

Par tous les moyens, elle tentait de masquer l'inquiétude qu'il lui inspirait, pourtant elle n'y parvenait pas. Elle était trop anxieuse. La Leah qu'il avait connue — ou plutôt qu'il avait cru connaître — était très différente. Jamais elle n'aurait dissimulé quoi que ce soit. Elle s'abandonnait à fond à ses envies juvéniles et cédait à chacune de ses impulsions, faisant fi des conséquences.

Entraînant Calista dans son sillage.

— Si je comprends bien, tu préférerais continuer à vivre dans ce trou à rat et jouer les martyrs ?

Brandissant la jupe qu'elle venait de tirer du placard, elle le toisa avec dédain.

— C'est toi qui l'as voulu.

— Jamais je ne t'ai demandé de vivre ainsi recluse. Je t'ai fait parvenir tout ce dont tu avais besoin.

— Et qu'en aurais-je fait ? dit-elle en fourrant la jupe dans son sac, avec deux ou trois autres vêtements. Je n'ai plus d'amis, Stavros, ni de famille.

— C'est toi qui l'as rejetée, il y a des années. Et tu continues.

— Même mes collègues de la boutique, avec qui je travaille pourtant depuis cinq ans — Stavros perçut sa peine et sentit monter en lui un élan de tendresse, dont la force le déstabilisa — me traitent à la fois avec mépris et considération, ce qui me donne envie de vomir. Je ne sais pas s'ils apprécient sincèrement mes dessins ou s'ils font juste preuve de politesse parce que je suis Leah Sporades, la femme du magnat grec du textile, qu'il cache néanmoins comme une tare au reste du monde. Toi aussi, tu m'as épousée en dépit de tout le mépris que tu avais pour moi. Quand tu m'as embrassée devant les journalistes ce jour-là, c'était pour en informer mes amis et le monde entier. Comme on marque le bétail.

— Leah…

— Non, Stavros. J'avais dix-neuf ans et j'avais perdu la seule amie que j'aie jamais eue. Giannis venait de faire une crise cardiaque…

— Tu as toujours refusé de le voir, coupa-t-il.

« N'abandonne pas ma petite Leah, Stavros. Elle est si fragile. Je t'en prie… »

Fragile… C'était bien la dernière chose qu'il aurait pensé de Leah. Même sur son lit d'hôpital, même si elle n'était pas restée plus de cinq minutes à son chevet, Giannis ne pensait qu'à elle.

Ne décolérant pas, Leah le tira de sa rêverie en l'empoignant par le revers de sa veste.

— Il ne t'a pas fallu trois jours pour m'enlever tout ce qui faisait ma vie jusque-là, m'enfermer ici et m'oublier définitivement. N'as-tu donc jamais eu honte d'avoir forcé une fille de dix-neuf ans à t'épouser ?

Ces mots pénétrèrent dans le cœur de Stavros comme une lame bien aiguisée. Une fois le mariage passé, il avait voulu ignorer son existence et l'avait laissée vivre ici, sous surveillance, tout en répétant à Giannis qu'elle allait très bien. Comment avait-il pu commettre une pareille faute ?

— Je ne regrette rien. Pour t'arracher à cette vie nocturne, faite d'alcool et de drogue, j'aurais fait n'importe quoi.

Cette fois, Leah ne se défendit pas et se laissa aller contre lui, les yeux clos, le front posé sur sa poitrine. L'intimité de sa réaction le toucha au plus profond de son être, mettant en lumière une part de lui-même qu'il avait ignorée jusque-là. Au contact de son corps mince, grisé par la douceur de son parfum, Stavros faillit succomber à la tentation, la serrer dans ses bras, poser sa bouche sur la sienne… Un poids terrible pesait sur sa poitrine. Il la prit par les poignets pour l'écarter de lui et sentit le battement de son pouls sous ses doigts.

Elle respirait lourdement et leva soudain la tête vers lui. Leurs doigts se nouèrent, ses ongles l'effleurèrent et le regard brun doré de Leah se posa sur ses lèvres. Un regard mêlant désespoir et désir. Elle s'écarta vivement de lui.

— Alors tu dois assumer les conséquences de tes actes, reprit-elle en désignant la pièce d'un geste. Et ne compte pas sur moi pour t'aider à échapper à la culpabilité.

C'était le propos le plus adulte qu'elle ait jamais tenu. Le monde dans lequel il avait vécu jusque-là vacillait. Au fond, peut-être était-ce lui qui s'était trompé. Peut-être Leah avait-elle raison. Peut-être s'était-il laissé aveugler par la douleur et le ressentiment, négligeant tous ses devoirs et la promesse qu'il avait faite à Giannis.

— Tu as raison. Tu n'y es pour rien. Je ne constate que maintenant l'ampleur de ce que j'ai fait ce jour-là.

— Je n'arrive pas à y croire, s'exclama-t-elle, stupéfaite, avant d'éclater de rire. Le ciel me tombe sur la tête.

Enivré par son odeur, il sentit une étrange douceur l'envahir tandis qu'il contemplait Leah. Il dut lutter contre le désir irrésistible de poser le doigt sur ses lèvres.

Mobilisant toute son énergie, Stavros s'écarta d'elle en se demandant si sa vraie punition n'était pas ce désir qui s'était insinué en lui, tel un serpent.

— Allons dans ton atelier, lança-t-il par-dessus son épaule avant de franchir la porte.

En découvrant l'atelier de Leah, Stavros eut le souffle coupé. C'était comme s'il levait enfin le voile qui la séparait du monde. Avec un sourire timide, elle fit le tour du désordre qui régnait dans la pièce, touchant des objets çà et là. Cette femme était réellement à des années-lumière de la Leah qu'il avait connue et qu'il haïssait tant.

Le soleil baignait la pièce, éclairant les hauts plafonds. Partout éclataient des couleurs vives, contrastant tellement avec le reste de l'appartement que Stavros mit un moment à recouvrer ses esprits. Au fond de la pièce, il découvrit deux portants chargés de robes du soir inachevées. Dans un autre coin, une machine à coudre posée sur une table. Un mur entier était couvert de croquis et de photos découpées dans les magazines. Sur un autre étaient épinglés des échantillons et sur une étagère branlante s'entassaient des rouleaux de tissus variés — satin, soie et coton. Il sentit son cœur se serrer.

— Cette boutique de Londres dont tu m'as parlé, qu'est-ce qui les intéresse au juste ?

— Je travaille sur une collection de tenues de soirée : robes de cocktail, robes habillées. Mais également une robe de mariée, qui sera le clou du défilé.

— Cela représente un énorme travail pour une styliste qui travaille seule.

— Styliste et couturière, corrigea-t-elle en montrant du doigt une robe qu'elle était sur le point de terminer.

— C'est toi qui… ?

— Oui, acquiesça-t-elle avec un fier sourire qui illumina ses traits. C'est moi qui ai dessiné, coupé et cousu toutes ces robes. Je voudrais d'ailleurs créer ma marque. Une fois que l'acheteuse m'a expliqué ce qu'elle voulait et ce qui lui plaisait dans mes dessins, j'ai aussitôt commencé le processus…

Ses joues étaient soudain devenues plus roses. Stavros fit le tour de la pièce et vint palper la soie ivoire d'un corsage.

— Cette personne a vu tes croquis ?

Leah secoua la tête.

— On en a seulement parlé, à deux reprises.

— Tu as pris un gros risque en réalisant toute une collection sur un engagement aussi léger.

— Tu m'as donné ta parole il y a moins de dix minutes, répliqua-t-elle sur un ton agressif, soudain en proie à une panique grandissante.

— Je la tiendrai. Simplement je suis un homme d'affaires et, au cas où tu l'aurais oublié, je dirige un groupe de textile qui exporte dans le monde entier. Je suis donc contraint d'examiner les points forts et les points faibles de cette affaire, comme de toutes celles dans lesquelles j'investis. Les envies irréalistes des créateurs mènent souvent les affaires à leur perte.

— J'ai choisi d'exploiter ma vision de ce qu'elle avait en tête, se défendit-elle en lui faisant face. Dans la boutique où je travaille en ce moment, chaque modèle original que je crée doit être adapté à la marque. Cette collection sera vraiment la mienne et j'ai besoin de mon argent pour qu'elle prenne vie.

— D'accord, à condition que tu me fournisses toutes les factures détaillées de ce que tu achèteras, au centime près.

— Je vais te faire parvenir ma comptabilité.

— Tu en as déjà une ?

— Ah, ça te surprend, pas vrai ? Eh bien figure-toi que je rencontre même un problème avec un vendeur brésilien qui essaie de faire monter le prix du coton que je veux lui acheter.

— Je peux m'en occuper, dit-il, étonné de voir l'éclat qu'avait pris son regard. Tu vas engager un comptable ?

— Pas pour le moment.

— Cela fait beaucoup de travail pour une seule femme.

— Pour ma première collection, je ne veux avoir personne dans les pattes.

— Très bien, concéda-t-il tout en notant qu'elle avait gardé son sens inné de l'indépendance. Tu vas immédiatement toucher cet argent. La semaine prochaine, je dois m'absenter, et jusque-là…

Leah se dirigea vers la cuisine, ouvrit le réfrigérateur et prit une bouteille d'eau.

— Ne t'en fais pas. Ton intendante sera là pour me surveiller, tout comme le nouveau responsable de ma sécurité. Pauvre Dmitri. Pour un dur comme lui, en être réduit à faire du baby-sitting… Mais je m'en moque. D'ailleurs, il a toujours été charmant avec moi. Même quand Calista…, commença-t-elle avant de s'arrêter soudainement et de détourner la tête.

— Continue, Leah.

Elle s'éclaircit la gorge en évitant soigneusement son regard.

— Une fois, reprit-elle, nous sommes entrées dans sa chambre et nous lui avons volé une bouteille de whisky. Seulement, il nous a prises sur le fait.

— Du whisky, Leah ?

— C'était pour rigoler, Stavros. On avait dix-sept ans.

— Mon père était alcoolique. Pour boire, il a volé ses parents et fait vendre notre maison. C'est ce qui a poussé ma mère à partir. Calista n'était pas censée toucher à cette saleté.

Elle écarquilla les yeux, visiblement ahurie par cette révélation, et il réalisa qu'il en avait trop dit.

— Je n'étais pas au courant, Stavros.

— Qu'est-ce que Dmitri vous a dit ?

— Qu'on ne pouvait boire le whisky, murmura-t-elle en rougissant, qu'à la seule condition qu'on accepte un plan à trois avec lui.

— *Cristos !* Jamais je n'aurais cru…

Leah soupira. Elle s'attendait à ce qu'il réagisse ainsi.

— On a laissé tomber la bouteille et on est parties en courant. Tu comprends, il avait l'habitude… Enfin, il savait comment s'y prendre avec nous.

Contrairement à toi. L'accusation tacite était évidente.

Dmitri avait toujours su y faire avec Leah, il le savait. Il allait devoir faire un effort pour changer ça.

« Si c'était à moi que Giannis avait demandé de… » Il écarta le scénario évoqué par Dmitri pour se concentrer sur le concret.

— Pour être honnête, Leah, la mode est un milieu très fermé où des dizaines, pour ne pas dire des centaines, de stylistes essaient de se faire un nom. Je ne suis pas certain que tu aies suffisamment de talent pour réussir.

— Je le comprends. Tout ce que je te demande, c'est de me laisser tenter ma chance.

— Et si tu échoues ?

— Dans ce cas, répondit-elle en soutenant son regard, ce sera mon échec, à moi seule, comme le sera mon succès si je réussis. J'y aurai mis tout mon cœur, toute ma vie, et ça ne m'effraie pas pour autant.

— J'ai toujours su que rien ne te faisait peur, Leah.

Elle esquissa un petit sourire et Stavros réalisa qu'il ne savait rien de cette fille qu'il avait toujours considérée comme la plus amère des pénitences.

6.

Une semaine plus tard, Leah se promenait sur la plage de sable blanc d'une petite île de la mer Egée où Stavros habitait une propriété de cinquante hectares en bord de mer, à dix minutes à peine d'Athènes en hélicoptère.

Cela faisait des années qu'elle vivait en Grèce, pourtant Leah n'avait jamais eu le privilège de venir dans ce petit coin de paradis qu'il appelait « ma maison ». Nichée au creux des collines, la villa était d'une étonnante sobriété. Pas de bar étincelant comme chez Dmitri, ni décor de chrome et d'acier très prisé par les milliardaires.

Bâtie en pierre, avec de hauts plafonds aux poutres apparentes et des murs blanchis à la chaux, la demeure, agrémentée d'une piscine et d'une cave à vins, étonnait par la simplicité de ses volumes et la luminosité de ses vastes espaces.

Austère, secrète, et pourtant si apaisante, elle était le reflet exact de l'homme qui la possédait. Un fragment authentique de campagne grecque. Seul le vent venait rompre le silence. De même que dans son appartement Leah n'avait pour compagnie que quelques employés, cependant elle ne s'y sentait pas seule. Il émanait de cette propriété, et de ceux qui l'entretenaient, une réelle sérénité.

Leah sourit en repensant à l'appréhension qu'elle avait ressentie à l'idée de se retrouver ainsi isolée avec Stavros et de le croiser à chaque pas. Mais la maison possédait sept chambres, chacune avec sa salle de bains et, lorsque Stavros regagnait sa propriété, c'était encore pour y travailler.

Autant ce dernier lui avait paru pénible et arrogant dans son costume, autant il lui semblait superbe dans son jean bleu clair et son polo blanc.

Le premier matin, le bruit de l'hélicoptère l'avait fait sauter du lit. Elle s'était alors précipitée sur le balcon, en short de coton et T-shirt sans manches, attirée par la curiosité.

Vêtu d'une chemise blanche qui mettait en valeur ses larges épaules et d'un simple pantalon de toile beige, qu'elle avait trouvé très sexy, Stavros s'apprêtait à monter à bord de l'engin. Il avait tourné la tête et l'avait regardée tandis que le souffle des pales faisait voler ses cheveux. Le cœur battant et la bouche sèche, Leah avait fui son regard.

En rentrant de la plage, elle salua les ouvriers qui regagnaient le village après avoir travaillé dans les vignes, qui produisaient d'ailleurs un excellent vin. En croisant un couple âgé d'une cinquantaine d'années, elle se rappela avoir entendu que Stavros et Calista étaient originaires du petit village qui jouxtait la propriété. Leurs grands-parents y vivaient encore.

Honteuse de l'avoir menacé d'aller trouver les médias, elle se souvint tout à coup du mépris qu'elle avait lu sur les traits de Stavros et soupira avant d'entamer sa course.

Depuis qu'il lui avait fait faire le tour de la propriété, Leah avait adoré courir le long des sentiers qui quadrillaient les champs fertiles.

Sur son visage, elle sentait avec délectation les rayons du soleil couchant.

A son retour vers la villa, elle s'arrêta brusquement en voyant Stavros assis à une table près de la piscine, la tête en arrière et les yeux clos.

Devant lui, elle aperçut une carafe de citronnade — la boisson qu'elle préférait — ainsi qu'un assortiment de fruits et de fromages disposés sur des plats entre deux chaises longues.

Elle s'immobilisa, confuse, fascinée par l'harmonie de ses traits et la longueur de ses cils qui se détachaient sur ses hautes pommettes… Au repos, sans ce regard méprisant qui la mettait à nu, sa beauté la décontenançait et faisait battre follement son cœur.

Durant la semaine passée, Leah avait perçu l'empreinte de Stavros dans toute sa magnifique propriété. Auprès des ouvriers qui rentraient des vignes, fatigués mais heureux, dans les propos élogieux des villageois, dans la façon dont les femmes le regardaient, dans la déférence avec laquelle elles s'adressaient à elle en l'appelant *thespinis* Sporades…

La responsabilité que lui conférait ce nom, la certitude d'être une femme que Stavros respectait, connaissait et désirait la faisait frissonner.

Le col déboutonné de sa chemise blanche laissait entrevoir sa peau très mate et ses manches relevées dévoilaient ses avant-bras musclés. A la vue de ses cuisses puissantes moulées dans un jean, Leah se souvint comme elle les avait trouvées dures contre les siennes… et se demanda ce qu'elle éprouverait si…

Une chaleur, nullement causée par sa course, l'envahit aussitôt. Elle sentit les pointes de ses seins se dresser sous son haut de Lycra moulant et son short la serrer à l'intérieur des cuisses. Elle se mit à haleter, comme si elle avait couru un marathon, et fut prise d'une envie furieuse de plonger dans la fraîcheur de la piscine. Au moment même où elle réussit à recouvrer ses esprits, elle sursauta en entendant son nom.

Leah se retourna et vit Stavros qui l'observait, les mains croisées sur la poitrine.

— Tu as passé une semaine agréable, Leah ?

Sa voix lui parut plus rauque que d'ordinaire. Avait-il senti peser son regard sur lui, à travers son sommeil ?

— Viens t'asseoir et raconte-moi comment ça s'est passé.

Oscillant toujours entre inertie et panique, elle resta bêtement immobile. Stavros en profita pour la contempler et, percevant l'intensité de son regard, Leah comprit qu'il devinait son trouble. Elle pria pour qu'il mette sa rougeur intempestive sur le compte de sa course.

— Je suis en nage. J'ai besoin de prendre une douche, finit-elle par répondre en faisant mine de s'éloigner.

— Rosa m'a dit que tu appréciais nager après avoir couru. Ne change rien à ton programme parce que je suis là. J'espère que je ne te fais pas peur, Leah.

Il avait visé si juste qu'un cri échappa à la jeune femme, toujours sur la défensive.

— Absolument pas !

Stavros haussa un sourcil, l'air interrogateur, avant de lui sourire. Elle perçut alors dans ce regard éternellement triste une lueur très chaleureuse.

Leah avait su composer avec la haine de Stavros, avec les doutes de ce dernier sur ce qu'elle valait et la piètre opinion qu'il avait d'elle ; seulement, s'il adoptait cette attitude, la situation risquait de s'envenimer.

Quoi qu'il en soit, pas question d'enfiler un bikini pour parader devant lui. Si son regard se posait sur elle, même innocemment, elle risquait de perdre tout contrôle.

— J'ai couru plus longtemps que d'habitude. Je vais me dispenser de nager.

— La maison te plaît ?

Elle était si troublée par le moindre de ses gestes qu'elle glissa sur le sol mouillé.

Vif comme l'éclair, Stavros bondit de sa chaise et se précipita vers elle, la prenant par la taille pour la soutenir. Quand le corps de Stavros, si chaud et si ferme, effleura le sien, tous ses muscles se crispèrent.

— Tu ne t'es pas fait mal ?

— Pas du tout.

Leah était si déstabilisée en prononçant ces mots qu'elle ne put chasser les larmes qui lui montaient aux yeux.

Que se passait-il entre eux ? Quel était cet émoi nouveau qu'il faisait naître en elle ?

Les mains de Stavros s'attardèrent sur ses hanches, sans qu'elle ait le courage de s'écarter de lui ni de croiser son regard. L'idée qu'il puisse ressentir la même chose la bouleversait mais il n'éprouvait sans doute qu'une indifférence polie à son égard. Prétextant vouloir se verser un verre de citronnade, Leah se déroba à son contact.

Elle l'observa par-dessus son verre.

— Cet endroit te va comme un gant : il est rude, sévère et rébarbatif, comme toi.

— C'est exactement ce qu'affirme Dmitri quand il y vient. Il supporte difficilement ce silence sépulcral. Et toi, tu ne l'aimes pas non plus, alors ?

Leah se demanda pourquoi il insistait.

— Disons que je préfère des lieux un peu plus animés et branchés, le yacht de Dmitri, par exemple. Ou son appartement à Athènes, dans le quartier des affaires. Ici, c'est trop isolé à mon goût.

Où avait-elle appris à mentir aussi aisément ? Elle n'était allée qu'une seule fois dans l'appartement de Dmitri, qu'elle avait trouvé monstrueux, sans âme, avec tous ses chromes clinquants.

— Vraiment ?

Sceptique, Stavros fronça les sourcils. Dans son regard brillait une étincelle qu'elle n'y avait encore jamais vue.

Il n'allait pas tarder à capituler et la renvoyer dans son horrible appartement, sous la garde de ce dragon de Kovlakis. Cela rendait Leah si triste qu'elle se sentit vide, tout à coup.

Sans la quitter de son regard sombre, Stavros s'empara de son verre et termina la citronnade qu'elle avait commencée. Leah baissa les yeux, gênée par l'intimité de ce geste. Il reposa le verre lentement et s'essuya la bouche tandis qu'elle restait paralysée, les nerfs à vif.

— Je préfère ne pas te croire, *agape mou*.

Un mot tendre qui ne signifiait rien pour lui mais exprimait une familiarité dont elle ne savait se protéger.

— Que… que veux-tu dire ?

— Tu mens.

Ces deux mots retentirent avec force dans l'air tiède. Pourtant, Stavros n'avait pas l'air en colère.

— Par le passé, je me suis montré assez arrogant pour prendre ce que tu disais au pied de la lettre. C'est d'ailleurs ce qui t'a permis de me manipuler facilement, *ne* ? Même si, aujourd'hui encore, je ne comprends pas pourquoi tu agis de la sorte.

Un aveu qui sonnait comme la promesse qu'il le saurait, un jour ou l'autre.

— En réalité, reprit-il, tu aimes cette propriété, je le sais. Tout à l'heure j'ai fait un petit tour de l'île en jeep et je me suis rendu compte que tout le monde te connaît déjà. Rosa m'a même avoué qu'elle n'a jamais rencontré une femme aussi travailleuse que toi. Ni aussi charmante.

Leah fronça les sourcils, cherchant à rester impassible.

— Evidemment, j'ai dû être gentille avec elle ! Ton intendante use des armes les plus déloyales : le café noir et les baklavas.

— Ce qui compte, c'est que je sache démasquer tes mensonges, lança-t-il sans tenir compte de sa réponse.

Leah pâlit et lui coula un regard si craintif qu'il s'en montra très surpris. Le désir intempestif qui élargissait ses beaux yeux était-il bien réel ? Et le chagrin qui inondait son regard lorsqu'elle évoquait Calista, se pouvait-il qu'il fût sincère ?

Toute cette semaine, tandis qu'il était loin d'elle, Stavros s'était remémoré les diverses occasions où ils s'étaient croisés. Il s'était demandé pourquoi elle mettait toujours un point d'honneur à braver ses interdits, et comment celle qui avait rejeté Giannis encore et encore pouvait pleurer si amèrement et depuis tant d'années sa sœur, Calista.

Elle avait menti au sujet de l'appartement. Elle avait menti aujourd'hui au sujet de la propriété. C'étaient des mensonges sans importance, qui ne compromettaient en rien ce qui lui tenait à cœur.

La frustration l'envahit, comme s'il existait encore une redoutable vérité dont seule Leah détenait la clé. Avec un sourire forcé, Stavros posa la main sur son épaule.

Elle se raidit et il lutta contre le désir étouffant qu'il avait de la serrer contre lui, dans une étreinte sauvage à laquelle il avait pourtant droit…

Qu'importaient ses droits ou ses devoirs. Tout ce qu'il avait en tête, c'était toucher cette étrangère qui lui mentait, cette égoïste, cette inconsciente, comme si elle était sienne. Dissimulée en lui, une bête sauvage rêvait de quitter la cage dans laquelle elle avait docilement passé sa vie.

La responsable de ce remue-ménage, c'était Leah.

— Ton ami l'avocat est venu te rendre visite mercredi ?

— Il s'appelle Philip, fit-elle avec une moue résignée.

Stavros était à peine plus grand qu'elle et, comme elle se tenait sur une marche, leurs visages étaient au même niveau. Que ferait-elle s'il posait ses lèvres sur les siennes ? Le grifferait-elle comme la sauvageonne qu'elle avait toujours prétendu être ? S'abandonnerait-elle à ce baiser comme le suggérait le désir qui luisait dans son regard ?

Qui était la vraie Leah ?

— Il était dans une colère noire en apprenant que je suis partie vivre chez toi sans lui avoir demandé conseil. Philip pense que j'ai cédé trop facilement.

— Il doit craindre de perdre sa part du gâteau.

Elle contourna la table comme pour s'éloigner de son emprise.

— Sous-entends-tu que Philip n'est mon ami que pour tirer parti de ma fortune ?

— Oui. C'est le genre d'homme que ta fortune attire.

A son grand étonnement, elle ne se mit pas en colère mais poussa un soupir marqué de lassitude.

— Evidemment, tu sais mieux que n'importe qui ce que les gens ont en tête.

— Pas du tout. Simplement, je connais mieux ce Philip Cosgrove que toi. Fiancé deux fois, d'abord avec une riche héritière, puis avec une princesse sud-américaine ; il a aussi entretenu une liaison avec l'une de ses clientes.

Mains sur les hanches, Leah darda sur lui un regard sérieux.

— T'es-tu renseigné à son sujet ?

— Il fallait bien que tu saches la vérité.

— La vérité sur sa vie privée ? C'est mon avocat et mon ami, Stavros, pas mon amant. Et s'il venait à l'être, il m'aurait fourni lui-même toutes ces informations. Peu importe, c'est à moi que la décision revient.

Songeant à Leah dans les bras d'un autre homme… Stavros se demanda comment réussir à se contrôler.

— Au moins, maintenant, tu sais à quoi t'attendre.

— Si je couche avec lui ? lança-t-elle crûment, bien que rougissant légèrement. Tu n'as aucun droit de regard là-dessus.

— Si tu comptais discuter de mes droits et privilèges te concernant, *agape mou,* je crains que tu ne sois déçue.

— Ça m'étonnerait. Tu n'es qu'un hypocrite. Parles-tu à tes maîtresses de l'épouse que tu caches de peur qu'elle n'entache ton impeccable réputation ?

Leah attrapa sa main, qu'elle souleva. Il tressaillit, comme s'il avait reçu une décharge électrique.

— Et cette alliance, l'enlèves-tu lorsque tu déshabilles ta maîtresse ?

— Je n'ai rien à te dire, susurra-t-il en la ramenant à lui.

Elle se raidit au contact de son corps contracté par le désir.

Depuis que Leah était entrée dans sa vie, jamais Stavros n'était parvenu à se libérer des chaînes qu'avait forgées son sens de l'honneur. Quand bien même il le regrettait et n'avait cessé de se battre. Etait-ce parce qu'il avait toujours su que Leah ne cadrait pas avec l'image qu'il se faisait d'une épouse — calme et fiable, comme Helene ? Ou encore parce qu'elle le rendait littéralement fou ?

— Tout le monde sait que je suis marié. Ce qui, d'ailleurs, éloigne les femmes qui souhaitent se marier.

Elle lui octroya un regard froid et méprisant.

— Tu me dégoûtes.

Jouer avec elle à ce petit jeu était très excitant parce qu'il pouvait lire dans ses yeux ce qu'elle ressentait. Il n'y avait plus de place pour le mensonge à présent, la relation qui les unissait était aussi explosive et destructrice que l'incendie qui avait consumé des hectares de forêt sur l'île quelques années plus tôt. Un feu que Stavros devrait nourrir s'il ne voulait pas y périr. Qu'y avait-il de mal à vouloir mettre son épouse légitime dans son lit ? Peut-être, s'il s'y abandonnait, pourrait-il enfin recommencer à vivre ?

— Tu veux savoir, constata-t-il.

— Je veux seulement faire le point.

— On aurait pourtant cru entendre une femme jalouse et amère. C'est exactement le mariage dont j'avais rêvé…

Leah pâlit et des larmes perlèrent à ses cils. En voyant ses grands yeux bruns s'embuer, Stavros sentit son cœur se serrer.

— *Theos,* Leah…

— Je te déteste ! Je te déteste de me garder prisonnière et d'exercer un tel pouvoir sur ma vie, un pouvoir dont tu te sers à chaque instant pour m'obliger à faire ce que je ne veux pas. Et moi, je suis si lâche que je reste, espérant jour après jour que tu finiras par changer. J'oublie que, pour toi, tout ce qui compte, c'est de nous punir pour ce qui est arrivé à Calista.

Après lui avoir adressé un dernier regard désespéré, Leah s'éloigna en tentant vainement de ravaler ses larmes.

Ses mots avaient piqué Stavros au vif, plus qu'il ne l'aurait cru possible. Lui qui n'avait jamais eu l'intention de lui faire du mal. Concernant l'influence déplorable qu'elle avait eue sur Calista, il s'était senti tellement impuissant. Certes, il l'avait méprisée pour avoir rejeté l'amour que lui portait Giannis et lui en avait voulu d'avoir scellé son destin en entrant dans sa vie, mais jamais il n'avait voulu la blesser. Pas même le jour où il avait prononcé les vœux qui allaient les lier à jamais.

Pourtant, c'était exactement comme s'il n'avait eu de cesse de la tourmenter. Giannis l'avait sauvé d'une vie de misère et de vacuité et tout ce qu'il avait fait pour l'en remercier, c'était pourrir l'existence de sa petite-fille.

Jamais il ne renoncerait à faire son devoir. Et jamais plus il ne ferait le moindre mal à Leah.

Leah s'adossa au mur de son atelier, les joues rouges de honte. Comment avait-elle pu se trahir de cette façon !

Peu lui importait qu'il ait espionné Philip, seulement quand il l'avait traitée de « femme jalouse et amère » elle avait compris quel avenir l'attendait.

Elle alla chercher une carafe d'eau et s'en versa un grand verre qu'elle avala d'un trait. Au fond ce n'était pas grave ; bientôt, elle serait partie. Elle n'aurait pas dû se montrer si vulnérable, si émotive. Elle n'avait plus qu'une façon de s'en sortir : feindre d'accepter la situation. Si elle ne faisait pas très attention, Stavros réussirait à fondre sur elle et lui dicter à jamais sa façon de vivre.

Mieux valait lâcher prise momentanément, si cela lui permettait de mieux s'en sortir ensuite.

Quant aux fiançailles rompues par Philip, elle s'en moquait totalement. Aussi loin qu'elle se souvienne, et même si c'était stupide, un seul homme avait occupé ses pensées. Aujourd'hui encore, lui seul avait le pouvoir de faire battre son cœur, de lui faire regretter de ne pas être plus intelligente, plus calme ou plus forte. Mais cet homme n'était pas fait pour elle, en aucune façon.

La semaine suivante, Leah dormit à peine. L'acheteuse, Mme Dupont, avait pris rendez-vous avec elle pour découvrir ses premiers travaux. L'entretien téléphonique qui suivit, durant lequel Leah lui avoua qu'elle vivait dans la propriété de Stavros parce qu'elle était mariée à ce magnat du textile, se révéla plutôt gênant. Brusquement, son talent de styliste avait été relégué au second plan. Toutefois cela ne l'empêcha pas d'achever la confection de ses trois premières robes.

Se sentant très nerveuse, elle avait maudit Stavros de lui rendre la vie si compliquée.

Le lendemain de l'appel de Mme Dupont, alors qu'elle façonnait une robe de cocktail de soie turquoise, Leah avait vu débarquer une couturière dans son atelier. Celle-ci lui avait expliqué en mauvais anglais qu'elle aimait coudre et qu'elle espérait que Mme Sporades pourrait lui donner du travail.

Tout en sachant qu'elle se faisait manipuler, Leah avait accepté et elle était maintenant ravie d'être prétendument tombée dans le piège de Stavros. Non seulement Anna était douée, mais elle débordait d'enthousiasme.

Une fois les trois robes alignées sur le portant, Leah, très agitée, rangea la pièce. Afin de terminer les robes à temps pour l'arrivée de Mme Dupont, elle avait pris un gros risque. Mais son rêve commençait enfin à devenir réalité.

Ce qui l'obsédait plus que tout, c'était le regard de défi que lui avait lancé Stavros. Et son désir de lui prouver qu'elle était travailleuse et talentueuse. Elle le forcerait à la considérer comme une égale, dans ce domaine tout du moins.

Cet après-midi, Leah devait rencontrer son acheteuse. Cela revenait toutes les heures à l'esprit de Stavros. Toute la journée, en dépit de ses nombreux rendez-vous, il avait pensé à sa femme. Il l'avait trouvée si nerveuse la veille, elle qui avait travaillé si dur pendant de longues heures, n'acceptant de manger que quand Rosa l'y obligeait.

Durant les deux semaines passées, il n'avait pu que constater sa diligence et son application dans le travail. La veille au soir, apprenant qu'elle avait une fois de plus sauté le dîner, il s'était rendu dans son atelier.

Resté sur le seuil, bouche bée, Stavros avait entendu Leah demander à Anna de tourner lentement sur elle-même. La jeune couturière mettait magnifiquement en valeur le fourreau de soie rouge qui s'arrêtait au genou. Aussi simple qu'élégant, il lui donnait une allure sophistiquée qu'il ne lui avait encore jamais vue.

Il fut alors très reconnaissant à Giannis, qui les avait poussés, Dmitri et lui, à commencer leur travail à l'usine de textile par un stage à l'atelier de couture. En deux semaines, Stavros comprit à quel point c'était un métier difficile et exigeant. Tous ses doutes concernant le talent de Leah furent balayés.

Un peu après 18 heures, en entendant décoller l'hélicoptère qui ramenait l'acheteuse sur le continent, Stavros se sentit soudain en proie à une curieuse excitation. Il se précipita vers l'atelier et trouva Leah assise à sa table de travail, prostrée.

Après un long soupir de frustration, elle se redressa, arracha quelques pages de son carnet de croquis, les froissa et les jeta à la corbeille.

Il avait dû faire du bruit, car elle tressaillit.

— Excusez-moi, Anna, mais pour le moment je n'ai rien à vous faire faire…, commença-t-elle avant de se retourner.

Pendant une fraction de seconde, Stavros décela dans son regard une détresse immense couplée à un effroyable découragement qui se muèrent en méfiance lorsqu'elle réalisa que c'était lui.

Elle descendit de son tabouret.

— Je croyais que c'était Anna.

— Comment cela s'est-il passé ? demanda-t-il, pressé d'en apprendre plus.

Leah haussa les épaules et croisa les bras avant de détourner la tête. Quand elle se tourna de nouveau vers lui, elle avait une mine combattive.

— Tu avais raison, dit-elle sans dissimuler son amertume. Tu seras ravi d'apprendre que Mme Dupont n'a aimé aucun de mes croquis…

— Comment peux-tu penser que je me réjouisse de voir le travail harassant que tu as fourni réduit à néant ?

Elle paraissait honteuse. *Theos,* le prenait-elle vraiment pour un monstre de sadisme ? En même temps, lui avait-il jamais donné la moindre raison de le voir autrement ?

— Que s'est-il passé ? s'enquit-il, les yeux fixés sur son expression douloureuse. Pourquoi tes créations ne lui ont-elles pas plu ?

— Elle les a trouvées à la fois trop sophistiquées et trop bohèmes pour sa clientèle. « Plutôt constituée de personnalités de la jet-set, comme votre mari », ce sont ses mots exacts.

Leah avait eu beau tenter de discuter, Mme Dupont ne s'était pas laissé convaincre. Il lui avait fallu encaisser cette lourde déception et constater que tous ses efforts n'avaient servi à rien.

— Alors quel est ton nouveau plan d'action ?

Elle revint à Stavros, dont la silhouette puissante semblait envahir son petit atelier. Chaque fois qu'ils avaient discuté de son travail, il avait manifesté un intérêt sincère. Elle ramassa un carnet et lui montra les notes qu'elle avait prises un peu plus tôt.

— J'ai suivi tes conseils et je lui ai demandé ce qu'elle voulait exactement. Je vais devoir redessiner toute la collection.

Le fait qu'il l'ait questionnée si gentiment rendait son échec plus évident encore. Stavros prit le carnet et le feuilleta, parcourant les lignes au hasard.

— Je croyais que tu avais quitté la maison pour laquelle tu travaillais parce que tu désirais mettre en œuvre un style plus personnel ?

— C'est vrai. Sauf que, si je persiste à vouloir imposer ma vision, je risque de perdre une cliente sûre.

Il se pencha vers elle en croisant les chevilles. La longueur de ses jambes tendues, la largeur de ses épaules… toute cette virilité contrastait avec la soie délicate des robes autour d'eux.

— Dis-moi… toutes ces idées dont tu as discuté aujourd'hui, est-ce qu'elles valent la peine de tout risquer pour elles, comme tu l'as fait avec moi ?

Elle opina.

— Alors, dis non, tout simplement, et va de l'avant.

— Mais…

— Après avoir vu Anna dans cette robe rouge, je suis convaincu de ton talent, Leah. Tu dois prendre confiance en toi et foncer.

Stupéfaite, elle articula un faible « oui » avant de le dévorer du regard tandis qu'il quittait la pièce. Sa déception semblait s'être envolée. Son corps restait douloureux, mais une flamme nouvelle brûlait en elle.

Grâce à un homme qu'elle avait dupé et haï pendant des années.

7.

Leah lissa le satin beige et ennuyeux de sa tenue en retenant un soupir. Ce vêtement griffé n'avait rien de laid en soi, et pourtant. Dans ce chemisier classique et cette jupe évasée, elle ne se sentait pas vraiment à l'aise. Cette coiffure tirée et cette étole de cachemire, ce n'était pas elle non plus. A cela s'ajoutait un lourd collier de diamants qui lui appuyait sur la gorge comme une chaîne.

Elle coula un regard vers Stavros, assis à l'autre bout de la cabine, les yeux baissés vers son ordinateur. Détachant sa ceinture, elle se mit à faire les cent pas, le dos endolori par tout le travail qu'elle avait fourni ces dernières semaines pour développer son entreprise avec l'aide de Stavros.

Pour créer son site Internet, Leah avait fait appel au graphiste qu'elle avait connu quand elle travaillait encore pour la maison de couture d'Athènes. Une couturière venue du même village qu'Anna s'était présentée pour lui demander du travail, parce qu'elle adorait confectionner des robes. Quant à Stavros, il avait trouvé un juriste qui se chargeait de déposer sa marque et de monter une société à son nom.

La première fois qu'elle avait tenu entre ses mains le papier à son en-tête, les larmes lui étaient montées aux yeux.

« Leah Huntington Sporades — Créatrice de mode ».

Son père aurait été fier d'elle. Giannis aussi, s'il avait su. Peut-être plus encore, puisque c'est lui qui avait créé Katakris Textiles des dizaines d'années plus tôt dans une minuscule boutique. Sauf qu'elle ne pouvait courir le risque de se rapprocher de lui.

Le stylo de platine lui avait glissé des mains à deux reprises au moment de signer les papiers. Cédant à l'émotion d'un tel moment, Leah avait reçu avec gratitude la main que Stavros avait posée sur son épaule.

— As-tu choisi le nom de la marque ?

Sa question était d'abord restée en suspens. Calista et elle avaient élaboré tant de projets... C'était elle qui avait poussé Leah à prendre son envol. Elle qui lui avait donné confiance en la rassurant sur la valeur de ses dessins. Lors de la fête donnée pour ses dix-huit ans, elle avait tenu à porter une robe dessinée par Leah et tout le monde avait été ébloui.

Elle avait tendu à Stavros le logo dessiné avec l'aide du graphiste — un L et un C enlacés — en déclarant :

— Leah & Calista.

Comme il restait silencieux, elle s'était armée contre le refus qu'elle redoutait. Tous ses espoirs étaient portés par ce nom, cependant Leah ne pouvait se permettre de le défier. Mais il n'avait rien répondu. Pas plus d'approbation que de jugement. Il s'était contenté de la fixer, une lueur mystérieuse dans le regard. Leah avait fini par détourner les yeux.

Après leur conversation au bord de la piscine, Stavros et elle s'étaient installés dans une surprenante routine. Chaque soir, à son retour d'Athènes, il lui rendait visite dans son atelier et ils discutaient du travail, tels deux étrangers polis, évitant soigneusement tout sujet trop brûlant. Chaque soir, chacun avait une conscience plus aiguë de la présence de l'autre. A la fin de la semaine, Leah avait beaucoup progressé dans sa tâche. Le soir, elle avait mal au dos et aux doigts, et tombait de fatigue à peine arrivée à son lit.

Elle s'attendait à ce qu'une tempête vienne troubler ce calme apparent, néanmoins elle était bien décidée à maintenir la paix aussi longtemps que Stavros n'aurait pas décidé de leur avenir.

La veille, en arrivant dans son atelier, hâlé par l'éclatant soleil grec, il avait déclaré qu'après cette semaine épuisante elle avait grand besoin de se détendre. Elle avait acquiescé même si, à la pensée de partir avec lui, elle se sentait plutôt mal à l'aise.

Elle n'avait pas bronché quand Stavros lui avait annoncé qu'ils assisteraient à une réception avant de passer une semaine en villégiature, bien qu'il se sait visiblement attendu à ce qu'elle négocie.

Leah avait posé la main sur sa poitrine, comme si ce geste pouvait calmer les battements désordonnés de son cœur. Sans résultat, car en présence de Stavros, et malgré ses efforts, elle ne pouvait ni forcer ni contrôler son corps.

Il lui avait ensuite indiqué qu'il avait convoqué une styliste pour qu'elle renouvelle sa garde-robe. Détestait-il donc à ce point sa façon de s'habiller ? Douloureuse question… Elle s'était contentée d'acquiescer et l'avait remercié, comme l'épouse obéissante qu'il voulait qu'elle soit.

Elle se retrouvait donc confortablement installée dans un luxueux jet privé : épaisse moquette crème, cabine spacieuse comportant une chambre où trônait un vaste lit, en compagnie de cet homme qui lui mettait la tête à l'envers. En soupirant elle croisa les mains sur ses genoux pour éviter de fourrager dans l'impeccable chignon qui lui crispait la nuque et les épaules.

Quand l'hôtesse vint lui proposer à boire, elle demanda un verre d'eau gazeuse et de l'aspirine.

— Tu ne te sens pas bien, constata Stavros sur ce ton ferme qui n'appartenait qu'à lui en s'installant sur le siège le plus proche.

Beaucoup trop près au goût de Leah.

Elle garda un silence obstiné, bien décidée à gagner le combat qu'elle menait contre elle-même.

— Tu n'arrêtes pas de bouger, reprit-il.

— Si cela te gêne…

— *Theos,* Leah. Si tu pouvais, pour une fois, répondre directement à la question que je te pose.

— Je… Je n'aime pas cette coiffure, ni cette robe. J'ai l'impression d'être…

L'hôtesse lui apporta le verre d'eau et l'aspirine qu'elle avait demandés. Il l'observa tandis qu'elle l'avalait.

— Réponds-moi, Leah.

— J'ai l'impression d'être ta version de moi-même.

— Ma version de… J'aimerais que tu m'expliques.

— Avec cette robe et ces bijoux, je suis Leah Sporades, l'épouse discrète et raisonnable du respectable milliardaire Stavros Sporades. Ce n'est pas moi, tout ça. C'est toi. Cette styliste que tu as engagée, c'est elle qui m'a attifée de cette façon.

Les sourcils froncés, il contempla son chemisier raide et guindé, et elle crut sentir sur sa peau la chaleur de son regard qui la caressait. Elle serra les poings pour s'empêcher de croiser les bras.

— Je reconnais que ce n'est pas ton style habituel, dit-il avec une moue dubitative, mais cette styliste — qui m'a d'ailleurs été conseillée par un de mes collaborateurs — a choisi cette tenue « discrète et raisonnable » en fonction de l'image que ma femme doit renvoyer.

— Comme l'aurait fait tout être sain d'esprit. J'en ai donc déduit que tu détestes ma façon de m'habiller. Comme tu détestes ma façon de respirer, de parler et, d'une façon plus générale, de mener ma vie.

— Je ne déteste pas ta façon de t'habiller. Toutefois elle est très personnelle et tu portes souvent des tenues très légères…

— C'est justement ce qui me plaît, en tant que styliste. Des vêtements légers et un peu bohèmes.

— Même si tu finiras par mourir de froid ou d'insolation, je reconnais que tu es toujours sexy et sophistiquée.

Choquée, Leah releva la tête et vit Stavros soutenir son regard, comme pour la défier de mettre en doute la justesse de cette observation. Ou son droit à lui d'émettre un tel commentaire. Dans le silence interminable qui suivit, elle eut l'impression que la température de la cabine s'élevait de plusieurs degrés.

— J'ai peut-être été autoritaire, *thee mou,* mais jamais je n'ai voulu critiquer ta façon de t'habiller.

— Eh bien cette femme, comme des tas d'autres gens, croit que tu as honte de moi et que tu la paies pour me rendre digne de toi.

— Tu exagères beaucoup, *yineka mou.* Alors, pourquoi lui as-tu cédé, Leah ?

Une fois de plus, elle détourna le regard.

— J'ai décidé d'être « discrète et raisonnable ».

Il éclata de rire.

— Quand tu ris, on croirait presque que tu es un être humain, remarqua-t-elle.

— Et pas un extraterrestre ?

— Et pas un autocrate rigide, totalement focalisé sur son devoir et ses responsabilités. Et qui ne fait jamais ce qu'il a envie de faire, seulement ce que lui dictent ses principes moraux. Depuis quand n'as-tu plus fait quelque chose de complètement fou mais de très agréable ?

Un éclair d'amusement passa sur son visage, provoquant en elle des picotements de désir.

— Et toi, Leah, la dernière fois que ça t'est arrivé, c'était quand ?

Leah s'humecta les lèvres.

— Hier soir. J'ai mangé la moitié d'un gâteau au fromage que Rosa m'avait cuisiné. Divin.

Les yeux bruns de Stavros s'attardèrent sur sa bouche.

— Quand on a trop envie de faire une folie, c'est souvent signe qu'il vaudrait mieux s'en abstenir.

Leah s'imagina que cette bouche si bien dessinée et pourtant si cruelle se posait sur la sienne. Le désir s'insinua au creux de son ventre.

— Vivre uniquement guidé par sa raison n'est pas sans inconvénients.

— Lesquels ?

Leah haussa les épaules.

— Comment Dmitri et toi pouvez-vous être aussi proches sans qu'il soit parvenu à te pervertir ?

— Peut-être suis-je incorruptible, répliqua-t-il d'un air prétentieux, ce qui exaspéra Leah.

— Peut-être n'as-tu pas encore rencontré la tentation capable de te pervertir, répondit-elle d'une voix vibrante de défi.

Malgré son inquiétude, elle ne détourna pas le regard. L'arrogance infinie de cet homme la poussait à prendre des risques. Face à lui, elle oubliait ses peurs.

Soudain Stavros lui prit les mains, la contraignant à s'asseoir à ses côtés. Seules leurs mains se touchaient mais tout le corps de Leah frémit.

— Cette semaine, tu as travaillé jour et nuit.

— Cela te surprend ? lança-t-elle en tentant désespérément de se concentrer sur autre chose que le contact de sa peau. Pourtant, toi aussi.

— Peut-être, sauf que mon travail est moins physique. Rosa m'a dit que tu t'arrêtais tout de même pour t'étirer et courir, heureusement.

Il retourna les mains de Leah, comme pour évaluer la façon dont elles s'ajustaient aux siennes.

— Tu reconnais donc que je sais prendre soin de moi ?

— Je ne l'ai jamais mis en doute, commença-t-il sur un ton hésitant. Leah, si j'ai fait venir tous ces gens, c'est que j'ai pensé que, pour une fois, tu aimerais qu'on s'occupe de toi. Tu semblais regretter que ma propriété soit loin de tout.

Elle ne put empêcher son cœur de se gonfler de joie et se contenta d'acquiescer. Elle se leva, soudain très mal dans sa peau. Leah désirait haïr Stavros. Mieux, elle le devait. Pourtant ce nouvel aspect de la personnalité de ce dernier sapait lentement mais sûrement le fondement même de sa vie.

— La réception nous contraint-elle à passer tout le week-end là-bas ?

— Nous devons célébrer le cinquantième anniversaire de Katakris Textiles. La grande réception qui sera donnée ce soir honore tout le travail accompli par Giannis au cours des cinquante dernières années. Nous passerons ensuite le week-end avec lui.

Katakris Textiles. Le legs que Giannis leur destinait, à Dmitri, Stavros… et à elle.

— Je ne veux pas de cet héritage.

— Je ne te crois pas.

— C'est pourtant le cas, balbutia Leah, angoissée. Je vous le laisse bien volontiers, à Dmitri et à toi. Alors, dis s'il te plaît à ton pilote de faire demi-tour et de me ramener chez toi.

Stavros ne bougea pas.

— Il n'en est pas question. Peut-être ai-je oublié de le mentionner, mais c'est une des conditions requises pour retrouver ta liberté, Leah.

Elle sentit son malaise grandir.

— Tu ne peux pas me demander ça.

Lui faisant maintenant face, Stavros perçut immédiatement sa panique.

— Leah, que se passe-t-il ?

— Je ne veux rien avoir à faire avec Giannis, ni avec son héritage. Il… Il a rejeté maman, parce qu'elle était tombée amoureuse de papa. Il s'est tenu à l'écart à son décès et n'a jamais accepté mon père.

— Il s'en est voulu à mort de l'avoir chassée, Leah. Et elle… elle était aussi entêtée que lui.

— Il vous aime, Dmitri et toi, bien plus qu'il ne nous a jamais aimées, elle et moi. Giannis m'a recueillie parce qu'il n'avait pas le choix.

— Il a tout fait pour tenter de réparer ses erreurs.

Leah secoua la tête, forçant les mots à franchir ses lèvres.

— Il a ruiné ma vie en t'imposant à moi. Il m'a privée de ma liberté en t'obligeant à m'épouser.

— Giannis ne m'y a pas forcé, Leah. Je lui dois tout. Pour lui, j'aurais fait n'importe quel sacrifice…

Elle se recula vivement, comme s'il l'avait giflée.

Cristos ! Cette femme était une énigme qu'il mettrait sa vie entière à résoudre. Au-delà de toutes ses provocations et de l'animosité constante qu'elle lui témoignait, se pouvait-il qu'elle cherche son approbation ?

— Bien sûr, murmura-t-elle d'une voix larmoyante. Le fameux Giannis Katakris, qui a fait de ses filleuls des rois, qui les a arrachés à l'anonymat et à la misère... Et l'honorable Stavros Sporades qui ferait n'importe quoi pour l'en remercier, même épouser son odieuse petite-fille... Mais ce mariage, quelle vie a-t-il détruite ? La mienne. Je ne veux pas être l'instrument de la rédemption de Giannis, ni te servir à lui témoigner ta gratitude.

— Tu ne peux pas savoir à quel point il attend ce moment...

— Alors que, toi, tu le sais ? Tu comprends les sentiments et les angoisses des autres, Stavros ? Même la mort de Calista... pour toi, il s'agit uniquement d'un échec... Te manque-t-elle seulement ? A-t-elle jamais été pour toi autre chose qu'une responsabilité ?

Stavros pâlit subitement et ses traits se durcirent, il était hanté par ses souvenirs.

— Je me suis occupé de Calista depuis sa plus tendre enfance, elle n'était encore qu'un bébé...

— Tu t'es occupé d'elle, tu l'as protégée, tu lui as acheté des vêtements et des bijoux, mais l'as-tu aimée ? Et Giannis ? Signifie-t-il autre chose pour toi qu'une dette à rembourser ? Quant à moi, ne suis-je pas le châtiment que tu t'infliges pour essuyer l'échec que tu te reproches ? Tu as un cœur de pierre.

Leah comprit qu'elle venait de déclencher sa fureur, mais n'en fut pas apeurée. Ce qu'elle voulait, c'était lui faire mal.

D'abord son père, puis Calista. Ils l'avaient laissée brisée, seule, inconsolable. Cependant, elle avait enfin trouvé à quoi se raccrocher, où mettre tout son cœur, toute son âme.

Et Stavros voulait maintenant les réunir, Giannis et elle ? Non. Elle ne pouvait pas risquer de s'attacher à son grand-père. Elle ne survivrait pas à une autre perte.

— Toi qui ne t'es jamais intéressée qu'à toi-même, tu oses me mettre en cause ?

— Parfaitement. Toi tu n'as ni angoisses, ni doutes. Tu

n'éprouves pas de sentiments. Alors ne fais pas comme si tu tenais vraiment à Giannis.

— Giannis est le père que je n'ai jamais eu. Il a été un bien meilleur parent que la mère qui nous a abandonnés. Il a été ma famille, mon ami. Il est tout pour moi. Il est venu me chercher parce qu'il l'avait promis à mon ivrogne de père. S'il n'avait pas tenu parole, jamais je n'aurais su ce qu'était la bonté, ou l'honneur. J'aurais passé ma vie dans la misère. Alors oui, pour le faire sourire, je suis prêt à tout.

Sa riposte cloua Leah sur place. Impossible de mettre en doute sa sincérité. Ses accusations étaient fausses. Elle ne pouvait nier l'abandon de ses parents, ni sa détermination à accomplir son devoir.

Stavros se passa la main sur le visage, vraisemblablement épuisé.

— Peu m'importe si tu crois qu'il a ruiné ta vie. Avant tout, il a voulu te protéger, et surtout de toi-même. C'est pourquoi ce soir tu vas jouer ton rôle de petite-fille et héritière, et ensuite, tu passeras quelques jours avec Giannis pour le remercier de tout ce qu'il t'a offert. Si tu sais où est ton intérêt, je te conseille de m'obéir.

8.

Depuis le vaste balcon, Leah contemplait le paysage verdoyant qui environnait la propriété de son grand-père.

De grandes tentes avaient été dressées et des fontaines multicolores illuminaient les pelouses. Les tables ployaient sous la multitude de plats préparés pour le buffet. Des enceintes discrètes diffusaient une musique douce. A travers sa profonde rêverie, elle percevait les rires et les applaudissements de la foule. Durant l'heure et demie passée en bas, elle n'avait entendu que des vœux adressés à Giannis et des compliments à l'attention de Stavros et Dmitri. De l'avis général, son grand-père n'aurait pas pu choisir de meilleurs successeurs pour prendre sa suite. Quant à elle, elle était considérée comme l'étrangère, l'inconnue, une véritable curiosité pour tous ceux qui avaient fréquenté sa mère et cela l'avait blessée.

Lorsqu'elle était descendue de la limousine, au bras de Stavros, la foule s'était immobilisée dans un silence retentissant avant qu'elle ne la fende, cherchant des yeux son grand-père, qu'elle redoutait pourtant d'apercevoir.

« Il fait une pause », lui avait glissé Stavros à l'oreille. S'il ne l'avait pas soutenue, elle se serait sans doute écroulée.

Une heure durant, Leah avait attendu Giannis tandis que les souvenirs affluaient. Voilà bientôt huit ans qu'elle n'était pas revenue chez son grand-père. A l'époque elle avait trouvé la demeure de Giannis trop triste et avait préféré vivre avec Calista dans la villa de Stavros à Athènes.

Quand ce dernier l'avait ramenée des Etats-Unis chez son

grand-père, celui-ci s'était montré très ouvert et affectueux. Mais elle était trop affectée par la mort de son père pour répondre dignement à son amour. Pourtant, Giannis n'avait pas renoncé. Au contraire, il avait demandé à Stavros d'amener Calista avec lui lors de sa prochaine visite et, comme il l'avait prévu, elle était entrée en trombe dans la vie de Leah. Drôle, téméraire et sans limites, elle était seule à comprendre le chagrin de Leah. Jamais cette dernière n'aurait imaginé la perdre un jour.

Anéantie par la mort de Calista et terrassée par la décision de Stavros, Leah avait refusé de revoir Giannis. Si elle ne l'aimait plus, si elle gardait ses distances, elle pensait que, peut-être, elle n'aurait pas à endurer le chagrin d'une nouvelle perte.

Stavros avait raison, elle s'était montrée très égoïste et ne s'était souciée que d'elle-même.

Un faible bruit la tira de sa rêverie. Elle se retourna et aperçut son grand-père qui la contemplait de ses grands yeux bruns. Debout sur le seuil, Stavros se tenait à ses côtés.

— Approche que je puisse te regarder.

Sa voix, tendre et un peu éraillée, perça le silence. Mue par une force invisible, Leah s'avança vers lui, le cœur battant.

— Tu ressembles encore plus à ma belle Ioanthe. Bienvenue chez toi, Leah.

Tout à coup, elle sentit céder toutes les barrières qu'elle avait érigées pour se protéger. Le visage ruisselant de larmes, aveuglée par l'émotion qui la submergeait, elle se précipita vers lui pour le serrer dans ses bras. Giannis était si frêle que, si Stavros ne les avait pas soutenus, ils seraient certainement tombés tous les deux.

— Excuse-moi, murmura-t-elle d'une voix pleine de regrets.

Comme elle se trouvait lâche, à présent, d'avoir privé Giannis de son amour ! Il la serrait de toutes ses forces et, reconnaissant son odeur de pin, Leah éclata en sanglots.

— Chut ! Ne pleure pas, *thee mou.*

Quand elle reprit ses esprits, Giannis était assis sur une chaise et elle se tenait à ses pieds, agenouillée sur le carrelage. Submergée par la honte et le chagrin, Leah enfouit son visage dans ses mains tandis que son grand-père lui caressait les cheveux et chuchotait des mots pleins de tendresse. Stavros avait disparu.

— J'ai été lâche, reconnut-elle en relevant la tête. Je n'ai cherché qu'à me protéger.

En souriant, il serra ses mains entre les siennes.

— Maintenant, tu es revenue.

Sans l'intervention de Stavros, jamais elle n'y serait parvenue. Cependant elle était encore trop hantée par de nombreuses craintes qu'elle savait enfouies, malgré sa joie de revoir son grand-père, pour lui en être reconnaissante.

Les pleurs de Leah vibraient encore dans la tête de Stavros tandis qu'il parcourait la maison à sa recherche. Deux heures s'étaient écoulées depuis qu'il l'avait laissée avec son grand-père pour rejoindre la réception, troublé.

L'infirmière l'avait informé que Giannis avait regagné sa chambre depuis une heure, Leah pouvait donc se trouver n'importe où dans cette grande demeure aux allures de labyrinthe.

En proie à l'effroyable sentiment d'échec qu'il avait déjà éprouvé après la mort de Calista, Stavros se reprocha d'avoir poussé Leah à aller trop loin. Sinon, pourquoi s'était-elle mise à pleurer comme si elle avait le cœur brisé ?

Il finit par la découvrir dans la salle de musique plongée dans l'obscurité. Il se souvint alors que Ioanthe avait coutume de venir y jouer, Giannis le lui avait dit. En pénétrant à l'intérieur, il alluma un lustre de cristal dont la lumière inonda la pièce et vit Leah sur une chaise longue. Sa robe était toute froissée.

— Pas de commentaires sur la bouteille ni sur ma robe, ni sur la façon dont j'ai mené ma vie jusqu'ici, Stavros, lâcha-t-elle, un verre de vin à la main. Tu peux être content, je souffre tellement que je me demande comment j'ai fait pour survivre.

Sur la table basse, Stavros aperçut une bouteille et les peurs qu'il avait crues définitivement enfouies resurgirent en lui. Le chignon sévère qu'elle n'aimait pas s'était défait et ses cheveux ébouriffés entouraient son visage. Ses yeux étaient gonflés et sa bouche d'habitude si sensuelle et moqueuse se fendait d'une grimace amère. La tapisserie rouge du siège soulignait la pâleur de son visage, lavé de tout maquillage. Elle semblait affreusement seule, innocente et effrayée.

— Te caches-tu de moi, Leah ?

— Même si je l'avouais, je ne vois pas ce que ça changerait.

La colère parcourut Stavros. Ne pouvait-elle pas lui dire tout bonnement la vérité ?

Même sa robe stricte, froissée et tachée là où elle s'était agenouillée, avait perdu la bataille contre Leah. Une bretelle tombée sur le bras lui dénudait le cou et une partie de la poitrine. La rivière de diamants étincelait sur sa gorge nue.

Stavros se sentit soudain traversé par une bouffée de désir irrésistible. Il brûlait de poser ses lèvres sur le cou de Leah pour y sentir battre son pouls.

Plus puissante que la vague de désir qui déferlait dans son corps, il fut alors submergé par une tendresse qui le déstabilisa. Il aurait dû être satisfait de constater qu'elle avait fait ce qu'il lui avait demandé et qu'elle n'ait pas blessé Giannis comme elle l'avait blessé, lui.

Stavros s'adossa au chambranle de la porte.

— Tu n'es pas celle que je croyais, Leah. Tu es… toi.

— Je suis heureuse de te l'entendre dire, répondit-elle avec sarcasme. Pourrais-tu me laisser seule à présent, Stavros ? Je suis sans nul doute aussi inconsciente et dérangée que tu le prétends mais, pour une fois, abstiens-toi d'analyser tous mes faits et gestes et de me juger.

Elle n'avait toujours pas daigné le regarder. S'était-il montré si dur avec elle qu'elle se sentait obligée de lui offrir cette façade égoïste ? Etait-il vraiment un monstre sans cœur ? Plus important encore, l'avait-il toujours été ?

Stavros avait travaillé si dur dans la petite ferme de son grand-père pour rattraper les erreurs de son père, terrorisé par l'idée de se retrouver seul à la rue avec Calista.

Il se rappela la nuit où sa grand-mère lui avait annoncé que sa mère ne reviendrait pas. Le jour où son père était mort, il n'avait pas versé une larme ; il n'avait pensé qu'à protéger Calista. Dès qu'elle avait su marcher, sa petite sœur l'avait suivi partout pour l'embrasser et lui faire des câlins. Et lorsqu'elle se faisait mal, c'était auprès de lui qu'elle venait pleurer.

Calista avait un regard si chaleureux que Stavros en était désarmé et ne savait comment lui rendre son affection. Alors, il avait fait ce qu'il pouvait. Il l'avait protégée et soutenue, autant qu'il en était capable…

Cette pensée qui l'avait toujours réconforté l'accablait désormais et lui brisait le cœur. « Calista te manque-t-elle vraiment ? L'as-tu réellement aimée ? » Dans la cruauté de son jugement, Leah avait-elle vu juste sur les sentiments qu'il éprouvait pour Calista ?

Après le décès de sa sœur, Stavros avait ressenti de la colère, de la confusion, du désarroi. Cet échec l'avait poursuivi, alors il avait tenté de le balayer en se concentrant sur ses devoirs. En protégeant Leah, en la punissant, et lui aussi par la même occasion, il s'était accordé un soulagement pervers.

Son instinct lui avait pourtant dicté de s'éloigner d'elle, de fuir ses mots acerbes qui le transperçaient. D'en finir, de la libérer et partir sans se retourner. Cependant, il n'était pas plus capable de la quitter que d'arrêter de respirer.

Au-delà de sa reconnaissance pour Giannis et de ses responsabilités envers Leah, au-delà même de cette attirance insupportable qu'elle lui inspirait, un sentiment étrange s'était éveillé en lui.

— Leah, est-ce par haine à mon égard que tu t'es éloignée de Giannis ?

Elle termina son verre et une lueur nouvelle, probablement de la satisfaction, éclaira ses yeux. Elle sembla se détendre un peu.

— Si cela pouvait te faire souffrir, je dirais oui. En ce moment, je suis prête à tout pour te faire saigner.

Il se précipita vers elle et contourna la chaise longue pour lui faire face. Ses traits étaient empreints d'un mélange de douleur et de rage. Elle lui parut infiniment belle. Sa vulnérabilité et la certitude de tout ce qu'ils partageaient le touchèrent en plein cœur. Il lui prit le menton pour la forcer à le regarder.

— As-tu tellement envie de voir mon sang couler, *pethi mou* ?

— Oui. Es-tu satisfait, Stavros ? Est-ce que je vaux davantage à tes yeux, désormais ?

— Depuis quand te préoccupes-tu de ce que je pense de toi, Leah ?

Les mots lui brûlaient les lèvres.

Leah se retourna si brusquement que sa robe lui remonta au-dessus des genoux, découvrant une cuisse ferme et bronzée.

Stavros détourna le regard, redoutant de ne plus pouvoir contrôler le désir qui l'envahissait.

La chevelure de Leah lui balaya le visage tandis que le bruissement de sa robe se mêlait à son souffle haletant. Elle lui jeta un regard moqueur. Elle avait repris le masque qui dissimulait à Stavros ce qu'il aurait tant voulu découvrir.

— Tu ferais mieux d'oublier ce que je viens de te dire, Stavros. Je me fiche de te faire du mal, je ne me soucie pas de toi. J'ai fait ce que tu m'avais demandé, je pense que Giannis est heureux. J'ai joué mon rôle d'héritière et fait un pas de plus vers la liberté. Ce qui compte avant tout, c'est que le mois prochain passe au plus vite et que je puisse en finir enfin avec toi.

De nouveau, Stavros sentit la colère monter en lui.

Pourquoi refusait-elle de lui dévoiler qui elle était en réalité ? Alors qu'elle avait exploré son cœur, elle lui interdisait la même satisfaction. Après lui avoir fait perdre toute maîtrise de lui-même, comment pouvait-elle l'abandonner en se moquant de lui ?

Avant qu'elle puisse se lever pour s'échapper — car c'est ce qu'elle allait faire, il le savait — Stavros la prit par le poignet et la força à se rasseoir.

— De qui as-tu peur, Leah ? De moi ou de toi ? s'écria-t-il.

Devinant à son agitation qu'il avait visé juste, il fut pris d'une frénésie grandissante.

— Tu ne me fais pas peur, rétorqua-t-elle en s'écartant de lui.

Le glissement du corps de Leah contre le sien ne fit qu'ajouter à la torture de Stavros.

— Dans ce cas, regarde-moi en face, dit-il dans un souffle, désireux de lui prouver que, d'une manière ou d'une autre, il comptait pour elle.

Autant qu'elle aussi elle s'était mise à compter pour lui.

Leah ne pouvait pas laisser Stavros la toucher. Elle ne pouvait pas le laisser l'embrasser. Si elle l'y autorisait ce soir, si elle s'abandonnait dans ses bras, l'horrible vérité se ferait jour. Elle avouerait à quel point elle s'était sentie seule. Si elle lui laissait entrevoir la réalité, elle ne saurait plus se défendre contre lui. Malgré l'émotion qui la fragilisait, Leah savait qu'elle devait se tenir à distance de Stavros.

— Pourquoi te comportes-tu de cette façon ? lança-t-elle.

— Tu veux dire comme un homme se comporte envers une femme ?

Ravalant ses larmes brûlantes, Leah tenta de libérer ses poignets. Mais Stavros l'attira à lui et sa hanche heurta la cuisse puissante de celui-ci. Mettant fin au combat, Leah laissa sa tête glisser au creux de son épaule.

— Qu'attends-tu de moi ?

— Ce que j'ai toujours attendu, la vérité, *pethi mou.*

Délicatement, il la prit par la nuque. Le cœur de Leah se mit à battre la chamade tandis qu'elle relevait la tête vers lui. Stavros la fixait avec une surprenante intensité.

— Je sais que, la vérité, c'est trop te demander. Alors je me contenterai de ce que tu peux me donner.

Désarçonnée par sa voix grave et par son expression curieuse, elle ne savait que répondre… En proie à une multitude de sensations — le contact rude de ses mains contre les siennes, la force de son emprise sur ses poignets, la lourdeur soudaine de sa propre poitrine contre son torse, la dureté de ses cuisses — Leah avait les jambes en coton. Son corps n'était plus qu'une masse vibrante d'émotions. Stavros était tout ce qu'elle avait toujours désiré mais elle ne pouvait l'admettre.

— Je ne veux pas…

— Dans ce domaine, tu mens très mal, dit-il en posant le doigt sur la veine qui palpitait à la base de son cou. Ton pouls te trahit, tout comme cette lueur dans tes yeux. Même ta bouche te trahit…

Il prit son visage entre ses mains pour l'attirer vers le sien. Elle sentit une chaleur brûlante lui traverser les reins. Ses cuisses étaient si dures, si puissantes, et son attitude si possessive… Comment aurait-elle pu lui résister quand il la regardait ainsi ?

— Je ne serai pas ta femme de sitôt…

Il lui sourit et les dernières défenses de Leah s'effondrèrent.

— A cet instant, tu es déjà à moi, *yineka mou.* Pour tout le mal que tu m'as déjà fait, pour tout ce dont tu m'as privé, embrasse-moi, Leah…

Stavros avait bouleversé sa vie, et maintenant, c'est son cœur qu'il mettait sens dessus dessous.

Il n'essaya pas de l'embrasser. Il la prit simplement par la taille et s'immobilisa, le regard dérobé par ses longs cils. Leah le fixa, subjuguée par sa beauté. Le désir étouffa toutes ses peurs.

Lentement, elle posa ses lèvres sur celles de Stavros et le gémissement qu'il laissa échapper la surprit tout autant que le contact brûlant de ses lèvres…

Sa bouche était chaude et ferme. Un million d'étincelles s'enflammèrent sous sa peau. L'air lui manquait autant que la faculté de penser. Ses lèvres bougeaient sur les siennes tandis qu'il enfonçait les doigts dans ses cheveux pour mieux la tenir. En sentant ses dents lui mordiller la lèvre inférieure, Leah gémit à son tour.

La main de Stavros glissa lentement de sa hanche à ses fesses pour l'attirer à lui et lui faire écarter les jambes. Le souffle court, elle pressa contre lui ses seins lourds et douloureux, laissant courir ses doigts tremblants sur ses joues devenues rugueuses à cause de sa barbe naissante.

Sa bouche pouvait la blesser par ses mots, mais n'en dégageait pas moins un érotisme irrésistible… Ses mains l'avaient arrosée d'eau glacée, mais leur contact la faisait frémir. Blottie dans ses bras, Leah se sentait enfin vivre.

Il n'y avait pas de douceur dans ses baisers, Stavros ne cherchait pas à séduire ni à cajoler. Ces réactions, il les lui avait arrachées, en s'imposant à elle et en laissant sur sa chair tendre l'empreinte de ses gestes puissants. Il avait toujours décidé pour elle, comme s'il savait ce dont elle avait besoin.

Elle aurait pu passer cent ans serrée ainsi contre sa poitrine, abandonnée à son étreinte, anéantie par le plaisir qu'il faisait naître en elle. Sauf qu'elle ne pouvait pas le laisser choisir pour elle, ni se contenter de ce qu'il daignait lui offrir.

Bien décidée à se battre, à demander son dû, Leah arracha sa bouche à celle de Stavros et enfouit le visage au creux de son cou. Le goût salé de sa peau… Cette pulsation dans son sexe… Elle gémit.

Elle sentit les doigts de Stavros se relâcher dans ses cheveux. De l'autre main, il la maintenait toujours contre lui tandis qu'elle le caressait d'une main ferme, s'imprégnant de son corps. Sa main remonta de ses cuisses vers son ventre et trouva son sexe dressé, dur et long, tellement excitant. Stavros en eut souffle coupé. C'était elle qui le mettait dans cet état. Malgré sa respiration devenue haletante, il restait parfaitement calme.

Guidée par son instinct, Leah le saisit et, fébrile, bougea ses doigts sur toute la longueur de son érection.

Stavros laissa échapper un gémissement guttural et Leah comprit qu'il venait d'enfreindre ses propres règles, de perdre le contrôle.

Une seconde seulement, toutefois c'était déjà une victoire.

Il attrapa Leah par le poignet. Elle leva les yeux et sourit, éprouvant une extraordinaire puissance mêlée à une satisfaction douloureuse.

En cet instant, avec lui… la douleur devenait un plaisir.

Stavros lui jeta un regard grave.

— Pourquoi me pousses-tu à bout, Leah ? murmura-t-il

d'une voix rauque contre sa tempe. Pourquoi veux-tu toujours te battre ?

— N'as-tu pas aimé ma réponse, Stavros ? demanda-t-elle en frissonnant. C'est pourtant toi qui m'as forcée à te répondre, comme tu m'as toujours forcée à faire ce que tu souhaitais. Ce baiser, c'était une façon de me dominer, et non une marque de désir ou de tendresse.

Il avait à présent le regard vide.

— Pourquoi ne portes-tu pas ton alliance ? lança-t-il en s'écartant d'elle, le visage fermé.

— Elle est quelque part, avec mes bijoux.

— Tant que tu restes ma femme, tu dois la porter.

Elle le dévisagea, abasourdie.

— Cela fera plaisir à Giannis. C'est important aussi, n'est-ce pas, Leah ? Tu ne lui parleras pas de notre petit arrangement.

— Et à l'issue de notre… arrangement, si j'obtiens gain de cause ?

A l'idée de ne plus jamais le revoir, elle fut envahie par la tristesse.

— Je suis certain que tu ne l'abandonneras pas, fit-il sur un ton menaçant. Quant à moi, je continuerai à m'occuper du seul homme qui compte pour moi.

Stavros s'éloigna sans se retourner, mais la douceur de la bouche de Leah et l'éclat de ses yeux demeureraient à jamais gravés en lui. S'il était resté une minute de plus, il savait ce qu'il aurait fait. Comment en était-il arrivé là, à la désirer si désespérément ? Frémissant de frustration, il se demanda si Leah ne lui avait pas offert quelque chose qu'il n'avait su accepter, et pourquoi cela comptait tellement aujourd'hui encore.

Un jour, il l'autoriserait à mettre fin à leur mariage, il le savait. Pourtant, au lieu d'anticiper le plaisir de retrouver sa liberté, Stavros ne souhaitait qu'une seule chose : connaître Leah et découvrir cette part d'elle-même qu'elle avait toujours refusé de lui livrer.

9.

Pourquoi l'avait-il embrassée ? Cette question ne cessait de hanter Leah. Et qu'est-ce qui l'avait poussée à céder si facilement ? En fermant les yeux, elle entendait encore son souffle haletant et la douceur de sa voix.

Sa main tremblait tellement que les ciseaux lui échappèrent et égratignèrent le tissu. Pleurant de frustration, elle les lança à travers la pièce avant de lisser doucement le coûteux tulle dans lequel elle s'apprêtait à couper la jupe de la robe de mariée. Heureusement l'accroc était minime.

Elle plia soigneusement le tissu et le glissa dans du papier de soie. Aujourd'hui, il lui était impossible d'accomplir le moindre geste qui demandait de la concentration.

Plus d'une semaine s'était écoulée depuis la réception. Dès le lendemain, Stavros était reparti, sans doute à cause de ce baiser. Désormais, quand il la fixait, elle découvrait dans son regard une émotion singulière.

Leah prit sur le portant une robe de cocktail d'un rouge profond, enfila une aiguille et après s'être assise sur le divan commença à coudre l'ourlet, contente d'avoir convaincu Stavros de faire expédier une partie de son matériel chez son grand-père. Elle souhaitait rester auprès de Giannis car ce dernier se fatiguait vite et, si elle n'avait pas pu travailler, elle serait devenue folle à force de penser à Stavros toute la journée.

L'arrogance de son mari pas plus que sa froideur maladive ne pouvaient empêcher Leah de trembler au souvenir de sa bouche, de ses dents qui lui mordillaient la lèvre, de ses larges mains qui passaient sur son corps.

Leur premier baiser… Etait-ce la lutte de deux volontés ? Un remède destiné à apaiser l'ego de Stavros ? Et s'il était aussi désemparé qu'elle ?

Leah aurait tant voulu le détester. D'ailleurs, elle détestait sa froide détermination… et, en même temps, il lui donnait tellement l'impression d'être vivante. Abandonnée à son baiser, lovée dans ses bras, elle ne ressentait plus l'envie de se cacher, elle n'avait plus peur. Elle vivait, enfin.

Quand il l'avait fixée, les yeux brillant de désir, Leah aurait juré qu'il la considérait comme son égale. Ce qui était totalement stupide car, en ce moment même, Stavros assistait à un gala de charité à Athènes, avec sa maîtresse. Enfin, à cette heure, il devait être au lit, se dit-elle avant de pousser un cri : elle venait de se piquer avec son aiguille.

Le seul point positif avait été qu'elle avait abattu un travail considérable et passé beaucoup de temps en compagnie de Giannis. Son grand-père avait demandé à voir une robe de sa collection, qu'il avait déclarée réussie. D'après lui, elle avait le talent nécessaire pour faire un carton dans l'industrie de la mode. Elle devait avoir ça dans le sang, avait-il ajouté non sans orgueil. Même si Leah avait jugé ces compliments exagérés, ils lui avaient fait chaud au cœur.

Ainsi, elle prenait chaque jour le petit déjeuner et le déjeuner avec lui, avant de l'accompagner faire un tour dans le jardin. Quelquefois, ils jouaient à un jeu de société ou discutaient travail. Tous deux évitaient soigneusement de parler de Stavros ou de leur mariage. Rapidement, Leah s'était mise à apprécier les après-midi qu'elle passait à bavarder avec Giannis ou à le regarder faire la sieste, assise sur la terrasse, son carnet de croquis à la main.

Elle trouvait son grand-père irrévérencieux, polisson et drôle.

Lorsque la chaleur accablante cédait enfin place à la fraîcheur de la nuit, ses craintes disparaissaient et elle se sentait peu à peu envahie par un incroyable bonheur.

Son téléphone émit une sonnerie et elle constata qu'il était l'heure d'aller déjeuner avec Giannis. Bientôt cette période de répit au côté de son grand-père prendrait fin. Elle réalisa soudain qu'elle n'avait aucune envie de le quitter, même brièvement.

Stavros l'évitait mais l'appelait chaque soir pour lui demander des nouvelles de Giannis, ce qui, chaque soir, la mettait en émoi.

Elle rejoignit son grand-père à la table dressée dans le patio, qui offrait une vue magnifique sur le bord de mer, tout en étant protégée du soleil par un grand parasol. Après l'avoir embrassé, elle s'assit. La petite table débordait de mets colorés et variés.

— Je ne savais pas qu'aujourd'hui était un jour de fête, dit-elle en étalant sa serviette sur ses genoux. Autrement, j'aurais sauté le petit déjeuner et couru quelques kilomètres de plus.

— Mange. Aucun homme n'a envie de se cogner à des os quand il serre sa femme dans ses bras.

Leah hocha la tête tout en dégustant un morceau d'une tourte croustillante et juteuse.

— Eh bien, n'aie crainte, en ce moment, personne ne risque de se faire mal.

Le sourire disparut du visage de Giannis.

— Stavros est pourtant ton mari, mon enfant. Lui refuses-tu ton lit ?

En entendant sa question, Leah faillit s'étrangler et avala une gorgée de citronnade.

— Je ne tiens pas à gâcher l'après-midi en parlant de ça.

— Ta mère est partie. Calista aussi. Stavros m'a dit que tu restais secrète. Cela pourrait te faire du bien de parler à un vieil homme, *ne* ? fit-il sur un ton très doux.

— Je ne vois pas pourquoi je devrais lui être soumise sous prétexte que je suis sa femme, grand-père.

— Je comprends ta vision moderne du mariage. Seulement je m'inquiète pour toi et je perçois ta solitude.

La solitude, oui, et depuis tant d'années. C'était pour cette raison qu'elle s'était abandonnée si facilement à Stavros.

— Leah ?

Elle n'eut pas le cœur de le laisser à son inquiétude. Même si Giannis avait donné tout pouvoir sur elle à Stavros, c'est à son mari qu'elle en voulait.

Giannis lui prit la main, qu'il serra dans la sienne.

— Stavros et moi… c'est trop compliqué. Comment pourrais-je le considérer comme mon mari alors qu'il continue à me traiter comme une gamine ?

— C'est dans sa nature de protéger ses proches.

La dernière chose dont elle avait envie, c'était bien d'être parmi ses « proches ».

— Il ne sait rien faire d'autre. Il… Jamais je ne l'ai vu rire, ni avoir envie de quoi que ce soit.

Pourtant, la nuit où ils s'étaient embrassés, Stavros s'était révélé très différent, sensible à son contact et même à ses paroles.

— Il a dû naître avec un registre où étaient consignées des règles de vie…

Elle s'interrompit en voyant la réaction de son grand-père.

— Stavros n'exige ni ne prend jamais rien. Il se contente de donner.

Il y avait tant de vérité dans cette phrase qu'elle en resta bouche bée. Jamais elle n'avait vu Stavros réclamer quoi que ce soit pour lui-même. C'était toujours pour elle ou Calista, ou Giannis et parfois même pour Dmitri.

— S'il apprenait que je mange mon dessert en premier, il interdirait au cuisinier de me le servir.

— Le lui as-tu reproché ?

Elle acquiesça, et, subitement, Giannis éclata d'un rire qui secoua son corps frêle au point qu'elle s'en inquiéta. Il se calma lorsqu'il remarqua son anxiété.

— Rire avec toi me fait du bien. Je continue à croire en votre couple car tu es exactement la femme dont Stavros a besoin. Et lui aussi te convient. Donne-lui sa chance et tu découvriras que c'est un honnête homme.

En dépit de sa raideur et de sa vision étriquée du monde, Leah devait bien reconnaître que les intentions de Stavros avaient toujours été honnêtes. Et si elle se confiait à lui ? Si elle s'en remettait totalement à lui ? Serait-elle capable de donner une chance à leur relation et de devenir celle avec qui il partagerait sa vie ?

Feignant un détachement qu'elle était loin d'éprouver, elle regarda Giannis qui l'observait avec curiosité. Dans ses yeux, elle lut une question et le sentit hésiter. Alors elle comprit qu'elle ne partirait pas sans lui avoir révélé la vérité. Elle lui prit la main, qu'elle serra dans la sienne.

— Cette nuit-là, je n'avais pas pris de drogue. Je n'y ai jamais touché. Je t'ai fait du chagrin, mais…

Troublée par l'émotion, elle posa le front sur sa main.

Comment mettre des mots sur les peurs qui la dévastaient ?

Un bruit de pas. Un frémissement. Lâchant la main de Giannis, elle se retourna. Stavros était de retour.

Il la croyait.

Stavros s'arrêta net en prenant conscience de cette réalité, si simple et pourtant si dévastatrice.

Jamais Leah n'aurait fait des révélations aux médias, jamais elle ne les aurait entraînés, Giannis et lui, dans un effroyable scandale pour le forcer à divorcer.

Ce jour-là, elle avait bluffé. Et lui y avait cru. Il avait cru chacun de ses mensonges, imaginant que Leah avait trompé sa sœur si naïve et l'avait convaincue d'essayer une substance dangereuse.

Alors si elle n'avait pas entraîné Calista, que s'était-il réellement passé ? Comment Leah avait-elle survécu alors que Calista, elle, avait succombé cette nuit-là ? Jusque-là, il avait toujours considéré que c'était le hasard.

Mais non. Quel qu'ait été le choix de sa sœur, il avait été

délibéré. Sa tête bouillonnait de questions sans réponses et tout son univers vacillait.

Pouvait-il avoir méconnu à ce point sa propre sœur ?

— Approche, Stavros.

Giannis lui avait fait signe avant qu'il n'ait pu s'éclipser. Il leva les yeux et vit Leah de l'autre côté de la table. Lorsque leurs regards se croisèrent, elle lâcha la cuillère de service qui rebondit bruyamment sur le carrelage du patio.

Elle portait une blouse noire, qui lui dénudait les épaules et une partie du dos mais lui seyait à la perfection, et une longue jupe grise qui flottait autour de ses jambes. Un coup de vent la plaqua contre ses cuisses, soulignant leur fermeté et leur longueur.

Un regain de désir envahit Stavros. Le désir de poser les mains sur son corps délicat, de dénouer son chignon pour laisser sa chevelure se répandre sur ses épaules, de poser la bouche sur la sienne…

Leah lui faisait plus d'effet qu'aucune autre femme. Peut-être parce qu'elle était la sienne. Ou alors simplement parce qu'elle était Leah — belle, provocante, vivante.

Mais il n'allait pas la laisser faire, pas avant de connaître la vérité au sujet de Calista et d'elle-même. Pas avant d'avoir goûté une fois encore à sa bouche si sensuelle. Cette fois, il obtiendrait ce qu'il voulait, il prendrait ce dont il avait tellement envie et tant pis pour son sens du devoir.

Une étrange lueur brillait dans les yeux de Stavros quand il s'assit à table en face de Leah. Au souvenir de son corps tendu contre le sien, le visage de la jeune femme s'empourpra. Espérant qu'ils prendraient ça pour un coup de soleil, elle adressa à Giannis un gentil sourire.

Ce dernier se leva lentement et se tourna vers eux en s'appuyant sur sa canne.

— Je dois aller me reposer. Vous, restez tranquillement là, dit-il en leur jetant un regard entendu.

Comment réagirait-il quand Stavros lui annoncerait leur séparation ?

Dès que son grand-père eut disparu, Leah se leva à son tour. La joie qu'elle avait ressentie le matin s'était envolée et avait laissé place à un flot d'émotions contradictoires.

Stavros la prit par le poignet.

— Reste, Leah, s'il te plaît… lança-t-il l'air anxieux.

Le cri d'un oiseau perché non loin dans un olivier vint couvrir le bruissement des feuilles et les battements redoublés de son cœur. Elle le regarda.

Comme toujours, il portait une tenue de ville, sa chemise était déboutonnée et sa chevelure en désordre. Cependant, elle sentit s'éveiller en elle une irrépressible envie d'effleurer ses traits austères pour tenter d'attiser sa tendresse et de s'entretenir avec lui d'égal à égale. Sans peurs ni mensonges.

— Comment avance ta collection ?

— Très bien. Je viens de terminer le dessin de la dernière robe. Mais je crains qu'elle ne soit pas aussi resplendissante que je l'espérais.

— La robe de mariée ?

— Oui. J'étais sur le point de la couper. J'avais sorti le tissu, je l'avais déroulé et puis je suis restée à le regarder pendant des heures. Je n'arrive pas à me lancer…

— Pourquoi sembles-tu si nerveuse ? s'enquit-il d'une voix empreinte de sollicitude.

— Ce sera évidemment le clou de ma collection, mais cela signifie bien plus encore pour moi. De nos jours, une robe de mariée symbolise un statut social et permet d'étaler son argent. Mais pour une femme, c'est avant tout montrer qu'elle devient enfin ce qu'elle a toujours rêvé d'être.

Stavros s'approcha d'elle et posa doucement sa main sur celle de Leah.

— Ce qu'elle a toujours rêvé d'être ?

— Oui : belle, exceptionnelle et aimée, dit-elle en écartant la main. Quel que soit son âge, ce jour-là, elle est le centre de l'univers de son mari… C'est la certitude que sa vie est importante pour quelqu'un d'autre. C'est le premier jour d'une ère nouvelle et de la relation la plus importante, la plus intime qu'elle aura jamais… Sa robe de mariée représente tous ses rêves et tous ses espoirs.

Elle comprit que Stavros s'était figé et se retourna. Dans ses yeux, elle découvrit une incommensurable pitié. Comme si elle s'était soudain mise à nu. Leah ferma les yeux pour cacher ses larmes. Elle savait à quoi Stavros pensait.

Elle s'était mariée dans une immonde robe de soie crème qui moulait son corps rebondi. Avec pour témoin un Dmitri au visage fermé tandis que Giannis gisait sur son lit d'hôpital. Dévorée de culpabilité, bouleversée d'avoir dû renoncer à ceux qu'elle aimait et terrifiée par les intentions qu'elle prêtait à Stavros, elle s'était haïe elle-même. Cette horrible journée n'avait été que punition et remords. Tout comme l'instant où la bouche de Stavros s'était posée sur la sienne : elle s'était tenue à son mari pour l'embrasser passionnément mais il l'avait repoussée d'une main ferme avant de s'essuyer la bouche.

— Au moins, cela te prouve que je tiens à mener mon projet à bien, reprit-elle. Comme tu le dis, le stylisme est un métier difficile et prisé. Il y a une telle quantité de créateurs qu'il en disparaît à chaque seconde… Cela demande de se renouveler sans cesse, de mettre en scène sa collection, telle une histoire dont les gens pourront tomber amoureux, et ça…

Stavros la prit par le menton, la forçant à le regarder. Il la fixait avec une extraordinaire intensité.

— Arrête, *agape mou.*

Elle feignit de ne pas comprendre.

— Je dois t'ennuyer passablement.

— Même sur ce projet, je ne mérite pas la vérité, Leah ? interrogea-t-il avant de lui prendre la main. Sur un sujet qui te tient tant à cœur, je préférerais que tu ne me mentes pas…

— Je…

— Toi aussi tu avais ce rêve ? Le mariage était donc si important pour toi ?

Elle opina, la gorge nouée.

— Je le considérais comme sacré. Mon père… Je n'ai jamais connu ma mère et j'ai toujours pensé qu'une part de lui s'était envolée avec elle. Il m'aimait, simplement son cœur… Quand on grandit dans ces conditions, on croit au pouvoir de l'amour.

Leah s'arrêta là, répugnant à se livrer davantage.

— Je suis désolé d'avoir ruiné tes rêves, Leah, seulement tu étais un dangereux cocktail de témérité et… Enfin, je me devais de te protéger des coureurs de dot et de…

— De moi-même, évidemment, compléta-t-elle sans amertume. J'avais tant de désirs inassouvis. Maintenant c'est du passé, Stavros.

— Comment s'appelle ta collection ? demanda-t-il en se levant.

— « Nouveau départ ».

— Je ne connais rien au stylisme, mais quand je te vois en parler avec une telle passion, il m'est impossible de douter de ta réussite, *ne* ?

La confiance dans la voix de Stavros fit resurgir une bribe de conversation qu'elle avait entendue entre Giannis et lui. Comme son grand-père lui demandait s'il était en contact avec de grandes maisons de couture, Stavros lui avait nommé lesquelles étaient susceptibles de créer une nouvelle marque et donner sa chance à un jeune styliste.

Leah se leva à son tour, une boule dans l'estomac.

— Ta confiance me donne du courage mais je ne peux pas passer ma vie dans le cocon que vous m'avez fabriqué, Giannis et toi. Je ne veux pas d'un succès bâti sur votre réseau. Si tes excuses sont sincères et si tu as changé d'avis à mon sujet, arrête de conspirer avec lui pour organiser mon existence.

— S'il veut le faire, c'est parce qu'il se soucie de…

— Si je réussis parce que je suis l'héritière Katakris ou l'épouse de Stavros Sporades, cela gâchera tout. Laisse-moi au moins la liberté de gagner ou de perdre mes combats. Et dis à Giannis d'arrêter avec cette stupide histoire de marque !

— Au cas où tu ne t'en serais pas encore aperçue, il n'en fait qu'à sa tête…

— Il te donnerait le bon Dieu sans confession, alors arrange-toi pour qu'il fasse machine arrière.

Il acquiesça.

— Rien d'autre ?

Elle hésita un instant.

— Demain soir, il y a à Athènes un événement qui a attiré mon attention. Il s'agit d'un défilé réservé aux jeunes talents cofinancé par ton… par Helene et d'autres icônes de mode de son genre. Pas de grandes marques ni de stylistes confirmés, juste l'occasion pour de nouveaux venus de se faire connaître. J'ai posé ma candidature et, même si l'inscription n'est pas donnée, il me faut en plus être recommandée.

— Hélas, Helene est l'une des rares personnes qui refusera de te favoriser pour me faire plaisir, Leah. Te recommander se révélerait contre-productif.

— Ce que je te demande, ce n'est pas de me recommander mais de me présenter à Helene. Ma collection parlera pour moi et me permettra de créer des contacts, expliqua-t-elle avec un détachement qu'elle était loin d'éprouver.

S'il connaissait si bien cette Helene, comment pouvait-il parler d'elle d'une façon si naturelle et éhontée ? Malheureusement poser la question aurait trahi son intérêt pour la réponse. Etait-elle donc si insignifiante qu'il ne considérait même plus l'adultère comme une trahison ?

— Je suis certain qu'elle nous accordera dix minutes avant le début du défilé, dit-il en tendant la main vers elle.

Debout devant elle, incroyablement séduisant, Stavros gardait les yeux rivés sur sa bouche. Leah savait qu'il pensait au baiser qu'ils avaient échangé.

— En revanche, je te demanderai quelque chose en retour, Leah.

Il demandait au lieu d'exiger, son attitude envers elle avait changé. Et quelle qu'en fût la raison, cela le rendait plus irrésistible et plus dangereux encore.

Face à cet autre Stavros, si perspicace et si abordable, Leah était désemparée.

Passer quelques jours avec Giannis était une chose, mais fréquenter un homme qui exigeait d'elle tout ce qu'elle pouvait donner… elle ne pouvait courir le risque de le découvrir pour ensuite le perdre.

— De quoi s'agit-il ?

— Avant l'événement, je veux te poser quelques questions. Si tu me réponds sincèrement, je te présenterai à Helene.

— Comment pourrais-je refuser ?

— Si tu ne me dis pas la vérité, je devrai t'embrasser de nouveau.

— A quoi bon ? Tu sais déjà que je ne peux pas te résister.

— Il existe une autre raison, dit-il en écartant du doigt une mèche qui tombait sur le front de Leah. Ce n'est que lorsque je t'embrasse que je te connais vraiment.

Chaque mot prononcé par sa bouche sensuelle contenait une caresse, une promesse.

— Qu'en est-il de ton fameux pouvoir ?

— Dans ce cas précis, j'ai décidé de ne pas l'utiliser, répondit-il avec un petit rire malicieux. Tu pourras voir Helene, Leah, mais avant il te faudra me dire la vérité ou me donner un baiser. Tu as le choix.

Il l'avait prise au piège. Comme elle s'était montrée stupide de jouer avec le destin en prétendant que Stavros ne connaissait que son devoir ! Comment résister à ce charme qui faisait chavirer son cœur ?

— Et si je t'interroge ?

— Je ne t'ai jamais menti, toutefois si tu me poses une question et que je te mens, tu m'embrasseras autant que tu voudras.

— Non merci, dit-elle en tournant les talons.

Leah s'enfuit vers son atelier, en se demandant ce qui avait pu provoquer un pareil changement.

Sa robe de mariée n'était pas terminée mais elle avait trois autres tenues prêtes pour le défilé du lendemain. Elle les tira de leurs housses pour les examiner avec attention puis elle sortit d'un placard une robe neuve qu'elle avait dessinée un an plus tôt et réalisée en moins d'une semaine.

A la fois simple et audacieuse, cette robe en révélait beaucoup sur la styliste qui l'avait créée. Elle la porterait le lendemain soir. Durant cette soirée, elle allait devoir affronter tellement de dangers qu'elle regrettait presque sa vie d'il y a deux mois, quand elle était encore seule dans son appartement, à nourrir la haine qu'elle portait à Stavros…

Quelle que soit la vérité qu'il recherchait, elle n'avait rien à lui dire et devrait affronter ses baisers…

Pour se calmer, elle se brossa longuement les cheveux. Une énergie nouvelle brillait dans son regard, son cœur battait plus vite. Elle ne se reconnut pas dans le miroir : elle avait presque l'air heureuse.

10.

En voyant Leah descendre l'escalier le lendemain soir, Stavros se dit qu'il était en train de se faire prendre à son propre jeu.

Il n'en revenait toujours pas de voir comme elle le faisait rire, comme elle le provoquait et il ne comprenait pas comment il en était arrivé à imaginer des scénarios absurdes pour réussir à la toucher.

Elle portait une robe noire retenue par deux très fines bretelles et dont le bas, d'un blanc éclatant, lui découvrait les genoux devant mais tombait jusqu'aux chevilles derrière.

Une robe simple et élégante, se dit-il en la regardant s'approcher de la Maserati devant laquelle il attendait. C'est alors qu'un coup de vent plaqua le fin tissu contre sa poitrine libre et il fut envahi par un désir pur qui vint contracter chaque muscle de son corps.

Il était prêt à se damner.

Une touche d'ombre à paupières et de rouge à lèvres suffisait à faire d'elle une sirène… S'il l'interrogeait, lui dirait-elle la vérité ou préférerait-elle se laisser embrasser ?

Cristos, au fond, peu lui importait la vérité. Tout ce qu'il voulait, c'était l'embrasser, encore et encore. Il ne savait plus où il en était, où finissait son devoir et où commençait son désir… il ne savait plus s'il expiait sa faute ou s'il désirait égoïstement qu'elle lui sourie… Pour la première fois de sa vie, il était perdu et il se fichait d'où se situaient le bien et le mal. Seule comptait cette impression de vivre qu'il ressentait en présence de Leah.

— Salut, dit-elle, tout sourires.

Elle avait l'air excitée, presque heureuse et, pour la première fois depuis longtemps, Stavros eut le sentiment d'avoir accompli quelque chose de bien.

— J'ai emballé quelques pièces de ma collection, dit-elle en se retournant vers le perron. Tu veux bien m'aider à les mettre dans la voiture ?

Ravi de cet accueil plus chaleureux qu'à l'ordinaire, il lui posa la main sur le bras.

— Tu es superbe.

Leah lui adressa un regard presque timide.

— Merci. C'est moi qui ai dessiné cette robe.

— Je la trouve élégante et terriblement sexy.

Durant tout le trajet, Leah se sentit chamboulée. Tandis qu'elle bavardait agréablement avec Stavros, le regard de celui-ci s'attardait souvent sur sa bouche, l'électrisant instantanément.

La Maserati s'immobilisa devant un immeuble centenaire et un voiturier se précipita vers eux.

— Où sommes-nous ? demanda-t-elle en entendant Stavros verrouiller les portières.

— C'est à moi de te poser la première question, *pethi mou*.

— Maintenant ? Mais, Stavros, je suis sur le point de présenter ma collection à une impressionnante assemblée de professionnels, capable de faire ou défaire n'importe quel styliste. Ce n'est pas le moment de commencer ce petit jeu idiot auquel je ne peux que perdre…

— As-tu tant de choses à cacher ?

— Très bien, vas-y, céda-t-elle en se préparant à un pénible interrogatoire.

— Ma propriété, qu'en penses-tu sincèrement ?

— Elle est austère et isolée, comme toi.

— Menteuse, lança-t-il, les yeux rivés sur ses lèvres.

Il la prit doucement par la nuque et posa la bouche sur la sienne. Elle sentit le goût des lèvres de Stavros… Elle était insensible à tout sauf à lui.

Ce n'était pas un baiser gentil, ni séducteur. Aucune volonté de la dominer ou de la contrôler… c'était un baiser pour le plaisir…

Stavros se pressait contre ses lèvres, les léchait, les caressait, leur faisait l'amour avec tant de passion qu'elle en eut le souffle coupé. Haletante, elle gémit et noua les doigts autour de sa nuque. Une chaleur brûlante se répandit dans tout son corps pour se concentrer dans son sexe tandis qu'il posait la main sur son genou avant de remonter doucement vers sa cuisse.

Des lèvres, il lui effleura la mâchoire puis s'arrêta sur la veine palpitante de son cou. Au creux de son ventre, Leah sentit s'allumer une flamme nouvelle et laissa échapper un petit cri de frustration.

— Je t'en prie…

Elle sentit Stavros sourire contre sa peau brûlante.

— Rien ne me plairait plus que de continuer, *gaelika mou…*

Elle enfouit sa tête au creux de son épaule.

— J'ai menti. Je… j'aime ta propriété. C'est le lieu le plus beau et le plus paisible que j'aie jamais vu. Même celle de Giannis ne peut rivaliser avec tant de grâce et de simplicité.

— Je regrette de ne pas t'avoir montré ma chambre, chuchota-t-il, les yeux pleins de désir.

Leurs regards se croisèrent et Leah se redressa, le corps en éveil. Elle percevait le contact de sa robe contre ses seins, le frottement de ses cuisses quand elle croisait les jambes. Ce baiser l'avait ressuscitée mais ne lui laissait aucun répit.

Pourquoi, malgré tous les efforts qu'elle déployait, Stavros finissait-il toujours par avoir le dessus ?

— Tu prends un malin plaisir à me torturer, n'est-ce pas ?

— C'est peu de chose comparé à la torture que tu m'as fait endurer ces dernières années, *pethi mou*, dit-il en déverrouillant les portières.

Ne trouvant rien à répondre, Leah sortit de la voiture,

chancelante. Stavros la rejoignit, les housses contenant les robes sur le bras.

— Souris, Leah. Tous ces gens ignorent encore la surprise que tu leur réserves avec tes créations.

Elle leva la main pour l'arrêter mais il avait l'air indubitablement sincère.

— Jamais je ne plaisanterais sur quelque chose d'aussi important pour toi, Leah.

Effectivement, elle pourrait toujours compter sur son appui dans ce domaine. Pourquoi alors avait-elle eu dans le passé une vision de lui aussi restreinte ? Parce qu'elle avait choisi de le haïr, de ne voir de lui que la surface !

— Comment peux-tu être certain que je réussirai ?

— Durant toutes ces années, tu m'as caché beaucoup de choses, à moi, et à toi-même aussi, peut-être ? Mais quand je suis entré dans ton atelier, j'y ai perçu toute ton énergie et découvert une passion dont on ne peut que tomber amoureux.

Sans réfléchir, Leah se précipita vers lui et l'embrassa sur la joue. Il suffisait qu'un homme comme Stavros croie en son rêve pour que ce jour soit parfait. Il suffisait qu'il croie en elle, ne serait-ce qu'une soirée, pour que son cœur se gonfle de joie.

Stavros présenta Leah à Helene en prenant la flûte de champagne que lui proposait le serveur. En voyant l'expression de Leah quand ils avaient pénétré dans l'immense auditorium bruissant de conversations, en entendant ses exclamations à chaque fois qu'elle apercevait une personnalité, il avait été comblé. Il sentait encore sur sa joue la douce trace de son baiser et le contact de ses lèvres sur les siennes. Dans le hall où se tenait le cocktail se pressaient stylistes, actrices et mannequins, toutes plus superbes les unes que les autres, mais lui n'avait d'yeux que pour Leah qui fendait la foule avec aisance dans sa robe qui soulignait délicieusement ses courbes.

Stavros la rattrapa et, en la présentant à d'autres personnes de ses relations comme Leah Huntington, il sentit une pointe d'amertume lui percer le cœur. Cependant, il ne pouvait lui refuser le droit d'être elle-même, surtout un jour comme celui-ci. Un quart d'heure avant le début du défilé, elle revint vers lui, les yeux étincelant de joie.

— Maintenant qu'il est trop tard, je comprends enfin l'intérêt d'être ta femme, susurra-t-elle. Tu as le bras long !

Jamais Stavros ne s'était senti plus engagé envers elle qu'en cet instant, toutefois il se souvint de la façon dont elle avait naguère tourné en dérision leur mariage.

Il prit une assiette à un serveur qui passait.

— Veux-tu manger quelque chose ? s'enquit-il en lui tendant un canapé.

Sans s'en saisir, Leah se contenta de le mordiller et ses lèvres roses se refermèrent sur un des doigts de Stavros, lui provoquant une érection si forte qu'elle en était douloureuse. Il la prit par le poignet et l'attira à l'abri des regards, derrière une colonne. Tout en lui caressant le sein, il l'embrassa à pleine bouche et la plaqua contre lui d'un geste possessif, comme il en avait rêvé depuis le début de la soirée.

En sentant son téton se dresser contre sa paume, Stavros poussa un gémissement rauque et lui mordit si fort la lèvre que Leah émit un léger cri de douleur.

— Tu ne m'as pourtant pas posé de question, murmura-t-elle.

Dans son incertitude, elle paraissait plus adorable encore.

— Il ne faut pas sucer le doigt d'un homme, Leah, et t'attendre à ce qu'il reste raisonnable.

Lorsqu'il avait imaginé ce jeu, Stavros était certain de pouvoir garder le dessus. A présent, il n'était sûr de rien.

Elle se passa la langue sur les lèvres.

— J'y penserai la prochaine fois qu'il me prendra l'envie de lécher le doigt d'un homme.

En découvrant dans son regard un éclair de folie vite réprimée, elle faillit pousser un cri de joie. Non, il n'avait pas tous les pouvoirs. Chacun d'eux en avait sur l'autre. Entre eux, quelque chose échappait à la raison et à tout contrôle.

— Maintenant, c'est moi qui vais te poser une question.

— Dépêche-toi, sinon tu risques de manquer le défilé.

Elle se souvint du doux visage d'Helene, de son élégante simplicité. Qu'elle fût sa maîtresse ou son amie, elle n'avait montré ni surprise, ni émotion et avait parlé à Leah comme à n'importe quelle styliste désireuse de percer dans la mode.

— Helene… Comment concilies-tu votre relation et nos baisers ? Est-ce un répit que tu t'accordes ? Et si nous…

— Nous, quoi ?

— Ne me force pas à le dire, Stavros !

— Dis-le.

— Si nous faisions l'amour, toi et moi, cela lui serait-il égal ?

— Tu en as donc envie ?

— Là n'est pas la question.

— Vraiment ?

— Tu m'as promis la vérité, Stavros. S'il se passe quelque chose entre nous avant que je te quitte… A qui es-tu fidèle ?

Stavros la prit par les épaules, l'attirant à lui.

— Toi qui renies ta propre vérité, Leah, seras-tu capable de supporter la mienne ?

— Oui.

— L'autre jour, sur le yacht de Dmitri, je t'ai dit que j'étais resté fidèle à mon engagement envers toi. Depuis que je t'ai épousée, je n'ai plus touché ni Helene, ni aucune autre femme. Et jamais je ne le ferai tant que je porterai cette alliance qui fait de moi ton mari.

Son alliance, son mari.

Elle chancela, et serait tombée s'il ne l'avait pas retenue. Sa vie entière menaçait de s'effondrer.

— Tu mens, tu ne peux pas…

Son silence ne fit que l'émouvoir davantage.

Stavros ne mentait jamais. Stavros tenait toujours parole. Stavros suivait un code d'honneur.

— Cela fait cinq ans, Stavros. N'importe quel homme…

— Je ne suis pas « n'importe quel homme ».

Il ne le présentait ni comme une prouesse, ni comme une épreuve. C'était une simple constatation.

— Pour moi, la parole que j'ai donnée à Giannis a un sens. Tout comme la promesse que je t'ai faite. Certes, je t'ai négligée, je ne t'ai pas traitée comme mon épouse, pourtant notre mariage est un engagement que je tiens à honorer. J'ai donc attendu. Attendu que tu mûrisses. Attendu que tu changes. Parce que je pensais que…

— Je finirais par être digne de toi ? termina-t-elle, prise d'une soudaine colère.

— Non, qu'il fallait nous donner du temps. A tous les deux… Seulement, de ton côté, il n'y avait rien à changer, *ne ?*

Cela faisait tant d'années que Leah manquait de courage pour lui dire la vérité. Pour qu'il voie, ne serait-ce qu'une seconde, qui elle était en réalité. Et maintenant qu'elle le faisait, elle se sentait terrifiée.

Le silence se fit tout à coup dans la salle. Le défilé venait de commencer.

— Je vais tout rater, chuchota-t-elle en tentant de s'échapper.

Mais il l'en empêcha, la coinçant contre la colonne.

— Parle-moi de Calista.

— Stavros, je…

Il la força à le regarder.

— J'ai le droit de savoir, Leah. Si tu n'as jamais pris de drogue, ce n'est pas toi qui l'y as initiée.

Elle ferma les yeux pour faire partir ses larmes.

— J'allais à toutes les fêtes que tu m'interdisais. Je buvais comme un trou et, pour te faire enrager, je flirtais avec des garçons qui n'en avaient rien à faire de moi. Je dépensais uniquement pour faire le contraire de ce que tu me disais, mais… je n'ai jamais touché à la drogue.

Elle s'arrêta, au bord du mensonge.

— Je n'ai jamais su comment elle se la procurait.

Dans ses yeux, Stavros lut une confusion et une culpabilité qui ne mentaient pas. Il ne lui demanda pas pourquoi elle ne lui avait pas dit plus tôt la vérité. De toute façon, il ne l'aurait pas crue. Ce qui comptait pour lui c'était son échec, pas les raisons qui l'avaient fait échouer. Accuser Leah pour mieux blanchir Calista était plus facile.

— Dans ce cas, de quoi te juges-tu coupable ?

— Deux jours avant, je lui avais prêté de l'argent. Je t'en voulais tellement de m'avoir empêchée d'aller à New York… Alors quand Calista m'a dit qu'elle avait besoin d'argent et que jamais tu ne lui donnerais une telle somme, je lui ai donné jusqu'à mon dernier sou.

Stavros serra contre lui son corps tremblant.

Calista avait donc emprunté l'argent à Leah. Elle savait que ça ne lui plairait pas mais que c'était à Leah qu'il s'en prendrait. Seulement, pourquoi avait-elle fait ça ?

Sur ce point aussi, Leah avait raison, songea-t-il, le cœur lourd ; il ne connaissait pas vraiment sa sœur.

Dans le silence de Stavros, Leah perçut une infinie douleur. Elle l'avait détesté de se montrer si rigide envers elle et Calista, en revanche celle-ci ne s'était jamais plainte de lui. Au contraire, avec son frère elle se montrait très différente : affectueuse, souriante, docile… On aurait dit qu'elle se glissait dans la peau d'une autre.

A présent Leah regrettait de ne pas être allée trouver Stavros pour tout lui avouer. Calista était certainement perturbée, peut-être même en dépression. Pourtant, obnubilée par son propre chagrin et l'injustice de la mort de son père, Leah n'avait rien compris et rejeté toute la responsabilité sur Stavros. Mais il avait beau être rigide, entêté et arrogant, à sa façon, il avait aimé Calista. S'il avait tant voulu l'éloigner de Leah, c'était parce qu'il jugeait qu'elle avait une mauvaise influence sur sa sœur. A Calista, il avait tout donné, même s'il ne l'avait pas écoutée.

Comment le lui dire aujourd'hui ? Comment lui dire que sa sœur était déjà troublée depuis longtemps quand elles s'étaient connues ? Et que c'est elle qui l'avait entraînée et pas le contraire ?

Malheureusement Calista n'était plus là et creuser davantage ne mènerait à rien. Elle pressa la main de Stavros en s'efforçant de sourire.

— Elle n'était pas malheureuse, juste très inquiète. Elle… elle détestait les règles que tu lui imposais, tout comme moi, mais elle… elle t'aimait.

Stavros ne répondit pas et Leah se demanda s'il percevait son malaise. Autrefois, elle lui mentait pour se protéger elle-même. Aujourd'hui, c'était pour le protéger, lui.

— Cette nuit-là, quoi qu'elle ait pris, c'était sûrement la première fois. Elle a sûrement voulu essayer… Quoi qu'il en soit, je ne me pardonne pas de lui avoir prêté cet argent.

— Tu avais dix-neuf ans, Leah. Et moi, je n'encourageais pas la communication, *ne* ? Je me suis mal comporté avec toi. Je t'ai privée de liberté et…

— Pourquoi ?

La question avait jailli sans qu'elle s'en rende compte. Tous ses efforts pour la contrôler, pour la faire changer, c'est ce qui l'avait poussée à le détester et à lui dissimuler la vérité sur Calista. Comme elle ne voulait plus s'attacher à personne, elle avait si bien joué la comédie que Stavros s'y était laissé prendre.

Il lui avait alors déclaré la guerre et Leah avait riposté. Pour mieux lui cacher qu'il l'attirait et ne pas se laisser emporter par ses propres sentiments, elle s'en rendait compte aujourd'hui.

— Pourquoi me détestais-tu à ce point ?

— Je ne te détestais pas.

— Au début, j'ai cru que c'était parce que Giannis m'avait fait venir chez lui et que tu m'en voulais d'être l'héritière de ce que tu considérais comme ta fortune. Mais j'ai vite compris que je faisais fausse route. Alors pourquoi, Stavros ?

— Ce que tu faisais… tu négligeais Giannis… ça me rappelait quelqu'un. Mais ce n'était pas une raison pour…

— Qui cela te rappelait-il ?

Leah sentait qu'elle était tout près de comprendre.

— Mon père. Il ne se souciait que de lui, du prochain verre qu'il allait boire et comment il allait le payer. Et ma mère, au lieu de le flanquer dehors et de s'occuper de ses enfants, partait à sa recherche sans un regard pour nous. Ni Calista ni moi ne comptions pour eux. Ils nous laissaient à la garde de nos grands-parents qui n'en avaient pourtant pas les moyens, dans leur ferme minuscule. Moi, je m'en sortais mais Calista passait des heures à guetter à la porte, espérant qu'ils reviennent. Et puis un jour, on a appris que notre père avait eu un accident de voiture. D'abord j'ai cru que c'était une bénédiction. Il était mort, Calista ne souffrirait plus.

— C'est à ce moment que Giannis vous a faits venir ?

— Oui. Mon grand-père lui a écrit pour lui annoncer la mort de mon père. Seulement, au début, Giannis ne voulait pas se charger d'elle. Il disait qu'il n'avait pas su élever sa propre fille et qu'il ne supporterait pas un nouvel échec…

Tant de douleur se lisait sur les traits de Stavros que Leah sentit les larmes lui monter aux yeux.

— Je… je lui ai promis de revenir la chercher. Et je l'ai fait. J'ai mis deux ans à convaincre Giannis.

— Comment était-elle quand tu l'as récupérée ?

« Mon frère… Je ne veux pas le décevoir. » Calista avait-elle eu peur qu'il ne revienne pas la chercher ? Redoutait-elle de ne pas être à la hauteur ?

— Leah, pourquoi ?

Elle l'attira à elle pour l'embrasser, lui faire sentir qu'elle était là pour lui. Pour le délivrer du désarroi qu'elle remarquait dans ses yeux chaque fois qu'il était question de Calista.

— Je n'ai pas d'autre vérité à te révéler et je ne veux pas rater le défilé, Stavros.

— Vas-y, Leah, toutefois nous n'en avons pas terminé, répondit-il d'une voix pleine de promesses.

Elle se précipita dans l'ombre de l'auditorium pour retrouver son siège. Une musique rythmée retentit, et sur le podium illuminé, les créations se succédèrent, toutes plus sublimes les unes que les autres. Stavros ne la rejoignit pas sur le siège voisin et Leah, bouleversée par leur conversation, fut heureuse de voir le spectacle prendre fin.

Maintenant, elle regrettait d'avoir posé ces questions à Stavros et d'avoir perçu sa vulnérabilité et sa douleur quand il avait évoqué ses parents. De savoir qu'il avait été fidèle à son engagement envers elle.

Parce que connaître Stavros, c'était le désirer. Cette folie l'écœurait et la consumait à la fois. Déjà elle décelait de l'admiration et du respect dans ses yeux quand il la regardait ; parfois même de la curiosité, quand elle se dérobait à ses questions. S'il éprouvait tant de respect pour l'engagement qu'il avait pris envers la fille égoïste et immature qu'elle était alors, que se passerait-il si la nouvelle Leah s'ouvrait à lui et donnait la moindre chance à leur relation ?

Brusquement, elle comprit qu'elle ne désirait rien davantage au monde.

11.

Ce matin-là, quand Leah s'était réveillée dans sa chambre inondée de soleil, elle avait su tout de suite qu'une nouvelle ère commençait. Malgré tous ses efforts pour se dérober, Stavros la voyait désormais telle qu'elle était.

Il était maintenant convaincu qu'elle ne s'était jamais droguée et que sa carrière de styliste représentait tout pour elle. Et, aussi, qu'elle tenait sincèrement à Giannis.

Il était presque 2 heures du matin quand elle avait fini de s'entretenir avec tous les gens qu'elle voulait rencontrer. Même lorsqu'elle discutait de son projet, ses pensées allaient à Stavros. Epuisée physiquement et mentalement, mais stimulée par l'avis très positif d'Helene sur ses croquis, elle s'était endormie dès que la voiture avait démarré.

Ça avait été la meilleure soirée de sa vie.

Pour la première fois, elle s'était retrouvée face à lui sans avoir érigé de défenses, ils avaient échangé avec honnêteté…

Portée par son désir impérieux de le revoir, Leah se doucha rapidement, revêtit un haut sans manches et une longue jupe flottante, enfila une paire de tongs et descendit.

Elle était au bas de l'escalier quand elle l'aperçut, les cheveux en broussaille. Stavros portait encore sa chemise de la veille et son visage était d'une pâleur sans nom. Quand il la vit, une ombre passa sur son visage. Il soutint toutefois son regard, comme s'il voulait qu'elle se concentre sur lui et non sur le reste. Malheureusement Leah ne connaissait que trop bien ce regard.

Elle fut subitement prise de nausée et dut se tenir à la rampe. Leurs regards se quittèrent et, derrière lui, elle aperçut Dmitri qui sortait de la chambre de son grand-père, le visage ravagé, les yeux injectés de sang et une bouteille de scotch à moitié vide à la main. Il la fixa un instant avant de s'éloigner.

— Que se passe-t-il ?

La question, criée, retentit dans le silence.

Comme Stavros ne répondait pas, elle se précipita vers lui.

— Dis-moi ce qui s'est passé, sinon…

Il la serra si fort dans ses bras qu'elle en eut le vertige. Lorsqu'il desserra son étreinte, Stavros prit le visage de Leah dans ses mains pour qu'elle se tourne vers lui.

— Je suis désolé, *pethi mou,* Giannis nous a quittés.

Les mots résonnèrent dans tout son être.

— Non, prononça-t-elle dans un souffle, déjà en pleurs.

— Regarde-moi, *galika mou,* chuchota-t-il avec une infinie tendresse. Ton grand-père est parti le sourire aux lèvres, Leah. Il a dit qu'il t'aimait et qu'il était heureux d'avoir pu passer ces quelques jours avec toi. Depuis que je le connais, jamais je ne l'avais senti si apaisé. Tu lui as procuré tant de joie.

— Pourquoi ne m'as-tu pas réveillée ? Pourquoi ne m'as-tu pas laissée lui dire au revoir ? s'écria-t-elle, dévorée par l'amertume, la colère et le chagrin. C'était mon grand-père. Dmitri et toi… J'avais le droit d'être à ses côtés.

Du bout des doigts, il essuya ses larmes.

— Il a insisté pour qu'on ne te dérange pas, Leah. Il a dit que tu n'aimais pas les adieux.

Secouée par les sanglots, et sans un regard pour Stavros, elle se rua dans l'escalier pour rejoindre sa chambre.

Son grand-père savait donc. Il savait à quel point elle avait peur et combien cela lui avait coûté de le rejeter, encore et encore… En quelques semaines, Giannis avait pris une telle place dans sa vie… Et maintenant, il n'était plus là… De nouveau, elle se retrouvait seule, à pleurer. Seulement, cette fois, elle ne voulait plus être seule, elle ne voulait plus subir la peur. Cette fois, elle avait besoin qu'on s'occupe d'elle.

Leah voulait s'appuyer sur Stavros, sur sa force, et prendre tout ce qu'il voudrait lui donner, tout ce qu'elle n'avait jamais osé demander.

Il faisait presque nuit quand Stavros rentra au domaine de Giannis ce soir-là. Il s'arrêta dans le vaste hall et l'image de Leah, debout au pied de l'escalier, dévorée de peur et de chagrin, lui revint immédiatement à l'esprit.

Jamais il ne l'avait vue dans un si triste état. Jamais il n'avait perçu tant de désespoir dans sa voix. Les semaines précédentes, il avait fini par reconnaître qu'il s'était mal comporté vis-à-vis d'elle. Aujourd'hui, il admettait ne l'avoir jamais vraiment comprise. Stavros aurait voulu essuyer ses larmes, s'ériger en rempart contre sa douleur… quand bien même ce n'était pas son devoir.

Cette nuit, même le silence était différent. Tout ce que Giannis lui avait demandé, Stavros l'avait fait. Tout était prêt pour les obsèques qui auraient lieu dans quelques jours.

Il était sur le point d'appeler l'intendante afin de lui donner ses instructions concernant Leah quand celle-ci émergea de son bureau. Le haut jaune qu'elle portait le matin était tout froissé et sa chevelure, emmêlée. Ses yeux étaient creusés de cernes sombres.

— Leah, tu m'attendais ?

— Oui, répondit-elle en écartant ses cheveux de ses yeux.

Ce geste innocent fit remonter sa poitrine, et une bouffée de désir submergea Stavros. *Cristos*, c'était bien là le dernier moment pour se laisser déstabiliser, même s'il en frissonnait. Ce matin, il avait été capable de lui offrir un peu de réconfort mais, ce soir, il était trop bouleversé, ne serait-ce que pour penser de façon cohérente. Il était sous le choc d'avoir perdu le seul homme qui l'ait jamais compris, le seul qui ait jamais pris soin de lui.

D'ailleurs, il avait dû vaciller car il se rendit soudain compte qu'il s'appuyait de tout son poids sur Leah, sur sa poitrine au parfum exquis. Elle gardait rivé sur lui un regard à la fois inquiet et vulnérable.

— On aurait dit que tu allais tomber. T'es-tu seulement assis une minute, depuis hier ?

Il se fit violence pour s'écarter de Leah.

— J'ai simplement besoin de sommeil. Que veux-tu ?

Elle allait peut-être lui demander de partir dès ce soir. Dans ce cas, que ferait-il ?

Les trois mois étaient pratiquement écoulés. Après l'avoir vue avec Giannis ces deux dernières semaines, après avoir parlé de Calista avec elle, il n'arrêtait pas de s'interroger sur lui-même.

Stavros était en train de se noyer et seule cette femme, dont il avait tellement douté, pouvait l'aider à garder la tête hors de l'eau.

— Rien d'important. Viens, je te raccompagne jusqu'à ta chambre.

Il sentit qu'il reprenait ses esprits et sourit. Elle était adorable.

— Toi, *pethi mou* ? Si je m'appuie sur toi, tu risques de te casser en deux.

Les mains sur les hanches, elle lui adressa un regard moqueur.

— Je ne suis pas aussi faible que j'en ai l'air, Stavros. Si ton côté macho répugne à accepter mon aide, tant pis pour toi. Au fait, quand as-tu avalé quelque chose pour la dernière fois ?

— Tu proposes de me faire à manger ?

— Ne t'attends pas à un repas gastronomique, plutôt un sandwich au fromage grillé.

Une offre tentante, comme tout ce qu'elle pouvait lui offrir.

— Merci, mais je n'ai pas faim, répondit-il en déboutonnant sa chemise tandis qu'elle le fixait avec étonnement. Va te coucher, Leah.

— Je ne pense pas pouvoir fermer l'œil, murmura-t-elle avec une résignation qui le dérouta.

Elle avait vu tant de gens mourir. Lui aussi, d'ailleurs.

Son doux visage lui parut si vulnérable qu'il dut faire appel à toute sa volonté pour ne pas la prendre dans ses bras.

— Cette nuit je ne te serai d'aucune aide, Leah.

— Je n'attends rien de toi, dit-elle avant de changer de sujet. Quand j'ai essayé de te joindre, on m'a répondu que tu étais occupé.

Stavros avait ordonné à sa secrétaire de filtrer ses appels.

— J'ai tellement à faire en ce moment, répondit-il en la prenant par les épaules.

— Je voulais seulement m'assurer que tu allais bien, Stavros, et te présenter mes excuses.

— De quoi penses-tu devoir t'excuser ?

— Excuse-moi de t'avoir quitté de cette façon ce matin. Et de te provoquer en permanence.

— Je peux le supporter.

— C'est juste que… J'avais oublié tout ce que Giannis représentait pour toi.

— C'est inutile, Leah, déclara-t-il en levant la main pour l'arrêter.

— Lorsque j'ai enfin arrêté de pleurer, je suis partie à ta recherche. Mais c'est Dmitri que j'ai trouvé. Il est revenu et n'est reparti qu'une fois convaincu que j'allais bien. C'est toi qui l'as envoyé ?

Stavros se contenta de hausser les épaules.

— Il affirme que tu n'as pas dit un mot de toute la nuit et que ton silence l'a rendu malade, poursuivit Leah. Cela lui a rappelé la disparition de Calista. Selon lui, des mois durant tu es resté silencieux, excepté pour évoquer ton engagement envers moi.

— Ce type ferait mieux d'apprendre à se taire.

— Préférerais-tu que je continue à te croire incapable d'éprouver le moindre sentiment ?

— Cela ne te regarde pas, Leah. Je n'attends rien de toi…

— Toi, tu te réserves le droit de chambouler ma vie pour me protéger, et moi, je ne peux même pas te demander ce qui ne va pas ?

— Je n'ai pas besoin qu'on me protège, Leah.

— Tu n'as jamais voulu que quelqu'un t'aide, ni partage ta joie ou ta peine…

— Non. Aussi loin que je m'en souvienne, je ne me le suis jamais permis. Si je n'avais pas occulté mon chagrin pour reprendre la situation en main, je serais mort. Je n'ai toujours eu qu'une solution : aller de l'avant.

Toute sa vie, Stavros avait été seul dans de pareils moments… Avait-il atteint sa limite, aujourd'hui ?

— Nous venons de perdre celui qui avait tout fait pour nous unir l'un à l'autre. Cependant cette relation qu'il t'a imposée…

— Pour la énième fois, il ne me l'a pas imposée !

Stavros ne supportait plus de l'entendre dire qu'il déplorait leur mariage. En ce moment, Leah représentait son point d'ancrage contre la déraison et il n'avait qu'une envie, prendre ce qu'elle lui offrait. Se perdre en elle.

— C'était dans mon intérêt, Stavros, il me l'a dit. Il a ajouté que tu avais besoin de moi, tout autant que moi j'avais besoin de toi.

Il ferma les yeux pour frapper le coup le plus douloureux.

— Sauf que nous avons découvert qu'il s'était trompé. Tu ne méritais pas que je t'enferme dans une cage, ni que je te prive de tout plaisir pendant cinq ans. Je me suis trompé sur toute la ligne. Quant à moi, je n'ai que faire de toi dans ma vie. Ce n'était que le rêve d'un vieux monsieur, Leah.

Il était incapable d'éprouver des sentiments. Il était uniquement capable de faire son devoir.

— Comment oses-tu me dire ça, cette nuit, Stavros ? s'exclama-t-elle, vibrante de rage.

— Leah, va-t'en, *pethi mou.*

Malheureusement cette idiote, cette intrépide n'avait jamais suivi ses conseils. Elle s'approcha de Stavros et prit son visage entre ses mains pour sonder son regard, scruter son âme.

— Il… il t'aimait tant, murmura-t-elle en lui effleurant la bouche du bout du doigt. Quand je suis arrivée en Grèce, Giannis m'a tellement parlé de toi que je t'en ai détesté. Après cela, où que j'aille, tu étais là, austère et arrogant, et tu m'as détestée en retour. Quand il parlait de toi, son regard s'éclairait et s'emplissait de fierté. Il disait que tu ne savais que donner, sans rien demander en retour.

Leah appuya son front contre les lèvres de Stavros en poussant un long soupir.

— Cette nuit, je ne veux pas rester seule. Et tu ne resteras pas seul non plus, même si tu gardes le silence.

Stavros comprit qu'il avait perdu la bataille depuis longtemps. Depuis qu'il l'avait revue sur le yacht de Dmitri, plus précisément. Il la prit par les poignets pour l'écarter, comme le lui ordonnait sa raison, mais Leah s'agrippa jusqu'à ce qu'il abandonne et noue ses doigts aux siens.

Elle posa ensuite ses lèvres sur les siennes, l'enveloppant dans une douceur à laquelle il ne pouvait échapper. Ce baiser l'emplit de plaisir, tel un baume apaisant appliqué sur une plaie à vif.

— Je suis désolée de la perte que tu as subie, Stavros. Giannis tenait tellement à toi. Tu as mieux su t'occuper de lui que sa propre famille.

Ces mots — et le corps mince qui se pressait contre le sien — mirent à mal ses dernières défenses.

Il la serra contre lui dans une étreinte si passionnée qu'il eut l'impression de se perdre en elle. Avec un soupir de plaisir, elle s'ouvrit à lui et l'emplit de son souffle parfumé.

Stavros ne pouvait plus se contrôler. Jamais il n'avait désiré une femme avec tant de force et de désespoir.

Pour Leah, les baisers de Stavros étaient une drogue et ses caresses, un combustible. Grisée par sa présence virile, elle sentait qu'elle ne serait plus jamais seule. Tant qu'il l'embrasserait, elle ne connaîtrait plus la peur. Entre eux, désormais, il n'y aurait plus de mensonges, ni de subterfuges et devoirs. Même les liens du mariage étaient abolis. Seul demeurait le désir dans sa brûlante rudesse. Un désir qui les mettait à égalité. Stavros la connaissait jusqu'au tréfonds de son être et, elle, était enfin parvenue à lui retirer son masque.

Un sanglot de protestation la secoua lorsqu'il écarta sa

bouche de la sienne. Il la souleva pour qu'elle noue les jambes autour de sa taille.

— Tiens bon, *thee mou,* lui ordonna-t-il, les yeux brillant d'excitation.

Sa voix rauque la fit frémir.

Leah posa ses lèvres au creux du cou de Stavros pour cacher un soudain accès de timidité. Elle redoutait qu'il s'arrête et s'éloigne, croyant qu'elle avait peur. Cependant, elle n'avait pas peur de ce qu'il allait lui faire. Ce qui l'effrayait, c'était la force de son propre désir.

Avec la passion dévorante qu'elle avait si longtemps espérée, il revint à ses lèvres avant de l'embrasser et la mordiller dans le cou. Les jambes toujours nouées autour de lui, la jupe remontée haut sur les cuisses, Leah s'accrocha à lui et se mit à gémir de douleur et de plaisir mêlés.

Stavros lui passa une main sous les fesses et la porta sans effort jusqu'à son bureau. Sous son dos, elle sentit le plateau de chêne.

— *Theos,* tu es superbe, chuchota-t-il en dégrafant son soutien-gorge de ses mains tremblantes.

Sur ses seins, Leah sentit ses mains rugueuses. Chaque fois qu'il pressait ses tétons du bout des doigts, elle sentait palpiter son sexe. Ce simple contact suffisait à lui faire perdre la tête. Il se mit à chuchoter des mots en grec qu'elle ne comprenait pas.

— Stavros, je t'en prie…

Il s'arrêta net avant de s'écarter d'elle.

— Pourquoi ? s'emporta-t-elle en ravalant ses larmes, haletante et dévastée par cette frustration.

Elle ne pouvait plus échapper à cette attraction extraordinaire qui lui donnait l'impression d'être enfin nécessaire et désirée.

— Est-ce une punition, Stavros ?

— Leah, regarde-moi, *pethi mou.*

Elle leva les yeux vers lui, prête à l'implorer de ne pas s'en aller. Il posa sa bouche sur la sienne dans un baiser qui la ravit… Leurs langues s'unirent avec une énergie désespérée, leurs dents se heurtèrent.

— Je n'ai pas de protection, Leah, murmura-t-il, le souffle court. Je ne peux risquer…

— Je prends la pilule. Ne te rappelles-tu pas m'avoir emmenée chez le gynécologue ? De toute ma vie je n'avais jamais éprouvé pareille humiliation, mais…

— Pas un mot de plus, *ne* ? coupa-t-il, les joues empourprées, en posant une main sur la bouche de Leah.

Elle embrassa sa paume avant de redescendre vers son poignet tout en le caressant de l'autre main. En un éclair, Stavros fit glisser sa jupe le long de ses jambes. Elle s'assit en face de lui, les seins lourds et douloureux jusqu'à leurs pointes dressées, vêtue en tout et pour tout d'un string minuscule.

— *Theos,* Leah, tu me tues.

Après l'avoir longuement regardée, il lui prit le pied et le ramena près de sa cuisse, la mettant dans une posture si indécente qu'elle ne put s'empêcher de résister.

— Non, Leah, ne te cache pas. Devant moi, tu ne dois pas te cacher, dit-il en lui caressant les épaules, puis le sillon entre ses seins avant de descendre plus bas.

— Je sens ton désir, Leah, chuchota-t-il à son oreille.

Elle cacha son visage dans la chemise de Stavros.

— La façon dont tu réagis… ça me rend fou.

Il la prit par les cheveux pour la forcer à lever la tête et lui effleura le cou de ses lèvres. Il mit feu à sa peau.

— Ce soir, chaque cri que tu pousses, chaque gémissement sera pour moi. Tu m'appartiens tout entière.

Sans détourner le regard, elle l'attira vers sa bouche.

— Toi aussi, tu m'appartiens, prononça-t-elle dans un souffle.

Leah n'avait jamais lu un tel désir pour elle dans les yeux de Stavros et jamais elle n'avait vu son regard s'assombrir ainsi.

Gardant les yeux rivés sur elle, il caressa ses tétons, les roulant entre ses doigts, et Leah se sentit plus exposée encore.

— Touche-moi, ordonna-t-il, sans cesser de l'embrasser.

Elle obéit. Pour se sentir si vivante entre ses bras, elle était prête à devenir son esclave, songea-t-elle en passant la main sous sa chemise.

La peau brûlante de son ventre frémit sous ses doigts et son souffle se fit plus haletant encore. Tous deux étaient pris de la même frénésie. La main tremblante de Leah descendit encore pour tirer son sexe de son pantalon et, en voyant les traits hautains du visage de Stavros transformés par le désir, Leah fut submergée par l'excitation.

D'une main impatiente, Stavros écarta son string et passa ses doigts sur les plis de sa chair. Elle frissonna.

— Ecarte les jambes, dit-il d'un ton si possessif qu'elle tressaillit.

Quand il enfonça un doigt puis deux dans son sexe humide, Leah se cabra et le mordit à l'épaule. Le contact de ses doigts était intrusif mais si agréable. Elle avait attendu ça toute sa vie.

— Tu me désires aussi, Leah, s'extasia-t-il en lui flattant les seins de l'autre main.

— Stavros, je n'en peux plus..., supplia-t-elle, épuisée de désir.

Il fit aller et venir ses doigts en elle sur un rythme toujours plus rapide et posa sa bouche avide sur ses seins. Dans un gémissement qui excita davantage Leah que son contact, il lécha longuement sa poitrine douloureuse.

— Cesse de me torturer, l'implora-t-elle d'une voix qui ne lui ressemblait pas.

Elle le sentit sourire contre sa joue.

— Dis « s'il te plaît Stavros », susurra-t-il.

Abandonnant toute inhibition, elle capitula, mais refusa d'obéir à sa volonté alors qu'elle pouvait le plier à la sienne.

Entendant le bruissement de son pantalon sur le sol, Leah leva les yeux et sentit un nouveau frémissement entre ses cuisses. Elle tendit la main pour saisir le sexe de Stavros. Quand elle referma les doigts sur sa peau si délicate, il la dévora des yeux. Instinctivement, elle fit doucement aller et venir ses doigts sur sa chair.

— Je suis prête à tenir ma promesse, murmura-t-elle.

— Vraiment ? répondit-il en souriant.

Le corps vibrant, le sexe brûlant, Leah n'avait plus qu'une envie : le sentir en elle. Le connaître dans cette intimité crue.

— Ne détourne pas le regard, Leah. Je veux voir ton visage et entendre chaque son qui sortira de ta bouche.

Sans cesser de la caresser, Stavros entra en elle. Mettant fin à sa virginité et la changeant à tout jamais.

12.

La douleur qu'il perçut dans les yeux de Leah et le cri qu'elle chercha à étouffer en se mordant la lèvre empêchèrent Stavros de s'enfoncer davantage. Les parois de son sexe étaient si resserrées autour de son érection et ce contact si délicieux qu'il dut se mordre la joue pour en rester là.

Le goût de son sang le ramena à la raison et, lentement, comme s'il émergeait d'un rêve, il chercha à dissiper la fièvre qui embrasait son corps. Petit à petit, la vérité se faisait jour dans son cerveau engourdi par le désir.

Cristos, Leah était aussi vierge qu'innocente de tous les maux dont il l'avait accusée…

La prendre à la hussarde sur ce bureau… Une erreur de plus ! Cela faisait cinq ans qu'il vivait comme un ermite et le voilà qui se ruait sur elle tel un animal. Dévoré par la honte, Stavros faillit taper du poing sur le bureau, mais réussit à s'en empêcher, de peur de l'effrayer. Les lèvres pincées, le teint blême, Leah le fixait sans rien dire.

— Encore un mensonge, ma chère épouse, chuchota-t-il.

— Encore un de tes vieux préjugés, répliqua-t-elle, le regard plein de défi.

Stavros sentit qu'il n'avait plus la maîtrise de son corps. Il ferma les yeux, se força à respirer lentement. S'apprêtant à s'éloigner d'elle, il fut stoppé net lorsqu'elle lui enfonça les ongles dans les fesses pour l'en défendre.

— Arrête, souffla-t-il, luttant contre le désir qui le poussait à s'abandonner. Je ne veux pas te faire mal, Leah. *Theos,* je croyais… Je ne supporterai pas de te faire le moindre mal.

— Stavros, je t'en prie, regarde-moi.

Il ouvrit les yeux, signant là sa perte. Dans le regard de Leah, il perçut une émotion sincère, et une fois encore, il s'étonna de la sentir si fragile.

— C'est en t'arrêtant maintenant que tu me ferais du mal. Quand nous avons commencé, je savais ce que je voulais parce que j'ai compris que tu me considérais enfin comme ton égale ; et pas comme une pauvre chose qu'il fallait protéger et contrôler. Dès notre première rencontre, tu m'as méprisée et tout interdit !

— A Paris, tu avais tenté de t'enfuir alors que Giannis t'attendait à Athènes.

— Moi, j'ai tout de suite été folle de toi. J'ai tant rêvé que tu me regardes comme tu l'as fait ce soir. S'il te plaît, Stavros, dis-moi que mon imagination ne me joue pas des tours, dis-moi que tu ne fais pas ça par pitié ou parce que tu t'y sens obligé !

Avec une infinie tendresse, il la prit par le menton et essuya la larme qui roulait sur sa joue.

— Mon désir pour toi, Leah, ne connaît pas la raison. Je devrais… Mais tu m'as rendu égoïste. Et aussi furieux et triste. Tu me rends fou. Tu t'es insinuée en moi et je te désire tellement que j'en oublie de respirer.

Leah lui sourit avec bonheur. Elle était si belle qu'il en eut le souffle coupé. Elle leva le bassin vers lui.

— Ça ne fait pas mal, enfin… pas trop, susurra-t-elle en le prenant par la nuque pour l'entraîner vers elle. Fais-moi ce cadeau, Stavros, je t'en prie. Nous en avons tant envie tous les deux.

Cette requête si osée formulée par sa bouche si adorable suffit à vaincre ses derniers doutes.

— Dis-moi si je te fais trop mal, Leah. Je m'arrêterai immédiatement.

Même s'il en mourrait.

Stavros posa les mains sur ses seins et fut repris de la même frénésie.

— Tu aimes quand je te fais ça, constata-t-il en l'entendant gémir tout contre sa bouche. Moi, je pourrais passer des journées entières à te caresser, à te lécher jusqu'à ce que tu jouisses…

Il se remit à bouger en elle et, en la sentant si chaude et si humide, fut traversé par une onde de plaisir indescriptible.

— Dis-moi ce que tu ressens, chuchota-t-il sans cesser de la caresser.

— Plus aucune douleur, affirma-t-elle.

Lentement, il s'enfonça davantage.

— Et maintenant ?

— Je me sens emplie… d'une chaleur… incroyable, répondit-elle dans un sanglot.

— Alors, essaie de me retenir, murmura-t-il en se retirant.

— Maintenant, je me sens vide.

De nouveau, Stavros se glissa en elle tandis qu'elle déboutonnait sa chemise pour jouer avec l'un de ses tétons.

— Et maintenant ?

— Oh ! Stavros, c'est bon, dit-elle avant de laisser échapper un gémissement.

Il la prit par les hanches et commença à aller et venir en elle, submergé par le plaisir qui montait au creux de ses reins.

— Leah, je ne peux plus m'arrêter à présent.

— Je désire tout ce que tu voudras me donner.

— Regarde et caresse-toi, *galika mou.*

Leah eut l'air interloqué.

— Je ne peux pas…

Tant de sensualité innée mêlée à tant d'innocence… Stavros ne cesserait jamais de la désirer et ce désir allait le consumer. Il lui lécha le lobe de l'oreille et la supplia comme il ne l'avait jamais fait encore.

— Imagine que c'est moi qui te caresse et qui te lèche. Fais-le pour moi, Leah, je t'en prie.

— Tu en as envie ? demanda-t-elle, le rouge aux joues, en passant la main entre leurs deux corps.

— Vas-y !

Elle se cabra contre lui. Il sentit la jouissance bouillir dans ses veines tandis qu'elle poussait un gémissement et que sa chair se contractait…

Durant toutes ces années, Stavros avait attendu parce que son honneur l'empêchait de trahir sa femme, même s'il ne vivait pas avec elle. Seulement il n'avait pas imaginé que leur première fois serait si décisive, si bouleversante.

Maintenant, il avait Leah dans la peau, il le savait. Il ne serait jamais rassasié de ce corps mince, de ce sourire glorieux et de ses paroles qui le mettaient parfois sens dessus dessous. Jamais il n'avait connu un tel bonheur et jamais il ne s'était senti aussi vivant, ni aussi dépendant. Avec elle, il avait envie de changer, de prendre des risques.

Il la prit dans ses bras pour attirer à lui son corps tremblant. Elle était si fragile et, pourtant, il lui semblait que c'était lui qui s'exposait le plus.

— Leah, dis quelque chose, murmura-t-il dans ses cheveux.

— Humm…

— Tout va bien ?

— J'en veux plus encore, de toi et de… ça.

Stavros éclata de rire, le cœur soudain léger, tandis qu'elle le prenait par la taille pour l'embrasser avec une infinie tendresse.

— Nous ne faisons que commencer, *pethi mou,* répondit-il en la serrant plus fort encore contre lui.

Durant les semaines suivantes, Leah fut si occupée qu'elle n'eut pas le temps de s'interroger sur la tempête qui s'était abattue sur elle. La nuit où Stavros lui avait fait l'amour de façon si… passionnée, elle lui avait demandé s'ils pouvaient revenir dans sa propriété. Ils partageaient désormais une intimité qu'elle adorait plus encore que le sexe. Chaque minute passée en sa compagnie lui apprenait quelque chose sur elle-même.

Dès le lendemain, ils étaient rentrés chez lui. A peine arrivés, Stavros avait fait transporter les bagages de Leah dans sa propre chambre, décrétant qu'il n'était pas question qu'elle dorme ailleurs. Alors elle s'était enfin sentie chez elle. Oui, chez elle.

Lorsqu'elle lui avait annoncé qu'elle était retenue pour participer à la Semaine de la mode indépendante, à New York — Helene l'avait appelée personnellement pour l'en avertir — Stavros avait souri avec fierté et prétendu qu'il n'était pas surpris le moins du monde.

Après quelques entretiens avec Helene et un autre responsable, Leah avait ajouté quatre nouveaux modèles à sa collection, qui avait pris une ampleur dont elle n'aurait jamais rêvé. Plus le temps, donc, de se poser un instant pour faire le point, ni de se demander comment elle arriverait à tenir la cadence.

Elle travaillait entre douze et quatorze heures par jour avec deux assistantes et quelques mannequins, pour les essayages. A la fin de la journée, elle se laissait tomber sur son lit, trop épuisée pour se poser la moindre question sur l'avenir. Elle mettait une telle ardeur dans son travail qu'un jour où elle avait manqué de s'évanouir dans son atelier Stavros l'avait enfermée dans leur chambre.

Malgré la frénésie de ses journées, ses nuits étaient plus belles encore. Ses nuits avec Stavros, si intenses, si brûlantes, si bouleversantes.

C'était comme si, à chaque fois, ils étaient bien décidés à satisfaire leur désir pour une vie entière. Peu importait l'heure à laquelle il rentrait d'Athènes ou qu'elle ait travaillé jusqu'à minuit passé. Parfois, ils étaient si exténués qu'ils se contentaient de dormir enlacés, jusqu'à ce qu'il la réveille, une fois passées quelques heures de sommeil. Ou bien à l'aube, Leah le sentait bouger en elle avant même d'être complètement éveillée.

Insatiable, possessif. Il ne pouvait se passer d'elle.

La seule fois où Stavros avait dû passer la nuit à Athènes, elle avait été prise d'une étrange panique. C'était comme si elle avait perdu son ancrage. Le lendemain, le bruit de l'hélico l'avait réveillée et elle l'avait attendu. Seulement la nuit était tombée avant qu'il ne se montre et il s'était contenté de lui envoyer un message, expliquant qu'il était très occupé. Pressentant que Stavros était en train de perdre une bataille, Leah était partie à sa recherche et l'avait trouvé dans son bureau, en pleine visioconférence. En dépit du regard empli de désir qu'il lui avait adressé, il n'avait pas bougé.

Elle avait eu l'étrange impression qu'il faisait exprès de la laisser languir. On aurait dit qu'il la soumettait à un test. Comment pouvait-il se montrer aussi cruel après avoir tout fait pour qu'elle devienne si dépendante de lui ?

Lentement, Leah s'était mise à se déshabiller devant lui, sans se préoccuper de la conférence qui continuait sur l'écran. Elle avait vu ses yeux s'obscurcir, la défiant d'aller plus loin.

Jamais elle n'avait pu résister à un défi, surtout s'il s'agissait d'énerver ou d'exciter Stavros. Il avait tenu bon quelques minutes encore.

Le corps en émoi, elle s'était mise à se caresser, d'abord les seins, comme il le lui avait demandé la première nuit.

Elle avait vu son visage s'empourprer et le stylo qu'il tenait rouler par terre. Pourtant il n'avait pas renoncé.

La tête rejetée en arrière comme elle avait vu faire les modèles qui présentaient ses robes, elle s'était avancée vers lui. Deux secondes plus tard, il s'était précipité vers elle et l'avait prise contre le mur sans considération pour la vidéoconférence qui se poursuivait ; sa bouche posée sur la sienne pour assourdir ses gémissements et ses cris de volupté. Ce jour-là, elle avait gagné, bien qu'elle sache que ce ne serait pas toujours le cas. Stavros refusait de parler de leur contrat. Quand elle abordait le sujet, il se dérobait ou, pire encore, il tentait de la séduire. Et elle le laissait faire, comme la lâche qu'elle était, prisonnière de la tiédeur de ses bras et de la douceur de ses caresses.

— Es-tu heureux ? lui avait-elle demandé un matin où il apportait le petit déjeuner au lit.

Il l'avait prise dans ses bras et embrassée si tendrement que les larmes lui étaient montées aux yeux.

— Je ne sais pas ce qu'est le bonheur, *agape mou,* mais je ne me suis jamais senti aussi vivant.

Une réponse que Leah avait trouvée plutôt déconcertante.

Un mois ou presque avait passé dans cette ambiance de rêve. Et puis Leah s'était mise à éprouver une légère angoisse et à envisager d'aller passer quelques jours à Paris à l'occasion d'un petit événement de mode, pour faire éclater cette bulle dans laquelle ils s'étaient enfermés. Un jour ou l'autre, il faudrait bien qu'ils en sortent et que Stavros affiche leur relation en dehors de sa propriété.

La veille de l'événement, il avait cédé et l'avait rejointe à Paris. Durant la semaine qu'ils y avaient passée, toutes les craintes de Leah avaient été balayées.

Entre deux courses ou deux visites de monuments, il n'avait qu'une idée en tête, la ramener à la suite qu'ils occupaient dans un luxueux hôtel sur les Champs-Elysées. En riant, Leah s'était plainte que c'était beaucoup trop souvent, cependant elle n'avait jamais opposé de résistance.

Ils étaient à Paris depuis une semaine lorsqu'un soir quelqu'un frappa violemment à leur porte. Sans y prendre garde, ils continuèrent à faire l'amour mais Stavros s'immobilisa en entendant un bruit de pas dans le salon attenant à leur chambre. En une seconde, il enfila son pantalon et couvrit d'un drap la nudité de Leah quand la porte s'ouvrit tout à coup.

Dmitri entra et s'adossa tranquillement au mur en les fixant, un sourire narquois aux lèvres.

— Qu'est-ce que c'est que ces manières ? s'écria Stavros en poussant Leah derrière lui.

Il y avait un tel mépris dans sa voix que le sourire de Dmitri se figea sur ses lèvres. Leah se demanda une fois de plus comment une amitié aussi profonde pouvait lier deux êtres aussi opposés.

— De toutes tes robes, aucune ne te va aussi bien que celle-ci, déclara Dmitri avec un clin d'œil.

Leah ne put s'empêcher de sourire, en revanche Stavros laissa clairement entendre son mécontentement. Au lit, il était insatiable et sans interdits mais, en dehors, il gardait toujours cette même façade, inébranlable.

Elle savait que depuis un mois Dmitri avait souvent tenté de le joindre pour dîner ou passer un moment avec eux, cependant Stavros avait toujours refusé, sans lui fournir la moindre explication. Visiblement, il ne voulait pas se montrer à Dmitri avec Leah. Avait-il honte d'elle ? Peut-être se considérait-il en état de folie passagère et ne voulait-il pas que son meilleur ami le voie dans ces circonstances ?

— Désolé de vous arracher à ce bonheur conjugal, reprit Dmitri sans accorder d'attention à la colère de Stavros, seulement pour vous localiser il m'a quasiment fallu séduire ton secrétaire, Stavros. Cela ne te ressemble pas et toute ton équipe se demande si tu n'es pas mourant.

— Tu ne veux pas aller te rhabiller ? demanda Stavros en se tournant vers Leah.

— Leah devrait entendre ce que j'ai à te dire. Aujourd'hui même, Alex Ralston s'est introduit sur mon yacht, et ce malgré mon service de sécurité.

Stavros prit Leah par l'épaule pour l'attirer contre lui. Alex, le petit ami de Calista.

— Alex… Après la disparition de Calista, tu l'as fait mettre en prison…, s'exclama Leah, secouée.

— On avait découvert que c'était lui qui avait fourni à Calista la drogue qui l'a tuée cette nuit-là. Ralston avait déjà été condamné plusieurs fois pour possession et trafic de stupéfiants, répondit Dmitri tandis que Stavros restait obstinément silencieux.

— J'ai toujours cru que tu l'avais fait parce que…

Leah comprit soudain à quel point elle s'était trompée.

C'était donc Alex qui fournissait de la drogue à Calista ? Le charmant et avenant Alex ? Celui à côté de qui Stavros lui semblait un monstre…

— Rhabille-toi, Leah, il faut que je parle à Dmitri, seul à seul.

En proie à une panique grandissante, elle resta silencieuse. Que pouvait bien leur vouloir Alex après tant d'années ?

13.

Depuis un mois qu'il vivait avec Leah dans un merveilleux cocon, Stavros s'attendait à voir survenir un événement qui l'arracherait à ce rêve. Quelque chose de bien réel et de douloureux qui y mettrait fin. Il s'attendait à ce que s'estompe la nouveauté et le plaisir d'être avec elle, de la voir rire, s'offrir à lui et exiger qu'il se donne à elle.

Il s'attendait à ce que ternissent la lumière et la joie qui le submergeaient sans qu'il puisse rien contrôler.

Parce que la vie n'apportait pas tant de bonheur, tant de rires, tant d'émotions impunément.

Néanmoins, il ne pensait pas que cela arriverait de cette façon, qu'il se sentirait ainsi écrasé sous le poids de la douleur, de l'impuissance et du chagrin.

Dmitri avait eu tort d'accepter cet entretien vidéo avec Alex Ralston, comme ce vaurien l'avait exigé.

En repensant à ce qu'Alex venait de lui révéler au sujet de Calista, il fut pris d'une nausée qui lui tordit le ventre. Tout ce qu'il croyait savoir de sa sœur n'était que mensonges et faux-semblants. Durant toutes ces années, Leah avait été au courant de tout mais n'avait rien dit. Même récemment, lorsqu'il l'avait interrogée.

— Stavros ? insista Dmitri.

— Retrouve-le, Dmitri. Je ne veux pas qu'il s'approche des médias et salisse le nom de Calista.

— Je l'empêcherai de nuire. Ce n'est pas de ta faute,

Stavros. Calista… quoi que t'ait dit Ralston à son sujet, tu ne pouvais pas deviner. Tu as fait tout ton possible pour l'aider.

— J'aurais dû comprendre. Elle avait tellement de problèmes et moi…

— Stavros, il y a des personnes qui ont été trop abîmées par la vie. Giannis disait qu'elle était très jeune quand ta mère vous a quittés. Ce qui lui a manqué, tu ne pouvais le lui donner.

— Elle manquait d'amour, Dmitri. Et moi, je n'ai pas su lui en donner. Maintenant non plus, d'ailleurs.

— Tu n'es pas responsable de ce qu'elle a fait.

— J'aimerais pouvoir me pardonner aussi facilement que tu le fais.

Stavros se détestait lui-même et détestait Dmitri de si bien le comprendre. Il était si dur, peut-être parce qu'il ne s'était jamais rendu compte qu'il avait un cœur. Au-delà de la trahison de Leah, au-delà du choc de ces révélations sur sa sœur, une certitude demeurait.

« Tu es un roc. »

Il n'avait pas compris Calista et n'avait pas cherché à découvrir ce qui se cachait derrière la façade qu'elle offrait au monde. Découvrir ses peurs, ses peines, ses joies. Lorsqu'elle mentionnait leurs parents ou exprimait son mal-être, Stavros la forçait à se reprendre, la houspillait et lui disait qu'ils étaient bien mieux sans eux. En définitive, leurs parents leur avaient tout volé.

Quand bien même il pardonnait ses mensonges à Leah, qu'avait-il à lui donner ? Combien de temps mettrait-elle à comprendre qu'il ignorait l'amour, qu'il était incapable d'en donner, ni d'en recevoir ?

Quelques heures plus tard, quand Stavros regagna la suite qu'il partageait avec Leah, il la trouva morte d'inquiétude.

— Fais tes bagages. Tu prends le premier vol pour New York.

— Comment ? Mais la Semaine de la mode n'est que dans quinze jours !

Il fuyait son regard.

— Avec ce Ralston qui rôde, mieux vaut que tu t'éloignes.

Apparemment il s'intéresse de près à la façon dont je t'ai maltraitée.

— Toutes mes affaires sont…

— Je veillerai personnellement à ce que Rosa emballe tes affaires avec le plus grand soin.

La sonnerie du téléphone de Stavros retentit soudain.

Rosa allait faire ses bagages. Quant à elle, elle allait partir pour New York…

Leah contempla la pièce dont Stavros venait de sortir et sentit la panique monter en elle. Ravalant ses larmes, elle se précipita vers le bureau qui offrait une vue magnifique sur Paris. Stavros la fixa mais ne lui prêta pas attention, le téléphone à l'oreille. Son visage était blême.

Elle aurait préféré qu'il lui témoigne de la colère ou du mépris. Cette résignation dans son regard… Leah aurait juré qu'il venait de perdre son bien le plus précieux ; qu'il était contraint d'abandonner.

Dès qu'il eut raccroché, elle pénétra dans la pièce.

— Je vais avoir du mal à l'empêcher de nous livrer en pâture aux médias. Avec ma vie, celle de Calista… et la tienne, Ralston a trouvé la poule aux œufs d'or.

— Comment ?

— Si tu pars à New York, tu seras libre de vivre comme tu l'entends. Ralston ne te suivra pas là-bas.

— On dirait plutôt que tu cherches à te débarrasser de moi.

Peu lui importait d'avoir l'air pitoyable et désespérée.

Stavros se leva de son bureau et, sur ses traits tirés, Leah ne trouva plus trace de l'homme avec qui elle venait de passer un mois. Il ne la regardait plus comme s'il ne désirait rien de plus au monde que lui faire l'amour, encore une fois.

Il redevenait le Stavros qu'elle avait tant haï.

Elle fit le tour du bureau et le prit par les épaules.

— Que suis-je censée faire ?

Il voulut la repousser mais elle l'en empêcha. Leah avait trop peur de le voir partir.

— Dis-moi ce qui se passe, Stavros. Sinon, je te jure que…

Sa voix se brisa dans un sanglot.

— Que quoi, Leah ? Que tu me mentiras à nouveau ? Tu as gagné, lança-t-il. Je vais signer les papiers du divorce et tu pourras enfin toucher ton héritage. Tu redeviens Leah Huntington.

Son intuition lui dit qu'elle avait réussi à le toucher, à susciter son désir et qu'il se battait en ce moment même pour lui échapper. A moins qu'il ne s'agisse d'une illusion à laquelle elle voulait se raccrocher, misérablement.

— Désormais, plus rien ne te lie à Katakris Textiles ou à moi.

Elle dut s'accrocher à la table car elle ne tenait plus sur ses jambes. Dans un soupir, ses larmes coulèrent sur ses joues.

— Une fois de plus, tu me punis…

— Je te punis, *pethi mou* ? Non, je nous libère. Tous les deux. Giannis n'est plus là et tu m'as prouvé que tu étais quelqu'un de parfaitement responsable. Sur quoi penses-tu que repose notre relation, si tant est que l'on puisse l'appeler ainsi ? Sur mon sens du devoir et sur tes mensonges.

— Et ce mois-ci…

— Ce mois-ci, il n'y a rien eu d'autre que du sexe. Cinq ans de célibat et toi… Cela suffirait à faire perdre la tête à n'importe quel homme.

Comment pouvait-il cracher ainsi sur ce qu'ils avaient partagé ?

Soudain, Leah se rappela la façon dont cet épouvantable après-midi avait commencé.

— Que t'a dit Alex ?

— Il a menacé d'aller trouver les médias et de leur raconter l'abominable histoire de Calista et de son frère monstrueux qui l'avait tant négligée avant d'épouser une héritière… Ralston prétend posséder des tas de photos et m'a menacé de raconter les… les orgies, l'alcool, les hommes… Je ne savais même pas qui était ma sœur. Mais toi, si.

Stavros lui jeta un regard douloureux et accusateur.

— Calista m'avait suppliée de ne rien te dire. Elle me

demandait de la couvrir. A tes yeux, elle voulait toujours être parfaite. Elle avait tellement peur de te perdre, de perdre ton amour. Elle craignait que tu…

— Si seulement tu m'avais dit que c'était elle qui…

— Jusqu'à cette fameuse nuit, je n'avais pas réalisé où ta sœur en était. J'étais immature, délurée. Comme je te l'ai déjà dit, je ne savais pas ce qu'elle prenait. Ça me rend malade de penser que j'aurais pu l'aider et que j'ai…

— Et ces dernières semaines, Leah ? Quand je t'ai suppliée de me dire la vérité à son sujet. Pourquoi, après tant d'années, as-tu persisté à me mentir ? De quoi avais-tu peur ?

Pour qu'il la prenne dans ses bras, pour qu'il lui sourie, Leah aurait fait n'importe quoi. Brusquement, la vérité lui sauta aux yeux. Là, dans le bureau d'un luxueux hôtel d'une des plus belles villes du monde, tandis que Stavros lui portait un regard résigné.

Elle était amoureuse de lui… Si on lui avait dit cela quelques mois plus tôt, elle aurait éclaté de rire.

Calista avait eu tort de ne pas faire confiance à son frère et de douter de son amour… Mais Leah avait fini par le comprendre et par découvrir quel homme complexe et admirable était son mari. Connaître Stavros, c'était l'aimer. Aimer son cœur généreux, son sens du devoir et même ses diktats.

Sans lui, jamais elle n'aurait pris de tels risques, jamais elle ne se serait lancée avec tant d'enthousiasme dans cette folle aventure professionnelle.

— Après tant d'années, je ne savais pas que les raisons de la mort de Calista avaient encore tant d'importance. Du moment que…

— Du moment que tu obtenais ce que tu voulais.

Elle se précipita vers lui, écœurée d'être repoussée ainsi.

— Non ! Du moment que nous pouvions enfin nous ouvrir l'un à l'autre, nous découvrir. Je pensais pouvoir laisser mon passé derrière moi et…

— Obtenir ce que tu voulais ? Tout tourne toujours autour de toi, *pethi mou*.

— Cela a été vrai pendant des années, je le reconnais. En arrivant à Athènes, je n'avais qu'une idée en tête : me protéger. Je ne voulais plus jamais avoir à faire mon deuil. Maintenant ce n'est plus le cas. Si j'ai menti, ce n'est pas pour moi mais pour te protéger, toi. Pour t'épargner la douleur de savoir ce qui a réellement emporté Calista. Si j'ai menti, c'est parce que tu comptes pour moi, parce que tu m'as donné le courage de vivre, parce que j'ai été incapable de ne pas t'aimer.

La réaction de Stavros n'aurait pas été différente si elle l'avait giflé. Leah comprit que ses paroles l'avaient profondément touché.

— Réponds-moi ! s'écria-t-elle, désespérée.

— Jusqu'à aujourd'hui, je n'avais pas réalisé à quel point nous sommes mal assortis, *pethi mou.* Si nous persistons à jouer cette comédie en souvenir de Giannis, nous ne mettrons pas longtemps à nous déchirer l'un l'autre sans autre résultat que de produire davantage de malheur.

— Tu n'as jamais été plus cruel et inhumain que tu l'es en ce moment, Stavros.

— Tu comprends donc pourquoi il faut que notre mariage se termine, répondit-il après un long silence. Je te rends ta liberté, Leah. Adieu.

Pour la première fois depuis que Giannis l'avait ramené à Athènes, des années auparavant, Stavros ne retourna pas travailler.

Laissant les appels de Dmitri sans réponse, il demanda à son assistant d'annuler tous ses rendez-vous. Celui-ci lui apprit alors qu'un cousin éloigné de Giannis, membre du conseil d'administration de Katakris Textiles qui avait toujours jalousé Stavros et Dmitri, tentait de prendre le contrôle du groupe. Des rumeurs de dispute entre eux circulaient et l'action avait plongé en Bourse.

Travaillé par son éternel sens du devoir, Stavros ne pouvait rester indifférent à cette menace. Dmitri et lui avaient œuvré pendant plus de dix ans à développer ce groupe, pour remercier Giannis et parce qu'ils en avaient besoin, l'un comme l'autre.

Pourtant, Stavros se moquait de voir ses efforts anéantis. Il ne souhaitait qu'une chose, fuir le monde et se retirer chez lui. Et c'est ce qu'il fit.

Mais où qu'il se trouvât dans sa propriété, Stavros reconnaissait les signes de la présence de Leah. Des ouvriers travaillant dans les vignes jusqu'à la couturière, tout le monde lui demandait si elle avait du succès à New York. Il la revoyait courir sur les sentiers. Et puis, il y avait ses effets personnels, son iPod par exemple, qu'elle avait oubliés çà et là. En fait, Leah était partout. Elle était définitivement devenue une part de lui-même.

La paix qu'il trouvait dans sa maison, les règles qui gouvernaient sa vie, tout avait volé en éclats. Stavros se sentait vide, comme si elle était devenue l'air qu'il respirait, sa raison de rire, d'aimer et de vivre.

Durant des jours, il s'était rappelé le départ de sa mère et la mort de son père. Il avait pleuré la mort de Calista et l'innocence qu'il n'avait jamais connue. Durant des jours, il était resté assis dans son bureau et avait erré dans l'atelier vide de Leah.

Les paroles qu'elle avait prononcées avaient pris sens, au point de lui révéler des choses sur lui-même.

Leah l'aimait et avait voulu le protéger. Jamais personne n'avait fait ça pour lui, sauf elle qui n'avait pas voulu le laisser seul la nuit où Giannis les avait quittés. Elle qui lui avait demandé s'il était heureux, qui le taquinait et l'excitait comme personne. Qui l'avait serré dans ses bras quand il lui avait avoué, après l'amour, qu'il ne se souvenait même plus du visage de sa mère.

Grâce à elle, pour la première fois de sa vie, il avait aimé, il avait vécu pour lui-même et désiré de toutes ses forces. Il avait connu le bonheur, la douleur, la peine, la perte, toutes ces émotions qu'il avait bannies de sa vie jusqu'ici. Stavros souhaitait les éprouver de nouveau. Ne plus être une machine.

Le front appuyé à la vitre, il contempla sa propriété. Il avait reconnu devant Giannis, dans un moment d'intense désolation, qu'il s'était trompé au sujet de Leah et avait détruit sa vie. Sur son lit de mort, Giannis lui avait souri et répondu que Leah avait besoin de lui et qu'il était digne d'elle. Ces paroles lui étaient allées droit au cœur, dissipant tous ses doutes.

Oui, il méritait d'être heureux et de penser à lui, après tant d'années consacrées à penser aux autres.

Et il ne pouvait pas vivre sans Leah, ni supporter de la savoir à des milliers de kilomètres alors qu'il l'aimait tant.

14.

Lors de la Semaine de la mode indépendante, à New York, la collection de Leah connut plus de succès qu'elle ne l'aurait imaginé dans ses rêves les plus fous. On avait plébiscité ses robes sophistiquées, modernes et colorées. La semaine précédente, sur le conseil d'Helene, elle avait investi dans la création d'un « lookbook » pour donner une idée de son style aux acheteurs et aux magazines.

Après deux semaines d'agitation, elle était rentrée à Athènes. Quand elle avait frappé à la porte de Mme Kovlakis pour lui demander les clés de son appartement, le dragon les lui avait simplement tendues, ce qui l'avait à la fois choquée et soulagée. En jetant un œil sur les nouvelles, elle avait découvert que Stavros, Dmitri et elle faisaient la une. Elle s'était cachée et, pendant une semaine, n'avait fait que dormir, mangeant à peine. Et puis, sans s'en rendre compte, elle s'était retrouvée devant son téléphone à attendre un appel de Stavros.

Etait-il possible qu'elle ne représente plus rien pour lui ? Leah l'avait pleuré jusqu'à en être dégoûtée d'elle-même. Elle broyait du noir jusqu'à ce que, un matin, Dmitri vienne frapper à sa porte. Il l'emmena déjeuner et la força à manger pour un mois entier.

— C'est lui qui t'envoie ? lui avait-elle demandé, au comble du désespoir.

— Non, avait-il reconnu avec honnêteté. Leah, tu lui as vraiment prouvé ce que tu valais.

Ces paroles qu'elle aurait accueillies avec enthousiasme

auparavant avaient été une véritable torture à ses oreilles. Leah avait fondu en larmes. Dmitri l'avait prise dans ses bras et lui avait demandé si elle comptait passer le reste de sa vie à se lamenter d'avoir été rejetée par Stavros Sporades.

Alors, elle avait décidé qu'elle en avait assez. Après s'être battue corps et âme contre lui, elle refusait de le laisser gagner et gâcher une fois de plus son existence. Elle avait toute la vie devant elle et des décisions à prendre : décider où elle allait vivre, engager une équipe, préparer sa collection d'hiver, gérer ses finances ainsi que son héritage. Et puis, la perspective de faire librement ses choix était terriblement exaltante.

Quelques maisons de mode l'avaient approchée pour lui proposer de les rejoindre mais elle avait toujours décliné, de peur d'aliéner sa vision créatrice. Réalisant qu'elle était actionnaire des compagnies textiles de son grand-père, elle s'était rendue au conseil d'administration dans les locaux légendaires de Katakris, le cœur battant à la pensée de revoir Stavros, mais il avait été absent. En revanche, la présence de Leah avait fait sensation. Les chuchotements et les allusions à son mariage étaient allés bon train.

Un matin, Leah reçut un message de l'assistant de Stavros qui demandait à la rencontrer avant qu'elle parte à Milan, le lendemain. C'était au sujet du divorce. Elle eut un haut-le-cœur. Il s'apprêtait donc à divorcer. Après cinq ans, le lien qui les unissait allait être rompu. Il serait libéré d'elle et elle… de lui. Ils ne se reverraient plus.

Ce soir-là, elle alla se coucher avec la boule au ventre et rêva de lui. Un rêve intense, dont elle se réveilla haletante et brûlante de désir, inconsolable à la pensée qu'il ne la serrerait plus jamais dans ses bras.

Et furieuse qu'après avoir exigé qu'elle mette son cœur à nu il n'ait pas cru la vérité.

En vain, Leah voulut se convaincre que Stavros ne la méritait pas. Cela résonnait comme un mensonge à ses oreilles.

Leah arriva au bureau de Stavros à 10 h 30. Son manque de sommeil lui avait causé la migraine et des douleurs musculaires.

Elle ne vit personne lorsqu'elle entra dans le bureau et ce ne fut qu'en se retournant qu'elle aperçut Stavros. Debout sur le seuil de sa suite privée, il la fixait de son éternel regard arrogant et implacable. Il portait un jean et une chemise grise. Il était si beau que sa gorge se noua. Pendant quelques secondes, elle ne put dire un mot.

— J'ai trouvé l'endroit idéal pour implanter ton usine.

Leah tressaillit en entendant sa voix un peu rauque. Il n'avait même pas pris la peine de dire bonjour.

— Je ne veux pas de ton aide. Où sont tes avocats ?

— Nous n'avons pas besoin d'eux.

— Dans ce cas, pourquoi m'avoir fait venir ici ? Pourquoi ne pas nous contenter de signer les papiers pour en finir ? De quoi veux-tu que je te supplie ? De me donner de l'argent, du sexe ou le minimum de courtoisie dont tu me juges digne ?

— Jamais tu ne m'as supplié de te donner du sexe.

— Peut-être parce que c'est toi qui en redemandais à chaque fois, après cinq ans d'…

Stavros la fusilla du regard, si bien qu'elle se tut.

— Je me souviens de chaque instant, *pethi mou,* mais je ne me rappelle rien de ce genre. Tu me taquinais, tu me narguais, tu me séduisais… et c'était moi qui devenais ton esclave.

— Je m'en vais, lança-t-elle, décontenancée par ses changements d'humeur.

— Dmitri m'a affirmé que tu avais fait sensation au conseil d'administration, dit-il en lui bloquant le passage.

Elle remercia *in petto* Dmitri de ne pas avoir mentionné ses larmes à Stavros.

— Cela t'étonne ? J'ai décidé de ne plus me dérober lâchement à mes responsabilités. Je vais siéger au conseil de Katakris, lancer ma marque depuis Athènes et assumer également ma responsabilité dans l'échec de notre mariage. Tu ne me forceras plus à faire quoi que ce soit si je n'en ai pas envie.

— Te forcer à m'épouser a été la pire erreur que j'aie jamais commise, reconnut-il, l'air triste.

Submergée par la douleur, le chagrin et le désir, Leah se rua sur lui et le poussa à l'intérieur de sa suite. Des larmes coulaient sur ses joues tandis qu'elle lui martelait la poitrine de toutes ses forces. Comment osait-il appeler leur mariage une « erreur » ? Comment osait-il blesser celle qui n'avait cherché qu'à le protéger ? Comment pouvait-il autant manquer de cœur alors que, elle, elle l'aimait ?

— Cela te fait donc si mal, Leah ? Je t'en prie, regarde-moi.

Si elle arrêtait de le frapper, il risquait de disparaître. Elle ne voulait plus se retrouver seule, anéantie par la souffrance.

— Pardonne-moi, *yineka mou*, murmura-t-il sans essayer de l'arrêter. Pardonne-moi de t'avoir repoussée. Pardonne-moi de ne pas t'avoir écoutée.

— Tu es un monstre sans cœur et je te déteste, s'écria-t-elle en le poussant vers le lit, sur lequel elle bascula avec lui.

— Pas plus que je ne me déteste moi-même, Leah, répondit-il dans un murmure.

En sentant sa bouche sur son cou et son érection contre son ventre, Leah éprouva une tout autre émotion. Mues par leur propre volonté, ses jambes se nouèrent autour de la taille de Stavros et elle se positionna de telle sorte à soulager un tant soit peu le désir qui la ravageait. Elle avait tellement envie de lui qu'elle en tremblait. Elle le prit par les cheveux pour l'obliger à tourner la tête vers elle. Dans la chambre silencieuse, on n'entendait plus que leurs souffles haletants et le bruissement des draps de satin sur lesquels ils s'étaient allongés sans qu'elle s'en aperçoive vraiment.

— Signe ces papiers et disparais à jamais de ma vie.

— Je ne peux pas, révéla-t-il comme s'il le regrettait.

— Je te déteste, répéta-t-elle malgré le désir qui la submergeait.

Leah ferma les yeux pour chasser ses larmes et effleura sa bouche de la sienne. A son contact, elle frissonna violemment, sans cesser de l'embrasser. Elle ne parvenait pas à croire qu'elle le touchait, qu'elle le sentait, qu'elle était là, avec lui…

— Je ne divorcerai pas, Leah, je ne te rendrai pas ta liberté.

Quelle nouvelle lubie avait-il en tête ?

Elle s'écarta de lui et voulut se lever, mais il la prit par la cheville pour la ramener à lui. Elle poussa un cri en cherchant à se dégager, seulement il couvrit son corps du sien pour l'empêcher de s'échapper.

— Tu m'as tellement manqué, *agape mou,* chuchota-t-il.

Elle sentit les lèvres de Stavros se poser sur les siennes, tendrement, demandant presque sa permission. Il lui saisit les poignets d'une main, qu'il ramena au-dessus de sa tête sans cesser de couvrir ses lèvres de petits baisers en susurrant des mots grecs.

— S'il te plaît, *pethi mou*, murmura-t-il. Si tu m'abandonnes maintenant, j'en mourrai. Sans toi, je ne peux plus vivre. Je n'avais jamais connu l'amour jusqu'à ce que tu me le révèles. Ne m'en prive pas maintenant.

Cédant à la tendresse de ses gestes, à l'amour sans fard de ses mots, elle l'enlaça. Emportés par un désir désespéré, ils s'embrassèrent. Les lèvres scellées, le souffle court, comme si rien ne comptait plus que la passion qui les consumait.

— Dis-moi que je ne t'ai pas perdue, Leah. Dis-moi que tu vas m'apprendre à aimer. C'est tout ce que je désire. Je t'aime, ajouta-t-il comme elle restait silencieuse.

A sa déclaration, Leah ouvrit enfin les yeux. La sincérité qui transparaissait dans son regard le rendait si vulnérable. Jamais elle n'aurait cru voir Stavros la regarder ainsi.

— Tu m'as repoussée sans égards. Tu t'es montré cruel et ça m'a fait très mal, dit-elle, sanglotante. Tu as brisé mon cœur, rejeté mon amour…

— J'étais anéanti par ce que je venais d'apprendre au sujet de Calista et je pensais que je ne pourrais jamais t'aimer comme tu le méritais, Leah… Je refoulais mes propres sentiments.

— Tu ne sais pas les exprimer avec des mots, mais tes

actes parlent à ta place. Tu es incroyablement généreux et tendre, même si ton arrogance me rend folle.

Stavros effleura ses lèvres du doigt ; un geste qui fit bondir son cœur dans sa poitrine.

— Jamais je ne cesserai de t'aimer. Jamais je ne t'abandonnerai. Je… Quand je suis avec toi, je n'ai plus peur. Je n'ai qu'une envie, vivre et t'aimer.

L'entraînant au pied du lit, il s'agenouilla devant elle.

— Veux-tu te remarier avec moi, Leah ? Veux-tu faire le choix de passer avec moi le reste de ta vie ?

— Oui, Stavros, je veux t'épouser de nouveau. Dès demain, si tu peux tout organiser.

— Pas demain, dit-il en pressant son visage contre le sien. Je… Je voudrais que tu aies le mariage dont tu as toujours rêvé. Je veux que tu accomplisses tout ce que tu aurais voulu faire avant de te marier. Je veux que tu prennes tout ton temps et après…

Dans ses yeux, Leah lut tant d'amour qu'elle crut que son cœur allait éclater. Elle le releva, le tira vers le lit et s'assit sur ses genoux.

— Non. Je ne supporterais pas de rester une nuit de plus loin de toi.

— Mais nous nous verrons tous les jours. Et lorsque nous ferons l'amour, cette fois, nous serons vraiment mari et femme.

Cela avait l'air de tellement compter pour lui… Qu'ils se marient et qu'elle devienne sa femme parce qu'elle l'aimait.

— Trois mois, alors, pas plus, décréta-t-elle en souriant. Fixons rapidement la date, je n'ai ni ta patience ni ton sang-froid.

Stavros l'embrassa d'une façon si indécente que Leah se retrouva dans tous ses états.

— Mon sang-froid, *yineka mou* ? La seule chose qui me permet de garder mon sang-froid, c'est la perspective de te voir bientôt avancer vers moi dans ta robe de mariée.

Épilogue

Trois mois plus tard

Pour Stavros, ces trois mois avaient paru durer une éternité. Il devait être fou quand il avait accepté cette date, parce que toucher Leah et l'embrasser sans pouvoir lui faire l'amour… cela avait été la pire des tortures ! Toutefois, il était ravi d'avoir attendu car Leah le valait bien. Elle valait chaque sourire, chaque tourment, chaque minute qu'il avait passée à se retourner dans son lit, dévoré par le désir.

Et voilà que, par un beau soir d'octobre, il l'attendait, le cœur battant, devant une centaine d'invités. La maison de Giannis et les jardins avaient été merveilleusement décorés, le ciel était d'un bleu radieux et il se tenait sous une arche décorée de fleurs dont la fragrance l'enivrait.

Beaucoup d'invités étaient venus voir sa merveilleuse épouse, cette styliste dont les croquis bouleversaient l'univers de la mode : des top-modèles avec qui elle avait travaillé durant ces derniers mois, des habitants de la région, des ouvriers qui travaillaient dans son atelier, car tous appréciaient la générosité de Leah, sa gentillesse, et sa loyauté.

Aujourd'hui, cette femme extraordinaire allait enfin être unie à lui par un lien de bonheur et d'amour. Le cœur de Stavros se serra quand il pensa à Calista, qui aurait tant aimé assister à cette cérémonie…

Leah apparut au bras de Dmitri et s'avança vers lui d'un pas décidé. En la voyant, il crut défaillir.

Elle lui avait dit qu'elle porterait une de ses créations, la première robe de mariée qu'elle avait dessinée.

Elle était si belle qu'il fut parcouru par une onde de désir. Ses cheveux étaient relevés en queue-de-cheval, elle portait des boucles d'oreilles offertes par Giannis et une robe de dentelle et de soie sauvage dont la simplicité mettait en valeur son corps mince, ses bras nus et ses longues jambes.

Peut-être avait-elle pensé qu'il préférerait une tenue plus sobre et non une création extravagante et outrageusement sexy. Face à son regard étincelant, toutes les questions de Stavros s'envolèrent.

Durant les trois derniers mois, ils avaient fait le tour des fabricants de tissus en riant, se taquinant, se découvrant l'un l'autre et tombant plus amoureux à chaque fois. Ils étaient impatients de voir enfin arriver ce jour.

— Je t'aime, Leah, lui chuchota-t-il à l'oreille avant que le prêtre ne commence son discours.

Le souffle court, elle lui caressa la joue, comme pour s'assurer qu'elle ne rêvait pas.

— Je vais avoir du mal à attendre la nuit tombée, murmura-t-elle en s'écartant de lui, les yeux brillants de désir.

Ce n'est qu'un peu plus tard que Stavros remarqua le dos de la robe de Leah, quand un photographe lui demanda de bien vouloir se tourner. Sans quitter son mari du regard, elle obéit, lui lançant silencieusement un défi. Il sentit son corps s'embraser à la vue de ce spectacle.

Décolleté jusqu'à la taille, le dos de la robe était nu à l'exception d'une ligne de boutons qui reliait les deux panneaux totalement transparents.

Il comprit alors qu'aussi longtemps qu'ils s'aimeraient sa femme le surprendrait toujours. Il la rejoignit et effleura délicatement les boutons, attisant le feu qui couvait dans son corps.

— Es-tu prête pour ta nuit de noces, *yineka mou* ? s'enquit-il en déposant un baiser sur sa joue.

— Tu aimes ma robe ? répondit-elle en se blottissant entre ses bras.

Stavros l'embrassa avant de la soulever. Des applaudissements éclatèrent autour d'eux tandis qu'ils se dirigeaient vers le porche de la maison de Giannis.

— Je l'aime beaucoup et je te demande par avance de m'excuser.

— T'excuser ? Mais de quoi ?

— De devoir arracher ces charmants boutons. C'est le seul moyen de te l'enlever, n'est-ce pas ?

Elle le gratifia d'un sourire qui lui alla droit au cœur. En lui faisant franchir le seuil, il posa sa bouche sur la sienne.

— Maintenant, tu es à moi pour toujours.

— Et toi aussi, tu es à moi, déclara-t-elle avant de l'embrasser, passionnément.

SUSAN STEPHENS

Le secret de Cassandra

Traduction française de
ISABELLE DONNADIEU

AZUR

HARLEQUIN

Titre original :
BOUND TO THE TUSCAN BILLIONAIRE

Ce roman a déjà été publié en 2017.

1.

Bottes aux pieds, Cassandra enfonça sa bêche dans la riche terre de Toscane, essuya les gouttes de sueur qui perlaient sur son front puis se redressa et sourit, comblée. Quelle chance elle avait eue de trouver cet emploi en Italie ! C'était le travail parfait. Elle adorait passer ses journées dehors, surtout ici, au soleil, à écouter le chant des oiseaux et le murmure cristallin de la rivière. Elle était tellement heureuse qu'elle était déterminée à profiter au maximum de son contrat de jardinier dans ce grand domaine, même s'il ne devait durer que quelques mois.

Les autres employés de l'équipe bénéficiaient d'une journée de repos le mercredi, alors elle était seule aujourd'hui, et savourait sa solitude. Elle s'imaginait être la châtelaine, vêtue d'une belle robe fleurie plutôt que de ses bottes boueuses, de son short élimé, et de son vieux T-shirt.

Quel soulagement de pouvoir profiter de ce calme, de cette paix ! L'ambiance ici était incomparable avec l'atmosphère bruyante et épuisante du supermarché où elle travaillait auparavant. Du moment qu'elle ne se retrouvait pas face au propriétaire des lieux, Marco di Fivizzano, un riche industriel italien, tout allait bien. Elle ne l'avait pas encore rencontré et n'était pas pressée de faire sa connaissance. A en croire les journaux, il était en effet aussi froid que le marbre de Carrare qui avait fait sa richesse.

En attendant, elle n'avait pas besoin de penser à lui.

Elle enfonça à nouveau sa bêche dans la terre. Pourquoi croiserait-elle Marco di Fivizzano, de toute façon ? Il n'avait aucune raison de quitter sa vie trépidante à Rome en milieu de semaine pour venir dans sa maison de campagne. D'ailleurs, lorsqu'elle avait posé la question à Maria et Giuseppe, la gouvernante et l'homme à tout faire des lieux, ils s'étaient contentés de hausser les épaules. Apparemment, ils ne connaissaient pas son emploi du temps.

Cassandra se déplaça de quelques mètres et continua à préparer la terre pour ses semis. Travailler dur ne lui posait aucun problème. En revanche, s'habiller, se coiffer... Voilà le genre d'activité qui lui déplaisait.

Elle avait toujours été une rebelle, mais une rebelle calme, introvertie. Son dernier acte d'insubordination, et sans doute le seul, datait de l'école primaire quand, à sept ans, elle avait refusé de pleurer alors que la maîtresse l'avait fait monter sur l'estrade et avait demandé à tous les autres élèves de la huer. C'était l'idée de la directrice pour lui faire honte, le jour où ses parents avaient été arrêtés pour consommation de drogue. Elle était toute petite, à l'époque, mais suffisamment grande pour décider que jamais plus elle ne se laisserait humilier ainsi.

Elle avait relégué ce souvenir dans un coin de sa tête, mais, après toutes ces années, elle s'interrogeait toujours : pourquoi la directrice de l'école avait-elle accepté de l'inscrire si elle détestait à ce point ses parents ? Sans doute à cause de l'argent. Son regretté père, la rock star Jackson Rich, avait en effet les moyens de payer les exorbitants frais de scolarité. Malgré cela, pendant des années, les employés de l'école avaient passé leur temps à les dénigrer, lui, sa jolie épouse et elle, la fille calme et ennuyeuse qui n'était en rien responsable du style de vie de ses parents.

Stop. Pourquoi penser au passé ? Elle ferait mieux de profiter du soleil toscan.

Ce n'était pas difficile. Ses rayons filtraient à travers les feuilles et lui chauffaient la peau, tandis que le parfum des herbes aromatiques l'enivrait. La température était très douce pour ce début de printemps italien. Et dire que, quelques semaines plus tôt, elle passait ses journées dans les réserves du petit supermarché… Elle renaissait depuis qu'elle était arrivée ici. Elle vivait vraiment un rêve.

Elle ferma les yeux et sourit. Entre son ancien uniforme en synthétique qui la grattait et la tenue confortable qu'elle portait aujourd'hui, son choix était vite fait.

Elle aimait tellement s'occuper des plantes et des fleurs qu'elle avait supplié le directeur du supermarché de la transférer au rayon jardinage, lui promettant que les plantes ne mourraient plus jamais si elle s'en occupait. Pour toute réponse, il avait levé les yeux au ciel, avant de lui expliquer qu'il aimait les femmes propres, sans terre sous les ongles.

Le jour même, elle lui avait remis sa démission.

Elle s'essuya les mains sur son short, puis, satisfaite de son travail, sortit son téléphone de sa poche et prit une photo pour l'envoyer à sa marraine bien-aimée, cette lointaine parente qui l'avait recueillie à la mort de ses parents.

Outre son amour pour la nature, c'était l'envie de gagner vite un peu d'argent qui l'avait poussée à postuler pour ce poste. Elle rêvait en effet d'offrir à sa marraine un billet d'avion pour l'Australie, afin que celle-ci puisse aller rendre visite à son fils. L'idéal serait qu'elle puisse le lui donner pour son anniversaire, mais mieux valait ne pas rêver pour ne pas risquer d'être déçue.

Elle envoya la photo et la réponse arriva presque instantanément.

> J'ai l'impression que tu passes un bon moment. Mais n'oublie pas de te nettoyer avant que qui que ce soit te voie ! Je t'embrasse.

Cassandra éclata de rire et, d'un geste de la main, repoussa une mouche avant de se redresser, perplexe. Le bruit qu'elle entendait n'était pas le bourdonnement d'un insecte. De quoi s'agissait-il, alors ? Elle avait l'impression qu'il était de plus en plus fort, de plus en plus métallique.

Curieuse, elle leva les yeux et aperçut alors un hélicoptère.

Son rythme cardiaque s'emballa au fur et à mesure que

l'appareil approchait et descendait. Elle mit sa main au-dessus de ses yeux et tenta de voir qui était dans l'appareil. Elle ne voyait pas, mais ce n'était pas difficile de deviner, car une inscription en gros caractères FIVIZZANO INC. barrait le côté de la carlingue. Il devait s'agir du maître des lieux, pour reprendre l'expression de Giuseppe et Maria.

Pourtant, tout le monde était en congé, aujourd'hui. Voilà qui était étrange… A moins qu'il n'ait pas averti qui que ce soit de son arrivée.

De toute façon, ce n'était pas grave, il ne lui faisait pas peur. Elle garderait néanmoins ses distances, c'était plus prudent.

L'hélicoptère continua sa descente, tel un sinistre oiseau noir, chassant les pinsons et les tourterelles qui chantaient quelques minutes plus tôt.

La dernière fois que Cassandra avait rencontré quelqu'un qui voyageait en hélicoptère, elle était encore une petite fille et vivait avec ses parents.

Elle planta fermement sa bêche dans le sol. Ses mains tremblaient.

Bizarre.

La porte de l'appareil s'ouvrit enfin, et une silhouette grande et puissante apparut. Marco di Fivizzano était bien plus beau que ne le laissait penser la presse. Cassandra le trouvait si séduisant qu'elle demeura immobile quelques instants à le dévorer du regard, clouée sur le sol, comme hypnotisée.

Que lui arrivait-il… ?

Marco fronça les sourcils. Qui diable était cette personne dont il apercevait la silhouette ? S'il se souvenait bien, son assistante lui avait parlé d'un nouvel employé engagé pour renforcer l'équipe de jardiniers au printemps. Ce devait être lui.

Bon, Giuseppe et Maria devaient lui avoir expliqué les règles, à savoir que personne ne devait s'approcher de lui lorsqu'il séjournait dans sa maison de campagne. Il réprima un soupir : Maria et Giuseppe étaient en congé, aujourd'hui.

Il avait été si pressé de quitter la ville qu'il n'avait pas réfléchi. Et maintenant, il allait devoir faire face à ce jeune homme.

Réprimant un juron, il avança dans sa direction. Il se demanda pourquoi on avait engagé un jeune homme aussi frêle et encore imberbe. Il fit quelques pas puis s'arrêta net.

Son employé venait de relever la tête…

Il portait des vêtements froissés, une casquette de base-ball cachant ses cheveux. Il avait des jambes fuselées, un corps magnifique comme un fruit d'été, des joues roses et… et une poitrine libre, moulée par un fin T-shirt de coton ! Le nouvel employé n'était pas un homme mais une séduisante jeune femme.

Le corps de Marco se réveilla instantanément ; sa curiosité s'aiguisa.

Avec sa casquette vissée sur sa tête, la visière descendue sur ses yeux pour se protéger du soleil, la jeune femme semblait ne pas se soucier de son apparence. Elle n'était pas aussi jeune qu'il l'avait cru au départ et n'avait pas l'air intimidée. Au contraire, même. Elle le regardait droit dans les yeux et semblait n'avoir peur de rien ni de personne.

— Qui êtes-vous ?

— Cassandra Rich. Votre nouvelle employée de jardin.

Rich… Son nom de famille lui rappelait quelqu'un. Qui ? Il l'ignorait. Il y réfléchirait plus tard.

Il plongea dans son regard bleu et tenta de lire en elle. Elle était fraîche, intelligente. Elle était forte, aussi, il le voyait.

— Je suis ici pour quelques mois, ajouta-t-elle.

Très bien. Cela lui laissait du temps.

Du temps pour quoi ? se demanda-t-il. Désirait-il cette femme ? Peut-être. Elle ne ressemblait en rien aux femmes sophistiquées qu'il fréquentait habituellement. Elle semblait unique en son genre.

— Où sont les autres jardiniers ?

— Ils sont en congé pour la journée. Je suis restée pour creuser la tranchée et préparer les semis.

Elle repoussa une mèche de cheveux dorés derrière son

oreille, attirant instantanément son regard. Il l'entendait mais ne l'écoutait pas, trop occupé à la dévorer du regard. Ses cheveux étaient-ils longs, sous sa casquette ? Il avait soudain envie de la lui retirer et de voir une cascade de boucles blondes descendre sur ses épaules. Il mourait aussi d'envie de l'agripper et de prendre possession de sa bouche, de l'embrasser jusqu'à perdre haleine... Il se força cependant à reprendre ses esprits.

— Vous pouvez vous occuper de toute la propriété toute seule ? demanda-t-il, sceptique.

— Je n'ai pas le choix, n'est-ce pas ? Du moins jusqu'au retour des autres.

— Non, vous n'avez pas le choix.

Etait-elle insolente ou simplement sûre d'elle ? Elle le regardait comme elle aurait fixé un insecte dans la vitrine d'un musée, comme une bête mystérieuse. Elle n'avait pas tort. Ils étaient en effet aussi différents que possible, d'un côté le milliardaire uniquement préoccupé par son travail et, de l'autre, une jeune femme sensuelle et naturelle qui réveillait ses sens.

Elle lui sourit. Marco était sous le charme. Il adorait la façon dont ses lèvres couleur framboise se retroussaient et dévoilaient des dents parfaites.

— Je ne suis pas aussi incompétente que j'en ai l'air, et je vous promets que je ne vous décevrai pas.

Tant mieux.

— Si vous étiez incompétente, vous ne seriez pas mon employée.

Il se retourna et prit le chemin de la maison. Il pensait être fatigué en arrivant ici mais, tout à coup, il se sentait parfaitement réveillé. Pourtant, cela faisait plus de vingt-quatre heures qu'il n'avait pas dormi — depuis qu'il avait signé un accord qui bénéficierait non seulement à sa société, mais aussi à tout le pays.

La nouvelle de son succès s'était vite répandue dans Rome, attirant autour de lui une multitude de jeunes femmes, telles des guêpes fondant sur une tartine de confiture. C'était pour cette raison qu'il avait décidé de quitter la ville. Evidemment, il aurait pu proposer à l'une d'elles de l'accompagner en Toscane. Elles étaient jolies et savaient à quoi s'attendre avec lui. Le problème était qu'aucune ne l'attirait.

Que désirait-il ? Il l'ignorait, mais en tout cas pas une de ces femmes, belles mais quelconques, dénuées de tout charme particulier.

— Puis-je faire quelque chose pour vous ? lui demanda la jeune femme derrière lui, le stoppant net dans son élan.

Parlait-elle d'une tasse de café ou bien d'autre chose… ?

— Non, merci.

Il ne désirait aucune compagnie. Du moins pour le moment. Le succès professionnel était la seule chose qui le motivait, qui le faisait avancer. La seule chose également qui éveillait son désir.

Il prit une profonde inspiration et s'emplit les poumons d'air pur. Quel soulagement d'être enfin ici ! Il avait passé trop de temps en ville, dernièrement, et il n'en pouvait plus. Ses affaires lui imposaient de passer ses journées en costume, dans des bureaux trop climatisés, alors qu'il ne rêvait de rien d'autre que de passer un peu de temps à l'air libre, dans sa propriété de Toscane. Niché au milieu des montagnes, ce domaine était son refuge, un lieu qu'il ne partageait avec personne — et encore moins avec un employé saisonnier.

— Rien du tout, vous êtes sûr ? insista-t-elle.

Il leva les yeux au ciel. Pourquoi le provoquait-elle ? Il se retourna au moment où elle écartait les bras, ce qui mit en valeur sa poitrine.

— Rien, merci. Remettez-vous au travail.

Passer du temps avec une femme le soulagerait sans doute, lui permettrait d'évacuer son trop-plein d'énergie, mais celle-ci était trop jeune, trop inexpérimentée. Il perdrait son temps.

Elle commença à le suivre. Marco serra les poings pour ne pas laisser la colère le gagner. Il n'avait pas besoin d'elle ; et même, elle le dérangeait. Elle n'appartenait pas aux lieux.

De plus, rien ne lui garantissait que son sourire était aussi innocent qu'il le paraissait.

Une seule chose était certaine, cette fille était *différente*.

Cassandra réprima un frisson. Que lui arrivait-il ? Elle savait bien qu'elle devait garder ses distances avec Marco di Fivizzano et, malgré tout, elle le suivait, comme si ses pieds ne lui obéissaient plus, comme si une force mystérieuse la poussait vers lui. Pourtant, elle savait que c'était une mauvaise idée. Il appartenait au monde de luxe et de paillettes dans lequel avaient vécu ses parents et…

— Attention !

Elle était tellement perdue dans ses pensées qu'elle n'avait pas vu qu'il s'était arrêté et venait de lui rentrer dedans.

— Désolée.

— Vous n'avez vraiment rien de mieux à faire que de me suivre jusqu'à la maison ?

— J'ai terminé ma journée, alors je pensais que…

— Que je pourrais avoir besoin d'aide ?

Il la toisa comme si elle était un problème dont il ne voulait pas s'occuper. Comme s'il était curieux, également.

— Puisque vous êtes ici pour l'été, parlez-moi de vous.

Elle se figea net. Lui parler d'elle ? Que pouvait-elle lui dire ? Que *voulait-elle* bien lui dire ?

— Allez, insista-t-il en continuant à avancer. Commencez par me dire d'où vous venez.

Elle courut pour le rattraper.

— D'Angleterre. De la région des lacs.

— Je connais. Et votre famille ?

En entendant ce mot, les mauvais souvenirs remontèrent à sa mémoire, et son pouls s'accéléra. Elle ne voulait pas en parler, elle ne voulait même pas y repenser, surtout au jour où elle avait trouvé ses deux parents noyés dans la piscine de la maison, après une énième nuit d'ivresse et de débauche.

— Je vis avec ma marraine.

— Vos parents ?

— Morts tous les deux.

— Je vous présente mes condoléances.

— Ils sont morts il y a longtemps.

Dix-huit ans. Déjà dix-huit ans ? Elle n'en revenait pas. Elle était si jeune à l'époque qu'elle les avait à peine connus. En plus, elle n'avait pas beaucoup vécu avec eux. Elle était gardée par des nourrices différentes chaque fois que son père partait en tournée.

Ses émotions avaient disparu en même temps que ses parents, jusqu'à ce que sa marraine arrive pour la prendre dans ses bras et l'emmener dans sa modeste maison. Elle y avait grandi, entourée de l'amour de sa marraine et de la nature verdoyante, chatoyante, luxuriante.

Maintenant qu'elle y réfléchissait, peut-être s'était-elle cachée là-bas. Peut-être avait-elle fui la réalité. Cela expliquerait pourquoi un homme tel que Marco di Fivizzano lui donnait des frissons.

Avec bonheur, elle s'était fondue dans le cocon d'amour offert par sa marraine, mais, au fil des années, elle avait compris que quelque chose lui manquait. C'était pour cette raison qu'elle était ici, en Toscane. Elle avait eu besoin d'un défi, de sortir de sa zone de confort et de grandir.

— Vous avez de la chance d'avoir une marraine qui vous a recueillie, finit par répondre Marco en avançant à nouveau.

— C'est vrai.

La force de l'amour de sa marraine l'avait aidée à mûrir, jusqu'au jour où elle s'était sentie prête à quitter le nid. Sa bienfaitrice l'avait alors aidée à obtenir cet emploi en Italie.

Ils arrivèrent devant la porte d'entrée et elle s'arrêta.

— Entrez, fit Marco, qui avait sans doute perçu son hésitation.

Elle n'était jamais allée plus loin que la cuisine. Elle n'était même jamais entrée dans la maison par la porte principale. Sa chambre se situait dans l'annexe, de l'autre côté de la cour.

Elle savait que la maison était somptueuse et que Maria travaillait dur pour que les lieux restent propres ; or, elle était couverte de terre et de poussière. Elle ne pouvait décemment pas entrer. Et puis se retrouver seule, dans cette maison, avec cet homme… Impossible !

— Maria et Giuseppe sont en congé, aujourd'hui, bredouilla-t-elle.

— Et ? s'impatienta le maître des lieux.

— Je suis persuadée qu'ils vous attendaient et…

— Je ne paye pas mes employés pour qu'ils attendent.

Cassandra frissonna en entendant sa voix dure, sèche, impitoyable. Jamais elle n'avait rencontré un homme aussi malpoli et arrogant que lui. Il était donc hors de question qu'elle entre dans la maison.

— Maria vous a sans doute laissé quelque chose à manger dans le réfrigérateur.

— Puisque Maria n'est pas là, vous ferez très bien l'affaire. Lavez-vous et préparez-moi à déjeuner.

Elle rougit mais ne dit rien. Elle adorait ce travail, elle ne devait surtout pas l'oublier. Elle ne voulait à aucun prix le perdre, d'autant qu'elle avait besoin de son salaire pour offrir à sa marraine le voyage jusqu'en Australie. Mieux valait donc ne pas répliquer.

Heureusement, elle avait l'habitude de faire face à des clients mécontents au supermarché ; elle savait les gérer et prendre sur elle. Elle prit une profonde inspiration. Ce n'était qu'un homme comme les autres, après tout, non ?

Juste un homme comme les autres, vraiment… ? Elle allait devoir se le répéter à de nombreuses reprises pour ne pas l'oublier.

— Je ne suis pas une grande cuisinière.

Elle retira ses bottes.

— Faites ce que vous pouvez.

Dans ce cas, une omelette aux herbes devrait faire l'affaire, songea-t-elle.

Elle fit quelques pas dans l'entrée et demeura silencieuse, sous le charme des lieux. Elle avait l'impression d'être dans un château. La pièce était élégante, bien proportionnée, avec un haut plafond, des moulures, et de magnifiques tapis au sol. En partait un escalier en pierre, grandiose.

— Lavez-vous dans l'arrière-cuisine, lui ordonna-t-il, comme si elle était Cendrillon. Ensuite, préparez-moi mon repas.

— D'accord. Je vais cueillir des herbes fraîches pour…

Elle s'interrompit. A quoi bon parler, il ne l'écoutait plus. Il était déjà dans l'escalier.

Elle ne s'était pas trompée au sujet de Marco di Fivizzano. Il était discourtois et dénué de toute émotion. Il ne la voyait même pas ! Il avait faim et attendait qu'elle se plie en quatre pour le nourrir.

D'après les journaux à scandale, ce play-boy avait toujours faim, mais moins de nourriture que de sexe. Il fréquentait de nombreuses femmes, toutes plus belles les unes que les autres. Raison de plus pour se laver la figure avant de le revoir, même si c'était juste pour lui préparer à manger…

Débarbouillée, Cassandra ressortit dans le jardin et choisit quelques herbes bien parfumées.

Sur le chemin du retour, elle leva les yeux vers les fenêtres du premier étage. Marco était-il sous la douche en ce moment ? ne put-elle s'empêcher de se demander. Etait-il nu ?

Le sexe n'avait jamais été un problème pour elle, même si, dans la région des lacs, elle n'avait pas eu un grand choix d'hommes à sa disposition. Et ceux qu'elle avait choisis, elle les avait mal choisis. Ses petits amis l'avaient toujours déçue. Ils n'étaient pas méchants, non. Ils n'avaient juste rien fait pour exciter son imagination, ils ne l'avaient pas séduite.

Elle posa son couteau et se passa la main dans la nuque pour s'essuyer. Bon sang, elle transpirait ! Aurait-elle besoin d'une douche froide après avoir rencontré cet homme ? Pourtant, à côté des femmes qu'il fréquentait habituellement, elle faisait pâle figure. Alors que lui dégageait un charme animal et un incroyable charisme qui l'envoûtait, qui…

Stop ! Elle ferait mieux d'arrêter de rêver et de se mettre au travail. Elle avait une omelette à préparer.

Marco prit une douche glaciale pour tenter de se calmer. Ses sens avaient réagi de façon surprenante à la présence de la femme la plus étonnante qu'il ait jamais croisée.

Il leva les yeux au ciel et soupira. Il était vraiment ridicule !

Se forçant à se reprendre, il sortit de la douche. Il se sentait mieux, maintenant. Revigoré. Un bon repas, puis un corps à corps sensuel, voilà ce qui manquait à son bonheur. Il lui faudrait cependant plus qu'une jeune fille à la tenue négligée pour le satisfaire.

Il s'arrêta devant la fenêtre et regarda dehors. Elle était en train de couper des herbes dans le potager. Un geste tout simple, mais qu'elle accomplissait avec sensualité et un charme fou.

Peut-être l'avait-il repoussée un peu trop vite, finalement…

Cassandra se mit à battre les œufs avec autant de force que possible pour se défouler. Elle était nerveuse. Elle devait à tout prix se calmer avant le retour du maître des lieux. Hélas ! elle avait du mal ; des idées osées ne cessaient de l'assaillir.

Que lui arrivait-il ?

Elle essuya le plan de travail et repensa au jour où elle avait confectionné une omelette pour la première fois. Elle avait huit ans et mourait de faim, mais elle n'avait pas surveillé la cuisson… Après cet épisode, sa marraine lui avait heureusement donné quelques leçons de cuisine. Elle savait depuis qu'elle ne devait pas quitter la poêle des yeux si elle voulait avoir quelque chose à manger !

Elle avait perdu toute confiance en elle à la mort de ses parents. Heureusement, sa marraine l'avait reconstruite brique par brique, lui apprenant à cuisiner, à jardiner, à prendre soin d'elle. Ces activités étaient la base de tout, lui avait expliqué la vieille femme. Grâce à elle, elle avait appris à prendre du plaisir en regardant la vie s'épanouir.

Elle avait surmonté de nombreuses difficultés, alors elle parviendrait à faire face à Marco di Fivizzano. Rien de ce qu'il pouvait lui dire ne pouvait être comparé au désastre qu'était sa vie avant qu'elle trouve refuge chez sa marraine.

Elle servit l'omelette sur une assiette, puis la plaça sur un plateau avec une salade fraîchement cueillie.

Au même instant, Marco entra dans la cuisine.

2.

Marco était déterminé à traiter la nouvelle venue comme n'importe quelle employée, mais en la voyant penchée au-dessus de l'évier en train de nettoyer la poêle, le vertige le saisit et toutes ses résolutions s'évanouirent comme par magie. Elle était si belle…

Elle s'était changée et avait mis un T-shirt bien repassé, elle s'était aussi lavée — il voyait juste une petite trace de boue dans son cou. Une tache qu'il rêvait de nettoyer en promenant la main le long de cette nuque de ballerine…

— J'espère que cette omelette vous plaira.

Il se força à quitter des yeux son corps de déesse et à s'intéresser au plateau qu'elle avait posé sur la table.

— Où est le pain ?

— Je vais vous le chercher, monsieur.

Pourquoi lui parlait-elle sur ce ton, tout à coup ? Se moquait-elle de lui ?

— Appelez-moi Marco.

— C'est un repas sans prétention que je vous ai préparé.

Cassandra s'écarta et regarda son compagnon s'installer à table. Sa tentative pour évacuer sa frustration en battant les œufs avait complètement échoué. Elle le trouvait encore plus beau qu'un peu plus tôt, encore plus sexy, plus ensorcelant.

Elle baissa les yeux pour vérifier que son T-shirt ne soulignait pas trop sa poitrine. Raté. Ses tétons étaient dressés contre le coton, comme s'ils le saluaient !

Lorsqu'elle l'avait aperçu pour la première fois, vêtu de son costume sur mesure, avec sa chemise impeccablement repassée, elle l'avait trouvé séduisant. Mais maintenant, avec son jean et son T-shirt moulant, elle le trouvait beau comme un dieu.

— Du pain ? lança-t-il d'un ton impatient.

Il était peut-être beau, mais il était surtout rustre. Pour qui se prenait-il pour lui parler de cette façon ? Elle n'était pas son esclave !

Elle attrapa le pain d'un geste rageur. Tout à coup, elle eut l'impression que l'immense cuisine était en train de rétrécir autour d'elle. Avec son incroyable charisme, Marco prenait toute la place. Elle avait de plus en plus de mal à respirer, elle étouffait, et la colère était en train de la gagner.

— Avez-vous mangé, Cassandra ?

Elle sursauta. Elle ne s'attendait pas à ce qu'il lui pose cette question. De toute façon, elle n'avait aucune intention de manger avec lui, il était bien trop désagréable.

— Je n'ai pas faim, mentit-elle — elle avait toujours faim quand elle travaillait dans le jardin. Je mangerai plus tard.

— N'oubliez pas de le faire. Vous êtes bien trop maigre.

Personne ne lui avait jamais dit qu'elle était maigre. Car elle ne l'était pas. En plus, elle adorait manger et refusait de se passer d'un bon repas juste pour pouvoir porter un pantalon une taille en dessous de la sienne. Et puis, maigre ou pas, il n'avait pas à lui faire une telle remarque. Elle avait bien envie de lui dire sa manière de penser ! Elle se retint néanmoins. Elle adorait ce travail, elle ne devait pas l'oublier.

Elle se força alors à respirer lentement pour se calmer.

Marco étudia la jeune femme du regard. Elle n'était pas parfaite et n'avait rien des femmes qu'il fréquentait à Rome. Malgré tout, il la trouvait belle. Très belle. Et surtout *vraie*. Contrairement aux femmes d'affaires et aux ambitieuses avec lesquelles il passait du temps, Cassandra était singulière. Un peu comme sa propriété, qu'il aimait autant pour ses qualités que pour ses défauts.

— Comment avez-vous trouvé l'omelette ? lui demanda-t-elle alors qu'il venait de manger la dernière bouchée.

— Délicieuse.

Il ne s'était pas rendu compte à quel point il avait faim avant de s'asseoir à table. Et, à présent, il voyait sa cuisine, illuminée par la présence de Cassandra, d'un œil nouveau et notait combien elle était différente de celle de son appartement romain, tout en marbre et acier.

Il reposa son regard sur son employée.

— Comment avez-vous obtenu cette place ?

— Grâce à une amie de ma marraine, qui est horticultrice.

— Qui vous a engagée ?

— Vous. Enfin votre…

Cassandra s'interrompit. Elle ignorait le nom de la personne et n'était pas à l'aise avec les fonctions.

— Mon assistante ? C'est la seule qui a le pouvoir d'engager quelqu'un en mon nom.

— Oui, c'est sans doute elle.

Elle répondait de façon machinale, sans réfléchir. Ou plutôt, sans être *capable* de réfléchir. Il lui avait suffi de croiser les prunelles couleur chocolat de Marco pour tout oublier et perdre tous ses moyens.

— Je n'ai pas encore vu votre CV, reprit-il. Quelles sont vos qualifications pour cet emploi ?

Elle n'en avait aucune, à part sa passion pour les plantes, les fleurs et la terre. Elle avait tout appris dans les livres, en particulier dans son préféré : *Le Jardin secret*.

— J'ai appris par moi-même.

— Parlez-moi de votre emploi précédent, demanda-t-il en repoussant son assiette.

— Je travaillais dans le supermarché de mon village.

— Et vos diplômes ?

Bonne question… Mal vue par les professeurs de son école de riches, elle n'avait jamais fait beaucoup d'efforts, et encore moins les jours d'examen.

— Je… Je n'ai pas de véritables qualifications.

Elle commença la vaisselle. Avec un peu de chance, Marco changerait de sujet de conversation. Le seul point positif était qu'il ne devait pas avoir fait le lien entre le scandale qu'avait provoqué la mort de ses parents et son nom de famille. Du moins, pas encore.

Pourquoi lui en parlerait-elle alors que lui n'avait rien dit de personnel ? Sans compter qu'un homme aussi puissant que Marco di Fivizzano n'avait besoin que d'un coup de fil pour tout apprendre d'elle. S'il était aussi intéressé, il pouvait enquêter. Rien ne l'en empêchait.

Elle se concentra sur sa tâche. Elle devait à tout prix se calmer. Mais comment se détendre ? Les questions qui l'assaillaient étaient bien trop nombreuses.

Comment réagirait un homme comme Marco en apprenant son passé ? L'histoire de la petite fille abandonnée dans cette grande maison déserte, ses parents morts noyés, des dizaines de bouteilles vides et de seringues dans le salon, avait fait les gros titres de la presse à l'époque. S'il découvrait qui elle était, il penserait sans doute qu'elle était ici par intérêt.

Il serait bien loin de la vérité.

Marco se leva et elle revint au présent. A son grand soulagement, il ne lui posa pas d'autres questions. Il sortit simplement de la cuisine, sans un mot ni un remerciement.

— Bon débarras ! marmonna-t-elle entre ses dents serrées.

D'accord, il se conduisait comme un mufle, mais bon sang qu'il était beau ! Maintenant que Marco di Fivizzano était arrivé en Toscane, une chose était certaine : elle ne s'endormirait plus en pensant à son livre de jardinage !

Il avait mal dormi. En fait, il n'avait pas fermé l'œil de la nuit.

Marco se glissa dans son jean, détailla sa chambre du regard puis jeta un coup d'œil dehors. Les fenêtres de Cassandra étaient juste en face des siennes. Ce constat fit rugir le désir dans ses veines.

Il avait fait quelques recherches sur Internet, après le

déjeuner. Et il avait compris pourquoi le nom de famille de Cassandra lui avait semblé familier : elle était la fille unique de la légende du rock Jackson Rich et d'un mannequin du nom d'Alexa Monroe.

Alors pourquoi travaillait-elle ? Qu'avait-elle fait de son argent ? Jackson Rich avait eu beaucoup de succès, elle avait dû hériter d'une grosse fortune. L'avait-elle entièrement dépensée ? A moins que son père soit mort ruiné par ses excès en tous genres ? Marco grimaça. Il ne ressentait aucune pitié pour les gens faibles, pour ceux qui succombaient aux paradis artificiels.

En attendant d'en savoir plus sur Cassandra, il allait lui accorder le bénéfice du doute. Après tout, peut-être n'avait-elle pas hérité de la faiblesse de ses parents.

En tout cas, si elle était intéressée par son argent, elle risquait d'être déçue. Il n'avait pas de place dans sa vie pour une nouvelle maîtresse. En plus, les femmes qu'il fréquentait savaient comment s'habiller, comment parler, comment se comporter, au lit et hors du lit. D'un seul regard, il avait décelé que Cassandra ne possédait pas ce genre de compétences. Sauf peut-être la dernière…

Il serra les poings. Il devait à tout prix arrêter de penser à elle. Il ne cherchait pas de relation durable. Il savait d'expérience que les femmes n'étaient pas dignes de confiance, et il n'avait aucune raison de changer d'avis.

Cassandra Rich était peut-être séduisante, mais il ne céderait pas à la tentation. Il était plus fort que cela.

Cassandra ouvrit les yeux et essaya de se rappeler où elle était. La cour n'avait pas changé, la maison non plus, le parfum printanier qui parvenait jusqu'à elle depuis le jardin était le même que la veille, le chant des oiseaux était identique.

Néanmoins, tout avait changé. A cause de Marco. Elle fronça les sourcils. Il fallait à tout prix qu'elle oublie son patron, qu'elle se lève et se mette au travail.

Qu'elle *l'oublie* ? Cela lui semblait impossible. Et pourtant, elle allait l'oublier. Elle était bien décidée.

Malgré sa résolution, elle bondit hors du lit, traversa la chambre et regarda par la fenêtre pour voir si elle l'apercevait.

Que lui arrivait-il ? C'était la première fois qu'elle agissait ainsi. Ce n'était pas si étonnant, après tout. Elle n'avait pas croisé beaucoup d'hommes aussi grands, aussi séduisants, arrivant à bord d'un hélicoptère avant de lui ordonner de faire à manger. Mais lui, il l'avait fait. Et elle avait obéi. Gérerait-elle mieux la situation aujourd'hui ? Garderait-elle toute sa tête ou se conduirait-elle comme une idiote ?

Elle poussa le volet et l'aperçut, en train de traverser la cour. Seigneur… Elle le trouvait encore plus beau, encore plus sexy, encore plus dangereux. Ce matin, il avait relégué pour de bon son costume de ville au profit d'un jean moulant qui soulignait sa virilité. Il avait aussi retroussé ses manches, dévoilant la teinte dorée de sa peau et sa puissante musculature. Plus elle le regardait, plus elle avait l'impression que son corps n'était que muscles. Etait-il un athlète, au lit ?

Elle secoua la tête, en colère contre elle-même. Pourquoi diable se posait-elle cette question ? Elle n'avait pas le temps de fantasmer ! Elle avait du travail.

Elle s'éloigna juste au moment où il levait les yeux vers sa fenêtre. L'avait-il surprise en train de l'observer ? Avait-il un instinct animal, celui d'un prédateur ? Si elle voulait garder son poste, il allait falloir qu'elle soit prudente…

Une fois sa douche terminée, Cassandra s'enroula dans une serviette et resta plantée de longues minutes devant son placard ouvert. Elle n'avait pas apporté beaucoup de vêtements en Toscane : une robe d'été, quelques shorts, des T-shirts. Elle avait aussi pris deux jeans et une veste, au cas où les nuits deviendraient fraîches.

Pourquoi hésitait-elle sur sa tenue, ce matin ? Elle allait travailler au jardin, pas auditionner pour devenir la nouvelle conquête de Marco di Fivizzano.

Maria et Giuseppe étaient de retour et la saluèrent

chaleureusement. Pendant le petit déjeuner, elle leur posa discrètement quelques questions. En vain. Ils en savaient autant qu'elle sur les projets de Marco pour les jours à venir. Giuseppe avait simplement entendu parler d'une visite dans les caves pour choisir les vins qui seraient servis lors d'une grande soirée à Rome.

Les jours passèrent, puis les semaines. Cassandra apercevait parfois son patron de loin, mais guère plus. C'était mieux, se dit-elle en ramassant ses outils. Ainsi, elle n'avait pas de pression. Elle se répétait régulièrement ces mots, comme pour s'en convaincre. Elle restait néanmoins en alerte, elle ne pouvait pas s'en empêcher : Marco di Fivizzano était un homme unique, qui l'attirait comme un aimant.

Pourtant, sa vie ne la regardait pas, ils n'avaient aucun point commun, aucune raison de se voir, et encore moins de discuter. Rien ne l'empêchait cependant de rêver. Les rêves étaient gratuits, sans danger — du moins tant qu'elle ne le voyait pas.

Au moment où Cassandra se disait cela, Marco entra dans son champ de vision. Aussitôt, son rythme cardiaque s'emballa et sa température grimpa en flèche.

Il portait un costume et avait sorti sa Lamborghini. Avait-il un rendez-vous galant ? Elle se traita d'idiote : se poser ce genre de question ne menait à rien. Elle aurait tout de même aimé voir son visage, mais il portait des lunettes de soleil et ne regardait pas dans sa direction. Ce n'était pas plus mal. Elle n'avait aucune envie qu'il pense qu'elle était intéressée.

Elle se remit au travail et continua à creuser la tranchée destinée à protéger ses plantations en cas de pluie. Car même ici il finirait par pleuvoir, forcément.

Maria lui avait expliqué que même si la demeure était très ancienne et semblait indestructible, elle était vulnérable aux inondations. Le cours de la rivière avait bougé au fil des siècles, et représentait aujourd'hui le principal danger pour le domaine. La gouvernante lui avait aussi raconté que pendant la terrible tempête survenue deux ans plus tôt, des arbres avaient été déracinés et que la rivière était sortie de son lit, submergeant une grande partie du jardin.

Elle s'essuya le visage. L'atmosphère était lourde, aujourd'hui, mais la rivière était calme. Beaucoup trop calme, s'alarma-t-elle soudain. Et les oiseaux ne chantaient plus. Allait-il pleuvoir ?

Elle vit Marco lever les yeux vers le ciel de plus en plus sombre. Avait-il pensé à prendre un parapluie ? Non, vraisemblablement. De toute façon, les hommes comme Marco di Fivizzano n'étaient jamais mouillés, ils passaient toujours entre les gouttes.

La pluie ne mouillait que les pauvres filles comme elle…

Marco s'exhorta au calme, mais il ne parvenait pas à tenir en laisse ses sens déchaînés. Encore une fois, Cassandra Rich lui faisait perdre la tête avec sa silhouette de déesse maculée de boue. Aucune autre femme ne l'avait excité à ce point sans jamais le toucher. Sans doute parce que sa nonchalance et son charme naturel étaient uniques. Et combien de femmes étaient aussi à l'aise avec leur corps que Cassandra ? La voir ainsi manier la bêche le rendait fou.

Elle avait un corps magnifique, certes, mais c'était surtout une femme complexée, sans doute à cause de son histoire, de son passé. Il avait lu tous les articles de journaux publiés après la mort tragique de ses parents. Il savait donc à quel point elle avait été négligée, enfant, et combien la vie dissolue de ses parents avait dû l'affecter avant que sa marraine la recueille.

La presse s'était beaucoup interrogée sur les éventuelles séquelles dont elle aurait pu souffrir, alors il devait faire attention. Il tiqua, agacé. Depuis quand était-il un homme prudent ? Il n'était pas prudent ! Il était excessif, il était insoumis, il était fort !

Il fit rugir le moteur de sa Lamborghini, puis, incapable

de résister à la tentation, jeta un coup d'œil en direction de Cassandra. Son T-shirt était tellement moulant qu'il avait l'impression qu'il avait rétréci au lavage.

Marco déglutit péniblement. Tout à coup, il mourait d'envie de déposer une nuée de baisers sur la peau laiteuse de la jeune femme. Il appuya sur l'accélérateur et se dirigea vers le portail. Plutôt que de fantasmer sur son employée, mieux valait penser à toutes les autres femmes qu'il pouvait séduire. D'ailleurs, pourquoi n'avait-il pas invité l'une d'elles à se joindre à lui en Toscane ? Les femmes qui savaient qu'il s'agissait de son repaire, ici, de sa tanière, étaient toujours désireuses de partager son lit.

Parmi ses maîtresses habituelles, certaines le faisaient rire ; d'autres parvenaient à le séduire le temps d'une nuit — rarement plus longtemps ; il avait même rencontré quelques femmes qui auraient pu faire des épouses parfaites. Mais aucune n'aurait été capable de creuser une tranchée dans le jardin — encore moins de transformer le jardinage en une activité érotique.

La peau de Cassandra luisait de sueur, comme si elle avait fait l'amour. A cette idée, son sexe durcit. La jeune Anglaise ferait-elle preuve d'autant d'énergie au lit ?

Sans doute…

A peine Cassandra s'était-elle demandé pourquoi Marco la fixait avec cette intensité qu'il démarra en trombe et s'éloigna dans un nuage de poussière. Et elle, pourquoi, l'avait-elle fixé… ?

Il voulait sans doute, en patron exigeant, vérifier qu'elle travaillait bien. De toute façon, c'était la dernière fois qu'elle regardait dans sa direction, se promit-elle. D'accord, c'était ce qu'elle s'était déjà juré la dernière fois, mais là, elle était sérieuse. Et motivée.

Hélas ! il suffisait que Marco pose les yeux sur elle pour qu'une vague de désir digne d'un tsunami l'emporte et qu'elle perde la tête. De nombreuses femmes fantasmaient sur des hommes qui ne leur convenaient pas, et rien ne se passait. Elle faisait pareil, rien de plus.

Marco di Fivizzano n'était qu'un fantasme, et il le resterait.

3.

Le mystère était résolu : Marco était juste sorti pour aller déjeuner avec le maire. Cassandra se sentait soulagée maintenant que Maria le lui avait appris.

Soulagée ? Quoi, elle serait jalouse ? C'était ridicule ! Non, elle n'était pas jalouse, elle était folle ! Elle ferait mieux de retourner travailler dans le jardin. Au moins, là, elle savait ce qu'elle faisait. Hélas ! elle ne pouvait pas. Pas tout de suite, en tout cas : elle avait proposé à Maria et Giuseppe de les aider à ranger la cuisine afin qu'ils puissent partir sans attendre en ville pour la fête du Printemps.

— Faites attention à l'orage ! leur lança-t-elle avant qu'ils sortent, une fois leur tâche commune accomplie.

Maintenant qu'elle était seule, elle allait pouvoir travailler tranquillement dans le jardin. Parfait, cela lui changerait les idées, se dit-elle en marchant sous un ciel de plus en plus noir.

Un éclair zébra soudain le ciel, puis les premières gouttes tombèrent sur son visage — de grosses gouttes. Elle ramassa ses outils sans attendre et se dirigea en courant vers la maison. Mieux valait ne pas prendre de risques en restant dehors.

Il pleuvait déjà si fort qu'elle était trempée lorsqu'elle arriva à la porte de la cuisine. Elle se débarrassa de ses bottes et, en chaussettes, se précipita dans l'escalier. Comme tous les employés étaient partis, il fallait qu'elle vérifie que toutes les fenêtres de l'étage étaient bien fermées avant que l'orage fasse rage.

En fait, il faisait déjà rage.

Tout à coup, Cassandra eut l'impression que tous les éléments étaient déchaînés et rugissaient. Plusieurs coups de tonnerre firent trembler la maison, de nouveaux éclairs zébrèrent le ciel. Elle prit une profonde inspiration pour rassembler ses esprits et son courage. Elle ne devait pas s'inquiéter, la maison tenait toujours debout et allait résister.

A l'étage, tout était bien fermé.

Elle redescendit et alluma la lumière. Voilà qui était mieux ! Tout s'éteignit subitement. Zut. Dans l'obscurité, elle trouva un interrupteur et l'actionna. En vain. Elle sortit son téléphone de sa poche. Aucun signal. La ligne fixe ne fonctionnait pas non plus. Tant pis. Elle se débrouillerait dans la pénombre.

Cassandra avança avec précaution. Soudain, elle sursauta et poussa un cri. Elle avait mis le pied dans une flaque d'eau glacée. Sans attendre, elle monta quelques marches de l'escalier. La maison avait résisté pendant des siècles et Marco l'avait rénovée dans les règles de l'art, elle n'allait donc pas s'effondrer, n'est-ce pas ? Elle était en sécurité. Elle n'avait aucune raison de s'angoisser.

Sauf qu'elle était seule ici. C'était donc à elle qu'il revenait de gérer les conséquences de l'orage. C'était à elle de protéger les lieux.

La nuit tomba brusquement au milieu de l'après-midi. Nul besoin d'être devin pour comprendre qu'un terrible orage se préparait.

Sans attendre, Marco présenta ses excuses au maire et quitta la réception. Il n'était pas le seul, de nombreux invités l'imitèrent. Tout le monde devinait que l'orage allait être terrible, peut-être même plus effroyable que la dernière tempête.

Sur le chemin du parking, il appela Maria et Giuseppe pour leur conseiller de rester en ville ce soir. Mieux valait éviter de se déplacer par ce temps. Ceux-ci l'informèrent que Mlle Rich ne les avait pas accompagnés à la fête. Ce qui voulait dire qu'elle était toujours à la maison, seule ; et peut-être en danger…

N'importe quelle autre femme aurait été ravie de quitter la maison le temps d'une soirée pour aller en ville, mais pas Cassandra. Elle était la seule employée de son domaine à être restée sur place alors que l'orage menaçait. Et maintenant, elle était livrée à elle-même.

Marco stockait des sacs de sable dans l'arrière-cuisine. Avec un peu de chance, elle penserait à les utiliser pour protéger la maison. Il possédait également un groupe électrogène pour faire face aux éventuelles coupures d'électricité.

Ce soir, le courant serait coupé, il n'avait aucun doute à ce sujet. Il leva les yeux vers le ciel. Les éclairs et les coups de tonnerre s'enchaînaient, de plus en plus proches. La pluie se mit soudain à tomber.

Il sauta dans sa voiture. Il n'avait pas une minute à perdre s'il voulait pouvoir traverser le pont avant que la route soit coupée.

Devant le pont, des hommes en uniforme lui ordonnèrent de faire demi-tour, mais il les ignora et traversa, déterminé, pressé. Dommage qu'il n'ait pas pris son vieux 4x4, capable de rouler sur tous les chemins. Si l'eau continuait à monter, il risquait de noyer le moteur de sa Lamborghini.

Il appuya sur l'accélérateur. Cassandra était seule, dans le noir, perdue chez lui. Elle était son employée, il était de son devoir de la secourir.

Au bout d'un temps qui lui parut interminable, il aperçut enfin la maison. Il avait déjà tant plu que l'eau arrivait au niveau du seuil de la porte. Il se gara, bondit hors de sa voiture et se précipita vers la maison. Il tourna la clé dans la serrure et poussa.

La porte refusa de s'ouvrir. Il donna un coup d'épaule. Aucun résultat non plus La maison était plongée dans l'obscurité. Il jeta néanmoins un coup d'œil à l'intérieur par la vitre. Aucun signe de vie.

Où diable était-elle ?

— Cassandra !

Il remonta son col et fit demi-tour.

Au moins, la tranchée qu'elle avait creusée empêchait l'eau de ravager ses plantations, un bon point pour la jeune Anglaise.

Il s'arrêta devant la porte de derrière, incrédule : elle était grande ouverte. Pourvu que Cassandra ne soit pas sortie seule par ce temps ! C'était dans ces circonstances que des gens mouraient foudroyés. C'était bien trop dangereux !

— Allez-vous continuer à rester planté là pendant longtemps ou allez-vous enfin vous décider à m'aider ?

Marco avança en reconnaissant la voix de Cassandra.

Elle était dans la cuisine, trempée, les cheveux collés sur le visage, un sac de sable entre les mains.

— Les bougies se sont encore éteintes, lui cria-t-elle en courant vers le hall d'entrée. Pouvez-vous fermer la porte et les allumer ?

— Laissez. Occupez-vous des bougies, je prends le sac de sable.

Il retira sa veste et la rejoignit au pas de course. Il la frôla et elle recula brusquement, comme si le contact entre eux lui avait envoyé une décharge électrique.

— Si vous voulez m'aider, attrapez donc un autre sac. Je crois que la rivière est sortie de son lit.

— Sans doute.

Il lui prit le sac des mains, le porta et le posa sur les autres — voilà donc pourquoi il n'avait pas réussi à ouvrir la porte de devant !

Il se tourna vers Cassandra. Elle était en train de rouler les tapis persans.

— Aidez-moi, nous serons plus rapides si nous le faisons à deux.

— Avez-vous déjà allumé les bougies ?

— Et vous, avez-vous déjà été poli ?

Surpris, il se redressa. Personne ne lui avait jamais parlé sur ce ton.

— Vous pourriez déjà commencer par me remercier, continua-t-elle d'un ton sec. J'essaye de sauver votre maison !

Il allait répondre quand le bruit du tonnerre le stoppa dans son élan. Un éclair illumina ensuite le ciel et, l'espace d'un instant, il lut la peur dans le regard azur de la jeune jardinière.

— Ne vous inquiétez pas, la rassura-t-il, vous êtes en sécurité.

— S'il ne s'arrête pas de pleuvoir bientôt, nous allons être engloutis. Tenez, attrapez ceci !

Elle lui tendit une serviette pour bloquer l'eau qui filtrait par les interstices de sa barricade.

Elle ne l'avait pas attendu, elle avait pris des initiatives. Marco était étonné, et surtout admiratif. Elle ne s'était pas laissé abattre.

— Alors ? Vous allez m'aider à rouler ces tapis oui ou non ? reprit-elle avec impatience.

Avec plaisir. Il voulait bien l'aider pour les tapis, et pour beaucoup d'autres choses bien différentes…

Dans sa précipitation, elle trébucha. Marco la rattrapa au vol, riva son regard au sien, et vit ses prunelles s'assombrir. Il constata qu'elle retenait son souffle. Pensait-elle qu'il allait l'embrasser ? S'il osait, se débattrait-elle ? L'embrasserait-elle en retour ?

A quoi bon se poser la question ? Il avait peut-être envie de l'embrasser, mais il ne céderait pas à la tentation.

Jamais.

Ils formaient une bonne équipe. Ensemble, ils travaillaient efficacement. Sans compter que Cassandra prenait un grand plaisir à regarder le bel Italien utiliser ses muscles.

— Je vais bouger les meubles pour que vous puissiez tirer le tapis dans la salle à manger, annonça-t-elle.

Avant qu'elle ait pu faire quoi que ce soit, il souleva le tapis roulé comme s'il était aussi léger qu'un sac de plumes. Elle lui ouvrit la porte et le laissa passer. Dans le mouvement, sa main effleura involontairement la sienne. Elle se raidit instantanément. Ils étaient bien trop proches à son goût. Quand il était aussi près d'elle, Cassandra avait l'impression que sa raison s'évanouissait et ne lui répondait plus.

— Vous avez bien travaillé. Je…

Elle s'interrompit tout net et recula. Quelle idiote ! En parlant ainsi, il devait penser qu'elle le considérait comme son assistant. Tant pis ! De toute façon, elle ne pouvait pas retirer ses propos. Il était trop tard pour s'inquiéter. Malgré tout, elle recula un peu plus, tandis que Marco posait le tapis.

— Où allez-vous ? demanda-t-il.

— Au lit. Nous avons fait tout ce qu'il était possible de faire ce soir, alors je vais prendre un bain pour me réchauffer.

— Vous allez prendre un bain dans le noir ?

— Où est le problème ? Je vais allumer quelques bougies.

Elle baissa les yeux vers la main de Marco, toujours posée sur la poignée de la porte. Allait-il l'empêcher de sortir ?

— On dirait que vous êtes pressée de partir.

Sa voix était à peine plus forte qu'un murmure. Cassandra frissonna.

— J'ai froid.

Elle croisa les bras devant sa poitrine pour tenter de se réchauffer. Il ne semblait pas convaincu mais, au moins, il retira sa main de la porte.

— Merci pour tout.

— Je suis vraiment frigorifiée, répéta-t-elle d'une voix plus forte.

Elle était pressée de prendre un bain. Elle était trempée, elle avait froid, elle était épuisée.

— Si vous pouviez remettre le courant avec votre groupe électrogène…

— Je m'en occupe. Avant de prendre votre bain, n'oubliez pas de rassurer votre marraine. Un orage aussi fort doit faire la une des informations dans toute l'Europe. Rassurez également les autres personnes qui pourraient s'inquiéter.

Il avait parlé comme si de rien n'était, mais Cassandra n'était pas dupe de sa petite manœuvre : elle devinait la véritable question qu'il se posait.

— Il n'y a personne d'autre. J'appellerai ma marraine dès que la ligne téléphonique sera rétablie.

— Vous êtes très attachée à elle.

Cassandra ne put retenir un sourire ému. Rien que de penser à elle, la gratitude l'envahissait.

— Ma marraine est la femme la plus fantastique du monde. Elle m'a recueillie quand…

— … quand vos parents sont morts.

Elle fronça les sourcils : comment était-il au courant ?

— Oui.

— Pourquoi l'avez-vous quittée pour venir travailler en Toscane ? demanda Marco.

— Tout simplement parce qu'il s'agissait du travail de mes rêves. En plus, je ne peux pas passer ma vie à ses crochets. Lorsque j'ai quitté mon dernier emploi, elle m'a trouvé cette opportunité, grâce à une de ses amies. Cela aurait été bête de ma part de ne pas en profiter.

Mais peut-être aurait-elle dû tout de même refuser, car plus son employeur la fixait, plus elle était nerveuse, et plus elle se sentait stupide.

— Bon, je… je vais prendre mon bain, bredouilla-t-elle.

Elle refusait de discuter de sa vie personnelle avec un étranger. D'ailleurs, elle en avait déjà trop dit.

Cassandra sortit presque en courant. Marco demeura immobile, impressionné par le calme et l'efficacité avec lesquels elle avait géré la crise. Décidément, cette jeune femme l'intriguait. En apparence, elle était ouverte et prenait la vie du bon côté ; certes, elle n'acceptait aucun ordre sans discuter, mais elle lui faisait cependant l'effet d'un vent frais.

Tout à coup, elle lui manquait. Il rêvait de la voir dans son lit. Il ne tenterait pas de la séduire, toutefois. Il ne couchait jamais avec ses employées.

Pour oublier son désir, il décida de se concentrer sur les questions pratiques.

Il alluma le groupe électrogène puis sortit avec force précautions dans le jardin pour vérifier les dégâts. Apparemment, les plantations de Cassandra avaient résisté, alors que des arbres plantés depuis des siècles avaient été déracinés. Peut-être devrait-il prolonger son contrat, si elle était aussi compétente…

Une fois de retour dans la maison, il vérifia que les sacs de sable stoppaient efficacement l'eau. Il n'en revenait toujours pas : les sacs pesaient très lourd et pourtant, Cassandra avait réussi à les porter seule.

Il se répéta qu'elle était la femme la plus étonnante, la plus déstabilisante qu'il ait jamais rencontrée, même si elle représentait tout ce qu'il fuyait d'habitude. Elle était jeune, naïve, mais elle ne s'arrêtait pas à leur différence de classe sociale, ce qui était un autre point qui lui plaisait. Trop de femmes le poursuivaient juste pour son compte en banque.

Cassandra Rich avait les pieds sur terre, elle ne tremblait pas. Si jamais une autre tempête se déclarait, il voudrait cette femme à ses côtés et non une de celles qu'il fréquentait habituellement.

Il monta à l'étage. Dans sa chambre, la fenêtre était fermée mais les volets ouverts. En face, la lumière était allumée dans la chambre de Cassandra. Alors, il l'aperçut et se figea…

Elle avait vu des photos, dans des magazines : Marco fréquentait des sirènes, des femmes au physique enchanteur avec lesquelles elle n'avait aucun point commun.

Rien ne l'empêchait néanmoins de profiter de son fantasme…

Peut-être était-ce à cause du fait qu'elle savait qu'un homme comme Marco était à proximité, mais, tout à coup, elle avait envie d'explorer sa sensualité. Elle avait envie de s'amuser ce soir.

Sans réfléchir, elle se mit à danser dans sa chambre en attendant que son bain soit prêt. Dans ses rêves, elle dansait pour lui et il se consumait de désir devant elle, même si dans la réalité, jamais il ne désirerait une femme travaillant comme jardinier.

Sans cesser de danser, elle jeta un coup d'œil par la fenêtre. La lumière de la chambre de Marco était éteinte et, Dieu merci, la pièce semblait vide.

Et s'il était caché dans l'ombre et l'observait ? Non. Il n'y avait personne, à part la lune. Elle pouvait donc continuer à danser tranquillement. Elle n'avait aucune raison de s'inquiéter.

Sous le charme, Marco regardait Cassandra commencer à se déshabiller. Elle retira son T-shirt et il aperçut les lignes enchanteresses de ses seins. Génial ! se dit-il, cynique. Il allait passer une nouvelle nuit blanche…

Elle laissa tomber son T-shirt au sol, puis libéra ses cheveux. Son épaisse chevelure blonde descendit en cascade dans son dos. Elle ouvrit ensuite son jean et se cambra, comme si elle présentait ses fesses rondes à son regard, comme si elle se déshabillait pour lui.

Instantanément, la température de Marco monta de quelques degrés. Le spectacle était magnifique, érotique à souhait.

Elle se débarrassa de son jean, et il retint son souffle. Si beaucoup de femmes avaient tenté de le séduire, aucune n'avait éveillé un tel désir en lui, aucune n'avait provoqué un tel tsunami de sensations exquises.

Cassandra promena les doigts sur ses seins, laissa ses mains fines s'attarder sur sa peau, serra les pointes offertes. L'érection de Marco devenait presque douloureuse. Il était hypnotisé par ce spectacle d'une sensualité sans bornes. Cassandra Rich l'avait ensorcelé.

Elle rejeta la tête en arrière, prit ses seins en coupe et les rapprocha l'un de l'autre, comme pour l'inviter à les sucer. Si elle continuait ainsi, il allait perdre la tête…

Elle glissa alors les mains le long de son ventre et descendit, toujours plus bas, jusque entre ses jambes. Marco bouillait, à présent. Cassandra semblait innocente, et pourtant elle était en train de le torturer. Elle ne s'embarrassait pas de minauderies, elle vivait ses fantasmes ouvertement.

Dio…

Cassandra stoppa net ses caresses. Seigneur, qu'était-elle en train de faire ? Avait-elle perdu la tête ? Elle n'avait même pas fermé ses volets !

Elle décida que son attitude n'était que la conséquence de l'orage. Elle avait juste évacué la tension accumulée pendant les dernières heures. Elle attrapa la serviette qu'elle avait sortie pour son bain et s'enroula dedans, puis se retourna pour vérifier que personne ne l'avait vue.

Les volets de la chambre de Marco étaient fermés. L'étaient-ils déjà lorsque son petit coup de folie avait commencé ? Elle ne se souvenait pas. Elle se souvenait juste que la chambre était dans l'obscurité.

Oui, ils devaient être déjà fermés. Elle n'avait aucune raison de s'inquiéter.

4.

Marco était tendu devant sa tasse de café, tout le contraire d'une Cassandra totalement décontractée. Comme tous les jours, elle souriait. Après sa démonstration d'efficacité pendant l'orage et son spectacle érotique, elle semblait sûre d'elle, confiante.

— Voulez-vous d'autres œufs ? lui demanda-t-elle.

— C'est bon, merci.

Il se concentra sur son assiette et tenta de refouler le souvenir envoûtant de son strip-tease.

— Mes compétences en cuisine sont limitées. Heureusement pour vous, Maria devrait être de retour dans la journée. Vous mangerez mieux ce soir.

La belle Anglaise se pencha pour poser la poêle dans l'évier et Marco admira ses fesses rondes, parfaitement moulées dans son short en jean. Il mourait d'envie de se lever, de la rejoindre, de plaquer son corps contre le sien, d'empoigner ses fesses d'une main et, de l'autre, de lui caresser le ventre, de vagabonder sur ses courbes ensorcelantes, de se perdre entre ses pleins et ses déliés.

— Une tranche de pain ? Encore un peu de café ?

— Non. Merci.

Elle se retourna et, comme par un coup de baguette magique, il oublia son petit-déjeuner. Il ne pensait plus qu'à son corps de déesse, à ses longues jambes galbées qu'elle nouerait autour de ses hanches pendant qu'il se glisserait en elle…

Elle se frappa soudain le front et leva les yeux au ciel. Marco sortit de sa rêverie érotique et revint à la réalité.

— Vous avez un problème ?

— Les pastilles !

— Je ne comprends pas.

— Nous n'avons plus de pastilles pour le lave-vaisselle.

Marco faillit éclater de rire. Ainsi, voilà à quoi elle pensait pendant qu'il la dévorait du regard ? Apparemment, son charme n'avait aucun effet sur elle. Elle le regardait à peine.

Marco di Fivizzano était en train de la rendre folle.

Dans le jardin, il faisait l'inventaire des dégâts provoqués par la tempête et ramassait les branches tombées. Il était torse nu et tenait une hache dans une main, comme l'un des héros de ses fantasmes.

Qui était vraiment cet homme ? Son patron était si riche et si puissant qu'il avait le pouvoir de dissimuler son passé, mais pas celui de faire taire la curiosité de Cassandra. Au contraire. Tout le monde avait une histoire intéressante, et elle mourait d'envie d'en savoir un peu plus sur lui, de gratter la surface pour découvrir ce qui se cachait dessous.

Elle sortit de ses pensées à l'arrivée de Maria, qui annonça à Marco qu'on le demandait au téléphone. Cassandra en profita pour travailler. Elle ne revit son employeur que quelques heures plus tard, dans la cuisine. Il semblait l'attendre.

— Nous devons parler.

L'inquiétude la gagna. Avait-elle fait quelque chose de mal ? Allait-elle perdre son emploi ? Elle ne pouvait pas se le permettre. Ce travail était parfait. Elle avait quitté la lumière à la mort de ses parents et ici, en Toscane, elle commençait enfin à sortir de l'ombre et à construire sa vie, son avenir.

— Venez dans mon bureau.

Son ton était froid. Très froid. La chair de poule envahit Cassandra et son angoisse augmenta. Elle le suivit néanmoins, en silence.

Une fois dans le bureau, elle regarda autour d'elle. La pièce était trop bien rangée à son goût. La décoration était sobre, impersonnelle. *Trop* sobre, *trop* impersonnelle.

Marco ne l'invita pas à s'asseoir. De toute façon, elle n'aurait pas été à l'aise, s'il l'avait fait.

— J'ai un problème. Et j'ai besoin de votre aide, Cassandra.

A moins qu'il veuille discuter des plantations ou de floraison, elle ne pourrait pas l'aider. L'avait-il vraiment fait venir dans son bureau pour parler jardinage ? Elle en doutait.

Il s'adossa contre son bureau, croisa les bras devant son torse et la fixa, l'étudia du regard comme si elle était un gâteau dans la vitrine d'un pâtissier et qu'il se demandait si elle allait satisfaire son appétit. Pourquoi la dévisageait-il ainsi ? Qu'il arrête ! Il la mettait mal à l'aise.

— Que puis-je faire pour vous ?

Il ne répondit pas tout de suite. Cassandra nota qu'il semblait plus détendu qu'à son arrivée en Toscane.

— J'ai besoin de vous à Rome, répondit-il enfin.

A *Rome* ? Elle ne pouvait pas aller à Rome. A moins que…

— Avez-vous un jardin là-bas ? demanda-t-elle, ravalant sa surprise.

Ce jardin était sans doute plus petit, mais elle pourrait s'en occuper, s'il le lui demandait.

— Cela n'a rien à voir avec le jardinage. J'organise chaque année une grande soirée caritative. Elle a lieu dans quelques jours.

— Je vois…

En fait, elle ne voyait rien du tout.

— Il s'agit d'un dîner. J'ai besoin qu'une femme m'accompagne, sinon la place à ma droite sera vide. L'autre organisatrice de la soirée était censée être ma partenaire pour la soirée, mais elle vient de m'annoncer qu'elle a un empêchement familial de dernière minute.

— Et donc la chaise à votre droite est vide, et c'est insupportable, c'est ça ?

— Elle ne l'est plus, puisque vous allez m'accompagner.

— Moi ?

Un sentiment d'horreur saisit Cassandra. Voilà exactement ce qu'elle cherchait à éviter depuis qu'elle était adulte ! Hors de question de participer à une quelconque soirée mondaine !

— Ne prenez pas cet air choqué, il n'y a aucune raison, je vous invite simplement à m'accompagner à une soirée.

Marco était perplexe, dérouté. Pourquoi la jeune Anglaise réagissait-elle ainsi ? N'importe quelle femme aurait été ravie de l'invitation. Or, celle-ci le fixait comme s'il l'avait invitée à une orgie romaine. Elle était blême.

— Une soirée caritative... A Rome..., balbutia-t-elle. Un dîner.

— Oui, c'est aussi simple que cela. Il vous suffit de dire oui. Vous aurez à votre disposition un styliste, un coiffeur, une manucure.

— Je... Vous vous moquez de moi ?

— Non, je suis sérieux.

Il n'en revenait pas de sa réaction ; il ne s'agissait que d'une simple invitation à dîner. Pourquoi hésitait-elle ?

— Non. C'est impossible. Je risque de marcher sur ma robe, de me cogner aux autres invités...

— Je ne l'espère pas.

— Vous êtes vraiment sérieux ? répéta-t-elle, comme s'il lui parlait une langue étrangère et qu'elle venait seulement de comprendre. Vous me voulez à vos côtés, à la table d'honneur d'un dîner mondain à Rome ?

— Oui. Combien de fois faut-il vous le répéter ?

— Je suis désolée, mais c'est impossible. Il y a aussi peu de chances que je porte une robe de soirée que vous, vous creusiez la terre avec ma bêche.

— Pour votre gouverne, sachez qu'il m'arrive parfois de jardiner. Evidemment, si vous n'êtes pas capable de...

— Je ne suis pas à l'aise en société, coupa-t-elle. Je me sens beaucoup mieux dans un jardin.

— Vous serez évidemment payée.

— Je serai… Combien ?

Elle semblait soudain plus intéressée. Marco lui donna un chiffre. Il la vit aussitôt poser la main sur le dossier du fauteuil, comme si elle avait le tournis. Presque toutes les femmes aimaient l'argent, alors elle allait accepter, il le devinait. De toute façon, il ne pouvait se permettre d'essuyer un refus.

— Que ferez-vous quand votre contrat se terminera et que vous rentrerez en Angleterre ? Reprendrez-vous votre travail au supermarché ?

— Pourquoi pas ? C'est un travail honnête, et je me suis fait de bons amis là-bas.

— Vous pouvez vous faire de bons amis à Rome. Certaines de mes connaissances possèdent de magnifiques jardins qui exigent attention et travail. Vous pourrez développer votre réseau pendant la soirée.

Pendant qu'il prononçait ces mots, elle hocha la tête. Apparemment, elle tergiversait. Parfait !

— Vous accepteriez de me présenter ? l'interrogea-t-elle.

— Peut-être pas moi, mais mes assistants pourraient le faire. Vous gagneriez de l'argent et vous feriez des connaissances. Je ne vois vraiment pas pourquoi vous hésitez encore.

— Je pense que…

— … que vous allez le faire.

— Si cela peut vous aider.

— Cela m'aidera.

— Le problème, c'est que je n'ai apporté qu'une seule robe.

— Ne vous inquiétez pas, je vous fournirai une robe.

— Je vous rembourserai, annonça-t-elle aussitôt.

— Non. La robe et les autres dépenses nécessaires feront partie de votre rétribution. Vous pourrez garder la robe après.

— Vous êtes vraiment sérieux ? s'exclama-t-elle, l'air abasourdie.

— Je suis toujours sérieux.

Cette fois-ci, elle allait accepter. Il avait confiance.

— J'ai besoin d'un peu plus de temps pour réfléchir.

— Impossible. J'ai besoin de votre réponse tout de suite. Alors, est-ce oui, ou non ?

Cassandra était paniquée. Elle allait faire son retour dans ce monde sophistiqué qui l'avait tant blessée dans sa jeunesse. Elle aurait bien voulu y échapper, mais elle n'avait pas pu refuser l'offre de Marco. La somme qu'il lui avait proposée ne serait pas de trop pour payer le billet d'avion pour l'Australie. C'était une opportunité en or de rendre à sa chère marraine tout ce que celle-ci lui avait apporté, une opportunité qui ne se représenterait sans doute jamais.

Pourquoi Marco l'avait-il invitée, elle ? Elle n'en avait toujours pas la moindre idée. En tout cas, il ne pourrait pas lui faire de reproches car elle l'avait prévenu : elle travaillait dans un jardin, elle n'était pas une habituée de ce genre d'événement. Et ce n'était pas une robe de grand couturier qui changerait cela.

Et puis il était trop tard pour s'en inquiéter, maintenant qu'elle se trouvait dans le hall de ce palace romain, accompagnée d'un des assistants de Marco.

Le directeur s'approcha d'eux et elle se raidit. Ses souvenirs de jeunesse étaient vagues, mais elle se rappelait tout de même avoir séjourné dans des hôtels de ce genre. Elle se souvenait également de son père et des nuées de femmes qui le suivaient. D'après les récits des journalistes de l'époque, son charisme les attirait comme un aimant. Le parallèle avec Marco était tentant…

— Bienvenue *signorina*, lui lança le directeur avec un sourire poli. J'espère que vous êtes heureuse d'être chez nous.

— Oui, merci, mentit-elle.

— Je vais vous laisser maintenant, fit l'assistant de Marco en la saluant. Vous avez quelques minutes pour vous installer avant que votre équipe n'arrive.

— Mon équipe ? s'étonna-t-elle en écarquillant les yeux.

Trop tard, l'assistant était déjà parti. Perdue, Cassandra se tourna vers le directeur. Son visage était comme un masque de pierre, dénué de toute expression. Que devait-il penser d'elle, vêtue d'une robe informe, mal coiffée ?

— Suivez-moi, *signorina*, dit-il. Ne vous inquiétez pas, votre robe sera livrée très vite. Un coiffeur viendra ensuite s'occuper de vous, ainsi qu'un maquilleur.

Au dernier étage, il ouvrit une double porte et invita Cassandra à entrer.

Elle resta bouche bée. La suite était deux fois plus vaste que la maison de sa marraine. De grandes baies vitrées surplombaient Rome, offrant une vue à couper le souffle. Arriverait-elle à en profiter ? Elle ne pensait qu'à Marco.

Elle croisa son reflet dans le miroir et réprima un soupir. Que faisait-elle ici ? Elle n'était pas la personne adéquate pour une soirée mondaine, même vêtue d'une robe de grand couturier. Dès qu'il la verrait, Marco comprendrait qu'il avait fait une erreur. Il faudrait plus que quelques coiffeurs et maquilleurs pour la transformer.

Il faudrait un miracle.

En plus, quel homme dépenserait une somme aussi importante pour une femme sans attendre la moindre contrepartie ?

Elle sursauta en entendant frapper à la porte. Rassemblant son courage, elle ouvrit. Sans même la saluer, trois jeunes hommes entrèrent.

— Où est-elle ? lui demanda le premier, un jeune homme dont la coiffure ressemblait à une banane violette.

Il se tourna vers elle et la dévisagea, comme pour étudier tous ses défauts. Il avait l'air horrifié.

— C'est vous, mademoiselle Rich ?

— Je suis désolée, bégaya-t-elle.

Elle se força à sourire, mais l'homme à la banane ne riait pas. Au contraire, il leva les yeux au ciel.

— Bon. Je suis Quentin. Voici Nigel et Arturo. Mettons-nous tout de suite au travail. Nous avons beaucoup de pain sur la planche.

— Qu'allez-vous faire ?

— Ce que nous pouvons.

Cassandra baissa la tête. Désormais, son destin ne lui appartenait plus.

5.

— Allez, ma chérie, souriez ! lança Quentin. Vous n'avez aucune raison d'être inquiète : Marco va être très content.

Il lui prit les mains et Cassandra sourit. Il avait finalement réussi à la détendre. A sa grande surprise, elle avait passé un bon moment avec les trois garçons. Ils avaient même réussi à la faire rire. Chaque fois qu'elle leur avait fait part de ses doutes, de ses angoisses, ils lui avaient remonté le moral. Quentin avait tout de la bonne fée de Cendrillon.

— Vous êtes une véritable beauté ! affirma-t-il.

— Pourquoi ai-je du mal à vous croire ?

— Je n'en ai pas la moindre idée, ironisa-t-il, théâtral. Nigel ? Le miroir, s'il te plaît.

Cassandra regarda son reflet et resta interdite, sous le choc. Elle n'en revenait pas. Etait-ce bien elle ?

— Dites quelque chose, ma chérie, s'impatienta Quentin.

Elle ne pouvait pas, l'émotion était trop forte et lui nouait la gorge. Ce n'était pas elle qu'elle voyait dans ce miroir, mais sa mère ! Celle-ci avait-elle parfois eu le même sentiment qu'elle, l'impression d'être une poule qu'on préparait pour le festin ? Elle savait que sa mère avait tout fait pour garder son père, conserver son attention face à la compétition féroce des jeunes groupies prêtes à tout. Elle avait dû se sentir si démunie…

— Vous allez bien ? demanda timidement Nigel.

Cassandra se reprit.

— Oui. Oui, je vais bien, merci.

Quentin et son équipe avaient vraiment fait des miracles.

— Je ne pourrai jamais assez vous remercier, ajouta-t-elle.

— Je ne peux pas dire que cela a été facile, mais je suis un génie, pérora Quentin avec humour. Rien ni personne ne me résiste !

Où diable était-elle ?

Marco en avait assez d'attendre. Il jeta un coup d'œil à sa montre puis un autre en direction de la porte. Une centaine d'invités était déjà présents dans son appartement, prêts à participer aux enchères et à donner de grosses sommes d'argent aux associations caritatives partenaires de la soirée.

Il tâcha de se calmer. Il n'avait aucune raison d'être inquiet. Cassandra ne serait pas en retard, son équipe veillait sur elle.

Pourtant… Si seulement elle pouvait arriver vite ! Le dîner allait bientôt commencer, et il était impensable que la place voisine de la sienne reste vide.

Soudain, les invités s'arrêtèrent de parler. Tous les regards s'étaient tournés dans la même direction. Marco fit de même. Alors, il la vit…

Son esprit se vida, sa gorge s'assécha. Dieu qu'elle était belle ! Une vraie princesse. Elle lui adressa un sourire qui illumina toute la pièce et donna un coup de fouet au rythme cardiaque de Marco. Elle souriait, mais il voyait à son regard qu'elle était inquiète. Derrière la façade, il devinait qu'elle était mal à l'aise.

— Enfin, lui murmura-t-il lorsqu'elle le rejoignit.

Elle lui tendit la main.

— Bonsoir à vous aussi. Excusez-moi pour le retard, vos bonnes fées ont eu plus de travail que prévu.

Il admira son honnêteté.

— J'en doute.

— Ce genre de transformation nécessite beaucoup de temps. Etes-vous au moins satisfait ?

La sublime princesse qui lui faisait face semblait attendre son approbation. Approuvait-il ? Oui. A tel point qu'il avait envie que tout le monde quitte les lieux pour qu'il puisse être seul avec elle.

— Suis-je assez jolie ? insista-t-elle, l'air vraiment inquiète.

— Evidemment ! Quentin ne vous aurait jamais libérée s'il n'avait été satisfait.

— Vous avez sans doute raison.

Elle laissa échapper un petit rire et lissa sa robe. Marco se dit que son styliste méritait une prime : il avait vraiment choisi la robe parfaite pour Cassandra. Cette teinte de bleu faisait ressortir la couleur de ses yeux. Son décolleté était moins profond qu'il l'aurait voulu, soulignant ses trésors plus qu'il ne les révélait. Malgré tout, cette robe était beaucoup plus provocante qu'il l'avait pensé au premier regard. Elle était même tellement moulante qu'elle semblait être sculptée sur le corps de rêve de sa déesse anglaise.

Et sa coiffure… Ses cheveux flottaient dans son dos, comme une cape dorée sur son dos dénudé jusqu'au creux envoûtant de ses reins.

— Asseyons-nous, proposa-t-il.

Il l'entraîna vers la table et lui tira son siège. Il était déterminé à tout faire pour qu'elle soit à l'aise ; et surtout désireux de la tenir éloignée des autres hommes…

Marco avait fait appel aux meilleurs chefs de Rome. La nourriture était délicieuse, pourtant Cassandra s'était contentée de picorer. Au fur et à mesure de la soirée, elle s'était néanmoins détendue et avait charmé ses invités.

Jamais il n'avait eu une telle compagne de dîner auparavant. Généralement, celles-ci attendaient qu'il lance la conversation ou les présente. Cassandra se contentait d'être elle-même, souriante, avenante. Elle avait conquis un diplomate d'habitude coincé et l'aristocrate le plus chic de la tablée.

— Vous avez à peine mangé, lui fit-elle remarquer.

— J'étais trop occupé à vous regarder.

Ses joues s'empourprèrent. Gênée, Cassandra se tourna pour répondre à une question du convive situé à sa droite. Marco la regardait d'une façon qui éveillait tous ses sens. Son regard était si brûlant qu'elle avait même du mal à se souvenir de la raison de sa présence — à savoir combler une place vide à table… D'un jardin toscan jusqu'à une soirée romaine : elle n'en revenait toujours pas.

— Voulez-vous danser ?

Cassandra faillit s'étrangler. Quoi ? Avait-elle bien entendu ? Marco di Fivizzano l'invitait à danser ? Seigneur… Elle possédait deux pieds gauches et un sens du rythme digne de celui d'un hippopotame. Elle ne pouvait pas danser. Surtout pas avec *lui*.

— Je vous ai demandé si vous aviez envie de danser, insista-t-il. Et plus précisément si vous m'accorderiez cette danse. Vous savez danser, n'est-ce pas ?

— J'ai déjà dansé, oui… Mais seulement toute seule.

— Nous sommes les seuls encore à table, fit-il remarquer.

— Vous avez peur des ragots si vous ne dansez pas avec moi ?

Il fronça les sourcils. Il semblait surpris par sa remarque. Apparemment, il n'était pas inquiet de la réaction des invités, elle seule l'était. Sur la piste de danse, des femmes en robe longues tournoyaient au bras de leurs cavaliers. Que diable faisait-elle ici, à cette soirée, avec Marco ? Que penserait sa mère si elle la voyait ? Hélas ! Cassandra n'avait pas suffisamment connu celle-ci pour le savoir.

— Contentez-vous de dire oui, ordonna Marco en se levant.

Comme dans un rêve, elle le suivit jusqu'à la piste. Il lui prit la main, qu'elle serra nerveusement. Elle avait l'impression qu'elle allait s'évanouir. Son comportement était ridicule ! Il ne s'agissait que d'une soirée sans conséquences, sauf celle de gagner un peu plus d'argent.

— Détendez-vous, lui murmura Marco dans le creux de l'oreille, la faisant frissonner. Je ne peux pas danser si vous êtes aussi raide.

— Raide ou pas, je ne peux pas du tout danser avec vous !

Non, Cassandra ne pouvait pas danser avec un homme qui éveillait de tels sentiments en elle. Elle allait trébucher, ou marcher sur sa robe, ou tomber ; bref, il était inévitable qu'elle s'humilie.

— Je vais mener, affirma Marco. Contentez-vous de me suivre.

Il plaqua son corps contre le sien et elle se laissa aller. Peu à peu, la musique la calma, l'apaisa et lui rappela les jours heureux passés en Toscane.

Finalement, ce n'était pas difficile de danser avec Marco. Il suffisait d'arrêter de réfléchir.

— Vous êtes une bonne danseuse, lui dit-il après le troisième morceau. Vous devriez danser plus.

Pourquoi pas, mais avec qui ? Et où ? Marco ne suggérait tout de même pas qu'elle danse avec lui, si ?… En tout cas, jamais plus elle ne danserait avec un homme. Après cette expérience, elle serait forcément déçue.

Cette soirée qu'elle avait tant appréhendée était en train de devenir un rêve. Cassandra était déterminée à en profiter, car jamais plus elle ne vivrait une telle opportunité.

L'ambassadeur les rejoignit et demanda à Marco s'il pouvait danser avec elle.

— Il serait malpoli de ma part de garder Cassandra pour moi, répondit-il avant de se tourner vers elle : Cela vous gêne-t-il si je permets à Son Excellence de danser avec vous ?

— Si vous lui *permettez* ? murmura-t-elle pour n'être entendue que de lui. Vous êtes culotté !

L'homme devait avoir l'ouïe fine, car il éclata de rire.

— J'ai l'impression que cette jeune femme vous connaît bien, Marco.

— Je serais ravie de danser avec vous, déclara-t-elle, faisant fi de sa gêne.

Tandis que l'ambassadeur l'entraînait dans une valse, elle jeta un coup d'œil discret vers son patron. Il la regardait.

Elle n'aurait pas dû, mais elle ne pouvait s'empêcher de s'en réjouir.

Marco avait libéré Cassandra à contrecœur. Maintenant qu'elle dansait avec l'ambassadeur, la sensation de son corps de déesse contre le sien lui manquait. Il payait cette jeune femme pour qu'elle soit ici, il ne devait ni l'oublier ni se faire des idées. Il ne s'agissait pas d'un rendez-vous galant.

D'un autre côté, rien ne l'empêchait de profiter de sa compagnie pendant qu'ils étaient à Rome.

Un jeune homme, debout au bord de la piste, braquait un regard prédateur sur Cassandra, guettant vraisemblablement la fin du morceau pour l'inviter. Marco se raidit, tous les sens en alerte. Il avait accepté qu'elle danse avec le vieil ambassadeur, mais là, il devait intervenir. Peu lui importait si le diplomate lui en voulait, Cassandra venait avec lui ; tout de suite.

— Excusez-moi, Excellence, la vente aux enchères va bientôt commencer.

— Je comprends, répondit l'ambassadeur en tournant la tête vers sa cavalière. J'espère vous revoir prochainement, ma chère. J'ai passé un très bon moment avec vous.

— Moi aussi, je vous remercie.

Marco accompagna Cassandra à la table, où ils se réinstallèrent.

— Il y a de belles choses en vente, lui dit-elle avec enthousiasme.

— Avez-vous vu quelque chose qui vous plaît ?

Pourquoi ne placerait-il pas des enchères pour elle ? songea-t-il C'était la moindre des choses : après tout, elle l'avait sauvé en acceptant de l'accompagner.

— En fait, oui, admit-elle d'une voix timide.

— Dites-moi tout.

— J'ai vu une jolie petite aquarelle signée Hockney. Si j'étais riche, je l'offrirais à ma marraine. Mais il ne s'agit que d'un rêve, je sais bien que de telles œuvres valent très cher.

N'importe quelle œuvre signée de David Hockney valait une fortune, en effet. Une partie de lui avait envie de l'acheter pour elle, mais que penseraient les invités ?

Oubliant ses interrogations, il posa la main sur la sienne, sans réfléchir. Il n'était pas habitué aux gestes tendres, mais Cassandra le transformait, semblait-il…

6.

Cassandra s'adossa contre un mur, un peu à l'écart, pour pouvoir observer la soirée sans être vue.

La vente aux enchères était terminée et tous les invités s'étaient levés de table. Les plus âgés étaient même partis. On bougeait et discutait autour d'elle comme si elle n'existait pas. Les invités auxquels elle avait parlé au début de la soirée l'ignoraient à présent. Que diable faisait-elle ici, dans ce monde auquel elle n'avait aucune envie d'appartenir, ce monde où les gens disaient une chose et en faisaient une autre, où seule l'apparence comptait ? Sa présence ici était une erreur.

— La fille dans la robe bleue assise à ma droite à table ? Ce n'est personne.

C'était la voix de Marco… Ainsi, elle n'était *personne* ? Sous le choc, elle blêmit. Il n'avait pourtant pas tort : elle n'était personne comparée aux invités riches et influents présents ce soir. Elle n'était qu'une horticultrice amateur qui avait accepté un emploi saisonnier dans la maison de campagne de Marco di Fivizzano, une jeune femme sans diplôme qui retournerait travailler dans le petit supermarché de son village lorsqu'elle rentrerait en Angleterre.

Au moins, grâce à Marco, elle ne risquait pas d'oublier qu'elle n'avait rien en commun avec qui que ce soit, ce soir. Dire qu'elle avait cru que la soirée serait l'occasion idéale pour développer son réseau… Quelle idiote elle était ! Elle s'était vraiment fait des illusions.

Marco avait raison, elle n'était rien. Malgré tout, ses mots lui faisaient mal. Même s'il les pensait, pourquoi les dire ? C'était grossier et insultant. Aussi grossier et insultant que de l'abandonner au milieu de gens qu'elle ne connaissait pas et qui n'étaient guère enclins à discuter avec elle. A cause de l'attitude de Marco, et à sa réflexion humiliante, elle avait perdu toute confiance en elle.

Lasse, elle s'enferma dans la salle de bains et fixa son visage dans le miroir. Elle ne reconnaissait pas la femme qu'elle voyait. Elle était trop maquillée. Elle ressemblait à une actrice.

Une actrice… Les actrices jouaient des rôles et, ce soir, elle jouait bel et bien un rôle. Mais rien ne l'empêchait d'en changer et de jouer à la femme de ménage en attendant que les derniers invités repartent. Dès qu'elle en avait l'occasion, Cassandra rangeait ; sans doute parce que la dernière fois qu'elle avait vu sa mère vivante, c'était au milieu des cendriers pleins et des bouteilles d'alcool vides. Depuis, elle ne supportait pas de laisser le désordre s'installer.

Elle sortit de la salle de bains et se faufila jusqu'à la cuisine.

— Que faites-vous ?

Cassandra se figea en entendant la voix de Marco. Elle faillit lui rétorquer que comme elle était son employée, il n'y avait rien d'étrange à ce qu'elle range mais s'abstint.

— Laissez, poursuivit-il. C'est le travail de mes employés de maison, ils sont payés pour cela.

— Allez-vous les faire travailler toute la nuit ?

— Bien sûr que non ! Ils s'en chargeront demain matin.

Marco l'entraîna vers le salon. Cassandra s'aperçut alors qu'ils étaient seuls : les derniers invités étaient partis.

— Pourquoi êtes-vous en colère ? lui demanda-t-il d'un ton neutre.

Elle n'était pas vraiment en colère, elle était… déçue.

— Vous pensez que vous pouvez m'insulter sans que je réagisse ?

— Vous insulter ? répéta-t-il dans un froncement de sourcils. De quoi parlez-vous ?

— Vous pensez que vos employés ne sont que des robots programmés pour obéir. Vous aviez promis de me présenter aux invités, vous m'aviez assuré que cette fête serait une bonne opportunité pour développer mon réseau, et je le pensais aussi, mais vous m'avez ignorée toute la soirée. Je me demande vraiment pourquoi je suis venue.

— C'était à vous de profiter de ces opportunités et d'aller vers les invités.

— Je l'ai fait, en début de soirée. Je n'ai eu aucun mal à discuter, à me présenter, mais vos invités n'avaient aucune envie de me connaître. Ces gens appartiennent à votre monde. Si vous m'aviez présentée, cela aurait permis de briser la glace. Sauf que vous ne vouliez pas que qui ce soit sache que vous aviez invité une de vos employées à vous accompagner.

— Ne soyez pas ridicule ! Et l'ambassadeur ? Vous avez discuté avec lui. L'ambassade possède un magnifique jardin, vous auriez pu…

— J'ai discuté avec l'ambassadeur parce que j'en avais envie, coupa-t-elle. Parce que c'est un homme charmant et intéressant. Aurais-je dû en profiter ? Devais-je accepter de danser avec lui en échange d'un emploi ?

— C'est cela, développer un réseau.

— Cela aurait été manipulateur de ma part, et ce n'est pas mon genre. Je n'y ai pas pensé une seconde.

— C'est dommage. Il aurait pu vous introduire dans un autre monde.

— Peut-être n'ai-je pas envie de découvrir cet autre monde. Peut-être que je le connais déjà. Vous ne pouvez pas le savoir, vous qui menez une vie de privilégié sans avoir la moindre idée de ce que ce qui se trouve à l'extérieur.

— Vous vous trompez, dit-il d'un ton sec. Je sais exactement ce qu'on ressent dans de telles circonstances.

— Vraiment ? Dans ce cas-là, vous devez savoir ce que l'on ressent lorsqu'on entend dire qu'on n'est personne !

— Qui a dit cela ?

— Vous ! Est-ce ainsi que vous parlez de vos employés ? Avec mépris, avec condescendance.

— Vous dites n'importe quoi !

— Je vous ai entendu. Un des invités vous a demandé qui j'étais, et vous avez répondu que je n'étais personne.

Marco blêmit. Tout à coup, il semblait se souvenir.

— Ah… Laissez-moi vous expliquer. L'homme avec qui je parlais organise de nombreuses soirées caritatives. Il est à la recherche de nouveaux donateurs et…

— … et évidemment, je ne suis d'aucune utilité pour lui.

— J'ai seulement dit à un invité qu'il perdrait son temps en vous demandant de l'argent. Si cela vous a blessée, alors je m'en excuse. Cependant, vous ne devriez pas être aussi susceptible.

Cassandra baissa les yeux. Marco n'avait pas tort, peut-être sa réaction était-elle un peu exagérée.

— Je ne suis personne s'il s'agit de signer des chèques, je suis d'accord, mais je peux m'impliquer autrement. Je peux donner de mon temps, par exemple.

A sa grande surprise, son boss esquissa un sourire.

— Je n'en doute pas.

S'ils se disputaient ainsi, songea-t-elle, c'était parce qu'ils appartenaient à deux mondes différents. Celui de Marco l'effrayait car elle le connaissait ; et même si cela faisait longtemps qu'elle l'avait quitté, les mauvais souvenirs n'avaient pas disparu.

Parfois, quand Marco se détendait et montrait un côté plus chaleureux de sa personnalité, Cassandra devinait que ses blessures étaient aussi profondes que les siennes. Il était juste un peu plus doué qu'elle pour les masquer. Malgré tout, ils n'avaient jamais abordé aucune question intime : elle ne savait donc pas ce qui se cachait derrière sa façade. Pourquoi devraient-ils parler, de toute façon ? Elle n'était qu'une employée chargée du jardin. Ils n'étaient pas amis.

— Vous devez penser que je suis stupide, hasarda-t-elle.

— Pas du tout.

— Je suis… Je suis juste naïve. Déguisée comme une princesse, j'ai fini par me prendre pour une princesse et croire que vous désiriez vraiment passer la soirée avec moi.

— Au moins, vous êtes directe.

— Oui.

— Je vous rassure, vous vous en êtes très bien sortie, ce soir.

— Etes-vous en train de vous moquer de moi ?

Marco lui décocha un sourire gentil.

— Non. Je vous suis très reconnaissant de m'avoir accompagné. Je ne connais personne qui aurait pu s'en sortir avec autant de grâce et de style. Je regrette de ne pas avoir fait plus d'efforts pour vous aider. Je sais que ce monde peut parfois être très rude.

— Quant à moi, j'admets que vos invités n'étaient pas venus ici pour recruter un jardinier.

— J'aurais dû y penser.

— Moi aussi.

— Nous nous sommes tous les deux emportés.

Il plongea son regard noir dans le sien et la colère de Cassandra s'évanouit comme par magie.

— Nous faisons la paix ? proposa-t-il.

— D'accord.

Elle serra la main qu'il lui tendait. Sa paume et ses doigts étaient si doux que les regrets envahirent Cassandra lorsqu'il la lâcha. Elle voulait continuer à sentir sa peau brûlante contre la sienne.

— J'ai quelque chose pour vous.

— Quelque chose pour moi ? fit-elle, surprise. Vous m'avez déjà bien payée.

Pour être honnête, un cadeau de Marco la bouleverserait, quel qu'il soit. Elle le garderait toute sa vie.

Lorsqu'il lui tendit l'aquarelle signée Hockney, un vertige la saisit.

— Mon Dieu ! Mais… Qu'avez-vous fait ?

— J'ai transformé votre rêve en réalité.

— Ce tableau a dû vous coûter une fortune !
— Vous rêviez d'offrir cette peinture à votre marraine.
— C'est trop. Je ne peux pas accepter.
— Ce n'est pas pour vous, c'est pour elle !
— Je… Je ne sais pas quoi dire.

La gorge nouée par l'émotion, elle releva les yeux. Son cœur se mit aussitôt à battre un peu plus fort dans sa poitrine. Marco la fixait toujours. Quand il la regardait ainsi, elle n'arrivait plus à réfléchir. Trop de questions l'assaillaient. Trop de sentiments également.

Elle demeura immobile de longues secondes. Plus rien n'existait à part Marco.

Soudain, sans un mot, sans même lui laisser le temps de réagir, il la prit dans ses bras et s'empara de sa bouche.

Prise au dépourvu, Cassandra hésita l'espace d'une seconde, puis laissa son corps prendre le pouvoir. Impossible de résister. Elle n'était plus qu'une boule d'émotions. Tous ses sens étaient en éveil, le sang rugissait dans ses veines, elle avait la chair de poule.

Elle ferma les yeux et savoura le contact des lèvres douces et brûlantes de Marco. Jamais un baiser ne lui avait fait un tel effet, ne l'avait ensorcelée à ce point. Les sensations étaient si fortes qu'elle n'aurait pu les décrire : aucun mot n'aurait su les exprimer.

De toute façon, toute pensée l'avait désertée.

Comme hypnotisée, Cassandra se mit sur la pointe des pieds pour mieux l'embrasser et repoussa sa veste sur ses épaules puissantes. Elle voulait le sentir encore mieux. Elle voulait le découvrir. Intimement. Elle voulait surtout le toucher, effleurer sa peau dorée, la caresser.

Elle entendit le bruit d'une fermeture Eclair. La robe. Il était en train de la lui enlever.

La bouche magique de Marco se posa sur son épaule dénudée. Un délicieux frisson de désir glissa le long de son dos, électrisant tous ses sens. Il déposa une nuée de baisers gourmands dans le creux de son cou et elle chavira. Elle se sentait déjà prête à exploser…

En feu, des idées osées plein la tête, Cassandra retira la chemise de son bel Italien. Elle mourait d'envie de caresser son torse musclé, de laisser les mains s'attarder sur sa peau ferme, sur ses pectoraux si bien dessinés. Toute timidité, toute retenue l'avaient abandonnée.

Ce soir, cet homme fabuleux était à elle. Elle était libre de le découvrir, d'explorer sa sensualité — et elle était déterminée à en profiter !

Il referma les mains sur ses seins tendus par le désir. Cassandra laissa échapper un cri d'extase. Elle n'en pouvait plus d'attendre.

Elle était à moitié nue devant un amant expérimenté, mais elle n'avait pas peur. Elle n'était *personne* et pourtant, elle n'était pas impressionnée. Le regard de Marco, rivé au sien, lui offrait la confiance qu'il lui manquait.

— Je vais te donner du plaisir, affirma-t-il. Tu vas me supplier de continuer, encore et encore.

— A vos ordres, patron !

Elle se moquait de lui, elle jouait. Elle n'avait aucune intention d'être docile ou de se comporter comme une simple poupée. Elle avait des désirs, elle aussi, et était bien décidée à les explorer.

Elle posa ses mains sur son torse puissant. Sans le quitter du regard, elle en laissa descendre une vers le renflement prometteur de sa braguette, qu'elle caressa avec fougue. Comme s'il devinait son impatience, Marco retira son pantalon et son caleçon. Lorsqu'elle baissa les yeux vers son érection, Cassandra ravala sa salive : sa virilité était puissante, majestueuse et surtout impressionnante…

Marco la sortit de sa contemplation en lui attrapant les poignets. Puis il l'embrassa presque violemment. A l'évidence, il était déterminé à lui montrer qu'il était le maître, ce soir.

Sans la quitter des yeux, il tendit la main vers son pantalon qu'il avait jeté sur un fauteuil et sortit d'une poche un préservatif qu'il déroula avec une lenteur calculée sur son sexe tendu à l'extrême. La température de Cassandra monta en flèche : ce spectacle était d'un érotisme fou.

Sans un mot, il prit ses seins en coupe, les caressa, les soupesa, les pinça jusqu'à ce que ses tétons se dressent un peu plus. A bout, elle rejeta la tête en arrière et entrouvrit la bouche. Les sensations étaient si intenses qu'elle bouillait. Attendre lui était un véritable supplice. Un tourbillon voluptueux était en train de lui faire quitter le continent de la raison.

Marco recula, puis s'approcha à nouveau, l'effleurant tout en subtilité, comme l'aile d'un papillon. Il jouait avec elle, il était en train de la torturer avec ses caresses. Elle comprit qu'il voulait lui faire perdre la tête.

— Tu aimes cela, n'est-ce pas ?

Oui, mais elle ne l'admettrait jamais… Son sourire malicieux, son corps digne d'un Dieu grec, son regard sombre : en fait, elle aimait tout en Marco.

Elle sentit soudain des doigts experts dégrafer son soutien-gorge et elle retint son souffle. Son impatience atteignait des sommets, désormais. Elle était ivre de désir. Allait-il le lui retirer ?

Apparemment non.

Il continuait son petit jeu, la torturait, attisait son désir avant de la laisser, frustrée, pour s'occuper d'une autre partie de son corps.

Soudain, après d'exquises minutes de caresses, il arracha le soutien-gorge. Cassandra lâcha un petit cri. Elle n'avait plus aucune volonté, désormais. Elle se moquait de garder la maîtrise, elle voulait juste s'abandonner et profiter du plaisir exquis que lui offrait son amant. Vivre l'intensité et la sensualité du moment présent.

Marco lui pinça la pointe d'un sein. Cassandra se mit à onduler des hanches, parcourue par les ondes d'un plaisir qui semblait monter des tréfonds de son être. Elle n'en pouvait plus…

Se mordant la lèvre, elle baissa les yeux. Marco passa un doigt sous l'élastique de son string, puis entre les boucles de sa toison. Son sexe était brûlant, presque douloureux tellement elle désirait qu'il la pénètre.

— Encore ? susurra-t-il.

Il insinua un doigt entre ses replis intimes. Incapable de quoi que ce soit d'autre, elle se cambra et se mit à danser contre sa main. Elle en voulait plus, tout de suite !

— Il faut me dire ce que tu désires, Cassandra.

— Toi, haleta-t-elle. Je te veux *toi.*

C'était aussi simple que cela.

— Et où me veux-tu ?

— En moi.

Avant qu'elle ait fini sa réponse, il l'avait prise dans ses bras. Il la plaqua contre le mur, puis l'encouragea à lever les jambes pour les nouer autour de ses hanches.

Cette fois, elle était ravie d'obéir…

Pantelante, Cassandra enfouit les doigts dans l'épaisse chevelure noire de son amant. Sa bouche sensuelle n'était qu'à quelques centimètres de la sienne, mais il ne semblait pas vouloir l'embrasser. Il la regardait droit dans les yeux, comme s'il voulait lire en elle, la contrôler lorsqu'il lui ferait l'amour pour la première fois.

Or, c'était également ce qu'elle attendait de lui…

— Maintenant ? demanda Marco.

Sa voix chaude et voluptueuse faisait à Cassandra l'effet d'une caresse. Avant même qu'elle ait pu répondre, il la pénétra entièrement, d'une seule poussée.

Seigneur…

Cassandra rejeta la tête en arrière. L'air lui manquait. Cet homme l'avait ensorcelée. Il la possédait corps et âme.

— Tu es si étroite…

Et lui, il était si fort, si puissant ! Sous le choc, sous le charme, excitée comme jamais, elle n'était plus capable de rien sinon haleter et onduler du bassin. Un torrent de sensations inouïes était en train de se répandre en elle, dévastant tout sur son passage.

Marco se retira soudain. Non ! Pourquoi ? Qu'il la possède à nouveau, tout de suite ! Elle n'avait plus qu'une envie : se noyer dans la sensualité. Au lieu de cela, il la porta jusqu'au canapé, avant de l'allonger sur le cuir froid. Ensuite, il recula d'un pas et la contempla, comme si elle était une œuvre d'art.

— Alors… ?

Il lui adressa un sourire malicieux qui donna un coup de fouet à son désir. Son cœur tambourinait maintenant à une vitesse inouïe dans sa poitrine.

Alors ? Alors elle avait de plus en plus de mal à respirer. Jamais elle n'avait imaginé connaître un tel plaisir. Quelques baisers, quelques caresses et, déjà, Cassandra sentait les prémices de l'orgasme l'envahir. Son désir était sans bornes, son plaisir également. Elle était en feu.

Jamais elle n'avait été comblée à ce point. Jamais un homme ne lui avait fait toucher les étoiles comme son play-boy italien…

7.

Marco ouvrit les yeux. Il était encore tôt mais déjà, il pensait à son travail. Comme tous les matins.

Il sortit du lit et jeta un coup d'œil vers Cassandra. Elle dormait profondément.

Elle devait être épuisée par leur nuit torride. Il avait découvert une amante enthousiaste, imaginative, passionnée, et surtout dotée d'un appétit insatiable. Ils avaient passé des heures à faire l'amour, encore et encore, dans toutes les pièces de l'appartement, dans toutes les positions.

Mais, entre eux, il ne s'agissait que de sexe.

Toute sa vie, sa mère avait vécu dans le mensonge. Tout cela pour vivre avec un homme riche. Celui qu'il avait cru être son père n'était en effet qu'un homme que sa mère avait forcé à l'épouser, de façon à profiter de sa fortune et d'un père pour son enfant à naître.

Jamais il ne se laisserait abuser de la sorte.

Sans doute à cause de ce passé, il ne faisait pas confiance aux femmes. A aucune. Jusqu'à ce qu'il rencontre Cassandra, et se laisse attendrir, l'espace d'une nuit. Heureusement, ce matin, il avait repris ses esprits.

Il sortait juste de la douche lorsqu'il vit Cassandra se réveiller. Tel un chat, elle étira ses longues jambes fines. Elle avait l'air comblée, reposée, très différente de la femme qui travaillait la veille encore dans sa maison de Toscane.

— Marco, reviens donc te coucher.

Il baissa les yeux. L'affection qu'elle attendait de lui le

mettait mal à l'aise. Si seulement il avait pu partir pendant qu'elle dormait encore…

Il s'approcha et déposa un baiser sur sa joue fraîche.

— C'était super, cette nuit, *cara*. Je dois y aller, mais j'ai laissé ton argent sur la console, dans l'entrée.

Puis il sortit.

Son *argent* ? De quoi parlait-il ?

Les souvenirs revinrent vite à sa mémoire, et Cassandra lâcha un long soupir. Elle n'avait fait que jouer un rôle, hier, et Marco l'avait rémunérée pour sa prestation. Grâce à cet argent, elle allait pouvoir payer le voyage de sa marraine — maigre consolation…

Elle s'assit dans le lit et une sensation de manque la gagna aussitôt. Comme elle aurait aimé qu'il reste, pour se lover entre ses bras puissants et rassurants, lui susurrer des mots doux, lui dire combien la nuit dernière avait été importante pour elle !

Hélas ! il était parti.

Cassandra se leva et s'approcha de la fenêtre. Elle vit son amant et employeur monter dans sa voiture. Lui parti, elle se sentait vide. Complètement vide.

La vie de Marco était simple : quand il voulait faire l'amour, il faisait l'amour (il avait toujours une jeune femme à disposition) ; quand il avait besoin de sa voiture, son voiturier s'en occupait. Son emploi du temps hyper chargé de milliardaire ne supportait aucune variation, aucune fantaisie. L'humour et la tendresse ne faisaient pas partie de son monde, sauf pendant les rares moments où il était en mode « séduction », évidemment.

Les larmes lui montèrent aux yeux, et elle les essuya. Pourquoi pleurait-elle ? Il n'y avait aucune raison. Elle s'était fait des illusions, elle avait rêvé et, maintenant, il était temps de revenir à la réalité.

Cassandra se dirigea vers la salle de bains. Elle avait besoin d'une bonne douche chaude. Tout à coup, elle frissonnait, elle claquait des dents. Elle avait aussi la nausée. En fait, Marco ne l'avait guère mieux traitée qu'une prostituée : il l'avait ignorée pendant la soirée et, sitôt les invités partis, il l'avait possédée. Et, comme une idiote, elle s'était laissé faire, elle s'était laissé manipuler.

Sa toilette terminée, elle s'habilla et attacha négligemment ses cheveux. Inutile de se maquiller aujourd'hui, personne ne la verrait.

Elle sortit ensuite son téléphone et commanda un taxi pour l'aéroport. A quoi bon rester en Italie ? Plus rien ne la retenait ici.

Penser à Marco faisait monter la colère en elle. Elle ne s'était jamais conduite comme une victime, elle n'allait sûrement pas commencer aujourd'hui. Elle allait agir comme chaque fois que les événements ne se déroulaient pas selon ses espoirs : avancer et tourner la page.

Avant de quitter l'appartement, elle balaya une dernière fois du regard cette entrée et ce salon qu'elle ne reverrait plus jamais. Elle se figea soudain en apercevant le chèque sur la console. Elle l'avait complètement oublié…

Elle s'approcha et regarda le montant. Incrédule, elle ouvrit la bouche. Marco avait perdu la tête ! Elle aussi avait perdu la tête lorsqu'elle avait accepté l'invitation, lorsqu'elle avait accepté d'être payée. Avec une telle somme, elle pourrait offrir plusieurs billets d'avion à sa marraine, et en première classe. Mais elle ne le ferait pas.

Non, elle n'accepterait pas cet argent.

— Cassandra ? Cassandra ?

Marco fit le tour de l'appartement. Où Cassandra pouvait-elle bien se cacher ? Etait-elle au lit ? Ce serait une jolie surprise !

Il poussa la porte de sa chambre. Le lit était vide, et fait. Dommage… Il frappa à la porte de la salle de bains. Sans résultat. Tout l'appartement était silencieux. Et vide. Aucun signe de Cassandra. Elle n'avait laissé aucun mot indiquant où elle était. Pourquoi ? Pourtant, il lui avait bien dit qu'il la verrait plus tard.

Il retourna dans l'entrée. Son chèque était toujours sur la console.

Bizarre…

Peut-être était-elle retournée à l'hôtel. Sans attendre, il composa le numéro du palace. Le réceptionniste l'informa que la *signorina* Rich s'était arrêtée à l'hôtel pour récupérer ses affaires, sur le chemin de l'aéroport.

Ainsi, elle était rentrée en Angleterre. Elle l'avait quitté. Elle l'avait quitté ? Il lâcha un rire las. Peut-être était-ce finalement la meilleure solution — son désir pour elle allait en effet forcément diminuer. Si elle ne l'avait pas quitté, lui l'aurait fait, tôt ou tard.

Sauf que c'était *elle* qui était partie.

La rage le gagna. Il traversa la pièce, attrapa le chèque et le déchira en mille morceaux. Elle était son employée, elle ne pouvait pas partir ainsi. Elle n'avait pas le droit ! Furieux, il composa le numéro de téléphone de son assistante.

— Trouvez-la, cria-t-il dans le combiné, à bout.

Il raccrocha et se laissa tomber sur le canapé. Il était en colère contre Cassandra, mais il était encore plus en colère contre lui-même, contre la petite partie de lui qui aurait voulu qu'elle reste à ses côtés. Or, ce comportement ne lui ressemblait pas, ne *pouvait pas* lui ressembler.

Ce qui signifiait qu'il devait à tout prix se reprendre.

De retour en Angleterre, Cassandra prit ses dispositions afin que Marco ne la retrouve pas. Son expérience toscane l'avait blessée. L'Italien l'avait achetée, l'avait payée comme une vulgaire femme vénale. Il l'avait traitée sans le moindre respect.

Elle ne se cherchait pas d'excuses, mais elle devait bien s'avouer qu'elle n'avait pas vraiment été elle-même, à Rome. Elle s'était conduite comme une femme qu'elle n'avait pas envie d'être. En réalité, elle était une fille simple qui avait grandi à la campagne, pas une de ces créatures sophistiquées passant d'une soirée mondaine à une autre. Et surtout pas le genre de femme qui couchait avec son patron…

Sa marraine était partie pour l'Australie rejoindre son fils, qui lui avait payé son billet. Suivant le conseil de Cassandra, elle avait mis sa maison en location. C'était l'occasion idéale pour repartir de zéro, sans compter que cela l'obligeait à déménager, à quitter cette adresse que son ancien patron connaissait.

Elle trouva sans difficulté un emploi dans un supermarché et loua une maison dans un village voisin. Cette maison était petite mais chaleureuse, et elle l'aimait beaucoup.

Elle mit également des petites annonces dans les commerces pour proposer ses services de jardinière et trouva plusieurs clients.

Elle travaillait tant qu'elle n'avait pas le temps d'avoir de regrets par rapport à son expérience en Toscane, et surtout à cette nuit de folie passée dans les bras de Marco.

Ce jour-là, elle plantait des fleurs dans un joli petit jardin quand tout à coup, elle se sentit mal. Lorsqu'elle ouvrit les yeux, elle était allongée sur le gazon, la tête sur les genoux de la propriétaire, qui lui faisait boire une gorgée de brandy.

— Etes-vous enceinte ? lui demanda la vieille dame.

Cassandra tiqua. Quelle question absurde !

— Non, bien sûr que non. Mais… Pourquoi croyez-vous cela ?

Tout à coup, elle avait un doute…

— Une jeune femme en pleine forme comme vous n'a aucune raison de s'évanouir, sauf si elle est malade. Or, je doute que ce soit votre cas. J'ai eu six enfants, je connais certains symptômes, vous savez…

— Vous vous trompez. Je suis sûre que vous vous trompez.

Cassandra avait répondu d'un ton détendu malgré son inquiétude. Elle était pressée d'aller à la pharmacie acheter un test de grossesse.

Une fois chez elle, elle se rua dans la salle de bains. Puis elle fixa le test, stupéfaite, sidérée. Elle était bel et bien enceinte. La petite ligne bleue ne mentait pas.

Seigneur… Comment était-ce possible ? Marco s'était pourtant protégé. Hélas ! aucune protection n'était sûre à cent pour cent, elle le savait bien. En plus, ils avaient fait l'amour tant de fois, cette nuit-là ! Peut-être n'avait-il pas toujours fait attention.

Et voilà qu'elle était enceinte de lui.

Un appel de *signorina* Rich ?

Assis dans son confortable fauteuil de cuir, Marco contempla la vue sur Rome, songeur. Que lui voulait donc Cassandra ? Pourquoi cherchait-elle à le joindre ? Elle lui manquait, évidemment, mais elle était partie, leur aventure était terminée. A propos, combien de temps cela faisait-il ? Presque trois mois, calcula-t-il. Pourquoi l'appelait-elle soudain au travail ? Avait-elle changé d'avis, à propos du chèque ?

— J'ai un rendez-vous à 10 heures, se contenta-t-il de répondre à sa secrétaire.

Il prit une profonde inspiration et réfléchit. Ainsi, Cassandra voulait lui parler… Il ne s'attendait pas à avoir de ses nouvelles. Quand une aventure était terminée, elle était terminée. Il ne regardait jamais en arrière.

— Dites à Mlle Rich que je suis trop occupé pour lui répondre, mais que je serais ravi de lui envoyer son chèque si elle le désire.

Sa secrétaire sortie, il plongea dans ses souvenirs. Il repensa à Cassandra, il repensa à sa mère, il repensa surtout à ce soir de Noël, lorsque l'homme qu'il avait toujours appelé papa les avait jetés dehors, lui et sa mère, leur coupant les vivres.

Sa mère devait partir sans rien avait décidé cet homme qu'il avait cru être son père. Celui-ci s'était vengé lorsqu'il avait découvert qu'il n'était pas le père biologique de Marco. Du jour au lendemain, sa mère s'était peu à peu enfoncée dans la dépression et dans l'alcoolisme. Lorsqu'elle était décédée, quelques mois plus tard, Marco s'était débrouillé comme il avait pu : il avait vidé les poubelles des restaurants, avait coupé du bois en échange de nourriture… Et il s'était juré qu'il irait à l'école et, qu'un jour, il serait riche.

Cassandra aussi était une survivante.

Stop ! Hors de question de penser à elle et de s'attendrir. Il ne pouvait pas se le permettre. Il ne dépendait de personne, il ne partageait son passé avec personne. Il ne l'avait jamais fait et ne le ferait jamais.

Elle ne devait plus jamais l'appeler.

— Votre rendez-vous de 10 heures est ici, monsieur.

— Parfait.

Se remettre au travail était la meilleure des solutions.

Les semaines passaient, et Marco refusait toujours de prendre ses appels. Bientôt, sa grossesse serait visible. Il devait être mis au courant, mais comment lui apprendre la nouvelle ?

Elle avait appelé sa marraine en Australie. Comme elle l'avait imaginé, celle-ci s'était réjouie pour elle, et lui avait proposé de rentrer en Angleterre pour s'occuper d'elle. Cassandra avait répondu que ce n'était pas nécessaire. Elle n'était pas seule — elle avait des amies —, sans compter qu'elle était bien suivie par les médecins. Elle n'avait pas avoué à sa marraine que Marco refusait de prendre ses appels ; à quoi bon ?

Elle soupira et attrapa son téléphone. Encore une fois, la secrétaire allait sans doute lui répondre que le *signor* di Fivizzano ne pouvait pas prendre son appel, qu'il était trop occupé, absent, malade — tous les prétextes étaient bons. Quel que soit le jour, quelle que soit l'heure à laquelle elle appelait, la réponse était la même ; seule l'excuse changeait.

Et dire qu'elle avait fait l'amour avec cet homme froid et sans cœur…

La secrétaire décrocha et commença à lui donner la même réponse.

— Si j'ai bien compris, la coupa-t-elle, vous êtes en train de me dire que Marco di Fivizzano est trop occupé pour me parler ?

— Je vous prie de bien vouloir l'excuser…

— Il n'était pas trop occupé pour coucher avec moi, rétorqua-t-elle. Il n'était pas trop occupé pour me mettre enceinte. Pourriez-vous lui faire passer ce message ? Merci.

Puis, sans un mot de plus, elle raccrocha.

Voilà, elle avait fait ce qu'elle devait faire. Désormais, elle n'attendait plus rien de lui. Seul comptait son bébé.

Lorsque sa secrétaire lui répéta le message de Cassandra Rich, Marco demeura immobile, impassible. Pourtant, les questions se bousculaient en lui.

— Merci, finit-il par répondre d'un ton froid, comme si de rien n'était.

Enceinte ?… Comment était-ce possible ? Pourtant, il faisait toujours attention. S'était-il protégé chaque fois qu'ils avaient fait l'amour pendant cette fameuse nuit ? La belle Anglaise l'avait tellement rendu fou de désir qu'il avait peut-être oublié une fois. A moins qu'un préservatif défectueux…

Il avait perdu la tête, et elle aussi. Jamais une femme ne l'avait mis dans un tel état. Jamais non plus une femme ne l'avait quitté sans un seul mot d'explication.

Par contre, ce n'était pas la première fois qu'une femme lui annonçait qu'elle était enceinte de lui. Chaque fois, il s'était agi d'une ruse pour obtenir de l'argent ou d'une fausse alerte. Cassandra tentait-elle à son tour de le manipuler ?

Si c'était le cas, elle risquait d'être déçue. Il ne voulait pas d'enfants. Vu son histoire, cela se comprenait aisément. Il était imperméable aux sentiments. Depuis qu'il avait appris qu'il était un enfant non désiré, il avait pris soin de protéger son cœur, et jamais il ne changerait. Jamais il ne *pourrait* changer.

Cassandra cherchait-elle à le piéger ? Si elle était bel et bien enceinte, était-il le père de cet enfant ? Cette Anglaise était différente des autres femmes, il ne devait pas l'oublier. Elle ne courait pas après l'argent, ne lui avait jamais demandé quoi que ce soit. C'était lui qui avait insisté pour lui offrir la robe, le coiffeur…

Il n'avait pas le choix. Il allait devoir l'appeler et tirer cette affaire au clair.

Sans attendre, il attrapa son téléphone et composa le numéro qu'il avait. En vain : la ligne n'existait plus. Apparemment, elle avait changé d'adresse. Il appela alors son détective privé :

— Placez-la sous surveillance, vingt-quatre heures sur vingt-quatre. Je veux tout savoir.

Et il saurait tout. Son détective était le meilleur dans sa partie. Rien de la vie de Cassandra Rich ne lui échapperait.

8.

Cassandra avait renoncé à joindre Marco. Désormais, s'ils devaient se revoir, ce serait selon ses conditions à elle. Elle ne possédait peut-être ni pouvoir ni argent, mais elle n'allait pas céder devant un homme qui apparemment refusait de croire qu'elle portait son enfant.

Bien sûr, sa vie de mère célibataire ne serait pas facile, mais l'expérience la ferait grandir. Son seul regret : elle se sentait parfois un peu isolée dans sa petite maison. Sans doute sa mère avait-elle ressenti cette même solitude, parfois. Cassandra regrettait de ne pas l'avoir mieux connue, de ne pas avoir pu l'aider. Cela n'aurait pas empêché son père d'être infidèle, bien sûr, mais cela aurait peut-être soulagé sa mère.

Seule, délaissée, abandonnée, celle-ci avait succombé aux sirènes de l'alcool et de la drogue. Cassandra, par contre, ne sombrerait pas dans le désespoir. Elle ne faiblirait pas, se promit-elle en contemplant sa première échographie. Elle oublierait Marco di Fivizzano et élèverait son enfant toute seule ; elle lui donnerait tout son amour et le rendrait heureux. Si Marco était un exemple de la vie des gens riches et célèbres, elle préférait de loin rester pauvre.

Prise d'une nausée subite, elle posa la main sur le mur pour ne pas tomber. Le médecin lui avait promis que ces nausées ne dureraient pas, or elles ne cessaient pas. D'habitude, elle était pleine d'énergie mais ces derniers jours, elle se sentait fatiguée du matin au soir. Aujourd'hui, les nausées étaient encore plus fortes.

Elle jeta un coup d'œil au miroir. Elle était pâle. Les femmes enceintes étaient censées resplendir ; ce n'était pas son cas. Elle était même trop faible pour travailler. Pour l'instant, son patron était compréhensif, mais sa compassion n'allait sans doute pas durer éternellement.

Le point positif était que son bébé allait bien. Alors, pour lui, elle allait continuer à se lever chaque matin — et prier pour que les nausées cessent bientôt.

Marco donna des ordres pour que son jet se tienne prêt à décoller. Son détective ne l'avait pas déçu, même si son dernier rapport l'avait fait s'interroger sur la meilleure conduite à tenir. Mais si Cassandra était malade, alors il devait agir. Il était son ancien patron, il avait des responsabilités envers elle ; que le bébé soit le sien ou pas.

Il s'était aperçu que Cassandra lui manquait. Il ne s'attendrissait pas, non, il avait juste besoin de voir la situation par lui-même. Il était simplement curieux. C'était du moins ce qu'il se répétait — pour mieux s'en convaincre ?

D'après ses sources, Cassandra menait une vie dénuée de toute fantaisie, ce qui ne le surprenait pas. Malgré tout, à cause de son expérience avec les femmes, il ne pouvait s'empêcher d'être sceptique, d'avoir des doutes sur sa sincérité. Après la naissance de l'enfant, il demanderait un test ADN et ensuite seulement, il pourrait décider s'il voulait s'impliquer plus ou non.

Il leva les yeux au ciel. L'histoire se répétait tragiquement. A cause de lui, un enfant allait venir au monde et ferait l'objet de suspicions. Cet enfant serait peut-être rejeté, et par lui…

Marco s'arrêta devant la porte de la modeste maison et vérifia l'adresse. Il était au bon endroit. Il frappa et attendit. Quelques instants plus tard, la porte s'ouvrit.

— Marco ?

Cassandra semblait surprise, mais surtout avoir perdu toutes ses forces et tenir à peine debout. Elle ne ressemblait en rien à la jeune femme pleine de vie qui travaillait pour lui en Toscane.

— Puis-je entrer ? demanda-t-il, soudain inquiet.

Sans un mot, elle recula. Il pénétra dans la pièce principale. L'intérieur de cette petite maison mitoyenne était aussi propre que l'extérieur, et sobrement meublé. A sa gauche, un escalier étroit menait à un étage qui ne devait comporter que deux petites chambres et une modeste salle de bains. Malgré les quelques plantes sur l'appui de fenêtre, rien n'indiquait que cette maison était celle d'une jeune femme passionnée de jardinage.

— Pourquoi ne m'as-tu pas dit que tu étais enceinte dès que tu l'as appris ?

— J'ai essayé. Je te rappelle que tu as systématiquement refusé de prendre mes appels.

— Tu aurais dû venir à Rome.

Elle lâcha un rire las.

— C'est facile pour toi de dire cela. Tu possèdes un jet privé, tu as de l'argent…

— Tu aurais pu m'envoyer un courriel, dans ce cas-là.

— Je ne suis pas comme toi, froide et dénuée de toute émotion. Je pense qu'une telle nouvelle s'annonce de vive voix. Tu ne croyais tout de même pas que j'allais t'informer que j'étais enceinte par SMS !

Il serra les poings. Elle avait raison : un SMS n'aurait pas été adapté. Il préféra changer de sujet et revenir au motif premier de sa visite.

— Comment te sens-tu ? Tu as l'air malade, tu sembles fatiguée.

— Je te rappelle que je suis enceinte. Veux-tu t'asseoir ?

— Je préfère rester debout. J'ai passé la majeure partie de la journée assis.

— Pourquoi es-tu ici, Marco ? Que veux-tu ?

— Te voir. Voir comment tu vas.

— Tu refuses de me parler au téléphone et maintenant, tu fais le déplacement jusqu'ici ? Décidément, je ne te comprends vraiment pas. Et d'abord, comment m'as-tu trouvée ?

— Le village n'est pas très grand.

— Je suis bête, tu m'as fait surveiller ! Comment as-tu eu le culot…

— Je n'ai pas eu le choix, coupa-t-il, agacé. Tu es partie sans un mot ! Tu considères que c'est un comportement acceptable ?

— Tu m'as utilisée pour prendre du plaisir, comme si c'était écrit entre les lignes du contrat.

— Pas du tout !

Il n'avait jamais eu l'intention de coucher avec elle après cette soirée. Il avait juste succombé à son charme naturel. Avec elle, il s'était senti jeune, libre, vivant.

— Alors, quoi ? insista-t-elle. Tu m'as à peine parlé pendant la soirée. Ensuite, dès que nous nous sommes retrouvés seuls…

— … tu m'as sauté dessus, compléta-t-il avec un sourire gourmand.

— Je ne t'ai pas sauté dessus ! se récria-t-elle en ouvrant de grands yeux.

— Si. Enfin… nous nous sommes mutuellement sauté dessus.

Cassandra hocha la tête. Marco avait raison. A ce souvenir, elle s'empourpra. Elle se força à ne pas le regarder dans les yeux : elle n'avait aucune envie de succomber de nouveau à son charme.

— Puis-je t'offrir quelque chose à boire ? demanda-t-elle pour briser le silence gênant qui s'étirait entre eux.

— Assieds-toi, ordonna-t-il. C'est moi qui vais aller te chercher un verre d'eau, tu as l'air d'en avoir besoin.

A contrecœur, elle obéit. Elle n'avait pas le choix : elle se sentait si faible qu'elle avait l'impression qu'elle allait s'évanouir d'une minute à l'autre.

Marco se dirigea vers la cuisine, dont il revint avec le verre d'eau promis, qu'il lui tendit.

— Je ne suis pas ici en visite de courtoisie, reprit-il. Je suis venu te chercher pour t'emmener à Rome.

Elle faillit s'étrangler avec sa gorgée d'eau. Elle n'avait pas dû bien comprendre.

— Quoi ? s'exclama-t-elle. A Rome ?

— Tu ne peux pas rester ici. Pas toute seule.

Marco posa les poings sur les hanches. La réponse de Cassandra ne changerait rien : il avait pris sa décision. Elle était malade et ne pouvait travailler dans cet état. Elle n'était pas capable de prendre soin d'elle, alors comment pourrait-elle prendre soin de son bébé ?

Un bébé qui était peut-être le sien… S'il y avait la moindre possibilité que ce soit la vérité, il ne pouvait prendre le risque de la laisser ici. En danger. Non, il ne pouvait pas l'abandonner, surtout avec sa marraine en Australie.

— Prépare une petite valise, nous partirons dès que tu seras prête.

— Je n'ai jamais accepté de t'accompagner.

— Tu accepteras. Si tu tiens à ton bébé, tu viendras.

Cassandra baissa les yeux. Marco avait-il raison ? Peut-être. Elle portait son enfant et devait offrir à ce bébé toutes ses chances. Serait-elle égoïste si elle restait ici ?

— As-tu besoin d'aide pour ta valise ?

— Non, merci.

Elle n'avait toujours pas décidé si elle le suivait ou non. Elle hésitait encore.

Depuis des années, elle rêvait d'une famille — une famille différente de la sienne. Il ne s'agissait hélas ! que d'un rêve. La vie n'était pas aussi simple. La famille idéale n'existait pas. La seule chose dont elle était sûre, c'était qu'elle était prête à se battre comme une lionne pour son enfant.

Elle pouvait toujours partir en Italie et, si la solution ne lui semblait pas la meilleure, rentrer en Angleterre…

— Où as-tu l'intention de m'emmener ?

Elle se força à chasser de son esprit les images de la maison de Toscane. Ce serait pourtant une bonne solution de s'occuper d'un magnifique jardin en attendant la naissance de son bébé.

— A Rome, je te l'ai déjà dit, répéta-t-il d'un ton sec. C'est là que sont installés les meilleurs médecins. Tu vivras dans mon appartement. Quoi ? Pourquoi me regardes-tu ainsi ? Où pensais-tu t'installer ?

Pour beaucoup, Rome serait une destination de rêve mais pas pour Cassandra. Elle avait vu de quelle façon Marco se comportait là-bas. Et elle, quel genre de vie y mènerait-elle ? Comment s'occuperait-elle en attendant l'accouchement ? Et que se passerait-il, ensuite ?

Le vertige la saisit. Elle avait trop de questions en elle et aucune réponse. En plus, elle était malade. Cela faisait des jours qu'elle était faible et craignait de s'évanouir chaque fois qu'elle se levait.

Une fois à Rome, Marco avait sans doute l'intention de la cacher. Il n'allait sûrement pas parader aux côtés de son ancienne employée enceinte. Non, il voulait juste qu'elle l'accompagne pour pouvoir la surveiller et la cacher à la presse. Dans son appartement romain, elle serait comme en prison.

— Cassandra ?

Elle releva les yeux vers lui.

— Je… Je ne viens pas avec toi. J'ai besoin de réfléchir.

— A quoi ?

Marco se passa la main dans les cheveux. Il semblait se retenir pour ne pas se fâcher.

— A ma vie, à celle de mon enfant.

— Quel genre de vie vas-tu offrir à ton enfant si tu restes ici ?

— Quel genre de vie vais-je lui offrir si je suis enfermée dans ton appartement ? Ce n'est pas parce que tu imagines que tous les enfants grandissent dans le luxe que c'est une bonne idée.

Elle essuya les larmes qui commençaient à couler sur ses joues. Elle était perdue, complètement perdue. Oui, peut-être devrait-elle le suivre, au moins le temps de reprendre des forces.

— S'il te plaît, *cara*, sois raisonnable. Je n'ai pas l'intention de te garder prisonnière. Je te traiterai comme une invitée.

— Ta vie est très différente de la mienne.

— C'est vrai, mais je ne peux pas en changer du jour au lendemain.

— Tu ne peux pas aller où que ce soit sans être suivi par des nuées de journalistes. Je n'ai pas envie de subir le même sort.

— Tu apprendras à les ignorer, ce n'est pas difficile.

— J'ai déjà suffisamment à faire à apprendre à devenir mère.

— Tu n'es pas le genre de femme à renoncer à un défi, je le sais.

— C'est différent : je n'ai jamais été enceinte avant.

Cassandra ferma les yeux pour tenter de se reprendre. Elle ne savait plus quoi penser.

Marco l'invitait dans son monde, un monde qu'elle détestait. Il était le père de son enfant et une partie d'elle mourait d'envie de le retrouver et de vivre avec lui. Elle rêvait tant d'une vie de famille, d'une maison... Hélas ! ce n'était pas ce que Marco lui offrait. Il lui proposait seulement une solution temporaire, ce qui rendrait la véritable rupture encore plus douloureuse lorsqu'elle surviendrait.

— Tu as besoin d'aide, Cassandra, tu le sais. Qu'est-ce qui est le plus important : toi ou le bébé ?

— Le bébé, bien sûr ! Tu n'as pas besoin de poser la question pour le savoir.

— Alors viens avec moi.

— Laisse-moi la nuit pour réfléchir. Je te donnerai ma réponse demain.

Une fois sorti de chez Cassandra, Marco se dirigea vers l'hôtel du village. Il ne pouvait pas refuser un délai de réflexion à une femme enceinte ; malgré tout, il avait l'impression d'étouffer, de devenir fou.

Cassandra refusait de céder. Il avait eu moins de mal à bâtir un empire qu'à essayer de la convaincre !

Incapable de patienter plus longtemps, il l'appela.

— Je t'ai déjà répondu, Marco : j'ai besoin d'un peu plus de temps.

— C'est n'importe quoi, tu sais très bien ce que tu désires ! Tu sais prendre des décisions, alors je veux savoir ce que tu réponds à ma proposition. Tout de suite.

Elle ne dit rien. Sans doute hésitait-elle encore.

— D'accord, finit-elle par répondre. Je suis d'accord. J'ai besoin de me reposer. Les nausées finiront cependant par passer, et tu dois savoir que j'ai l'intention de travailler aussi longtemps que possible avant la naissance du bébé. Je refuse de rester à Rome sans rien faire. Si j'accepte de venir en Italie, tu dois me promettre que je pourrai travailler. Je ne veux surtout pas vivre à tes crochets. En attendant, j'admets que mon bébé a besoin que sa maman soit en meilleure santé. Alors si ta proposition tient toujours, tu peux passer me prendre demain matin, mais tu dois promettre de respecter mes conditions.

Elle lui imposait des conditions ? Jamais de toute sa vie il ne s'était trouvé dans cette situation.

— C'est ce que je désire, Marco, insista-t-elle. Mes exigences ne me paraissent pas exagérées. Je refuse d'être un fardeau pour toi. Je promets de ne pas te déranger. Tu… Tu es toujours en ligne ?

— Oui, je t'écoute.

— Tu acceptes mes conditions ?

Ses conditions étaient négociables, il aurait bien le temps d'en reparler plus tard avec elle ; mais sa santé était fragile *maintenant*. Alors…

— Oui, je les accepte.

9.

Cassandra pensait avoir bien réfléchi avant de partir pour Rome, mais jamais elle n'aurait cru que ce serait aussi insupportable. Elle avait quitté une petite maison confortable qu'elle adorait pour un appartement immense et froid. Elle n'était arrivée que quelques minutes plus tôt et, déjà, elle avait l'impression d'être sur une île déserte. Abandonnée. Marco était reparti.

Il ne lui avait pas adressé le moindre mot dans l'avion — il avait passé son temps à travailler. Ensuite, dans la limousine, il avait enchaîné les coups de téléphone. Qu'aurait-il pu lui dire, de toute façon ?

Une gouvernante en uniforme lui prit sa valise des mains.

— Votre chambre est prête, *signorina*.

— Merci.

Elle la suivit jusqu'à la pièce qui serait sa prison pendant les semaines à venir. Sa santé lui imposait de se reposer, elle le savait bien, mais comment avait-elle pu accepter de suivre Marco alors qu'elle avait parfaitement deviné ce qui l'attendrait ?

— Avez-vous besoin d'autre chose, *signorina* ?

— Non, merci.

Tout ce qu'elle désirait, c'était être seule.

— Si vous changez d'avis, appelez-moi avec l'Interphone.

— Merci.

Qu'avait dit Marco à ses employés de maison à son sujet ? Sans doute rien. De toute façon, ils devaient être habitués à voir des femmes différentes aller et venir dans cet appartement.

La porte se referma derrière la gouvernante et Cassandra examina les lieux. La chambre était luxueuse, somptueuse même, mais froide. Pas le moindre objet personnel, pas la moindre trace de vie ; aucune photo, aucun trophée, aucun souvenir. Rien sur l'homme qui vivait ici.

Peut-être était-ce volontaire de la part de Marco, qui avait la réputation d'être un homme glacial. Sauf au lit. Mais de ce côté-là, tout était fini entre eux, elle ne devait pas l'oublier. Ils ne feraient plus jamais l'amour.

Elle était enceinte de son enfant, il ne la croyait pas. Ils se trouvaient dans une impasse et, malheureusement, elle ne pouvait rien y changer avant la naissance.

A l'heure du dîner, la gouvernante lui apporta un léger repas, une salade et du pain frais. Cassandra se contenta de picorer, elle n'avait pas faim. Puis elle se leva, ouvrit la porte de sa suite et, pour la première fois depuis son arrivée, sortit dans le couloir.

Tout était calme et silencieux. Sans doute les employés étaient-ils rentrés chez eux. Elle se dirigea vers la cuisine pour rapporter son plateau. Elle poussa la porte et s'arrêta net : la gouvernante et le cuisinier étaient là, en train de dîner.

— Je suis désolée… Je ne voulais pas…

Gênée par leurs regards hostiles, elle posa le plateau et fit demi-tour. La cuisine était visiblement leur domaine, pas le sien. Décidément, l'ambiance dans l'appartement n'avait rien à voir avec celle qui régnait dans la maison de campagne. Là-bas, Maria l'avait toujours accueillie à bras ouverts dans la cuisine.

Si seulement elle avait pu y attendre la naissance de son enfant ! Maria et Giuseppe l'avaient toujours traitée comme si elle faisait partie de la famille ; ils auraient pris soin d'elle, elle en était persuadée. Hélas ! Marco avait préféré l'installer à Rome, sans doute pour pouvoir la surveiller plus facilement.

Traînant les pieds, elle retourna dans sa chambre. Tant que les nausées dureraient, elle serait coincée ici…

Elle posa les mains sur la baie vitrée et fixa la ville. Comme en écho à ses sentiments, le ciel était gris. Le brouillard était en train de descendre sur Rome.

Marco était en ce moment même quelque part dans cette ville inconnue. Où ? Elle n'en avait pas la moindre idée. Elle ignorait même s'il avait l'intention de rentrer ce soir. Cela ne la regardait pas, de toute façon.

Elle se fit couler un bain dans la grande baignoire, où elle tâcha de se détendre et d'oublier le tragique de sa situation.

Ensuite, elle alla se coucher. Cette chambre était la plus luxueuse dans laquelle elle ait jamais dormi et, pourtant, elle lui faisait penser à une cellule de prison.

Marco passa plusieurs nuits loin de l'appartement. Il n'avait pas besoin de rentrer, il savait que Cassandra était bien traitée. Il avait donné de strictes instructions à ses employés de maison pour que personne n'entre. Et pour que personne ne sorte non plus. Cassandra avait besoin de se reposer. Elle avait trop forcé, lorsqu'elle était en Angleterre.

Il avait pris pour elle rendez-vous avec l'un des meilleurs gynécologues de Rome, un homme connu pour être discret. En attendant, elle resterait dans l'appartement et reprendrait des forces.

Il lui avait envoyé par SMS le numéro de téléphone du praticien, en cas d'urgence, de même que le sien. Sa réponse avait été des plus laconiques :

Je note.

Il ne pouvait pas lui en vouloir : il n'avait pas été particulièrement chaleureux dans son message. Mais autant faire court, avait-il décidé. Il se rappelait les confessions que lui avait faites sa mère, ivre, alors que l'homme qu'il avait appelé papa toute sa vie leur avait annoncé qu'il ne voulait plus jamais les voir. Ces confidences, gênantes pour un enfant de huit ans, l'avaient blessé pour toujours. Depuis, il n'avait jamais partagé ses sentiments avec qui que ce soit, et jamais il ne le ferait. Il refusait d'imposer ses émotions à autrui.

A partir de ce jour, sa vie avait changé du tout au tout. Avant cela, il grandissait entre deux parents qui l'aimaient, même s'ils étaient distants l'un avec l'autre. Et, tout à coup, il s'était retrouvé seul avec sa mère alcoolique, abandonné par ses pères — le biologique et celui qui l'avait élevé jusqu'alors.

Il baissa les yeux vers son téléphone. Il avait envie d'appeler Cassandra. Il refoula vite cette idée. Mieux valait garder ses distances.

Mais combien de temps allait-il pouvoir continuer ainsi ? Combien de temps allait-il encore l'ignorer ?

Il s'étira et leva les yeux au ciel. Il lui suffisait de penser à Cassandra pour que son corps se réveille instantanément et que ses sens soient en alerte.

Il allait vraiment lui être difficile de rester loin d'elle bien longtemps ; sinon, il allait devenir fou…

Installée dans son lit, Cassandra entendit la porte d'entrée se fermer. Sans doute ses gardiens, ainsi qu'elle surnommait la gouvernante et le cuisinier, partaient-ils pour la nuit.

Elle commençait à se sentir mieux. Depuis qu'elle passait ses journées sans bouger, les nausées étaient devenues plus rares, plus légères, exactement comme le médecin l'avait prédit.

Elle se raidit, elle entendait des pas dans le couloir. Pourquoi l'un des deux employés viendrait-il la voir à cette heure tardive ? A moins que… Marco ?

Son cœur se mit à battre un peu plus vite dans sa poitrine. Elle ne l'avait pas revu, depuis qu'elle était arrivée à Rome. Soudain mal à l'aise, elle se recoiffa avec les doigts et se pinça les joues pour leur donner des couleurs.

— Puis-je entrer ? lui demanda Marco en poussant la porte.

Pourquoi lui posait-il la question ? Il était déjà dans la pièce !

Cassandra déglutit avec peine. Son cœur battait maintenant si fort qu'elle était incapable de parler. Elle avait envie d'être en colère contre lui, car il ne l'avait pas informée de son retour, ne lui avait même pas dit s'il serait de retour un jour. D'un autre côté, elle avait très envie d'avoir de la compagnie.

Hésitante, elle le dévisagea. Il semblait encore plus sombre que d'habitude, et plus distant.

— Il n'est pas trop tard ? lui demanda-t-il en avançant.

Si, beaucoup trop tard, mais elle ne le dit pas. Elle le dévorait du regard, à présent. Elle ne pouvait pas résister à la tentation, il était si sexy !

Elle se reprit. Certes, elle le trouvait beau comme un dieu, mais hors de question de lui montrer combien il lui faisait de l'effet.

— Je pense que je peux rester encore éveillée le temps de dire bonjour.

Elle haussa les épaules, comme si de rien n'était. Pourtant, un homme — et quel homme ! — était dans sa chambre et elle était à moitié nue dans un lit. Elle attrapa un oreiller et le plaça devant elle comme un bouclier.

— A vrai dire, je ne t'attendais pas ce soir.

— Ce n'est pas étonnant, je ne t'ai pas dit quand je revenais.

— As-tu fait bon voyage ?

— Oui.

Son ton était froid, comme s'il voulait lui rappeler que sa vie ne la regardait pas. Il s'approcha un peu plus. Cassandra retint son souffle. Il était si proche qu'elle ne pouvait plus le fuir. De toute façon, fuir ne faisait pas partie de sa nature.

C'était pour lui permettre de reprendre des forces que Marco l'avait amenée ici, n'est-ce pas ? Car quand elle voyait les étincelles sensuelles dans son regard couleur chocolat, elle avait des doutes.

Elle ferait mieux d'ignorer ces étincelles, elle le savait. Si Marco avait eu d'autres motivations, il n'aurait pas disparu ainsi pendant plusieurs jours. Hélas ! son corps semblait avoir une autre appréciation de la situation que sa raison, et

Cassandra en était réduite à prier pour que son excitation ne soit pas visible.

En fait, ce n'était pas juste son corps qui avait faim de sensualité, c'était aussi son âme. Marco était le père de son enfant et elle le désirait, à quoi bon le nier. Depuis qu'elle l'avait rencontré, elle avait envie d'être avec lui, de discuter avec lui, d'apprendre à le connaître. Et, ce soir, elle mourait d'envie de se perdre entre ses bras, de s'abandonner contre sa peau, de succomber à l'incroyable volupté de ses baisers.

Sans un mot, il s'assit sur le lit et l'attira à lui.

— Dis-le-moi si tu veux que je m'arrête, lui murmura-t-il dans le creux de l'oreille.

Devait-elle le repousser ? Cassandra n'en avait pas la force, et encore moins l'envie. Malgré la froideur de Marco, elle ne pouvait oublier ses sentiments pour lui. Personne d'autre n'en avait jamais fait naître de tels en elle.

Elle l'aida à retirer sa veste et le regarda desserrer sa cravate. Ensuite, il lui déboutonna sa veste de pyjama. Elle frémissait d'impatience.

Les yeux dans les yeux, il referma la main autour de l'un de ses seins, et l'intensité de son excitation monta en flèche. Ces caresses lui avaient tellement manqué…

— Tes seins sont plus ronds, murmura-t-il d'une voix enjôleuse en finissant de la déshabiller. Ça me plaît. Tu es encore plus belle.

Et lui était beau à tomber. C'était l'homme qui avait transporté des tapis et des sacs de sable pour protéger et sauver sa maison de campagne. C'était surtout le père de son enfant, et elle le désirait, sans questions, sans critiques, sans reproches. Elle le désirait de la façon la plus animale possible. Elle voulait ne faire plus qu'un avec lui. Oubliées, toutes les interrogations qui la tenaillaient un peu plus tôt. Cassandra était maintenant prête à s'offrir à lui, corps et âme.

Il posa la main sur son ventre arrondi. Elle sursauta, surprise.

Il retira ensuite la main et déposa un baiser affectueux à la place. Emue par la tendresse de ce geste, elle frissonna et son rythme cardiaque accéléra.

Hélas ! le moment ne dura que l'espace d'une seconde.

Marco enfouit le visage entre ses seins ronds et elle oublia tous ses doutes. Toute raison la déserta. Une sensation de désir à couper le souffle venait de se mettre à tourbillonner en elle, lui donnant le vertige.

Sans un mot, il lui attrapa les poignets et les lui plaqua au-dessus de la tête, avant de prendre possession de sa bouche avec gourmandise, passion, allumant une multitude de feux d'artifice en elle, accentuant encore son excitation.

— Est-ce que tu me désires ? lui demanda-t-il entre deux baisers humides dans le creux du cou.

— Oui.

Oui, elle le désirait, plus que tout, et elle n'en pouvait plus d'attendre. Tous ses sens étaient en alerte. Dans ses veines, son sang avait été transformé en lave. Elle bouillait. Elle le voulait en elle, tout de suite.

Il la débarrassa de son bas de pyjama et elle se laissa faire, docile. De toute façon, elle n'avait plus la force de réagir.

Il glissa un doigt en elle et Cassandra rejeta la tête en arrière. Elle se mordit la lèvre pour retenir un cri de plaisir. Marco était un véritable expert. Il savait comment lui faire perdre la tête. Il savait comment la caresser, à quel tempo, avec quelle pression, pour la torturer, l'envoûter, lui faire perdre toute notion de la réalité.

— C'est si bon…

Elle ne pouvait rien dire d'autre. Elle n'arrivait plus à articuler le moindre mot. Elle était éperdue de désir, éperdue de plaisir.

— J'ai l'impression que tu as retrouvé goût à la vie, remarqua-t-il, moqueur. Et goût à l'amour.

Pour toute réponse, elle lui adressa un sourire.

— Tu te sens mieux ? poursuivit-il.

— Pas encore, haleta-t-elle. Je crois qu'il faut que tu continues…

Comme s'il devinait ses désirs et son impatience, il glissa une cuisse entre ses jambes pour les écarter un peu plus. Elle était exposée à son regard, mais elle n'en était pas gênée. Dans ses yeux, elle se voyait belle et confiante. Elle se sentait surtout sûre de son désir et de son pouvoir de séduction.

Lorsqu'elle toucha enfin les étoiles, elle manqua de s'évanouir tellement les sensations étaient puissantes, intenses. Alors elle s'assoupit, comblée.

Lorsque Cassandra rouvrit les yeux, Marco était debout à côté du lit, visiblement prêt à partir.

— Où vas-tu ?

Elle tendit la main pour essayer de le rattraper. Elle n'avait pas envie qu'il s'en aille. Elle se sentait seule, sans lui.

Il déposa un petit baiser sur sa joue.

— Tu as besoin de dormir. Et moi aussi. J'ai beaucoup de travail, demain. Ne t'inquiète pas, je dors ici et je passerai avant de partir pour voir si tu as besoin de quoi que ce soit.

Il lui adressa un petit signe de la main. Cassandra le regarda s'éloigner tandis que les questions se bousculaient en elle.

Marco était beau et avait été merveilleux avec elle, mais que savait-elle de lui ? Que savait-elle de l'homme qui se cachait derrière la façade ?

Rien.

L'avait-il fait venir en Italie pour lui faire l'amour ? La considérait-il comme une maîtresse en contrat à durée déterminée ? Elle n'avait pas la moindre idée de ce qu'il pensait. Il était si froid, lorsqu'ils ne faisaient pas l'amour.

Jamais il ne lui avait montré le moindre sentiment, jamais il n'avait même donné l'impression qu'il en éprouvait pour elle, sauf lorsqu'il avait déposé un baiser sur son ventre.

Après réflexion, peut-elle la considérait-il juste comme une mère porteuse. Peut-être avait-il simplement besoin d'un héritier…

10.

Le lendemain matin, Marco ne s'arrêta pas dans sa chambre avant de partir travailler, contrairement à ce qu'il avait promis.

Aurait-elle voulu qu'il passe la voir ? Elle l'ignorait. Peut-être valait-il mieux qu'elle garde ses distances avec lui. A vrai dire, elle ne savait plus quoi penser, elle se retrouvait complètement perdue. Depuis qu'elle était enceinte, son esprit fonctionnait au ralenti.

Elle ne s'était jamais appuyée sur personne à part sa marraine, ne s'était jamais attachée à aucun homme. Alors il fallait à tout prix qu'elle se reprenne, qu'elle retrouve cette confiance en elle qu'elle possédait avant de tomber enceinte.

Depuis qu'elle vivait chez Marco, elle s'était bien trop ramollie. Si elle n'y prenait garde, elle allait bientôt lui faire couler son bain ou lui apporter ses chaussons à son retour du bureau ! C'était hors de question.

Elle avait d'autant moins de raisons de s'attendrir qu'elle n'avait même plus de nausées. Elle n'avait plus d'excuse.

Elle se sentait mieux et, pourtant, elle ne faisait rien de ses journées. Il fallait que quelque chose change, mais quoi ?

Habillée, elle rapporta son plateau du petit déjeuner à la cuisine. Tant pis si la gouvernante et le cuisinier pensaient que ce n'était pas à elle de le faire. Elle avait deux bras, deux mains, et elle refusait d'être servie du matin au soir.

Elle remercia le cuisinier pour le petit-déjeuner et s'excusa de ne pas avoir tout mangé.

— C'était délicieux, répéta-t-elle plusieurs fois.

— Avez-vous besoin d'autre chose, *signorina* ?

— Rien, merci.

Elle ferma la porte.

— Quel est le problème avec ma nourriture ? entendit-elle le chef dire derrière la porte. Elle n'aime pas ce que je prépare ?

— Elle est enceinte, lui répondit la gouvernante. C'est pour cette raison qu'elle ne mange rien.

— Di Fivizzano l'a mise enceinte ?

Le couple éclata de rire et elle se figea, mal à l'aise.

— Il était temps, continua le chef. Un homme comme lui a besoin d'un héritier.

A ces mots, un frisson glacial glissa le long de son dos.

— D'accord, mais je ne comprends pas pourquoi il a choisi celle-ci, répliqua la gouvernante. Il aurait pu trouver une femme plus belle, ou plus intéressante. Je me demande bien combien pourrait valoir une telle information…

Cassandra décida qu'elle en avait assez entendu. Il ne lui restait plus qu'à espérer que le cuisinier et la femme de chambre ne faisaient que blaguer…

La nouvelle lui parvint alors qu'il était en réunion : son assistante lui passa l'information sur un bout de papier. Marco se retint d'exploser. Pourtant, il était furieux. Fou de rage, même.

Il était plutôt discret et refusait que sa vie privée fasse les grands titres des journaux. Il refusait également que Cassandra soit exposée à la curiosité des journalistes. C'était pour cette raison qu'il avait gardé secrète sa présence dans son appartement : il fallait à tout prix qu'elle puisse mener à terme sa grossesse dans le calme et la sérénité.

Et dire qu'il avait fait confiance à ses employés de maison…

— Je pensais que vous étiez censé vérifier le passé des candidats à l'embauche ! lança-t-il un peu plus tard, rageur, à son chef de la sécurité. C'est pour cela que je vous paye. Ou plutôt que je vous payais : vous êtes viré.

Il n'avait pas envie d'entendre l'homme lui expliquer que

l'erreur était humaine et que le passé de la gouvernante et du cuisinier avait été vérifié. Il refusait d'entendre la moindre excuse, il n'était pas d'humeur.

Il annula son rendez-vous suivant. Il avait besoin d'être seul, il avait besoin de réfléchir.

Pourquoi le travail était-il aussi simple et tout ce qui se rapportait à Cassandra aussi compliqué ? Avait-il vraiment peur des ragots ? Ou bien était-il en colère car il voyait que sa vie évoluait ? Avec un enfant, sa vie changerait en effet du tout au tout.

Cet enfant était-il le sien ? Pourquoi ne pouvait-il pas faire confiance à Cassandra ? Pourquoi ne pouvait-il pas la croire ? Son propre passé le hanterait-il toute sa vie ?

Les questions qui le tenaillaient étaient tellement nombreuses qu'il avait l'impression de devenir fou.

Lorsqu'il arriva à l'appartement, ses employés avaient déjà quitté les lieux. Bon débarras. Mais Cassandra ne s'y trouvait pas non plus…

Il revérifia toutes les pièces, l'une après l'autre, et son inquiétude grandit. Où était-elle ? Pourquoi était-elle sortie ? Et pour aller où ? Certes, elle avait meilleure mine et avait repris des forces, mais elle devait toujours faire attention.

Il appela son chauffeur, puis demanda à son détective privé de vérifier auprès des compagnies de taxis. Personne n'avait emmené à l'aéroport depuis chez lui une jeune femme enceinte parlant anglais.

Cassandra s'était volatilisée.

Sans réfléchir, il alluma la télévision et se figea. Le journaliste parlait justement de son aventure avec Cassandra.

Il n'avait pas le choix. Il fallait à tout prix qu'il la retrouve avant les paparazzis.

Trop tard ! Les images en direct de journalistes en train de l'entourer apparurent à l'écran. Il reconnaissait les lieux : elle était dans le parc, juste de l'autre côté de la rue.

Cassandra enfouit les mains dans les poches de son jean et soupira. Elle était lasse. Elle comprenait enfin ce qu'avaient dû subir ses parents.

Ce n'était pas la première fois qu'elle se retrouvait sous les feux de la rampe. Après la mort de ses parents, les journaux avaient en effet beaucoup parlé d'elle, la petite fille qui avait vécu seule au milieu des reliefs d'orgies. Ses parents avaient gâché leur vie en buvant et en se droguant, sans doute pour fuir l'échec. Une stupide dispute, et ils avaient fini tous les deux noyés dans leur piscine. Pendant des années, ils avaient souffert de la pression constante de la presse. Mais elle, elle ne se laisserait pas facilement intimider.

Les photographes qui la pourchassaient n'étaient qu'une bande de hyènes ; ils se nourrissant de la misère et du désespoir des autres. Comme elle était la maîtresse de Marco di Fivizzano, ils allaient l'étudier sur toutes les coutures, examiner toutes ses faiblesses et la montrer au monde entier. Surtout son ventre.

Un homme se coucha tout à coup devant elle, pour la prendre en photo. Cassandra leva les yeux au ciel. C'était ridicule !

— Avez-vous une déclaration à faire ? lui demanda l'homme.

— Connaissez-vous le sexe du bébé ? lui demanda un autre.

— Allez-vous vivre avec Marco quand le bébé sera né ?

Elle allait répondre que tout cela ne les regardait pas lorsque tout à coup, comme par miracle, Marco fit son apparition. Il passa un bras autour de ses épaules pour la protéger et jeta quelques mots menaçants aux journalistes.

Sans un mot, il l'entraîna hors du parc.

— Bon sang, Cassandra, je t'ai cherchée partout ! Pourquoi es-tu sortie ?

— J'avais juste besoin de prendre l'air.

— Tu aurais pu m'appeler !

— Je ne voulais pas te déranger, mais je ne pouvais pas rester plus longtemps dans cet appartement entre deux employés de maison qui se moquaient sans cesse de moi.

— Ne t'inquiète plus pour eux, je les ai licenciés.

— Excuse-moi. Je suis pathétique. Depuis que je suis enceinte, je suis hypersensible.

Elle se moucha et s'essuya les yeux. Elle regarda derrière elle. Les photographes et cameramen étaient en train de s'éloigner. Apparemment, ils n'avaient pas très envie de faire face à Marco…

— Penses-tu que ce sont le cuisinier et la gouvernante qui nous ont dénoncés ? demanda-t-elle.

— Qui d'autre aurait pu prévenir la presse ? répliqua-t-il en lui ouvrant la porte de l'immeuble.

— Je les ai entendus dire qu'il y avait sans doute un moyen de gagner beaucoup d'argent.

— C'est un gain à court terme. Ni l'un ni l'autre ne retrouvera du travail dans cette ville, après ça. Plus personne ne leur fera confiance.

Il l'invita à monter dans l'ascenseur.

— Dis-moi, comment te sens-tu ? reprit-il d'un ton gentil.

Cassandra se tourna vers lui. Il semblait vraiment inquiet.

— La gouvernante a suggéré que tu m'utilisais pour le sexe, et aussi pour avoir un héritier. J'ai eu besoin de sortir de l'appartement pour me changer les idées. Malgré ma rencontre avec les paparazzis, je ne le regrette pas car cela m'a permis de mieux comprendre ce que mes parents ont dû ressentir lorsqu'ils étaient poursuivis par les photographes.

— C'est la première fois que tu parles d'eux, fit remarquer Marco.

— J'ai refoulé mon passé pendant si longtemps qu'il m'est devenu difficile d'en parler. Je leur en ai tant voulu, lorsque j'étais adolescente… J'avais l'impression qu'ils m'avaient abandonnée.

Elle s'arrêta brusquement de parler. Son compagnon semblait tendu, tout à coup. Il fronçait les sourcils.

— Ai-je dit quelque chose de déplacé ? demanda-t-elle.

Il ne répondit pas, mais sa mâchoire était serrée. Peut-être ressentait-il la même chose qu'elle…

— Je peux t'aider, osa-t-elle proposer lorsque les portes de l'ascenseur se rouvrirent.

Il écarquilla les yeux.

— Tu peux *m'aider* ?

— Tu n'as pas le temps de tout gérer. C'est à cause de cela que tu t'es retrouvé avec un cuisinier et une gouvernante qui n'étaient pas dignes de confiance.

— Et que suggères-tu ?

Marco n'était pas habitué à ce que ses interlocuteurs lui donnent des ordres, ou même des conseils, mais elle avait quelque chose à dire et rien n'allait l'arrêter :

— Tu dois essayer d'engager des gens comme Maria et Giuseppe. Si tu me le permets, je pourrais t'aider à en trouver. Pense au temps que cela te ferait gagner. Peut-être que cela t'aiderait à être moins distant, avec tes employés mais aussi avec moi.

Il lui adressa un regard qui voulait sans doute dire qu'elle devait s'arrêter là et changer de sujet. Pour autant, Cassandra ne faiblit pas. Elle n'était pas impressionnée. Au contraire, elle le regardait droit dans les yeux.

Marco soutint le regard de la belle jeune femme qui le défiait. Elle avait une audace admirable. Après l'incident au parc, elle ne s'était pas effondrée, elle ne s'était pas recroquevillée sur elle-même comme l'auraient fait d'autres femmes. Non, elle avait continué à aller de l'avant. Ce qui ne signifiait pas qu'il allait l'autoriser à se mêler de ce qui ne la regardait pas.

— Va-t-on rester devant la porte toute la journée ? s'impatienta-t-il.

— Tu n'as toujours pas répondu ma question : veux-tu que je t'aide à engager des employés de maison ?

— Ce n'est pas nécessaire. Désormais, je m'occuperai moi-même de toutes les embauches.

Elle hocha la tête. Elle ne semblait pas convaincue par sa réponse.

— M'aurais-tu engagée ?

Quoi ? Il plissa le front, décontenancé par sa question.

L'aurait-il engagée ? A vrai dire, la réponse était sans doute non. Mais il n'avait pas envie de parler.

— Tu dois t'ennuyer toute la journée dans l'appartement. Maintenant que tu as repris des forces, je vois que tu as besoin de t'occuper. Si tu veux, je passerai quelques coups de fil demain, pour voir si je te trouve un emploi à mi-temps.

— C'est très gentil de ta part, mais ce n'est pas nécessaire. J'ai appelé l'ambassadeur sur le numéro privé qu'il m'a donné lors de la soirée. Je lui ai proposé de travailler bénévolement dans les jardins de l'ambassade, et il a accepté.

— Tu as un travail ? s'étonna Marco.

— Oui, j'ai un travail.

Son instinct protecteur se réveilla instantanément.

— Après l'expérience de tout à l'heure, tu désires vraiment sortir et risquer d'être suivie par les paparazzis tous les jours ?

— Je ne travaillerai pas tous les jours. Et tu sais comme moi que les jardins d'une ambassade sont bien surveillés. Là-bas, personne ne pourra m'approcher.

— Tu aurais pu me dire quelles étaient tes intentions.

— Parce que toi, tu me parles de tes projets ?

Il ne répondit pas tout de suite. Pour qui se prenait-elle, à lui parler sur ce ton ? L'agacement était en train de le gagner.

— Ce n'est pas le sujet, rétorqua-t-il.

— Non ? Je n'ai pas à te demander ta permission avant de faire quoi que ce soit. Je te remercie de tout ce que tu as déjà fait pour moi. Je sais que j'étais malade lorsque je suis arrivée ici, mais maintenant, je me sens mieux. Je suis suffisamment en forme pour me remettre au travail.

— Tu as toujours besoin de te reposer.

— Non, je vais bien. Et j'irai encore mieux lorsque je pourrai travailler dehors, dans un jardin.

Sa détermination était adorable, admirable, même si elle le rendait fou.

— As-tu pensé au jardin sur la terrasse ?

Marco n'y avait pas pensé plus tôt, mais cela pouvait être la bonne solution.

— De quoi parles-tu ? Es-tu en train de me dire qu'il y a un jardin sur le toit ?

— Laisse-moi te le montrer.

Il l'entraîna vers un escalier. En haut, il ouvrit une porte et l'invita à découvrir l'une des plus belles vues sur Rome.

— Mon Dieu… C'est magnifique ! s'exclama-t-elle.

— J'aurais sans doute dû t'en parler, mais je monte ici si rarement. Tu pourrais t'occuper de ce jardin, non ?

— Il est vraiment beau, mais il est parfaitement entretenu. Il n'y a rien à faire ici, à part admirer les fleurs et les plantations. J'ai besoin d'un véritable travail.

— Le bébé ne te suffit pas ?

— Ce n'est pas la question. J'ai juste envie de faire le travail que j'aime.

Cassandra frémit en voyant Marco esquisser un sourire. Il avait l'air de la comprendre. Enfin !

— Je pourrais admirer ta détermination si tu n'étais pas aussi exaspérante !

— Alors je vais faire mon possible pour mériter ton admiration et essayer d'être moins exaspérante.

Il lui sourit, puis ils redescendirent à l'appartement.

— Viens te coucher avec moi, ce soir, proposa-t-il soudain.

Elle se tourna vers lui. Elle mourait d'envie de répondre oui. Elle désirait Marco, et pas juste physiquement. Elle avait besoin de lui.

Comme s'il devinait ses pensées, il lui effleura les lèvres des siennes. Pour toute réponse, elle l'embrassa avec tout le désir qu'elle éprouvait pour lui, puis le suivit jusqu'à sa chambre.

Il ferma la porte derrière eux. Sans attendre, il la débarrassa de ses vêtements et la fit s'allonger sur le lit. Puis il commença à déboutonner sa chemise avant de la laisser tomber au sol. Le désir de Cassandra, qui ne le quittait pas des yeux, grandissait à mesure que Marco se déshabillait. Il atteignait maintenant des sommets. Son corps était une véritable œuvre d'art, avec ses muscles parfaitement dessinés et sa peau d'une appétissante couleur caramel.

Il s'allongea de tout son long derrière elle et posa une main dans le creux de son dos. Elle répondit immédiatement et se cambra. Elle mourait d'envie de sentir ses caresses. Elle mourait d'envie de sentir ses mains expertes sur son corps en feu.

Avec une lenteur calculée et une surprenante tendresse, Marco lui écarta les jambes et glissa l'extrémité de son érection en elle, jusqu'à ce qu'elle se détende.

— Tu aimes ?

Sa voix sensuelle lui donnait des frissons.

— Oui.

Le sexe n'était pas un but en soi, elle le savait. Mais en attendant que leur situation évolue, c'était le seul moyen dont elle disposait pour être proche de l'homme qui faisait battre son cœur.

11.

Son travail dans les jardins de l'ambassade lui plaisait encore plus qu'elle n'avait imaginé. Cassandra était heureuse, épanouie. Elle appréciait beaucoup ses collègues et améliorait son italien. Et puis quel bonheur de travailler dehors, les mains dans la terre ! Elle était tellement détendue qu'elle commençait presque à considérer l'appartement de Marco comme sa maison.

A condition cependant d'éviter de penser au futur…

Elle posa une main sur son ventre et esquissa un sourire. Elle aimait déjà son bébé de tout son cœur et ferait son possible pour lui offrir la meilleure vie possible.

Une chose était certaine : elle donnerait naissance à son bébé en Angleterre. Rester en Italie jusqu'à la naissance était bien trop risqué, notamment parce que Marco travaillait de plus en plus. Soit il essayait de l'éviter, pour ne pas s'engager émotionnellement, soit il la fuyait pour tenter d'exorciser ses propres démons. Dans tous les cas, elle ne pouvait pas compter sur lui.

Il était en voyage d'affaires depuis plusieurs jours et, d'après ses informations, devait rentrer le soir même. Elle était impatiente. Impatiente de le voir, mais aussi de lui parler. Elle ne pouvait pas attendre plus longtemps. Le temps passait ; ils devaient discuter du futur.

Un futur qui, avec un peu de chance, serait synonyme de vie de famille.

Elle devait surtout annoncer à Marco qu'elle se sentait

suffisamment en forme pour rentrer chez elle. Jamais elle ne pourrait le remercier assez pour l'aide et le soutien qu'il lui avait offerts pendant qu'elle était malade, mais sa décision était prise. Elle rentrait en Angleterre.

A l'idée de quitter Marco, les larmes lui montèrent aux yeux. Bon sang, que lui arrivait-il ? Etait-elle en train de tomber amoureuse de lui ?

Non. Elle était *déjà* tombée amoureuse de lui ; de cet homme complexe mais si séduisant, si sexy, si envoûtant.

Marco avait l'air épuisé. Apparemment, son voyage avait été éprouvant.

— *Cara mia*, tu es magnifique, lui lança-t-il néanmoins, souriant.

« *Mia…* » C'était la première fois qu'il utilisait un possessif, qui indiquait qu'elle lui appartenait. Cela ne la dérangeait pas. Au contraire, elle aimait savoir qu'elle était sienne dans son esprit.

« Magnifique » avait-il dit, également. Sur ce point-là, elle avait des doutes. Elle n'était pas belle, elle le voyait bien dans le miroir. En plus, elle se sentait aussi lourde qu'un hippopotame et… Elle refoula ces pensées : ce n'était pas le moment de s'apitoyer.

— Tu as l'air fatigué. Puis-je te servir un verre ?

— C'est gentil, mais c'est plutôt à moi de m'occuper de toi, *cara*.

Il s'approcha d'elle, le regard brûlant, l'air prédateur. Cassandra recula jusqu'à se retrouver dos contre le mur.

— Cela te rappelle des souvenirs ? demanda Marco avec un sourire coquin.

— Quelques-uns, concéda-t-elle.

Des souvenirs de volupté et de sensualité qu'elle rêvait de revivre. Elle mourait d'envie qu'il l'embrasse avec passion, qu'il plaque son corps puissant contre le sien et lui fasse l'amour.

— Et ceci ?

Il déposa une série de baisers gourmands dans le creux de son cou.

— J'ai l'impression que de nouveaux souvenirs remontent à ma mémoire…

Ensorcelée, hypnotisée, Cassandra ferma les yeux et bascula la tête en arrière, prête à s'abandonner. Un besoin désespéré de sentir le corps de Marco contre le sien venait de l'envahir, comme une fièvre qui la brûlait.

— Tu as les plus beaux seins du monde, affirma-t-il.

— Merci du compliment. Je te rappelle juste que tu n'as toujours pas fermé la porte d'entrée.

Sans cesser de l'embrasser, son bel Italien donna un coup de pied dans la porte pour la fermer.

— C'est mieux ?

— Pas tout à fait.

— Dans ce cas-là, y a-t-il quoi que ce soit que je puisse faire pour améliorer ta situation ?

— Peut-être…

Il prit son visage en coupe, puis pencha le sien jusqu'à lui capturer la bouche avec une douceur extrême. Cassandra fondit. Ce baiser était doux, sensuel, différent de tous les baisers qu'ils avaient partagés jusqu'alors. En même temps, il était aussi plus envoûtant et allumait des foyers de désir partout en elle.

— La chambre ? proposa-t-il d'une voix enjôleuse.

Elle frissonna, gagnée par la chair de poule.

— Si tu penses que c'est la meilleure solution…, susurra-t-elle, mutine et aguicheuse.

Marco lui adressa un clin d'œil.

— Dans ton état, je pense que faire l'amour debout contre le mur n'est pas recommandé. Ne t'inquiète pas, je te promets que tu ne seras pas déçue.

— Tu es sûr ?

— J'en suis certain.

Il la prit dans ses bras et la porta jusqu'à la chambre. Là, il la déposa délicatement dans le lit et lui adressa un clin d'œil qui électrisa tous ses sens, avant de gagner la salle de bains.

Il en sortit quelques minutes plus tard, une serviette nouée autour de la taille. Son torse était toujours aussi musclé, ses pectoraux parfaitement dessinés, bronzés sous une fine toison. Se lasserait-elle un jour de le dévorer du regard ? se demanda Cassandra.

Elle regarda sa bouche finement ourlée, sensuelle à souhait. Jamais elle n'avait ressenti une telle faim de volupté. Elle n'était plus qu'une boule de désir. Tous ses sens étaient en alerte.

Marco se lova contre son dos et l'enlaça.

— J'adore cette position. Elle est parfaite pour faire l'amour, comme tu es enceinte.

— Elle est aussi parfaite quand je ne suis pas enceinte, le taquina-t-elle.

Elle adorait sentir sa virilité puissante dans le creux de ses reins. Elle adorait percevoir sa chaleur irradier tout son dos et se répandre partout en elle. De plus en plus impatiente, elle s'arc-bouta contre lui et se mit à onduler des hanches. Elle le voulait en elle, tout de suite. Elle ne pouvait plus attendre. Des ondes brûlantes parcouraient son corps fiévreux.

— J'ai besoin de toi, souffla-t-elle.

Son merveilleux amant s'insinua en elle. Cassandra retint son souffle, charmée, subjuguée.

— Moi aussi.

Il se mit à aller et venir en elle, de plus en plus vite, de plus en plus fort. Quand elle explosa, la volupté de l'amour la submergea. Une vague de sensations à couper le souffle l'envahit, et elle perdit tout contrôle d'elle-même.

Elle ferma les yeux. Elle était au paradis.

Marco esquissa un sourire. Cassandra était si adorable quand elle dormait… Il n'avait pas le courage de la réveiller.

Il se dirigea vers la cuisine pour lui préparer son petit-déjeuner et le lui servir au lit. Il était important qu'elle se repose, n'était-ce pas ce qu'il lui disait du matin au soir ? Là, c'était sa faute si elle était fatiguée : ils avaient fait l'amour toute la nuit.

Malgré ces heures de volupté partagée, ces corps-à-corps d'une intensité à couper le souffle, il n'était toujours pas rassasié. Jamais il n'avait ressenti cela. Jamais il n'avait passé la nuit à faire l'amour et ne s'était réveillé avec l'envie de recommencer. Et jamais non plus il n'avait servi le petit-déjeuner au lit à une femme. En tout cas, pas depuis qu'il avait essayé de remonter le moral de sa mère alcoolique…

Au souvenir de sa mère, il lâcha un long soupir. Le prêtre qui l'avait enterrée avait veillé à ce qu'il ait toujours un toit sur la tête, un repas par jour et qu'il aille à l'école. L'orphelinat avait été une terrible expérience, mais il avait survécu ; et aujourd'hui, plus rien au monde ne pouvait l'arrêter.

A l'exception de ses sentiments pour Cassandra.

Hélas ! il ne pouvait rien lui offrir. Il ne pouvait pas s'engager. Il refusait également de lui donner le moindre faux espoir et de risquer de la blesser.

La jeune femme était en train de se réveiller lorsqu'il revint dans la chambre. Elle lui adressa un adorable sourire lascif qui lui donna la chair de poule.

— Tu m'as préparé à manger ? Merci !

— C'est dans mon intérêt de te donner des forces.

— Arrête de jouer les gros durs. Je sais que derrière ton masque de pierre se cache un homme doux et gentil. Tu as un cœur grand comme ça, et de nombreux sentiments à offrir. Le problème, c'est que tu as peur de les regarder en face.

— Peur ?

Marco recula. Il refusait d'avoir cette conversation avec elle.

— Tu n'as peur de rien, reprit-elle, à l'exception de ce qui est en toi.

— Je ne sais pas de quoi tu parles.

— Viens ici, dit-elle en lui tendant la main.

— Je ne peux pas. Je dois aller travailler.

— S'il te plaît, donne-moi ta main.

Il fronça les sourcils et soupira. Après tout, il avait bien quelques minutes à lui consacrer. Cassandra lui prit la main et la posa sur son ventre.

— Tu le sens ? Ton fils te dit bonjour.

— Oh…

Sous le choc, Marco recula, mais elle reprit sa main et la reposa sur son ventre.

— N'aie pas peur.

Il ne répondit pas. Il se concentra sur les sensations sous sa paume. Malgré sa détermination, il ne pouvait pas résister au miracle de la vie. Un tsunami de tendresse l'envahit.

— Mon Dieu, je le sens ! C'est ton bébé !

Il n'en revenait pas.

— Non, c'est *notre* bébé.

Cassandra avait tant de choses à dire à Marco ! Elle voulait se livrer, le toucher, lui faire oublier tous ses soucis ; mais, avant, il devait lui faire confiance.

— Marco ?

Il ne répondit pas et sortit de la chambre. Il semblait pressé de partir.

Elle avait bien vu qu'il avait été heureux de sentir leur enfant, alors pourquoi avait-il peur, tout à coup ? Pourquoi semblait-il totalement déstabilisé ? Si sa seule inquiétude était l'identité du père, il lui suffirait de faire un test.

Elle avait cependant l'impression qu'il y avait plus, qu'il y avait quelque chose de terrible qui avait dû le marquer pour toute la vie. Mais quoi ?

En sortant des jardins de l'ambassade, Cassandra retrouva Paolo, le chauffeur de Marco. Celui-ci la conduisit à l'appartement et insista pour l'escorter jusqu'à la porte d'entrée.

— Marco est un homme bon, déclara-t-il. Je travaillais pour son père, autrefois.

— Vous avez travaillé pour le père de Marco ? s'étonna-t-elle.

— Oui.

Paolo baissa la tête, comme s'il regrettait déjà cette confidence.

— Comment en êtes-vous venu à travailler pour Marco ?

— C'est moi qui l'ai conduit à l'enterrement de son père. Il voulait dire un dernier au revoir à cet homme qui ne lui avait pas montré le moindre respect, le moindre amour lorsqu'il en avait le plus besoin. Depuis, je travaille pour lui.

— Merci beaucoup de me l'avoir raconté.

Il haussa les épaules.

— Je suis désolé, mais je ne peux pas vous en dire plus. Je crois d'ailleurs que j'en ai déjà trop dit.

— Je comprends.

— Vous devriez vous reposer, maintenant. A ce stade de votre grossesse, c'est important.

Il avait raison. Une fois dans l'appartement, Cassandra s'adossa contre la porte et posa les mains sur son ventre, de plus en plus gros.

Elle avait tant à apprendre sur le passé de Marco ! Paolo l'avait aidée à faire un premier pas. Maintenant, il ne lui restait plus qu'à espérer que Marco lui fasse un jour suffisamment confiance pour lui en dire plus…

12.

Marco arriva à l'appartement un peu après minuit. Il aurait pu rentrer plus tôt, mais il avait passé un long moment à tenter d'analyser ses sentiments. Pour être honnête avec lui-même, il devait s'avouer qu'il avait aussi attendu pour être sûr que Cassandra soit endormie.

Il n'avait pas envie de lui parler ce soir.

Les émotions qu'il avait éprouvées lorsqu'il avait perçu la présence du bébé avaient été trop intenses. Depuis, il était complètement perdu. Sous sa main, l'enfant était devenu réel. Dans quelques mois à peine, Cassandra allait devenir mère et lui…

Lui, il n'était sûr de rien pour l'instant. Il ignorait s'il avait peur ou non, il ignorait surtout s'il voulait être père. Il n'avait pas la moindre idée de ce que cela impliquait. Sans compter qu'il n'avait pas de temps à consacrer à un enfant, et qu'il n'était pas fait pour la vie de famille. Quel exemple pourrait-il suivre ? Aucun. En plus, rien ne garantissait qu'il ferait mieux que l'homme qui l'avait déshérité, ou que le père biologique qui n'avait jamais voulu faire sa connaissance.

Il n'était pas insensible, il savait bien qu'il ne pouvait pas traiter Cassandra comme n'importe quelle employée. Il ne cherchait pas à la blesser non plus. Il avait juste besoin de temps.

— Marco ?

— Tu ne dors pas ?

— Je t'attendais.

— Tu devrais dormir, *carissima*.

Il traversa la pièce et déposa un baiser sur la douce joue de Cassandra.

— Je ne peux pas, dit-elle. J'ai besoin de te parler.

— A propos de quoi ?

— De ton passé. Je veux pouvoir te comprendre. Or, je ne peux pas le faire tant que tu ne t'ouvres pas à moi.

Marco recula pour mettre de la distance entre eux. Il n'avait aucune envie de parler, et surtout pas de son passé. Son passé ne regardait personne à part lui.

— Le bébé me donne le droit d'en apprendre plus sur toi, ajouta-t-elle.

Elle s'interrompit, sans doute parce qu'elle l'avait vu lever les yeux au ciel.

— Si tu m'expliquais pourquoi ressentir des émotions t'effraie tant…

— Je n'ai pas peur !

— Crois-moi, Marco, je comprends que…

— Non, tu ne comprends rien ! coupa-t-il avec véhémence.

Cassandra demeura silencieuse un moment, mais continua à le fixer de son regard perçant.

— Parle-moi de ton père.

Marco serra les poings. Cassandra venait de le poignarder en plein cœur, avec cette question. Peu importait s'il lui faisait de la peine, désormais. Au point où il en était…

— Lequel ? Celui que j'ai appelé « papa » pendant des années m'a déshérité. Il nous a jetés à la rue, ma mère et moi, lorsqu'il a découvert que je n'étais pas son fils biologique. Cela s'est passé une nuit de Noël.

Elle mit la main devant sa bouche. Elle semblait horrifiée.

— Et… et ta mère ? bredouilla-t-elle. Qu'est devenue ta mère ?

Il réprima un soupir. Il aurait dû deviner qu'obstinée comme elle l'était, Cassandra ne s'arrêterait pas de sitôt. Les autres femmes auraient compris qu'il valait mieux changer de sujet, mais pas elle. Elle ne baissait pas les yeux.

— Ta mère, Marco…

— Elle est morte alors que j'étais encore enfant.

Il refusait de parler de sa mère morte alcoolique et sans le sou. Chaque fois qu'il y pensait, il se sentait coupable. Il n'avait que huit ans, à l'époque, mais il s'en voulait de ne pas avoir pu la sauver.

— Que s'est-il passé, ensuite ?

— Je suis allé vivre dans un orphelinat.

— Et ton père biologique ?

— Mon père biologique ? lâcha-t-il avec un rire las. Je ne l'intéressais pas. Il a rapidement disparu.

Cassandra demeura bouche bée, sous le choc. Pauvre Marco, qui avait grandi sans connaître l'amour… Mais il y avait plus, elle le devinait.

— Pourquoi l'homme que tu considérais comme ton père t'a-t-il déshérité ? Il ne t'aimait pas ?

— Qui sait ? Peut-être m'a-t-il aimé au départ. Je l'ai cru, en tout cas. Mais une fois qu'il a eu la preuve que je n'étais pas son fils biologique, il a changé d'attitude. Paolo, qui était son chauffeur à l'époque, m'a avoué qu'il ne se l'était jamais pardonné. Jusqu'au jour de sa mort, il a regretté de nous avoir mis à la porte. Il était cependant trop fier pour l'admettre.

— Marco…

Elle n'avait aucun mot pour le consoler, hélas ! Seulement l'amour le pourrait. Un jour, peut-être. En attendant, ils devaient évoquer leur futur, et celui de leur enfant.

Marco referma ses bras musclés autour de ses épaules, mais elle le repoussa.

— Non. Nous devons d'abord parler.

— Parler ? De quoi ? N'avons-nous pas déjà assez parlé ?

— D'avenir, évidemment.

— De quel avenir ?

Le ton sec de Marco la blessa. Malgré tout, elle refusait de céder ou de faiblir. Elle était bien déterminée à lui dire ce qu'elle avait sur le cœur.

— Je ne peux pas rester à Rome pour toujours.

— Je pensais pourtant que tu étais heureuse, ici.

— Je suis heureuse, et j'adore mon travail à l'ambassade. Mais je dois penser au lendemain. Je dois me préparer à la naissance.

Marco fronça les sourcils. Il ne semblait pas la comprendre.

— Tu n'as aucune raison de t'inquiéter pour l'avenir.

— La situation doit changer.

Cassandra se redressa et plongea dans son regard pour tenter de lire en lui. Hélas ! ses prunelles étaient si sombres qu'elle ne voyait rien.

— Pourquoi ? La situation est parfaite.

— Parfaite ?

— Oui, parfaite. Allez, dors. Je vais prendre ma douche, je te rejoindrai au lit dans quelques minutes.

Marco ferma la porte de la salle de bains derrière lui et lâcha un long soupir. Il n'en pouvait plus. Hors de question d'évoquer le futur avant la naissance, avant d'être sûr qu'il était bien le père du bébé.

Evoquer son passé ne lui avait fait aucun bien. Jamais il n'imposerait à son enfant la jeunesse qu'il avait vécue. Si l'enfant était bel et bien le sien, il veillerait à son bien-être financier, mais pour le reste… Il n'avait pas envie d'y penser. Pas maintenant. Pas encore.

Lorsqu'il sortit de la salle de bains, Cassandra était toujours assise dans le lit, à l'attendre. Il leva les yeux au ciel. Il aurait dû deviner qu'elle ne lâcherait rien, qu'elle ne renoncerait pas. Sa détermination était admirable, il l'applaudissait, mais, de son côté, rien n'avait changé.

— Après ce que tu m'as raconté ce soir, je comprends combien la situation est difficile pour toi, dit-elle d'une voix douce.

— Tu ne sais rien !

Il jeta sa serviette sur une chaise. Il n'avait pas voulu lui crier dessus, mais son passé ne regardait que lui. Il refusait de montrer les blessures de son enfance à qui que soit, y compris à Cassandra.

Elle sortit du lit. Un sentiment de culpabilité le gagna.

— Tu ne peux pas éviter le passé, Marco ! Le passé fait de nous ce que nous sommes aujourd'hui. Si tu continues à repousser les gens parce que tu as peur, ta vie sera un cauchemar. Tu ne connaîtras jamais le plaisir de l'amitié, et encore moins l'amour.

Elle s'interrompit et posa les mains sur son ventre, avant de reprendre :

— Ce bébé est le tien aussi bien que le mien, et j'ai besoin de savoir dans quoi je m'engage. J'ai besoin de savoir ce que le futur nous réserve à tous les trois.

— Je n'ai jamais pensé que cela ne me concernait pas. Je ne vois simplement pas quel est le lien entre mon passé et toi.

— Dans ce cas-là, tu es aveugle ! Il s'agit d'un bébé, d'une petite vie précieuse, alors ne le repousse pas. J'ai bien compris que tu as peur de revivre ta propre jeunesse. Même quand il sera prouvé que l'enfant est bien le tien, tu continueras à te demander si tu peux être meilleur que l'homme qui t'a abandonné. Mais personne ne le sait ! Je ne sais pas quel genre de mère je serai, car je n'ai pas eu la jeunesse la plus stable ; mais, contrairement à toi, je ne fuis pas mes sentiments. Si je ne suis pas une assez bonne mère, alors je me remettrai en cause, je m'améliorerai.

— Tu ne comprends pas…

— Si, je comprends ! Je sais que tu tiens à nous, même si tu essayes de le cacher. Tu tiens à moi, tu tiens à notre bébé, et je sais aussi que tu feras tout ton possible pour protéger ton enfant, pour qu'il ne se sente jamais rejeté. Je sais également que tu es un homme bon.

— Ne me fais pas passer pour un saint, parce que je n'en suis pas un. Même si le bébé est le mien, jamais je ne serai capable d'aimer un enfant. C'est au-delà de mes limites.

— Tes *limites* ? s'emporta-t-elle. C'est la première fois que j'entends dire que l'amour a des limites. Ton cœur grandira pour inclure ce bébé. Ton amour grandira.

Marco secoua la tête, dépassé. Cette conversation lui échappait. Il détestait avoir l'impression de ne pas maîtriser la situation.

— Nous ne pouvons pas continuer ainsi, reprit-elle.

— Pourquoi ? Quel est le problème ? Tu as un emploi que tu aimes, tu vis dans un magnifique appartement à Rome, et…

— Je vis dans une prison avec un homme qui ne ressent rien !

Cassandra lâcha un rire désabusé qui lui glaça le sang. Il ne la reconnaissait plus. Où était passée la jeune femme si dynamique et chaleureuse qui l'avait séduit ?

— Cette vie n'est pas réelle, déclara-t-elle.

— Elle me paraît pourtant bien réelle.

— Parce que rien n'a changé pour toi. Nous vivons côte à côte dans cet appartement, mais nous ne sommes pas proches. Notre relation est à sens unique. Tu me gardes à tes côtés pour des questions pratiques, parce que tu peux faire l'amour quand tu le désires.

— Cela n'a jamais eu l'air de te déranger.

— Je ne peux pas faire de projets, car ma vie n'est pas réelle. Je ne vis pas dans une vraie maison, ton appartement ressemble davantage à un hôtel. Si je ramène le bébé ici, tu ne pourras plus organiser de soirées, et…

— Arrête !

Marco la prit dans ses bras pour qu'elle se calme.

— Tu ne dois pas te mettre en colère, ce n'est pas bon pour le bébé.

— Oui, tu as raison, concéda-t-elle en se dégageant de son étreinte.

Le lendemain matin, Cassandra se leva pleine d'énergie. Elle avait enfin recouvré ses esprits. Même si elle mourait d'envie d'être aux côtés de Marco, il était temps pour elle de faire face à la réalité.

Leur aventure ne menait à rien. Si Marco ne voulait pas faire partie de son futur, tant pis. Mais ils devaient discuter et elle allait le poursuivre jusqu'à ce qu'elle puisse lui parler, les yeux dans les yeux.

Résolue, elle appela Paolo et lui demanda de la conduire jusqu'au bureau de Marco. Son but n'était pas de le mettre dans l'embarras devant ses employés, juste de parler.

Lorsque Paolo se gara devant les bureaux de l'entreprise di Fivizzano, Cassandra prit une longue inspiration pour rassembler son courage.

Elle ne pouvait plus faire marche arrière, désormais.

13.

Cassandra ? La surprise envahit Marco lorsque sa secrétaire lui annonça qui l'attendait dans la salle d'attente.

Pourquoi était-elle ici ? Qu'y avait-il de si urgent qu'elle ne pouvait pas attendre de le voir ce soir ?

Marco était debout lorsque Cassandra entra dans son bureau. Face à la fenêtre, elle le trouvait encore plus grand, plus puissant que d'habitude. Plus menaçant, aussi. Hors de question toutefois de se laisser intimider.

— Que fais-tu ici ? lâcha-t-il d'un ton neutre.

Elle décida de passer outre la fraîcheur de son accueil. Apparemment, la politesse était en option, aujourd'hui. Pourtant, elle le devinait surpris par sa visite.

— Puis-je m'asseoir ? demanda-t-elle.

— Evidemment.

— Que veux-tu ?

— Je dois te parler, c'est important.

— Etais-tu vraiment obligée de venir jusqu'au bureau pour me parler ? Nous vivons dans le même appartement…

— … où tu fais tout pour m'éviter, dit-elle calmement.

— Je passe plus de temps avec toi qu'avec qui que ce soit d'autre !

Oui, au lit. A cette pensée, ses joues s'empourprèrent.

— C'est vrai. Malgré tout, nous n'avons toujours pas parlé du futur.

— *Encore* ? s'exclama-t-il. Tu veux encore parler du futur ?

Elle croisa les bras, déterminée à ne pas se laisser impressionner.

— Oui, encore.

Marco dévisagea sa visiteuse. Elle ne ressemblait plus à la jeune femme qu'il avait rencontrée en Toscane. Elle avait changé, elle était plus forte. Avec ses bras croisés sur son ventre, elle lui faisait même penser à une lionne prête à tout pour défendre son petit.

Sa secrétaire le sortit de sa réflexion en venant lui annoncer l'arrivée de son rendez-vous suivant — un rendez-vous fictif ; il avait mis au point cette stratégie pour se débarrasser de Cassandra, mais il était curieux à présent de l'entendre.

— Ne m'interrompez plus, Joanna. Ne me passez aucun appel.

Sa secrétaire hocha la tête, puis ferma la porte derrière elle. Marco lâcha un long soupir.

— Je t'écoute.

— Il est temps que je rentre à la maison.

Si une autre femme avait prononcé ces mêmes mots, il aurait été soulagé. Mais aujourd'hui, il ne l'était pas.

— Pourquoi ?

— Parce que je n'ai pas le choix. Tu penses peut-être que me garder dans ton appartement est la meilleure solution, mais ce n'est pas le cas. J'ai envie que mon enfant grandisse dans un véritable foyer et, pour cela, je dois rentrer en Angleterre. Ce n'est pas une décision prise à la légère ou sous l'influence de mes hormones. J'ai beaucoup réfléchi. Je dois partir sans attendre, sinon il sera trop tard pour prendre l'avion.

— J'ai l'impression que tu as tout préparé, marmonna-t-il, amer.

Il se sentait rejeté. D'habitude, c'était lui qui repoussait les femmes, pas l'inverse. C'était lui qui donnait les ordres, pas le contraire.

— Je ne peux pas me contenter de compter les jours jusqu'à la naissance. Je dois m'organiser.

Elle avait pris sa décision et, apparemment, il serait vain de tenter de la faire changer d'avis. Dans ce cas…

Il décrocha son téléphone.

— La *signorina* Rich est prête à partir, Paolo. A l'entrée principale ? Oui, merci, je lui dis.

Il reposa le combiné et riva son regard au sien avant de poursuivre :

— Je voulais juste faire ce qui était le mieux pour toi, Cassandra. Je n'ai jamais eu d'autre but.

Le salaud ! Elle avait raison de partir, et le plus tôt serait le mieux.

Encore sous le choc, Cassandra suivit la secrétaire de Marco jusqu'aux ascenseurs. Elle leva les yeux au ciel. Pourquoi se mettait-elle dans cet état ? Pourquoi lui en voulait-elle ? C'était elle qui avait désiré partir. C'était même pour cette raison qu'elle était venue jusqu'à son bureau. Le problème, c'était qu'il l'avait pratiquement mise à la porte !

Elle se morigéna intérieurement. Voilà qu'elle exagérait encore une fois. Fichues hormones !

Elle ne s'était pas attendue à cette réaction. Elle avait imaginé qu'il dévoilerait quelques émotions, n'importe lesquelles. Elle aurait pourtant dû savoir que Marco di Fivizzano avait un cœur de pierre !

Rien ne lui garantissait que cet homme complexe changerait un jour. Il pouvait être tendre et doux une minute, et se comporter comme le dernier des rustres la minute suivante. Alors peut-être mieux valait-il couper tout lien avec lui…

La première chose qu'elle remarqua lorsqu'elle passa la porte de l'appartement, c'était que sa vieille valise était posée dans l'entrée. Sans doute Marco avait-il demandé à la nouvelle gouvernante de la préparer pour elle.

Sans réfléchir, elle baissa les yeux vers la console sur laquelle il avait laissé le chèque quelques mois plus tôt. Un message l'attendait, mais il n'avait pas été écrit par Marco. Il l'avait vraisemblablement dicté à la gouvernante :

Appelle-moi au bureau quand tu seras prête à partir. Le pilote de mon jet t'attend. Paolo te conduira à l'aéroport.

Cassandra s'adossa contre le mur et, lentement, se laissa tomber jusqu'au sol. Encore une fois, Marco n'avait aucun mal à se détacher d'elle.

Pourquoi n'avait-elle pas profité de sa visite à son bureau pour lui dire que jamais elle ne le repousserait, ou que jamais elle ne l'empêcherait de voir son enfant ? Pourquoi ne lui avait-elle pas avoué qu'elle l'aimait ?

Oui, car quoi qu'il puisse penser d'elle, quels que soient ses sentiments à son endroit, elle l'aimait bel et bien…

Hélas ! il était trop tard pour avoir des regrets ou ressasser tout ce qu'elle aurait voulu lui dire. Elle enfouit son visage entre ses mains et soupira. Il était vraiment trop tard. Elle ne pouvait plus faire marche arrière, désormais. Elle aurait dû savoir qu'un homme comme Marco ne regardait jamais en arrière, ne regardait jamais son passé.

Quoi que leur réserve l'avenir, elle continuerait cependant à l'aimer. Son amour pour lui ne connaissait aucune limite.

Se forçant à se reprendre, elle décida d'aller prendre une douche. Cela lui ferait du bien.

Elle ne devait plus avoir de doute, elle avait pris la bonne décision. Dans ce cas, pourquoi se sentait-elle aussi triste, aussi vide ? Reverrait-elle Marco, un jour ? Elle l'ignorait mais refusait de se laisser abattre. Le passé les avait blessés tous les deux, mais elle s'en était servie pour apprendre, pour grandir. Pas lui. Et maintenant, c'en était terminé de leur intimité.

Non, c'était faux. Ils n'avaient jamais partagé aucune intimité. Tout cela n'était qu'un rêve, *son rêve à elle*. Ce n'était pas son genre d'admettre la défaite, mais il était peut-être temps qu'elle arrête de se faire des illusions. Sans doute même Marco était-il content qu'elle rentre en Angleterre.

Il faudrait qu'elle appelle le jardinier en chef de l'ambassade pour lui dire combien elle avait aimé travailler avec lui songea-t-elle en se rhabillant. Il faudrait aussi qu'elle écrive à Maria et Giuseppe pour les remercier de tout ce qu'ils avaient fait pour elle, en Toscane. Lorsqu'elle fut prête, elle le fit savoir à Marco.

Peu après, la porte s'ouvrit.

— Etes-vous prête ? lui demanda Paolo en attrapant sa valise.

— Oui, merci.

Elle jeta un dernier coup d'œil à l'appartement. Inutile de s'apitoyer sur son sort, il était temps d'avancer.

Marco regarda son jet décoller et le suivit dans le ciel jusqu'à ce qu'il disparaisse à l'horizon. Il n'accompagnait jamais ses visiteurs à l'aéroport et attendait encore moins le départ des avions. Il n'en avait ni le temps ni l'envie.

Rentrer en Angleterre était la meilleure solution pour Cassandra. Pour lui aussi. Alors, pourquoi avait-il l'impression d'avoir été poignardé ? Pourquoi son cœur le faisait-il souffrir à ce point ? Réagissait-il ainsi par fierté ? Aucune femme ne l'avait quitté, jusqu'à présent.

Cassandra était différente. Elle l'était d'autant plus qu'elle était enceinte et qu'elle portait peut-être son enfant.

Elle avait raison de penser au futur.

Un futur dont il était exclu.

Un futur dont il ne voulait pas faire partie, pas avant d'être sûr.

Il se passa une main lasse sur le visage. Jamais des émotions aussi contradictoires ne l'avaient assailli. Après la naissance, un simple test ADN répondrait à toutes ses questions. Il s'engagerait financièrement s'il s'agissait de son enfant ; mais pour le reste…

Il n'avait plus très longtemps à attendre, désormais. D'ici à l'accouchement, il allait se concentrer sur le travail et faire en sorte que son détective surveille Cassandra Rich.

De retour dans son appartement, la solitude le gagna, pour la première fois de sa vie. L'endroit était trop grand pour lui. Trop vide, trop impersonnel. Comment ne s'en était-il pas rendu compte plus tôt ?

Il traversa les pièces les unes après les autres. Cassandra avait-elle oublié quelque chose ? Non. Elle était bien trop ordonnée. Elle était organisée mais aussi intelligente, naturelle, adorable. Elle était surtout forte. Si forte qu'elle avait voulu partir et l'avait quitté.

Il se laissa tomber sur le canapé. L'appartement lui paraissait bien trop silencieux, tout à coup. Il mit de la musique. Il adorait la musique, surtout le jazz. D'habitude, un bon disque le calmait ; ce soir, au contraire, chaque note l'irritait.

Il éteignit la chaîne stéréo et attrapa alors le journal du jour. Il tourna les pages sans les lire, puis s'arrêta devant deux photos de Cassandra, l'une prise dans le parc, l'autre le soir de la réception. L'article était titré : « La princesse et le milliardaire ».

Rageur, il fit une boule avec le journal et le jeta dans la cheminée.

Il repensa à la soirée, aux étreintes passionnées qu'ils avaient partagées ce soir-là. Si le bébé de Cassandra était aussi le sien, il avait été conçu cette nuit-là…

Refoulant cette hypothèse, il se leva et se dirigea vers sa chambre. Chaque pièce, chaque meuble lui rappelait Cassandra. Y avait-il un endroit dans l'appartement où ils n'avaient pas fait l'amour ?

Il jura entre ses dents serrées. Le fantôme de la belle Anglaise finirait-il par disparaître ? Mais voulait-il *vraiment* qu'il disparaisse ? Voulait-il retourner à sa vie morne, triste et sans intérêt d'avant elle ?

Il était temps qu'il trouve des réponses à ses questions, décida-t-il.

14.

Décidément, le destin était contre lui ! Jamais Marco n'avait eu autant de travail et de voyages d'affaires prévus. Toutefois, son agenda professionnel lui permettait un saut en Angleterre.

Il hésitait.

Depuis le départ de Cassandra, il avait gardé ses distances avec elle. D'après les rapports de son détective, elle se débrouillait très bien sans lui. Il n'avait donc aucune raison de s'inquiéter. Elle avait retrouvé son indépendance et, à son grand regret, ne l'avait pas appelé une seule fois.

Si jamais le test prouvait qu'il était le père de ce bébé, il prendrait ses responsabilités à distance. Il le mettrait financièrement à l'abri. Après tout, que pouvait-il offrir à un enfant à part de l'argent ?

D'un geste rageur, il repoussa la montagne de dossiers qui s'empilaient sur son bureau. Son détective lui envoyait des nouvelles de Cassandra quotidiennement, cela aurait dû lui suffire. Hélas ! ce n'était pas le cas. Il avait l'impression que sa vie lui échappait, qu'un trésor allait lui être volé s'il ne réagissait pas vite.

Pouvait-il changer ? Allait-il répéter les erreurs de son père, tout cela parce qu'il était trop fier pour avouer ses faiblesses ?

Marco lui manquait plus qu'elle ne voulait l'admettre. Avec lui, Cassandra s'était sentie entière ; maintenant, elle avait l'impression que quelque chose lui manquait. Malheureusement, les blessures de Marco étaient trop profondes. Elle ne pouvait pas l'aider, en tout cas pas avant qu'il soit prêt à admettre ses failles. Or, cela ne faisait pas partie de sa nature : il était bien trop fier.

Elle s'adossa contre un tronc d'arbre et leva les yeux vers le ciel.

Noël approchait. La naissance de son bébé également.

Marco relut le dernier rapport de son détective. Rien de nouveau, donc aucune raison de s'inquiéter. Malgré tout, cela ne suffisait pas à le tranquilliser. Il avait besoin que Cassandra le rassure *de vive voix*.

Cette réaction n'était pas étonnante et n'avait rien à voir avec des sentiments, se répéta-t-il. Cette jeune femme était son ancienne employée, il était donc encore un peu responsable d'elle.

Il tenta de l'appeler, en vain.

Que faire ? Il ne pouvait pas attendre les bras croisés, ce n'était pas dans sa nature. N'écoutant que son instinct, il réserva alors une place sur un vol pour Londres — le pilote de son jet était en congés.

A la sortie de l'aéroport de Heathrow, Marco se retrouva nez à nez avec des paparazzis. Bon sang, il ne manquait plus que cela !

— Avez-vous l'intention de vous rendre directement à l'hôpital ? lui demanda l'un d'eux.

Son pouls s'emballa aussitôt. A l'hôpital ? Cela voulait-il dire que…

Nerveux, il ralluma son téléphone. Pendant le vol, il avait raté sept appels de Cassandra et trois de Joanna. Apparemment, la nature avait décidé qu'il était temps pour le bébé de faire son apparition !

Soudain impatient, il demanda le nom de l'hôpital et grimpa dans un taxi. Une fois arrivé, il courut dans les couloirs, sans savoir où il allait. Sa nervosité atteignait des sommets. Il était en train de devenir fou.

Il trouva enfin la maternité. Là, une infirmière le stoppa dans son élan et lui demanda de prouver son identité.

Pourquoi, bon sang ? Il voulait juste voir Cassandra ! Il *devait* la voir, elle l'attendait. Elle avait besoin de lui ! Comment pouvait-il l'aider si l'infirmière ne le laissait pas passer ?

— D'après ce que j'ai vu, Mlle Rich se débrouille très bien toute seule. La dernière chose dont elle a besoin, c'est d'une dose de stress supplémentaire.

— Je n'ai aucune intention de la stresser, protesta-t-il.

Il se passa nerveusement la main dans les cheveux. Il n'en pouvait plus. Ses nerfs étaient à vif.

Au bout de quelques longues minutes, une sage-femme à l'allure autoritaire lui donna enfin une charlotte, des protections pour ses chaussures, puis l'escorta jusqu'en salle de travail.

Il avança timidement. Il avait un peu peur, tout à coup. Il dévisagea Cassandra. Elle avait l'air si fragile, si jeune. Comment allait-elle supporter l'accouchement ?

— Marco… Tu es venu.

Il plongea dans ses prunelles azur et s'y noya. Il y lisait l'amour, la confiance, la gratitude : autant de sentiments qu'il ne méritait pas et qu'il ne devait surtout pas encourager. L'amour ne durait pas, il le savait bien.

— Asseyez-vous ici ! lui ordonna une infirmière d'un ton sec. Ou restez debout, sauf si vous pensez que vous allez vous évanouir.

— Peut-il me tenir la main ? demanda Cassandra d'une voix douce et irrésistible.

— Voulez-vous lui tenir la main ? lui demanda la sage-femme, qui semblait avoir des doutes.

Toutes les femmes présentes dans la salle de travail le regardaient avec sévérité. Elles devaient avoir lu les journaux et avoir une piètre opinion de lui.

— Bien sûr, j'aimerais… Je dois…

Il rejoignit Cassandra. Il comprenait la douleur qu'elle

ressentait. Il comprenait qu'elle avait besoin d'être rassurée, il comprenait également que l'expérience la terrorisait. Ce qu'il ne comprenait pas, par contre, c'était le regard qu'elle portait sur lui. Comment pouvait-elle éprouver des sentiments pour lui alors qu'il ne pouvait rien lui offrir en retour ?

— Que puis-je faire ? demanda-t-il à la sage-femme à l'air féroce.

Il se sentait inutile, ici, à côté du lit. Il se sentait impuissant.

— Contentez-vous d'être là pour elle. Si elle vous demande de sortir, vous sortez. Si je vous demande de sortir, vous sortez, et en courant. Compris ?

Il acquiesça d'un signe de la tête.

La compétence de l'équipe médicale l'étonnait. L'ambiance était calme, efficace. Cassandra était le centre de l'attention. Elle ne disait rien. Elle se contentait de serrer sa main dans la sienne et de suivre les indications de la sage-femme.

Puis, soudain, un cri de bébé retentit.

— Votre fils, annonça la sage-femme en le bousculant pour mettre l'enfant dans les bras de Cassandra.

Dio ! Cassandra avait un fils…

— Marco…

Elle avait prononcé son prénom sans détourner le regard, comme si elle ne pouvait quitter son fils des yeux. Elle le dévisageait comme une mère.

Cassandra était mère…

Marco prit une profonde inspiration. Il devait à tout prix faire le tri entre toutes les émotions qui l'assaillaient et le déstabilisaient, mais il avait du mal. Jamais il n'avait été témoin d'un tel amour, aussi pur, aussi évident.

— Que penses-tu de lui ? lui demanda Cassandra sans même lever les yeux.

— Il a l'air en pleine santé.

— Il est si beau… Je suis persuadé que tu ressemblais à cela, quand tu es né. Tu veux le tenir ?

— Je ne suis pas sûr de savoir…

Il hésitait. Il n'avait jamais vu un bébé aussi petit.

— Bien sûr que si, intervint la sage-femme.

Elle prit l'enfant des bras de Cassandra et le mit entre ceux de Marco. Il retint son souffle, déstabilisé, bouleversé. Ce bébé lui semblait… familier, comme s'il retrouvait quelqu'un qu'il n'avait pas vu depuis longtemps. Il avala sa salive et se força à respirer. Il n'avait pas imaginé ressentir quoi que ce soit, et surtout pas ce torrent de sentiments. Son pouls était si rapide qu'il avait l'impression que son cœur allait exploser. Il avait chaud, il transpirait.

Le bébé poussa un cri. Marco se contenta de le fixer, abasourdi, sidéré.

— C'est ton fils, sans aucun doute, déclara Cassandra.

— C'est vrai, aucun doute possible, confirma la sage-femme.

Marco serra les poings. Il devait à tout prix revenir à la réalité et se reprendre. Il ne devait pas s'attendrir.

— Ça, nous ne le savons pas encore.

Tout son être lui soufflait que ce bébé était le sien, mais son esprit refusait de l'admettre. Et puis, pouvait-il protéger un bébé alors qu'il n'avait pas réussi à protéger sa propre mère ? Pouvait-il aimer son fils alors que l'homme qu'il avait cru être son père l'avait repoussé ?

Non. Impossible.

Il leva les yeux. Tout semblait figé autour de lui, comme si personne n'avait compris les mots qu'il avait prononcés.

— On ne peut pas décréter qu'il s'agit de mon enfant juste en le regardant, lança-t-il alors d'un ton aussi détaché que possible. Seule la science pourra le prouver.

Pour toute réponse, la sage-femme le foudroya du regard. Elle semblait être prête à le frapper.

— Je dois y aller, ajouta-t-il. Je ne pensais pas que cela prendrait aussi longtemps. J'ai des rendez-vous.

— Je vois…, lâcha Cassandra, à l'évidence dépitée. Désolée d'avoir bouleversé ton emploi du temps…

Bon sang, voilà qu'elle *s'excusait* ! Marco avait honte. Il devait à tout prix partir, sinon il allait gâcher la vie de la jeune maman.

Il avait besoin de temps, d'espace. Il avait surtout besoin de réfléchir. L'amour de Cassandra le terrifiait. En même temps, il était paniqué à l'idée de la perdre. Il avait l'impression d'être en train de se noyer. L'air lui manquait, il sombrait. Non, il ne pouvait pas se noyer ! Pas au moment où Cassandra avait le plus besoin de lui.

— Je ferai pratiquer le test ADN aussi rapidement que possible.

— Tu…

Elle s'interrompit et le fixa, bouche bée. Elle semblait abasourdie.

— Je crois que vous en avez assez dit, intervint la sage-femme en lui indiquant la porte d'un geste de la tête.

Il ne bougea pas. Le visage de Cassandra se transformait, se fermait. Son regard devenait de plus en plus noir.

— Sortez !

La sage-femme avait raison, il devait partir. Il n'était qu'un monstre. Un monstre qui ne méritait pas d'aimer ni d'être aimé.

Une fois hors de la chambre, Marco demeura un long moment immobile devant la porte.

Il n'entendait pas les voix dans la chambre. De toute façon, il n'aurait pas voulu écouter. Il refusait d'entendre Cassandra lui chercher des excuses.

Se reprenant, il appela le laboratoire. On lui répondit qu'il obtiendrait la réponse en moins de vingt-quatre heures.

Parfait !

Il sortit de l'hôpital, remonta le col de son manteau et avança sans but, ignorant les journalistes et photographes qui lui papillonnaient autour — il n'avait même pas la force de se battre. Toute énergie l'avait déserté ; il était comme anesthésié.

Autour de lui, les vitrines de Noël étaient illuminées, mais il ne ressentait aucune gaieté. Il se sentait mort, vide.

Il remarqua un couple non loin. Le jeune homme enroula tendrement une écharpe autour du cou de sa petite amie.

— Je ne veux pas que tu aies froid, murmura-t-il.

— Et toi ?

— Je n'en ai pas besoin. J'ai mon amour pour me tenir chaud.

Il se demanda comment il pouvait être ému par cette scène digne d'un roman à l'eau de rose, mais des souvenirs revinrent à sa mémoire, et les larmes lui montèrent aux yeux.

Sans réfléchir, il entra dans la première boutique et acheta l'écharpe la plus longue et la plus douce qu'il trouva.

— Pouvez-vous l'emballer, s'il vous plaît ?

En apparence, il s'agissait d'un cadeau quelconque, mais cette écharpe était un lien avec son passé. Et il avait envie qu'elle signifie quelque chose pour Cassandra.

Cette femme était sa vie ; sa seule préoccupation. Tout était clair, à présent. Et dire qu'il était sorti de la maternité en la laissant seule… Elle était en de bonnes mains, il ne devait pas s'inquiéter. Malgré tout, il regrettait de les avoir abandonnés, elle et le bébé.

Depuis vingt ans, il fuyait son passé. Un couple aperçu dans la rue, une écharpe et, comme par magie, il retrouvait le lien avec son histoire. Cette écharpe pourrait-elle également aider Cassandra ? Seul l'avenir le dirait…

Il leva les yeux. Il était à peine 16 heures, mais le soleil était déjà couché. La neige tombait, comme la nuit où l'homme qu'il appelait papa les avait mis dehors, sa mère et lui.

Ce soir-là, il avait froid. Devant la maison, sa mère s'était alors arrêtée, avait retiré son écharpe et l'avait nouée autour de son cou. C'était la preuve qu'elle tenait à lui.

Il resserra son étreinte sur le paquet et de nouveaux souvenirs revinrent à son esprit.

L'homme qu'il avait toujours considéré comme son père ne lui avait même pas dit au revoir. Et il venait de faire subir la même chose à Cassandra.

Au lieu de fuir le passé, il l'avait invité dans son présent.

Il s'arrêta sur le pont et baissa les yeux vers la rivière. L'eau coulait, la vie continuait, il en avait la preuve.

Personne ne restait à la maternité longtemps, sauf en cas de problème. Or, son accouchement s'était parfaitement déroulé. Son petit garçon était en forme alors, quelques heures après la naissance, Cassandra se retrouva dans un taxi, son bébé dans les bras, son petit Luca — elle lui avait donné un prénom italien car il ressemblait à son père.

Elle était triste pour Marco. Il avait pleuré lorsqu'il avait tenu son fils pour la première fois, puis il s'était repris et s'était caché derrière un masque de pierre.

Qu'était-il en train de faire, à cet instant ? se demanda-t-elle alors que le taxi s'arrêtait devant sa maison. Il devrait être ici, avec elle. L'arrivée d'un bébé à la maison était un moment spécial. Il ignorait ce qu'il ratait.

Elle baissa les yeux vers son enfant, et de nouvelles émotions l'envahirent. Son cœur débordait déjà d'amour pour ce petit garçon aux boucles brunes.

Enfant, Marco avait donné son cœur à un père, et celui-ci l'avait détruit, pour toujours. C'était pour cette raison qu'il ne pourrait peut-être jamais s'engager.

— Ne bougez pas, fit le chauffeur de taxi, je vais vous aider. J'espère que vous avez quelqu'un pour vous soutenir.

— Bien sûr.

L'homme semblait inquiet. Il devait être du genre à envoyer sa propre femme s'occuper d'elle s'il devinait qu'elle avait besoin de quoi que ce soit. Mais Cassandra allait s'en sortir seule. Elle le remercia et entra dans sa petite maison.

Elle y serait bien, seule avec son fils, et lui aussi. Elle sourit en le dévisageant. Elle allait lui offrir tout son amour.

15.

— Tu es comme ton papa !

Elle installa son fils dans son berceau et sourit, rêveuse. Il serait sans doute aussi exigeant que son père.

Une fois Luca endormi, elle descendit au rez-de-chaussée et alluma toutes les lumières de la maison pour la rendre plus chaleureuse. Elle jeta ensuite un coup d'œil par la fenêtre. Il faisait noir, dehors, et la neige tombait dru. Un 4x4 était garé devant la maison. Marco la faisait-il encore surveiller, deux jours après son accouchement ? Sans doute.

Elle s'éloigna de la fenêtre et sursauta en entendant frapper à la porte. Elle jeta un coup d'œil par le judas.

Marco ?

Elle hésita. Son instinct lui ordonnait de ne pas lui ouvrir. Elle refusait de revivre la scène de l'hôpital. D'un autre côté, elle aimait cet homme. Comment pourrait-elle refuser d'ouvrir alors qu'il se tenait juste de l'autre côté de la porte, dans le froid ?

La gorge nouée par l'émotion, elle ouvrit enfin.

— Si c'est à propos du test ADN…

— Non.

Dans la pénombre, elle le trouvait encore plus intimidant que d'habitude.

— Comment as-tu su que j'étais rentrée à la maison ?

— Je suis bien informé.

— Ton détective ?

— Ta sage-femme. J'ai finalement réussi à la convaincre que je ne désirais que ton bonheur.

— Comment as-tu fait ?

— Je lui ai parlé, tout simplement. Quelque chose que j'aurais dû faire avec toi.

En entendant cet aveu, la résolution de Cassandra commença à diminuer ; sa colère également. Toutefois, elle bloquait toujours le passage.

— Je n'ai pas envie de me disputer. Mon bébé dort.

— Je ne suis pas ici pour me disputer avec toi. Ce qui s'est passé à l'hôpital…

— … est impardonnable, compléta-t-elle.

— Impardonnable, tu as raison. Je ne veux pas te déranger, mais…

Il s'interrompit, l'air un peu contrit. Marco était le père biologique de son fils. Même si son comportement à la maternité lui avait donné une preuve supplémentaire qu'il ne changerait jamais, Cassandra avait encore du mal à étouffer ses sentiments. Elle ne pouvait le repousser.

— Tu ferais mieux d'entrer, il neige.

Il fit un pas à l'intérieur et elle frotta son manteau pour le débarrasser des flocons. Elle le regrettait déjà : il lui avait suffi d'effleurer son manteau pour avoir à nouveau envie de caresser Marco, de se lover entre ses bras puissants, de l'embrasser encore et encore… Quoi qu'il fasse, quoi qu'il dise, elle l'aimait de tout son cœur, et cela ne changerait jamais.

— Pourquoi es-tu ici ? réussit-elle à articuler d'une voix neutre.

Marco fronça les sourcils. Elle lui posait la question ? Il était ici parce qu'il ne pouvait rester loin d'elle, c'était aussi simple que cela !

— Laisse-moi prendre ton manteau, dit-elle. Installe-toi à côté de la cheminée. J'allais allumer le feu, tu vas pouvoir te réchauffer.

Il resserra la main sur l'enveloppe. L'enveloppe qu'il ne

lui avait pas encore montrée, qu'il n'avait même pas encore ouverte. L'enveloppe qui contenait les résultats du test ADN.

— Où est le bébé ?

Il mourait d'envie de le voir, ce bambin qu'il avait été tellement pressé de fuir, deux jours plus tôt.

— Il est à l'étage, il dort. Tu peux…

Avait-elle été sur le point de lui proposer d'aller voir le bébé ? Impossible de le savoir : elle s'était interrompue, comme si elle avait changé d'avis.

— Comment vas-tu ? demanda-t-il.

Cassandra sembla étonnée par sa question.

— Moi ? Je vais très bien, merci. Ce sont les premiers jours, tu sais.

— Tu n'as personne pour t'aider ?

— Des amis ont promis de passer, mais il faut d'abord que je m'habitue à être mère. Pour l'instant, je suis heureuse toute seule.

— Ne devrais-tu pas être au lit, à te reposer ?

— Je ne suis pas sûre que Luca me laisse beaucoup de temps pour me reposer.

— Luca ?

— C'est ainsi que j'ai appelé mon fils.

Marco remarqua des lueurs dans ses iris azur, comme si elle le mettait au défi de critiquer ce choix. Il se contenta de baisser les yeux sur l'enveloppe. Elle suivit son regard.

— Qu'est-ce que c'est ?

— Je crois que tu le sais.

— Le test…

Elle riva son regard au sien. Toute chaleur en avait disparu.

— Tu as fait pratiquer un test ADN sur mon fils sans demander mon autorisation ? s'emporta-t-elle. Evidemment ! Pourquoi suis-je surprise ? Tout est possible pour Marco di Fivizzano ! Mais cela ne veut pas dire que c'est bien. Quand l'as-tu fait ? As-tu envoyé un de tes détectives prendre une goutte de sang de mon fils ?

— Une goutte de salive a suffi.

— Tu penses que c'est mieux ?

Marco la trouvait encore plus belle quand elle était en colère…

— J'ai demandé à la sage-femme qui t'a assistée pour l'accouchement de le faire. Tout était légal. Elle n'avait pas envie, mais elle ne pouvait refuser puisque je disposais de l'ordonnance d'un juge. Elle a finalement estimé qu'il valait mieux que ce soit elle qui s'en charge plutôt qu'un étranger.

Il lui prit la main et attira Cassandra à lui avant de poursuivre :

— Tu me pardonnes ?

— Non, je ne te pardonne pas ! jeta-t-elle en se dégageant. Tu n'ouvres pas ta fichue enveloppe ?

— Je n'ai pas besoin de l'ouvrir. Je te fais confiance et je reconnais notre enfant.

Sans quitter Cassandra du regard, Marco déchira l'enveloppe en mille morceaux. Il vit des émotions contradictoires se peindre sur son beau visage si expressif.

— Qu'attends-tu pour ramasser tout ça ? finit-elle par lui lancer, un sourire au coin des lèvres.

Dieu soit loué, elle se détend enfin ! songea-t-il.

Soulagé, il souffla. Il mourait d'envie de prendre la jeune femme dans ses bras, mais il se retint. Il se laissa tomber à genoux et commença à ramasser les morceaux de papier. Il n'avait pas besoin des résultats d'un test ADN pour savoir que Luca était son fils. Il le savait au plus profond de son cœur. Il l'avait deviné au moment même où la sage-femme l'avait mis dans ses bras. Il avait juste refusé de l'admettre plus tôt.

A cet instant-là, pour la première de sa vie, il s'était demandé ce qu'il ressentirait s'il était père. Cassandra lui avait dit qu'il n'existait aucun manuel et qu'elle allait apprendre à devenir mère. Peut-être pouvait-il faire de même et apprendre à devenir père ?

Marco avait allumé le feu dans la cheminée lorsque Cassandra redescendit, après avoir nourri Luca. Elle s'installa et se tourna vers lui.

— Tu sais, je suis persuadée que notre enfance est la clé de ce que nous sommes aujourd'hui, commença-t-elle, directe. Mon passé est connu alors que le tien est enfoui dans ta mémoire.

— Tu veux savoir pourquoi ?

— Bien sûr. Tu es le père de mon fils.

Un peu plus tôt, elle aurait été surprise de voir les prunelles de Marco s'assombrir. Mais plus maintenant. La naissance de leur fils l'avait libéré, elle le voyait.

— Parle-moi de ta mère, reprit-elle. Tu te souviens d'elle ?

— Un peu, oui. Comme tu l'as dit, je vois mon passé différemment, aujourd'hui. Mais lorsque j'étais enfant, je la considérais comme un fardeau. Maintenant, je comprends qu'elle tenait à moi, à sa façon. Elle était juste faible.

— Tu ne peux pas t'en vouloir des sentiments que tu ressentais pour elle quand tu étais enfant.

— Je lui en ai longtemps voulu. Pour tout. Pour m'avoir privé de cet homme que je pensais être mon père. Pour ne pas être restée avec mon père biologique. Je lui ai fait porter tous les torts au lieu de comprendre qu'elle était malade et avait besoin d'aide.

— Que s'est-il passé quand elle est morte ?

— Avant son décès, je cherchais régulièrement de la nourriture dans les poubelles. Un jour, le cuisinier d'un restaurant a eu pitié de moi. Après la mort de ma mère, il m'a présenté à un prêtre, qui m'a trouvé une place dans un orphelinat et a veillé à ce que j'aille à l'école. L'éducation et un foyer, ce sont les deux clés de mon succès. J'ai détesté ma mère pour ce qu'elle avait fait…

— Qu'est-ce qui a fait que tu as changé d'avis à son sujet ?

Il esquissa un sourire las.

— Une écharpe. En sortant de l'hôpital, je marchais, et je me suis souvenu que le temps était froid, aussi, la nuit où ma mère et moi avons été jetés à la rue. Je me suis souvenu que je frissonnais et que ma mère avait retiré son écharpe pour me la mettre autour du cou. C'était la preuve qu'elle tenait à moi.

— Evidemment qu'elle tenait à toi.

Incapable d'attendre plus longtemps, elle se précipita vers lui et le serra dans ses bras.

— Sa vie s'effondrait et personne ne l'aidait, murmura-t-il. Il a fallu la naissance d'un enfant pour que je me souvienne que ma mère avait été bonne avec moi. Ensuite, je me suis rappelé d'autres petits détails tendres, d'autres petites preuves d'amour.

— Tu t'en es souvenu, c'est bien. C'est un début. Apprendre à aimer est un long chemin.

Il repoussa une mèche de cheveux qui avait glissé devant les yeux de Cassandra.

— Tu le sais mieux que personne. Tu devrais te reposer. Tu vas avoir besoin de toutes tes forces pour prendre soin de notre fils.

« Notre fils » ? Ainsi, il considérait vraiment Luca comme son fils ? Le soulagement gagna Cassandra. L'amour fit battre son cœur plus vite. Elle avait cependant besoin d'autres preuves avant de pouvoir accorder toute sa confiance à Marco.

— J'ai toujours pensé qu'admettre ses erreurs était un signe de force, dit-elle. Tu fais ton possible pour m'aider et aider notre fils, ce qui me fait dire que tu es en train de te réconcilier avec ton passé. Mais tu n'es pas encore allé assez loin.

— Il ne suffit pas d'appuyer sur un bouton pour que tout change.

— Bien sûr que non. Cependant, tu peux mettre un pied devant l'autre, comme tu as commencé à le faire, et avancer. Par contre, si tu n'es pas prêt à t'engager, tu devrais partir.

Cassandra s'interrompit pour lui laisser le temps de digérer ce qu'elle venait de dire. Il semblait incrédule.

— Tu me jettes dehors ?

— Un étranger qui nous regarderait par la fenêtre, penserait sans doute que nous sommes une famille. Mais ce n'est qu'une scène, et j'ai besoin de plus. Luca a besoin de sécurité. Moi aussi. J'ai surtout besoin de savoir si nous allons avancer ensemble ou bien séparément.

— Que veux-tu que je te dise ?

Un frisson de crainte la traversa. Marco avait déjà fait de grands progrès. Pouvait-elle prendre le risque de le pousser dans ses retranchements, au risque de le faire fuir ? Elle devait d'abord penser à Luca.

— Si tu ne veux pas que l'histoire se répète, tu dois réfléchir à la place que tu veux avoir dans la vie de Luca. Parce que je ne te permettrai pas de jouer avec lui.

Elle avait de la peine pour Marco, pour les souffrances qu'il avait endurées, mais elle devait aller de l'avant. Elle n'avait pas le choix.

— La naissance de Luca t'a changé, je le vois. Mais je dois être sûre de toi, Marco. Luca doit être sûr de toi.

Il se leva et la fixa, le regard menaçant.

— Tu ne peux pas m'interdire de le voir. D'ailleurs, qu'est-ce qui m'empêcherait de le prendre avec moi, tout de suite ?

Cassandra se leva aussi et lui bloqua le passage.

— Moi !

16.

— Sois raisonnable, Cassandra, fit Marco, tendu. Laisse-moi voir mon fils.

— Tu es peut-être le patron de ton entreprise, mais ici, tu es dans ma maison, sur mon territoire, et j'attends toujours une réponse à ma question : quel rôle as-tu l'intention de jouer dans la vie de Luca ?

— Un grand rôle, si tu rentres à Rome avec moi. Où est le problème ? Pourquoi me regardes-tu ainsi ? Tu vivrais dans un appartement luxueux, tu aurais tout ce dont tu pourrais avoir besoin.

Elle secoua la tête et leva les yeux au ciel. Il la désespérait.

— Si tu ne comprends pas quel est le problème avec ta proposition, alors je ne peux pas t'aider. Je refuse de quitter ma petite maison chaleureuse et confortable pour vivre dans un appartement froid, où je ne te verrai jamais, où je serai entourée d'étrangers qui ne me laisseront rien faire, dans une ville où je serai en permanence suivie par les journalistes. Est-ce cette vie que tu désires pour ton fils ? Moi, non. Je suis peut-être la première femme à te le dire, mais tu n'as rien à m'offrir que je n'aie pas déjà ici. Lorsque j'étais petite fille, j'ai vécu dans une maison immense et luxueuse. Je n'ai jamais connu un lieu plus triste. J'avais toujours faim, toujours peur…

— Cela n'arriverait pas à Rome, coupa-t-il.

— Non, c'est vrai, mais je ne ferais que remplacer un manque par un autre : l'isolement au lieu de la faim, l'incertitude au lieu de la peur. Le résultat serait le même, je ne serais pas heureuse. Et je ne parle pas juste de moi, je pense à nous trois. Je n'ai pas envie que Luca grandisse dans l'incertitude. N'avons-nous donc rien appris de notre passé ? Enfant, tu devais forcément désirer une autre vie. En tout cas, moi, oui. Tu as atteint le succès dans ta vie professionnelle, tu as évolué, alors pourquoi enfermer ton fils dans nos passés ? Avançons plutôt. Profitons de la chance qui nous est offerte pour tourner la page !

— C'est ce que je désire depuis toujours.

— Oui, mais à tes conditions ! Tu veux tout faire à tes conditions.

— Exactement comme toi.

— Aujourd'hui, je dois avant tout penser à mon fils. Mon but principal est de protéger Luca. Je suis prête à tout pour lui. Je pense que je peux lui apporter le bonheur ici, pas à Rome.

Marco lâcha un rire amer.

— Tu penses que je peux abandonner ma vie à Rome et vivre ici ?

— Non. Je suis réaliste, je sais que c'est impossible.

— Quelle solution proposes-tu, dans ce cas-là ?

— Je ne sais pas, admit-elle en baissant la tête.

Le cœur de Marco se serra soudain. Cassandra semblait abattue, résignée. Jamais il ne l'avait vue dans cet état. Et il était le responsable, le seul responsable. Il lui avait volé sa confiance en elle. Jamais il ne pourrait se le pardonner.

— Je ferai tout ce que tu voudras, déclara-t-il subitement.

— Tout ?

— Je ne veux pas te perdre. Je ne peux pas, Cassandra.

Elle le fixa comme s'il venait d'une autre planète. Parce que, du bout des lèvres, il venait d'évoquer ses sentiments pour elle ? Il se redressa soudain. Quel idiot, il avait oublié l'écharpe !

— J'ai quelque chose pour toi, dans la voiture.

— Pour moi ? s'étonna-t-elle de plus belle.

Elle avait raison d'être surprise : il ne lui avait jamais rien offert.

— C'est pour Noël. Ce n'est pas grand-chose, mais…

— Je ne t'ai rien offert ! se récria-t-elle.

— Au contraire. Tu m'as offert le cadeau le plus précieux au monde : un fils. Veux-tu tout de même voir mon cadeau ?

— Pourquoi est-ce que nous ne commençons pas par aller voir Luca ?

Le visage de Marco s'illumina. Enfin ! Oui, Cassandra avait enfin la réponse à toutes ses questions. Ils trouveraient une solution pour l'avenir ; désormais, elle en avait la certitude.

Pour la première fois, ils se retrouvèrent côte à côte pour admirer leur fils.

— Tu avais raison, murmura-t-il, il est magnifique.

Heureuse, elle sourit, puis caressa les boucles brunes de Luca.

— S'il continue à te ressembler en grandissant, je crois qu'il aura de la chance.

Ils restèrent encore quelques minutes, soudés dans le même émerveillement, puis redescendirent.

— Tu veux que j'aille chercher ton cadeau ? proposa Marco.

— Cela me ferait très plaisir.

— Je reviens.

Il sortit à toute vitesse. Tout à coup, il avait l'impression d'avoir des ailes. Il se sentait léger. Sur le siège arrière, il attrapa le paquet, rentra et le tendit à Cassandra.

— Tu vois, je comprends tout ce que tu me dis. Pas toujours très vite, mais…

— Tu as compris, acquiesça-t-elle en caressant l'écharpe.

Il déplia l'étole de cachemire et la drapa sur les épaules de sa belle Anglaise.

— Elle est magnifique, merci beaucoup.

— Merci à toi.

Marco déposa un petit baiser sur ses lèvres sensuelles.

— Je t'aime, Cassandra.

Elle resta silencieuse un long moment. Marco commençait à être mal à l'aise et à douter lorsqu'elle répondit enfin :

— Je t'aime, moi aussi. Même si tu ne me rends pas toujours la tâche facile…

— Et tu crois que tu me rends la tâche facile, toi ?

Elle éclata de rire et le prit par la main.

— Au lieu de dire des bêtises, viens donc m'aider à donner son bain à Luca.

— Avec plaisir.

Marco avait adoré observer Cassandra donner le bain à leur fils. Sans Luca et sa mère, il n'avait rien, il n'était rien. Mais pouvait-il convaincre cette jeune femme têtue de mener à Rome une vie qui ne lui convenait pas ?

— Tu peux me le passer, maintenant ? demanda-t-elle en dépliant une serviette. Et ne te moque pas de mon sourire bête, s'il te plaît.

— Je ne me moque pas, je t'admire. Tu es magnifique. Tu as l'air comblée. Tu as l'air d'une femme amoureuse.

— Voilà qui est étonnant !

Adossé contre la porte, Marco referma les bras autour d'elle et de leur fils emmitouflé dans la serviette.

— Reste avec moi, Cassandra. Sans toi, ma vie ne vaut rien. Je veux que nous vivions ensemble tous les trois. Pourquoi pas en Toscane ? Les enfants s'épanouissent, à la campagne.

— En Toscane…, fit-elle d'un ton rêveur, un sourire réjoui aux lèvres. Tu as dit *les* enfants. Tu penses que nous en aurons d'autres ?

— Pourquoi pas ? J'ai l'impression que tu es douée pour faire pousser les petites graines.

Elle lui adressa un sourire coquin.

— Tu es doué, toi aussi.

Il ne répondit pas, songeur. Il s'imaginait déjà dans le jardin, en train de jouer au football avec son fils et…

— Marco ?

— Epouse-moi, Cassandra ! lança-t-il d'une voix ferme.

— Te… t'épouser ? bredouilla-t-elle.

— Pourquoi pas ? Personne d'autre ne me convient.

— Personne d'autre n'accepterait, voilà plutôt la raison ! ironisa-t-elle.

Il éclata de rire, avant de redevenir sérieux et de la regarder droit dans les yeux.

— Je ne désire personne d'autre que toi.

— Je t'aime, Marco. Je t'aime depuis que nous nous sommes retrouvés ensemble, un soir d'orage, à porter des sacs de sable et rouler des tapis.

— Une fois mariés, nous pourrons être une vraie famille et nous amuser à porter des sacs de sable et rouler des tapis pendant nos moments libres.

— Je ne suis pas sûre que nous en aurons beaucoup…

— Es-tu en train de dire oui à ma proposition ?

Tout à coup, Marco avait peur. Il n'était plus sûr de rien.

— Luca doit savoir que l'amour est éternel, que ses parents seront toujours là pour lui, affirma-t-elle. Alors si tu peux me promettre que…

— L'éternité ne me suffit pas, ma chérie, l'interrompit-il en murmurant tout contre ses lèvres.

Puis il embrassa la femme de sa vie, avec tout l'amour et toute la passion qu'il gardait en lui depuis si longtemps.

Cassandra rompit l'étreinte en entendant Luca pleurer.

— En attendant l'éternité, je crois qu'un petit bébé a faim…

Épilogue

Trois ans plus tard

— A quoi penses-tu, mon amour ? demanda Marco en passant le bras autour des épaules de sa femme.

— Maintenant, ou bien il y a quelques minutes ? Il faut que tu sois plus précis.

Elle le taquinait. Elle avait toujours aimé le taquiner.

Cassandra se tourna vers Marco. Plus les années passaient, plus elle le trouvait beau.

— Maintenant, répondit-il enfin. Mais je crois qu'en fait, je sais à quoi tu penses.

— Vraiment ? Et comment est-ce possible ?

— Je vois tes yeux briller. Je te sens devenir plus douce entre mes bras, plus chaude, plus souple…

— Ton choix de mots est intéressant : c'est exactement le contraire qui se passe chez toi ! plaisanta-t-elle.

Elle rejeta la tête en arrière pour permettre à son superbe époux de l'embrasser dans le creux du cou, comme elle aimait tant. Elle ne pouvait pas résister à la sensualité de ses baisers, la tentation était trop forte.

— Alors, ma chérie, dis-moi tout : à quoi pensais-tu quand tu avais ce regard rêveur ?

— Je me disais que nous ne pouvions échapper à notre destin.

Elle se plaqua un peu plus contre lui. Elle mourait d'envie

de sentir sa chaleur si virile irradier tout son corps et lui faire toucher les étoiles.

— Notre destin ?

— Toi et moi, avec nos enfants, ici, en Toscane. Je ne sais pas pourquoi je n'y ai pas pensé plus tôt. Nous sommes à la campagne, et en même temps pas trop loin de Rome. Quentin et Paolo peuvent nous rendre visite fréquemment. Leur relation est d'ailleurs une autre des conséquences de la soirée caritative tu m'as imposée, autrefois.

— Quentin et Paolo sont bons amis, fit Marco en fronçant les sourcils.

— Plus que cela, je crois…

— Ils sont avec le bébé et Luca ?

— Oui, et ma marraine aussi. La dernière fois que j'ai jeté un coup d'œil, tous les cinq se reposaient dans la maison avant l'ouverture des jardins.

— Ce qui nous laisse du temps pour…

Sans finir sa phrase, ni laisser à Cassandra le temps de protester, il la prit par la main et l'entraîna vers la roseraie qu'elle avait dessinée et créée lorsqu'ils avaient décidé d'ouvrir les jardins au public, l'année précédente.

— Non, il n'y a pas le temps, Marco !

Il l'allongea sur l'herbe.

— Arrête, protesta-t-elle, je dois avoir l'air respectable devant les visiteurs ! Sinon, que vont-ils penser ?

— Ne t'inquiète pas. Tout le monde trouvera normal que la jardinière en chef ait un peu d'herbe dans les cheveux. Je voulais juste te montrer à quel point je t'aime et combien notre famille est importante pour moi. Avant de te rencontrer, je n'avais jamais imaginé vivre une telle vie. Je croyais que le bonheur, ce n'était pas pour moi.

— Et moi, je n'imaginais pas rencontrer un jour un homme comme toi. Lorsque je travaillais accroupie dans la terre et que tu es arrivé en hélicoptère, ma première pensée a été de te donner un bon coup de râteau dans les fesses pour te faire déguerpir. Tu troublais ma tranquillité !

Marco éclata de rire, puis jeta un coup d'œil à sa montre.

— Je déteste l'idée de ne pas profiter de ce bel après-midi. Je crois cependant que tu as raison, il est l'heure d'aller accueillir le public.

Cassandra suivit son regard vers le portail. Au loin, elle voyait déjà arriver les premiers visiteurs. Elle se releva d'un bond.

— Mais c'est terrible ! Je ne suis pas présentable !

— Rentre te préparer, je m'occupe d'eux.

— Nous formons une belle équipe, dit-elle en décochant à Marco son plus beau sourire.

— La meilleure du monde.

Son fils de trois ans sur les épaules, Marco baissa les yeux vers sa fille, Christina, endormie à l'ombre dans sa poussette. Il se tourna alors vers sa femme, cette femme qui avait donné un sens à sa vie — et qui avait créé un magnifique jardin.

Comme ses fleurs, Cassandra s'était épanouie depuis qu'il l'avait rencontrée. Un fils, puis une fille : les petites graines avaient bien poussé, grâce à l'amour de leur mère, son amante, sa meilleure amie, sa femme, l'amour de sa vie.

Aujourd'hui, Cassandra travaillait comme paysagiste tout en s'occupant des enfants. Maria et Giuseppe faisaient partie de la famille, ainsi que Quentin et Paolo ; et bien sûr la marraine de Cassandra, qui vivait avec eux en Toscane lorsqu'elle n'était pas en Australie auprès de son fils.

Marco était heureux. Il avait enfin fait la paix avec son passé.

Cassandra donna leur goûter aux enfants, puis sortit dans le jardin. Marco était un peu plus loin, en train de couper du bois, torse nu. Elle s'arrêta et le dévora du regard. Jamais elle ne se lasserait d'admirer son corps d'Apollon, bronzé, musclé, puissant.

Elle approcha. Il était sale, il transpirait, exactement comme elle, le jour de leur rencontre. Sans un mot, il posa sa hache, la prit par la main, et l'entraîna vers la maison.

Les enfants faisaient la sieste. Marco l'attira vers la chambre, puis vers leur salle de bains et ouvrit les robinets de la douche.

— Marco, je suis habillée !

— Plus pour longtemps, ma chérie.

Il prit son visage en coupe et l'embrassa langoureusement, électrisant aussitôt tous les sens de Cassandra.

— Sais-tu combien je t'aime ?

— Bien moins que moi je t'aime. Mais je vais être trempée !

— Tu es ma femme, la mère de mes enfants, mon amie, ma maîtresse, la femme que j'aime plus que tout. Plus que la vie.

Elle éclata de rire. Après tout, tant pis si ses vêtements étaient mouillés. L'amour de l'homme de sa vie la réchaufferait.

Traduction française de
FLORENCE JAMIN

AZUR

HARLEQUIN

Titre original :
THE PLAYBOY OF ARGENTINA

Ce roman a déjà été publié en 2017.

1.

Dans la douce chaleur de l'été argentin, Rocco « Hurricane » Hermida sauta de l'hélicoptère qui venait d'atterrir sur la piste du club de polo le plus chic de Buenos Aires.

Depuis son point de vue privilégié, Frankie perçut aussitôt l'excitation monter dans la foule. Tous les spectateurs braquaient un regard adorateur sur le célèbre champion de polo, leur idole. Même les chevaux se mirent à secouer leurs crinières, comme s'ils le reconnaissaient eux aussi et voulaient le saluer.

En apercevant Rocco, Frankie se souvint avec une cruelle précision de sa souffrance, de son humiliation et, pire encore, de sa honte…

Il approchait. Sa haute silhouette athlétique dominait la foule. Il était encore plus grand que dans son souvenir, et beaucoup plus musclé. Ses cheveux étaient un peu longs, comme autrefois, et son sourire conquérant témoignait de sa réussite. N'était-il pas désormais la fierté de l'Argentine, un de ses plus célèbres représentants à l'étranger ?

Le vent fit voleter les jupes légères des spectatrices, les hommes retinrent leur chapeau. Un instant, Frankie perdit Rocco de vue dans la foule de plus en plus dense qui se massait autour de lui, puis il apparut de nouveau, majestueux de puissance et d'arrogance viriles. Son cœur se mit à battre plus vite, comme si le temps s'effaçait d'un coup, comme si toutes ces années ne s'étaient pas écoulées…

Il se retourna et lui offrit son profil, ce profil altier que diffusaient en direct les télévisions du monde entier. Elle reconnut la petite cicatrice qui barrait son sourcil et la fracture qui avait laissé une discrète marque sur son nez. Un homme posa la main sur l'épaule de Rocco : c'était Dante, son frère, aussi blond que lui était brun, à tel point qu'on avait surnommé les jumeaux « les Princes de l'ombre et de la lumière »…

Les deux hommes se donnèrent longuement l'accolade, puis s'écartèrent l'un de l'autre, un large sourire aux lèvres, à l'évidence ravis de se retrouver. L'enthousiasme monta encore d'un cran autour d'eux, presque paroxystique, et Frankie songea que les médias n'exagéraient pas en évoquant la magie de ces instants qui précédaient la compétition. Il régnait une véritable ferveur au sein de la foule, liée à la fois à la joie de retrouver son héros et à l'anticipation du match.

Frankie ne participait en rien à la liesse générale. Bien au contraire, elle aurait préféré être à cent lieues de là, et la perspective d'avoir à supporter encore plusieurs heures cette épreuve lui paraissait terrible. Les bravos, les hourras, la fête autour du héros, elle en avait déjà la nausée.

Rocco ne lui avait-il pas brisé le cœur, autrefois… ?

Frankie se fit mentalement la morale. Il ne s'agissait que de regarder un match de polo, de boire un verre et d'avoir l'air ravi d'être là. Avec un peu de bonne volonté, elle y arriverait.

Elle remonta ses lunettes de soleil sur son nez, s'assit sur les gradins et croisa ses longues jambes nues. Peut-être n'aurait-elle tout simplement pas dû venir. Elle aurait très bien pu faire escale à Buenos Aires sans assister à ce match. Autrefois, elle n'aurait raté une exhibition de polo sous aucun prétexte mais à présent, elle n'en avait plus rien à faire.

Durant son enfance irlandaise, elle avait passé plus de temps dans les écuries qu'à la maison ; à seize ans, sa seule ambition était de devenir joueuse de polo. Dans sa naïveté, elle ne doutait alors pas qu'elle y parviendrait. Or son père s'y était opposé catégoriquement : pour lui, son seul avenir était de devenir la secrétaire d'un homme riche — ou, encore mieux bien entendu, d'en épouser un.

Elle avait aussi eu la naïveté et l'inconscience de se jeter dans les bras de Rocco Hermida, alors qu'elle était vierge, qu'elle le connaissait depuis quelques jours seulement et qu'il n'était qu'un étranger de passage dans leur région.

Dix ans avaient passé, et sa candeur s'était envolée avec le temps et les épreuves : elle portait dorénavant un œil lucide sur l'existence.

Son regard se posa sur sa main gauche, et elle étira les doigts pour mettre en valeur la bague en argent qui ornait son annulaire, gravée du nom « Ipanema ».

Elle avait reçu ce bijou pour son quatorzième anniversaire et ne l'avait pas enlevé depuis. Ipanema, sa jument adorée, n'était malheureusement plus là ; elle lui manquait toujours autant. Elle avait donné naissance à une lignée prestigieuse, et deux de ses rejetons faisaient aujourd'hui partie de l'écurie des frères Hermida. La presse spécialisée affirmait même que ces deux chevaux étaient les préférés de Rocco. Il se disait qu'il avait l'ambition de les inclure dans le programme génétique que des chercheurs mettaient au point pour lui afin de produire des cracks.

Ceci dans le seul but, assumé et proclamé, de propulser Rocco « Hurricane » Hermida encore une fois vers la victoire, comme à l'occasion de ce match de bienfaisance contre l'équipe de Palm Beach. C'était une évidence que personne n'osait remettre en question. N'était-il pas le meilleur, le plus fort, le plus beau ? Tous les spectateurs massés sur les gradins et au bord du terrain, qui hurlaient son nom à en perdre la voix, en étaient convaincus.

Et en plus, il avait son frère à ses côtés ! Avec ces deux cavaliers d'exception, l'équipe adverse serait écrasée, réduite à néant, pulvérisée !

Frankie observait les préparatifs du match avec un étrange détachement, mais aussi un agacement certain devant l'émotion qu'elle ne pouvait s'empêcher d'éprouver en revoyant Rocco.

Comme tous ces fans hystériques, elle avait failli retomber sous le charme de l'homme qui savait si bien jouer de son pouvoir de séduction, sur les foules de supporters comme sur les femmes — elle était malheureusement bien placée pour le savoir…

Elle ne parvenait toujours pas à réaliser que Rocco Hermida était là, en chair et en os, à quelques dizaines de mètres d'elle, et qu'elle allait le voir jouer.

Probablement ne se souvenait-il même pas d'elle, songea-t-elle avec amertume.

Il avait fait apparition dans sa vie tel un météore, et en avait disparu de la même façon, la laissant meurtrie et pleine de rancœur. Le souvenir du choc et de la souffrance qu'elle avait ressentis en apprenant qu'il avait acheté Ipanema la poursuivait encore. Peu de temps après, son père, furieux, l'avait envoyée dans un austère pensionnat de religieuses pour la faire rentrer dans le rang. Rocco n'avait jamais cherché à reprendre contact avec elle.

Il lui avait volé sa fierté, sa joie, et elle en avait tiré une leçon qui régissait désormais toute son existence : jamais plus elle ne se laisserait séduire ; par personne, homme ou femme. Elle serait désormais sur ses gardes en toutes circonstances.

Elle avait une raison tout à fait officielle d'être à Buenos Aires, qui n'avait rien à voir avec Rocco Hermida : elle était en voyage d'affaires.

Chargée de développement chez Evana Cosmetics, elle voyait enfin le bout du tunnel, après des années de stages à répétition et de postes d'assistante sous-payés. Ce job la passionnait, lui ouvrait de nombreuses possibilités et lui permettait de voyager. Que demander de plus ?

Après l'Argentine, elle se rendrait en République Dominicaine où elle espérait dénicher les meilleures plantations d'aloe vera, élément essentiel dans la composition des crèmes de beauté fabriquées par son employeur. Et pour couronner le tout, elle finirait ce périple par une semaine de vacances à Punta del Este, chez son amie Esme.

Une semaine de farniente, de balade et de soleil, ce serait le rêve !

Frankie reprit un cocktail. Pourquoi pas ? Du moment qu'elle était performante le lendemain lors de sa présentation, elle avait bien le droit de se distraire, non ? Un peu de détente avant d'entamer le reste de son voyage ne lui ferait pas de mal. Elle aurait tout le temps nécessaire pendant le long trajet de retour pour peaufiner le rapport qu'elle devrait remettre à ses supérieurs, avant de les affronter de vive voix en réunion.

Ce moment-là serait essentiel, elle le savait. Il lui avait fallu batailler pendant des semaines pour convaincre ses patrons que les produits bio représentaient l'avenir, et qu'ils devaient rajeunir la marque dans ce sens. Pas question donc que le beau Rocco Hermina vienne la distraire de cet objectif : l'évolution de sa carrière dépendait pour beaucoup de son talent à vendre son projet auprès de ses supérieurs.

Elle chassa ces pensées de son esprit et tenta d'oublier Rocco pour profiter du moment. Dans la foule se mêlaient des gens du peuple et d'élégants étrangers. De l'autre côté du terrain avaient été installées de grandes tentes blanches destinées à accueillir les invités qui tous payaient fort cher pour participer à ce gala de charité.

Esme était certainement dans l'une de ces tentes, jouant à l'hôtesse, faisant la conversation et posant docilement pour des photos. En tant qu'épouse du capitaine de l'équipe de Palm Beach, elle était là en représentation, et tous auraient les yeux rivés sur elle et sur son mari.

Frankie la plaignait infiniment. Ce devait être terrible d'arborer le même sourire pendant des heures et d'échanger les mêmes banalités en ayant l'air passionné par ce qu'elle entendait !

Au micro, un animateur réclama l'attention des spectateurs, comme une cloche d'église appelle ses ouailles. Tous se tournèrent alors vers les écrans géants, sur lesquels apparut

Rocco. Vêtu de genouillères en cuir épais, équipé d'un casque et de gants, il était prêt. Il portait les couleurs de son équipe, noir et violet, des culottes et des bottes blanches.

La caméra s'attarda sur ses cuisses dont on devinait les muscles puissants sous le tissu moulant. Frankie ne put retenir un frisson. Elle se souvenait de chaque détail de son corps d'athlète, de chacune de ses caresses.

Son premier amour, son premier baiser, sa première nuit, c'était lui. Même s'ils n'avaient pas été vraiment jusqu'au bout… Mais Rocco, c'était aussi sa première rupture, dont elle ne s'était jamais vraiment remise.

Elle détourna les yeux et murmura un juron entre ses dents. *Assez perdu de temps à se remémorer le passé !* s'intima-t-elle. Fort heureusement, une fanfare se mit à jouer une musique entraînante, ce qui lui changea les idées.

La première chukka, une des huit périodes d'une partie de polo, allait débuter. L'air autour d'elle s'électrisa soudain, tandis que les spectateurs retenaient leur souffle.

Le match démarra.

Frankie luttait contre l'excitation qui la gagnait elle aussi. Au fond, peu lui importait l'issue du match, tenta-t-elle de se convaincre. Elle n'avait nulle envie de jouer la groupie… Mais quand Rocco commença à faire preuve de sa maestria légendaire, avec sa rapidité et ses talents de cavalier émérite, elle oublia ses bonnes résolutions et, comme les autres, s'enflamma pour le héros du jour.

Les chukkas se succédèrent, de plus en plus intenses. La tension était à son comble. Rocco galopait à perdre haleine, menant ses trois coéquipiers de main de maître. Il marqua dix buts. A chaque fois, la foule se déchaîna, hurlant sa joie.

Dante fut lui aussi exceptionnel. D'une redoutable précision, il dirigeait sa monture avec une parfaite maîtrise du jeu et de l'animal.

L'équipe des « Princes de l'ombre et de la lumière » gagna, sous les acclamations du public en délire. Les spectateurs se levèrent et acclamèrent leurs héros en agitant avec frénésie leurs drapeaux aux couleurs de l'Argentine. Rocco et Dante Hermida avaient encore une fois fait honneur à leur pays.

Frankie quitta les gradins au plus vite pour se diriger vers les écuries. Après tout, elle était venue pour les chevaux, et non pour leurs cavaliers…

Les palefreniers douchaient les animaux au tuyau d'arrosage, et le soleil se reflétait dans les milliers de gouttelettes projetées dans l'air chaud. Fascinée, Frankie contempla longtemps ce spectacle. Pour les avoir pratiqués pendant des années, elle connaissait chaque geste des soins qu'on donne à l'animal.

Retrouver l'ambiance des écuries après si longtemps la bouleversait. Jamais, jusque-là, elle n'avait réalisé à quel point ce monde lui avait manqué. Or elle ne devait pas oublier la raison première de son déplacement en Argentine : dès qu'elle aurait vu les chevaux qui l'intéressaient, elle retournerait à sa chambre d'hôtel. Là, elle s'offrirait le luxe d'un long bain moussant qui lui permettrait de tester certains produits, en particulier des huiles essentielles aux vertus relaxantes.

Avec ou sans huiles relaxantes, elle avait de toute façon de fortes probabilités de s'endormir rapidement car son interminable voyage avait duré près de vingt heures. Si elle assistait à la soirée d'après-match, comme Esme le lui avait demandé, il faudrait qu'elle s'octroie une petite sieste sous peine de s'écrouler de fatigue.

Frankie jeta un œil autour d'elle et constata avec soulagement que personne ne prêtait attention à elle. Les lads étrillaient les chevaux, d'autres les nourrissaient, sans même remarquer sa présence. Et c'était très bien ainsi. Avec sa taille menue et ses vêtements discrets, elle était tout le contraire des filles qui entouraient les joueurs de polo en riant trop fort, groupies aux talons vertigineux, au maquillage parfait et à la poitrine avantageusement mise en valeur par des T-shirts moulants.

Elle avait été élevée comme un garçon, avait grimpé aux arbres et construit des cabanes comme ses deux frères, jusqu'au moment où elle avait réalisé qu'être une fille pouvait être assez amusant. C'est-à-dire le jour où elle avait rencontré Rocco Hermida…

Elle n'oublierait jamais cet instant.

Elle cherchait son frère Mark devant les écuries et s'était retrouvée nez à nez avec Rocco. Il irradiait de ce jeune homme beau comme un dieu une telle puissance, une telle virilité qu'elle s'était arrêtée net, le souffle coupé. Il l'avait regardée en prenant son temps, puis s'était détourné d'un air nonchalant et avait repris sa conversation avec Mark comme si elle n'existait pas, la laissant complètement chamboulée.

Elle secoua la tête pour chasser ces images, elle se dirigea vers les chevaux. Ils avaient été lavés, bouchonnés, nourris et récompensés, et leur air satisfait la réjouit. Ils avaient donné le meilleur d'eux-mêmes et ils le savaient.

Où étaient les juments qu'elle cherchait ? se demanda-t-elle, impatiente de voir ce que donnait le mélange de pur-sang et de cheval argentin dont elles étaient issues. Elle était certaine de reconnaître d'instinct la progéniture d'Ipanema. Quand elle serait en leur présence, quelque chose se produirait. C'était impossible autrement : elle avait tant aimé leur mère !

— Que faites-vous ici ?

Frankie se figea, tandis que son sang s'accélérait dans ses veines. Elle aurait reconnu cette voix entre mille.

— Vous m'avez entendu ? Que faites-vous ici ?

Elle resta muette.

— Retournez-vous !

Frankie ne bougea pas.

— Vous êtes trop jeune pour traîner par ici. Partez.

Un des chevaux avança la tête vers elle comme pour lui manifester sa sympathie. Elle lui flatta l'encolure avec douceur. Ce simple échange lui donna la force d'affronter Rocco. Elle n'était plus l'adolescente innocente et naïve qu'il avait séduite autrefois. Elle était une femme, maîtresse de son destin, qui osait désormais s'imposer aux autres.

Cette fois, elle n'avait rien à craindre de lui. Elle était capable de l'affronter.

Elle releva le menton, se retourna et lui fit face.

Pas un muscle du visage de Rocco ne bougea. Au bout de quelques secondes, il avança d'un pas et Frankie, d'un mouvement instinctif, recula d'autant.

— Je me doutais que c'était toi…

Le son mélodieux de sa voix grave vibra en elle comme un archet sur une corde, mais elle parvint à maîtriser son trouble. Avec ses vêtements de compétition, ses cheveux ébouriffés, son visage marqué par l'effort, Rocco était une ode au sport, à la virilité et à la sensualité. Elle parvint cependant à afficher un air parfaitement serein.

— Je suis venue voir la progéniture d'Ipanema, expliqua-t-elle d'un ton détaché, alors qu'elle était bouleversée.

Un cheval s'ébroua, brisant un instant la tension presque palpable.

— Tu es venue pour me voir, corrigea Rocco d'une voix qui n'admettait pas la réplique.

Frankie le dévisagea, stupéfaite, et eut un petit rire de gorge légèrement affecté.

— Tu plaisantes ?

Il recula légèrement et l'observa avec attention.

— Non.

Quelle arrogance ! songea Frankie, outrée. Pour qui se prenait-il ?

— Ecoute, tu peux penser ce que tu veux, au fond cela m'est égal, rétorqua-t-elle d'une voix ferme. Je suis venue à cause des chevaux, uniquement des chevaux. Pas du tout pour te voir. Je t'ai assez vu autrefois, me semble-t-il…

Un éclat métallique presque menaçant s'alluma dans les yeux de Rocco. Il lui posa la main sur l'épaule et un frisson la parcourut. Un sourire de satisfaction se dessina sur les lèvres pleines du bel Argentin.

— Non, tu n'as pas eu assez de moi. Mais tu aurais bien voulu, asséna-t-il en la toisant de ses yeux noirs ourlés de longs cils que lui auraient enviés beaucoup de femmes.

Elle garda le silence, incapable d'articuler la moindre parole intelligible, et se contenta de lui décocher un regard outré — qui ne sembla hélas nullement l'impressionner.

Il avança la main et lui effleura le cou avec douceur.

— Frankie. Ma petite Frankie…

Sa main se fit plus ferme sur son cou. Une vague de chaleur l'envahit, mais Frankie trouva par miracle la force de se soustraire à son étreinte en faisant un pas en arrière.

— Que me veux-tu ? balbutia-t-elle, au plus mal.

— Tu es devenue une femme, observa-t-il comme s'il se parlait à lui-même. Et quelle femme !

Il s'approcha un peu plus et de nouveau, elle sentit sa main dans le creux de sa nuque.

Hypnotisée, incapable de lutter contre l'emprise qu'il détenait sur elle, Frankie fixa le logo de son équipe tissé en fils de soie rouge sur sa chemise : deux balles, deux maillets, et les deux lettres H. Par son col entrouvert, elle nota sa peau hâlée, la toison brune qui, elle le savait, recouvrait son large torse. Comment ne pas admirer ses traits virils et racés, ses yeux sombres qui accentuaient son charme d'homme du Sud ? Elle respira son parfum qu'elle ne connaissait que trop bien, mélange de sa discrète eau de toilette et de l'odeur de sa peau.

— Oui, dit-elle en se ressaisissant brusquement, consciente du danger. Je suis une grande fille à présent. Alors laisse-moi partir.

Rocco ne la lâcha pas. Il la maintenait avec un mélange troublant de douceur et de fermeté, comme s'il n'avait pas entendu ses paroles.

— Attends une seconde, voyons ! protesta-t-il. Nous ne sommes pas pressés. Où habites-tu ?

L'espace d'un instant, elle s'imagina retournant avec lui à son hôtel, l'entraînant sur son lit, s'offrant à lui comme autrefois. Une vague de chaleur la submergea à cette vision terriblement déstabilisante. C'était plus qu'elle n'en pouvait supporter.

— Peu importe, répondit-elle d'un ton sec. Je ne suis ici que pour quelques jours.

Il ne bougea pas.

— Je pense que tu devrais rester plus longtemps, murmura-t-il, pour qu'on puisse se voir un peu. On a sûrement des choses à se raconter…

Elle ne pouvait détacher les yeux de son corps athlétique qui irradiait une phénoménale énergie, une virilité prégnante qui lui faisait tourner la tête. Chaque seconde des quelques heures qu'ils avaient passées dans les bras l'un de l'autre était restée gravée dans sa mémoire.

Mais c'était *avant*. A présent, elle ne voulait plus rien avoir à faire avec lui.

— Te raconter quoi ? Je n'ai aucune envie de ressasser le passé, asséna-t-elle soudain.

— Parce que tu crois que nous avons fait le tour de la question, dans ce petit lit, chez tes parents ? lança-t-il d'un ton narquois. Je suis certain du contraire. Tu n'imagines même pas, *querida*, jusqu'où j'avais envie d'aller avec toi.

Il plongea le regard dans le sien et joua avec une mèche de ses cheveux. Frankie restait immobile, paralysée.

— … ni jusqu'où j'irais aujourd'hui, conclut-il tout en l'observant.

Elle réprima un frisson. Pourquoi la harcelait-il ainsi ? se demanda-t-elle, affolée. Pourquoi était-il si mâle, si séduisant, si attirant ? Combien de temps pourrait-elle lui résister ?

— Tu perds ton temps, balbutia-t-elle en soutenant son regard.

A sa grande surprise, Rocco n'insista pas. Un étrange sourire aux lèvres, il recula d'un pas.

— Tes chevaux se reposent, déclara-t-il d'une voix parfaitement neutre. Ils ont été parfaits. Tu les trouveras dans les stalles du bout.

Elle s'éloigna au plus vite, de peur qu'il ne change d'avis, et se retourna au bout de quelques mètres.

— Merci, balbutia-t-elle.

— Tout le plaisir est pour moi, Frankie, murmura-t-il. Nous allons nous revoir, sois-en sûre.

Il s'éloigna, la laissant sans voix.

Les chevaux la regardaient avec ce qui sembla à Frankie être de la sympathie. Peut-être savaient-ils à quel point il était difficile de résister à Rocco Hermida…

Les juments portaient des noms irlandais, Roisin et Orla, mais Frankie reconnut aussitôt la marque d'Ipanema dans leur musculature parfaite, leur robe lustrée, l'élégance de leurs lignes. Une bouffée d'émotion l'assaillit au souvenir de son cheval tant aimé, qui s'apaisa bientôt. Ipanema vivait toujours à travers ces magnifiques juments qu'elle avait enfantées.

Personne ne pouvait critiquer le beau travail que faisait Rocco en tant qu'éleveur. On disait qu'il avait les plus belles bêtes au monde.

Mark aurait adoré être là. Il était considéré lui aussi comme un grand spécialiste de la génétique équine, et la lignée d'Ipanema avait contribué à rendre célèbre son élevage de chevaux irlandais. Elle savait que son frère était toujours en contact avec Rocco, et qu'ils partageaient parfois des informations sur certains étalons.

Quant à son père, il ne supportait même pas qu'on prononce le nom de Rocco devant lui, cet homme qui avait tourné la tête à sa fille et sali l'honneur de la famille.

Après avoir quitté l'Irlande cinq ans auparavant, Frankie vivait désormais à Madrid, où elle se passionnait pour son travail chez Evana Cosmetics. Elle n'avait malheureusement plus de contact avec le monde du cheval, en dehors de ses courtes visites dans son pays natal. Mais à chacun de ces séjours, elle revivait presque dans sa chair ce moment terrible où elle avait appris que son père avait vendu Ipanema à Rocco sans même l'en avertir. Elle ne lui avait jamais pardonné cette trahison.

Elle s'éloigna des écuries et retourna vers les tentes. L'agitation était un peu retombée, mais les cérémonies n'étaient pas terminées. Le clou de la journée serait une grande réception au Molino Lario Hotel, organisée par des sponsors — dont une célèbre marque de champagne.

— C'est le gala de charité le plus connu dans le milieu du polo, avait précisé Esme. Encore plus couru que Dubaï et Deauville. Tu ne peux pas rater ça ! Mets une robe, lâche tes cheveux et viens faire la fête. Il n'y a pas que le boulot dans la vie !

Après son entrevue avec Rocco, Frankie avait finalement décidé de ne pas se rendre à cette soirée. L'Argentin y serait bien évidemment présent, et elle ne tenait pas à le voir tant il la troublait et l'exaspérait tout à la fois. Esme serait déçue, mais tant pis. Elle trouverait une excuse.

Elle remonta ses lunettes de soleil et suivit la foule qui se massait autour du podium érigé pour l'occasion.

Tout sourire, les quatre membres de l'équipe victorieuse étaient en train de recevoir leur coupe sous les applaudissements des spectateurs. Puis chacun se donna l'accolade, et les frères Hermina s'étreignirent longuement, sous les hourras de leur fan-club — dont une douzaine de jolies filles en transe devant le podium.

Enfin, les deux stars rejoignirent la foule, et ce fut du délire. Les filles voulaient toucher leurs héros, se faire prendre en photos avec eux. Accrochées à leurs téléphones portables pour grappiller un selfie, elles se poussaient pour obtenir le meilleur cliché.

Frankie avait déjà assisté à ce genre d'hystérie collective d'après-match, mais cette fois, c'en était trop, songea-t-elle en voyant une jolie blonde se jeter au cou de Rocco. Qui ne la repoussa pas, bien au contraire…

Que faisait-elle au milieu de ces femmes déchaînées ? Elle ne s'était jamais sentie aussi peu à sa place : le monde de

Rocco n'avait plus rien à voir avec le sien. Pourtant, elle devait beaucoup à cet homme. Avec le recul, elle avait compris que c'était lui qui l'avait — indirectement — poussée à quitter l'Irlande.

Le bel Argentin avait à peine disparu au coin de la rue de son petit village ensommeillé qu'elle s'était mise à réfléchir. Elle avait longuement regardé sa chambre de jeune fille sage, avec ses étagères encombrées de récompenses obtenues lors de championnats locaux d'équitation, son absence totale de tout objet qui aurait pu rappeler qu'elle était une adolescente en âge de séduire, et elle avait compris qu'un jour, elle partirait. Qu'une autre vie était possible.

Une fois sortie du pensionnat religieux où l'avait inscrite son père pour la punir, elle n'avait eu qu'un seul but : se libérer du joug paternel, du carcan de la petite vie casanière que menait sa famille, pour découvrir enfin le vaste monde.

Puis elle avait voyagé, rencontré des gens de tous horizons et découvert des pays magnifiques. Elle se construisait pas à pas une carrière qui assurerait son indépendance financière.

Elle avait fait le bon choix.

Frankie quittait l'enceinte du club de polo quand quelqu'un l'arrêta.

— M. Hermina serait ravi que vous vous joigniez à lui ce soir, lui dit l'homme d'un ton respectueux.

Rocco voulait la voir ! Rocco avait envoyé quelqu'un la chercher ! se dit-elle, abasourdie. Une bouffée de joie l'inonda, mais elle se reprit bien vite.

— Je vous remercie, mais je ne peux pas, répliqua-t-elle sèchement.

L'homme la dévisagea d'un regard sans expression, comme s'il n'avait rien entendu.

— Miss Ryan, M. Hermida viendra vous chercher à votre hôtel pour vous emmener à la soirée. A 22 heures, précisa-t-il sur le même ton déférent.

Frankie s'apprêtait à lui répéter sans ménagement qu'elle déclinait sa proposition, mais il ne lui en laissa pas le loisir. Il avait déjà tourné les talons sans attendre sa réponse…

Elle resta un moment sans bouger, regardant sa silhouette se fondre dans la foule des spectateurs qui désertaient peu à peu le club.

Comment Rocco osait-il ? Quelle grossièreté de lui envoyer un employé pour lui faire parvenir ce message ! La pensait-il à sa disposition comme un vulgaire paquet ? De toute façon, même s'il était venu en personne, elle aurait refusé.

Elle n'aurait jamais dû assister à cette compétition, pensa-t-elle, en plein désarroi. Elle avait cru que le temps l'aurait immunisée contre Rocco, mais elle s'était leurrée : le simple fait de se retrouver face à son coup de foudre d'adolescente lui avait fait perdre tous ses moyens, comme au premier jour.

Pourtant les chevaux, le polo, Rocco, tout ça, c'était le passé ! Sa vie à présent, c'était son métier, sa, carrière, sa liberté fièrement revendiquée. Elle ne devait pas laisser Rocco la mettre en danger.

Elle releva la tête en signe de défi : elle lui résisterait. Qu'il vienne donc la chercher ! Il repartirait bredouille. S'il l'imaginait toujours sous les traits de la jeune fille naïve et sentimentale qu'il avait connue en Irlande, elle lui montrerait qu'il se trompait. Il n'aurait qu'à trouver une autre compagne pour finir la soirée.

Et étant donné le nombre d'affriolantes groupies dont il disposait, il n'aurait que l'embarras du choix.

2.

— Tellement de filles, et si peu de temps, constata Dante, l'air dépité.

Rocco ne put s'empêcher de sourire. Entouré par deux belles brunes qui dansaient la samba avec force déhanchements, son frère lui lança un clin d'œil complice. Pris en mains pour la soirée, il semblait tout à son affaire.

Lui-même venait de se débarrasser d'une jolie blonde un peu trop collante. D'habitude, il appréciait ce type de femmes, pour quelques heures — ou quelques jours — mais ce soir, il ne se sentait pas d'humeur.

A travers les baies vitrées de l'appartement de son frère qui y recevait régulièrement sa bande avant ou après les soirées officielles, il chercha des yeux le quartier de Palermo, où séjournait Frankie. En deux coups de téléphone, il avait obtenu ce qu'il cherchait : le nom de son hôtel et la durée de son séjour. Elle resterait suffisamment longtemps pour qu'il puisse la revoir ; et, ainsi, se la sortir de la tête. Enfin…

Autour de lui, le champagne coulait à flots. Des couples se formaient, dont certains passeraient la nuit ensemble. Pour lui, la soirée ne commencerait que quand il tiendrait Frankie Ryan dans ses bras, et qu'il pourrait enfin se libérer de cette tension qui le poursuivait depuis qu'il l'avait aperçue rôdant autour des écuries.

Il regarda sa montre. Il était presque temps de rejoindre son chauffeur, auquel il avait donné rendez-vous pour aller la chercher.

Et si elle n'était pas là ? pensa-t-il. Si elle refusait de le suivre ? Tant d'années avaient passé que tout était possible, d'autant qu'il ne savait rien de sa vie actuelle.

Il se redressa de toute sa hauteur et esquissa un sourire. Peu de femmes résistaient à son charme. Il n'y avait pas de raison que Frankie Ryan soit une exception, surtout après ce qui s'était passé entre eux autrefois. Ils s'étaient aimés avec une ardeur et une intensité qu'il n'avait jamais oubliées.

— Je m'absente un moment, mais je reviens vite, glissa-t-il à son frère qui dansait toujours avec ses deux brésiliennes.

Il n'avait pas raconté à Dante qu'il avait revu Frankie après le match, pour la bonne raison qu'il n'avait pas eu envie de répondre aux questions que celui-ci n'aurait pas manqué de lui poser.

En effet, la dernière fois qu'il lui avait parlé de Frankie, celui-ci s'était moqué de lui :

— Arrête avec ton obsession irlandaise ! Oublie cette fille, c'est ce que tu as de mieux à faire !

Son frère avait raison. Pourtant, même s'il n'était pas obsédé par Frankie, la retrouver lui avait fait plus d'effet qu'il n'aurait imaginé.

Dans l'ascenseur, il vérifia son apparence dans la glace, ce qui lui ressemblait peu. Avant un rendez-vous avec une fille, il était tellement sûr de son pouvoir de séduction qu'il ne faisait aucun effort particulier, sûr qu'elle lui tomberait dans les bras quoi qu'il arrive.

Avec Frankie Ryan, c'était différent.

Il ne comprenait pas très bien pourquoi cette jeune femme au corps gracile et aux tenues discrètes l'avait tant marqué, pourquoi il ne passait pas plutôt la soirée avec l'une de ces superbes créatures qui ne demandaient que ça, mais c'était un fait : Frankie l'intéressait.

Assis à l'arrière de la limousine, Rocco regardait défiler les rues de Buenos Aires. Certaines lui rappelaient Paris, avec leurs cafés bondés, d'autres Barcelone, avec leurs immeubles Arts déco ; cette atmosphère européenne donnait tout son charme à la capitale de son pays.

Il connaissait cette ville comme sa poche. Il y était arrivé sans un sou, avait dormi dans ses parcs, sous ses ponts, et avait survécu, lui, alors que tant d'autres s'étaient abîmés dans la pauvreté. Ces épreuves l'avaient façonné, et avaient empêché que sa fortune actuelle ne lui monte à la tête.

Tout ce qu'il possédait — ses chevaux, ses maisons, ses voitures — il l'aurait échangé sans une hésitation contre une journée avec Lodo, contre le pouvoir de remonter le temps et d'arrêter la balle qui avait fauché la jeune vie de son petit frère...

La voiture stoppa : ils étaient arrivés.

Rocco ne s'était pas rendu dans cette partie de la ville depuis des années. La Villa Crespo se situait en périphérie du quartier de Palermo, un peu en hauteur, isolée. L'hôtel, de style traditionnel avec ses tuiles vernissées et son perron entouré de deux colonnes, était agrémenté d'un jardin planté d'orangers et de jasmins.

Il sortit de la limousine et entra.

Le concierge leva à contrecœur les yeux de son écran de télévision et donna sans discuter à Rocco les informations qu'il souhaitait : le numéro de chambre de Mlle Ryan, son étage. Il précisa même qu'elle n'avait eu aucune visite et qu'elle était seule en ce moment.

Rocco ignora l'ascenseur vieillot et monta l'escalier quatre à quatre. Si Frankie était sur la même longueur d'ondes que lui, ils pourraient parfaitement passer la nuit dans sa chambre, se dit-il, plein d'espoir. Ou ils pourraient y rester ensemble un moment, histoire de refaire connaissance (dans tous les sens du terme !) avant d'aller retrouver Dante et sa bande ; avant, pourquoi pas, de finir la nuit à la campagne, dans son estancia. Où il y avait bien longtemps qu'il n'avait pas amené une femme...

Et si une seule nuit avec Frankie ne lui suffisait pas ?

s'interrogea-t-il tout à coup. Dans ce cas, pourquoi ne pas lui proposer de partir en week-end ? Ce serait la meilleure et la plus agréable façon de tourner enfin la page de cette histoire commencée dix ans auparavant, et qui lui laissait un désagréable goût d'inachevé.

Il s'arrêta devant la porte numéro 5. Maîtrisant mal son impatience, il frappa deux coups rapides et fermes.

Pas de réponse.

Peut-être dormait-elle ? Ou était-elle sous sa douche ? Cette seule pensée le rendit plus fébrile encore et il frappa de nouveau, cette fois violemment.

Toujours pas de réponse.

Il s'apprêtait à crier son prénom quand la porte s'ouvrit doucement.

C'était elle, enfin !

Les cheveux ébouriffés, l'air ensommeillé, Frankie portait une chemise de nuit qui avait glissé sur son épaule ronde et dévoilait sa peau satinée. Elle était tout simplement fascinante de féminité et de sensualité.

— Frankie, murmura Rocco, subjugué.

Il résista avec peine à l'envie de la prendre dans ses bras sans plus attendre. Sortant enfin de son silence, elle écarquilla les yeux d'un air stupéfait et lâcha un petit oh ! de surprise.

— Mais… Qu'est-ce que tu fais là ? balbutia-t-elle faiblement.

Il la comtempla, sous le charme. Elle n'avait pas changé. Elle avait toujours la fraîcheur d'une adolescente, avec son corps fin, son visage sans maquillage, ses cheveux indisciplinés. Mais en même temps, elle était différente. Ses seins étaient plus ronds, ses courbes plus généreuses, et il émanait de toute sa personne une assurance nouvelle, une féminité assumée qui la rendait plus désirable encore.

— J'ai dit au type que tu m'as envoyé que je ne viendrai pas, reprit-elle d'une voix plus ferme.

Des pas se firent entendre dans le couloir. Le concierge s'approcha et jeta un regard inquiet sur Frankie.

— Tout va bien ? demanda-t-il d'un ton suspicieux.

— Oui, tout va bien, répondit-elle à contrecœur.

L'homme n'insista pas et repartit comme il était venu.

— Tu ne me demandes pas de rentrer ? demanda Rocco.

— Non !

— Alors dans ce cas, habille-toi. Nous discuterons ailleurs, rétorqua-t-il sans se laisser démonter. Je t'attends dans le couloir.

— Tu perds ton temps. Je ne viendrai pas, Rocco, articula-t-elle en détachant chaque syllabe.

Un sourire amusé se dessina sur les lèvres de son visiteur.

— Comme c'est étrange, murmura-t-il. On se croirait ramenés dix ans en arrière. Sauf qu'à l'époque, c'est toi qui me suppliais de t'ouvrir ma porte, dois-je te le rappeler ?

Frankie baissa les yeux, déstabilisée. Elle ne voulait pas évoquer le passé. Son seul souhait était qu'il parte.

— Je te rappelle que j'avais seize ans, et que je ne savais pas ce que je faisais, précisa-t-elle d'une voix étranglée… C'était une erreur, une erreur de jeunesse !

Elle lui lança un regard de défi et croisa les bras sur la poitrine. Rocco fut traversé d'un frisson électrique. La chemise de nuit de la jeune femme avait glissé un peu plus sur son épaule, dévoilant la naissance d'un sein. Alors, le plus doucement possible, il avança la main et remit le tissu en place. Comment il trouva la force de ne pas en profiter pour lui caresser la poitrine, il n'en avait pas la moindre idée… Il était encore trop tôt. Il sentait Frankie refermée sur elle, méfiante, presque hostile.

— Nous pourrions discuter dans ta chambre, tu ne crois pas ? suggéra-t-il calmement.

Elle ne put retenir un soupir d'agacement.

— Rocco, j'ai pourtant été claire ! Je n'ai pas l'intention de discuter de quoi que ce soit avec toi. J'ai envie de me reposer, voilà tout.

Ses yeux d'un bleu profond brillaient d'une colère mal contrôlée, le rose lui était monté aux joues, ce qui ajoutait à son charme. Il se souvenait comme si c'était hier de la passion avec laquelle elle l'avait poursuivi, dix ans auparavant, et des efforts surhumains qu'il avait dû fournir pour la repousser — avant de finir par succomber au désir qui le tenaillait.

— Ce n'est pas pour toi que j'ai assisté à la compétition, ajouta-t-elle d'une voix dure. Je voulais voir la descendance d'Ipanema. Tu es vraiment d'une arrogance incroyable !

Rocco ne se formalisa aucunement. Bien au contraire, il lui posa délicatement l'index sur les lèvres avec un petit sourire amusé.

— Calme-toi. Va t'habiller, et ensuite nous irons à la soirée. Là, je pourrai tout te raconter sur Ipanema et sa lignée, si c'est cela que tu veux entendre.

Son ton presque paternaliste acheva de l'exaspérer et Frankie le repoussa d'un mouvement brutal. Sa chemise de nuit glissa, dévoilant un de ses seins. Il ne manquait plus que cela !

Le désir déferla en Rocco, aussi brûlant et incontrôlable qu'autrefois. Il y avait bien longtemps qu'une femme ne lui avait pas fait un tel effet. Qu'avait Frankie de plus que les autres ?

Incapable de se contenir plus longtemps, il lui saisit les poignets et l'attira à lui, cherchant sa bouche. Elle se débattit et quand il arriva à ses fins, il en fut pour ses frais : elle garda les lèvres serrées. Son trouble était évident cependant ; il eut la certitude qu'il ne lui était pas indifférent.

Alors, délaissant sa bouche, il la plaqua contre lui pour qu'elle n'ait aucun doute sur la violence de son érection. Il la sentit se détendre et, tandis qu'il bougeait lascivement contre son bassin, elle répondit à son étreinte en se pressant contre lui, sans pouvoir retenir un gémissement.

Aussitôt, Rocco lâcha sa proie, satisfait. Désormais, Frankie ne pourrait plus prétendre qu'elle n'avait pas envie de lui. Certain de sa victoire finale, il décida de lui laisser le temps de venir à lui. Il n'avait pas pour habitude de s'imposer auprès des femmes, mais plutôt de calmer leurs ardeurs.

— Je réitère ma proposition, Frankie, déclara-t-il en s'écartant d'elle. Habille-toi, et nous irons à la soirée. Je t'attends dans la rue.

Sur ces mots, il tourna les talons et se dirigea vers l'escalier sans même attendre la réaction de la jeune femme.

Il ne doutait pas qu'elle le rejoindrait…

Rocco marchait de long en large devant l'hôtel. Revoir Frankie le troublait infiniment plus qu'il ne l'aurait imaginé. Il avait besoin de prendre du recul par rapport à la situation actuelle et par rapport au passé.

Malgré les années, il se souvenait de chaque détail de ce week-end durant lequel elle s'était jetée dans ses bras. Par miracle, il avait trouvé la force de la repousser au moment même où il allait la posséder. Il aurait mérité une médaille pour un tel acte de bravoure, mais personne n'en avait rien su…

La première fois qu'il l'avait vue, elle portait des jodhpurs boueux, une vieille veste informe et avait l'air d'une gamine.

La deuxième fois, elle s'était assise d'office à côté de lui à table, alors qu'il était venu pour discuter affaires avec son frère et qu'il était hébergé pour quelques jours dans la maison familiale. Métamorphosée, elle portait une robe courte, et s'était maquillée avec une maladresse qui dénotait le peu de maîtrise qu'elle avait de l'exercice. Elle n'avait cessé de le dévorer des yeux pendant tout le repas…

Et puis la situation avait dégénéré : le soir même, alors que tout le monde était couché, elle avait tout simplement fait irruption dans sa chambre. Par bonheur, il n'était pas encore au lit.

— Embrasse-moi, Rocco, l'avait-elle imploré d'une voix suppliante.

Son corps vibrait de passion, ses traits délicats étaient marqués par l'émotion, son chemisier savamment déboutonné dévoilait ses petits seins en pomme que nul soutien-gorge ne protégeait…

Le désir lui était tombé dessus avec une violence inouïe, le laissant sans voix. Un instant, il avait failli céder à l'envie de la prendre dans ses bras, de découvrir sa féminité naissante, de l'emmener au bout de la nuit dans un voyage initiatique où il lui aurait révélé les secrets du plaisir — car elle était vierge, il en était certain.

Mais un méritoire sursaut de raison l'en avait empêché. Comment aurait-il pu trahir l'hospitalité de cette famille qui le recevait si aimablement, en déflorant la fille de la maison, une adolescente de cinq ans sa cadette qui à l'évidence ne connaissait rien au sexe et le prenait (à tort) pour le prince charmant ?

Il avait réussi à lui faire entendre raison et à la chasser.

Or elle était revenue au petit matin pour se glisser entièrement nue dans son lit. Il n'était pas un surhomme et quand elle s'était lovée contre lui, chaude et douce, cherchant sa bouche, il n'avait pas pu résister. Il l'avait embrassée, et elle avait répondu à son baiser avec une ardeur et une fougue qui l'avait enflammé plus encore.

Submergé de désir, il l'avait caressée, embrassée, léchée, émerveillé de découvrir sa sensualité, sa douceur, sa spontanéité. Elle lui avait abandonné son corps avec une telle générosité qu'il avait laissé libre cours à cette ivresse sans aucune retenue. Et elle avait répondu à ses caresses avec la même ferveur.

Par bonheur, il avait réussi à s'arrêter à temps, avant de commettre l'irréparable. Elle l'avait supplié de la pénétrer, imploré d'aller jusqu'au bout avec elle, mais il avait tenu bon. Elle était trop jeune et n'avait sûrement aucune contraception. Et il ne pouvait pas se comporter ainsi alors qu'il était reçu chez ses parents.

Refusant de partir, elle n'avait rien voulu entendre. Alors, en désespoir de cause, il avait fini par quitter la chambre, craignant de flancher. Avant de sortir, il s'était retourné et l'avait aperçue nue au milieu des draps, bouleversante de sensualité et de fraîcheur.

Cette vision était restée gravée dans sa mémoire comme marquée au fer rouge…

Rocco revint au présent et regarda sa montre. Il retint un juron. Voilà vingt minutes qu'il attendait. Alors, brusquement, il comprit que Frankie ne viendrait pas.

Il jeta un regard aux fenêtres du premier étage : aucune lumière. A quel jeu jouait-elle ? pensa-t-il, partagé entre l'incompréhension et la colère.

Il fallait mettre un terme à leur histoire, et tout comme lui elle savait très bien de quelle façon procéder. Ils feraient l'amour, passeraient même peut-être quelques nuits ensemble, assouvissant enfin le désir qu'ils avaient l'un de l'autre. Et quand ils se sépareraient, le dossier serait clos.

Il ne pouvait pas rester ainsi, avec cette frustration, qui le poursuivait depuis dix ans.

Elle avait envie de lui comme autrefois, il en était certain. Ce n'était qu'une question de temps, mais elle finirait par s'offrir à lui. Dante prétendait qu'elle était devenue son « obsession irlandaise » ? Il était prêt à parier qu'il était, lui, son obsession argentine…

Après avoir regardé la voiture s'éloigner derrière le rideau de sa fenêtre, Frankie s'assit sur son lit, pensive.

Elle était prête à sortir, parfaitement coiffée et maquillée. Elle avait mis sa robe la plus élégante pour la soirée et enfilé des escarpins à hauts talons. Alors pourquoi n'était-elle pas descendue rejoindre Rocco ?

Parce qu'elle avait eu le tort de regarder les informations à la télévision tout en se préparant.

D'abord, elle n'avait prêté qu'une oreille distraite aux nouvelles, puis elle avait regardé l'écran. On parlait de Rocco, de sa récente victoire, de son talent, de son charme. On voyait des images de la foule en délire, les deux frères se donnant l'accolade. Puis le journaliste avait embrayé sur la vie sentimentale du champion, que tout le monde savait très agitée, en finissant sur le bon temps qu'il s'était donné dans la garçonnière de son frère en joyeuse compagnie, après le match et avant de se rendre à la soirée officielle.

Cette nouvelle fit à Frankie l'effet d'une douche froide…

Elle s'était offerte à lui autrefois avec la naïveté de ses seize ans, elle n'allait pas réitérer à vingt-six !

Même si elle avait envie de lui au-delà de toute raison, même si elle n'avait jamais connu dans les bras d'un autre la fièvre qui l'embrasait dès qu'il la touchait, elle devait s'arrêter là.

Les années n'avaient malheureusement rien changé à sa vulnérabilité, car elle avait failli lui céder une heure auparavant, affolée de retrouver son odeur, le goût de ses baisers, la chaleur et la puissance de son corps viril. Mais elle n'était pour lui qu'une vieille histoire à solder, se dit-elle avec amertume. Alors à quoi bon le revoir ?

Tout à coup, l'idée de se présenter à son bras à la soirée de gala lui était apparue comme une véritable mascarade. Elle avait décidé de ne pas être la énième conquête que Rocco Hermida exhiberait fièrement auprès des journalistes, et qui alimenterait une fois encore sa réputation de bourreau des cœurs.

D'autant que les images risquaient d'être vues par son père, ce à quoi elle ne tenait pas du tout…

Si perdre Rocco l'avait anéantie, la réaction violente de son père avait achevé de la détruire, tout comme son exil forcé chez les religieuses, dans un pensionnat qui était une véritable prison.

Elle avait mis des mois avant de se sortir de sa dépression larvée. Après avoir difficilement remonté la pente, elle avait réussi tant bien que mal à se construire en tant que femme ; ce n'était pas pour succomber de nouveau au charme de cet homme qui n'avait rien à lui offrir !

Elle entendait déjà les soupirs navrés de sa mère et imaginait la colère de son père si elle commettait l'erreur de renouer avec lui.

Elle avait vingt-six ans, travaillait et ne devait rien à personne. Certes, sa vie sentimentale était au point mort — ses rares aventures amoureuses s'étaient toutes soldées par des échecs. Mais ce n'était pas une raison pour se jeter une nouvelle fois dans les bras de Rocco, don Juan revendiqué.

Il l'avait marquée à jamais, dans sa chair et dans son cœur ; elle n'avait jamais réussi à l'oublier, mais elle devait faire table rase du passé et se le sortir de la tête.

Il y avait certainement quelque part un homme qui lui réapprendrait l'amour. Il suffisait d'être patiente… et de ne plus penser à Rocco !

Elle éteignit la télévision, geste symbolique, comme s'il suffisait d'appuyer sur un bouton pour faire disparaître le bel Argentin de son existence. Elle regarda son téléphone portable. Elle avait raté un appel d'Esme qui lui avait laissé un texto :

> Les Palm Beach Boys t'attendent pour faire la fête. Je leur ai parlé de toi alors tu as intérêt à te ramener, et vite ! Dans tes plus beaux atours !

Elle reposa son portable. Que faire ? Prétendre qu'elle n'avait pas lu le message et aller se coucher ? Elle connaissait trop bien son amie pour ne pas savoir qu'elle allait rappeler.

Et si au final la meilleure solution n'était pas de se rendre à cette fête, de se confronter au fantasme qu'était devenu pour elle Rocco. Puis, une fois face à la réalité, de tourner enfin la page ?

Son téléphone s'alluma de nouveau. Frankie découvrit un nouveau texto d'Esme :

> Je t'envoie une voiture.

Décidément, son amie ne s'avouait jamais vaincue, pensa Frankie avec un petit sourire. Elle ne se sentait pas la force de lui tenir tête. D'ailleurs, personne n'avait jamais essayé !

Elle mit les créoles en argent qu'elle avait achetées sur un marché de République Dominicaine, retoucha son maquillage et, satisfaite, attrapa son sac.

Rocco « Hurricane » Hermida était de retour dans sa vie, mais c'était plus que temporaire : elle allait tout faire pour qu'il en sorte aussi brusquement qu'il était apparu…

3.

Frankie n'aimait pas tout le tralala qui allait de pair avec une partie de polo. Bien sûr, depuis quatre ans qu'elle travaillait dans les cosmétiques, elle avait appris à être élégante, bien coiffée, et s'obligeait même à se maquiller. Toutefois, elle aurait parfaitement pu se passer des extravagants chapeaux, des talons hauts, des sponsors au chic ostentatoire et de toute cette agitation médiatique parfaitement exagérée qui entourait les chevaux — et, plus agaçant encore, les cavaliers…

Cependant, à peine entrée dans l'hôtel Molina Lario, elle fut conquise par l'atmosphère festive et joyeuse qui régnait autour d'elle.

La grande demeure à l'architecture classique accueillait dans ses salons une foule qui vibrait d'énergie, et qui visiblement voulait s'amuser. Il y avait de l'excitation dans l'air, des rires, des cris mêmes. Les gens, curieusement désinhibés, semblaient prêts à tout pour fêter la victoire de leurs héros.

Pourquoi ne pas se laisser gagner par cette ambiance survoltée ? songea Frankie. Pourquoi ne pas se lâcher elle aussi, cesser d'être sur ses gardes, en contrôle ? Soudain, elle eut envie de laisser libre cours à sa fantaisie et de participer à la fête, sans se soucier outre mesure de la présence de Rocco.

Elle pénétra dans le grand salon sans que les photographes ne prêtent attention à elle : personne ne la connaissait, et c'était très bien ainsi.

L'alcool coulait à flots, les buffets croulaient sous des mets somptueux, il régnait un joyeux brouhaha sur fond de musique chaloupée, dans une incroyable ambiance. On était en Amérique du Sud, se rappela-t-elle, loin de l'Angleterre compassée et de la prude Irlande. Et c'était merveilleux !

Elle chercha Esme des yeux sans la trouver. Ce n'était que partie remise : son amie ne devait pas être bien loin.

Ça et là étaient disposés des écrans devant lesquels les célébrités prenaient la pose pour les photographes. Le sigle du double H, présent aux endroits stratégiques, serait diffusé partout dans les médias dès le lendemain, assurant la promotion de l'écurie de Rocco.

Comment réagirait-elle quand elle se retrouverait face à lui ? Parviendrait-elle à dissimuler le pouvoir qu'il avait sur elle, le trouble que sa seule présence provoquait en elle ? Probablement pas. Mais elle finirait forcément par reprendre le contrôle d'elle-même. Ne s'agissait-il pas d'une réaction purement physique ? Rocco était beau, viril, sexy et, comme toutes les femmes qui l'approchaient, Frankie était séduite. Il n'y avait rien de très étonnant à cela…

Les invités s'arrêtèrent un instant de rire et de parler. Frankie fronça les sourcils. Il se passait quelque chose. Tournant la tête, elle constata que Rocco venait d'entrer dans la salle.

A lui seul, il était donc capable de faire taire des centaines de personnes, certaines pourtant déjà bien alcoolisées ! Une vraie star. Rien d'étonnant à ce qu'il soit aussi arrogant parfois…

Un sourire éclatant aux lèvres, il saluait les gens autour de lui. Sa chemise de lin bleu clair au col ouvert mettait en valeur son teint hâlé, son cou puissant ; son pantalon noir soulignait ses interminables jambes, ses mocassins en velours signaient l'homme de goût. Comment une virilité aussi brute pouvait-elle aller de pair avec une telle sophistication ? s'interrogea Frankie, dont le cœur s'était mis à battre la chamade. N'était-ce pas d'ailleurs le secret de son charme ?

Il jeta un regard autour de lui et croisa le sien. Alors qu'elle s'attendait à ce qu'il lui fasse au minimum un petit signe de reconnaissance, il détourna les yeux comme si elle avait été parfaitement transparente. Au moins, c'était clair :

il ne souhaitait ni la voir ni lui parler. Probablement, en bon macho, avait-il été vexé qu'elle n'accepte pas de le suivre lorsqu'il s'était présenté à son hôtel.

Soudain, la fête lui parut moins gaie, l'atmosphère moins chaleureuse. Qu'était-elle venue faire dans cette galère ? Elle était soudain amère, désabusée. Elle se souvint heureusement qu'Esme l'attendait de pied ferme. Sa bande du Palm Beach saurait peut-être lui changer les idées…

Elle saisit son portable pour appeler son amie, et vit que celle-ci lui avait laissé un message :

> Dépêche-toi ! On est au Tango bar, à l'étage, et Hugo t'attend !

Frankie fit la moue. Hugo ? Un joueur de polo, bien sûr… Elle se souvenait vaguement l'avoir rencontré quelque temps plus tôt. Il ne lui avait pas laissé un souvenir impérissable, mais il était plutôt gentil et beau garçon. Alors pourquoi ne pas danser quelques tangos avec lui, se distraire un peu, même si son bel enthousiasme s'était évanoui d'un coup ?

Pour gagner l'escalier, elle devait longer l'écran blanc devant lequel Rocco prenait docilement la pose sous les flashs des photographes.

Plaquant un sourire de circonstances sur ses lèvres carmin, elle s'avança d'un pas ferme, bien décidée à ne pas laisser paraître son trouble lorsqu'elle passerait à côté de lui.

Hélas, elle trébucha en voulant éviter un photographe qui reculait. Elle vacilla et ne put retenir une grimace de douleur.

Soudain un bras puissant la retint pour lui éviter la chute. Frankie se retourna, pleine de gratitude pour son sauveur.

Dante !

— Vous allez bien ? demanda le frère de Rocco. Vous vous êtes fait mal ?

— Non, non. Mais heureusement que vous étiez là. Sans vous, je tombais…

— Vous êtes sûre de pouvoir marcher ?

Elle n'eut pas le temps de répondre.

— Laisse, je m'en occupe, coupa la voix de Rocco.

Dante s'écarta et dévisagea son frère d'un air surpris.

— Comme tu veux, finit-il par murmurer, avant de s'éloigner.

Rocco, planté devant elle, la dévisageait avec une intensité qui la bouleversa. Ils restèrent un moment sans parler, les yeux dans les yeux, dans une tension insoutenable.

Frankie sentit une émotion incontrôlable la gagner, tandis que son sang s'accélérait dans ses veines. Le pouvoir qu'avait gardé Rocco sur elle l'affolait. Ses traits mâles étaient empreints d'une expression grave qui acheva de la déstabiliser. Il fallait qu'elle parte, vite, qu'elle se soustraie à l'influence que cet homme avait sur elle. Quand elle était en sa présence, elle ne s'appartenait plus.

Alors, rassemblant ses forces, elle le salua d'un petit signe de tête et tourna les talons. Elle gagna l'escalier et monta les marches quatre à quatre, malgré sa cheville qui la faisait souffrir.

Une fois arrivée sur la mezzanine, elle se retourna.

C'était une erreur.

Rocco n'avait pas bougé. Indifférent aux invités qui continuaient à se masser autour de lui, aux photographes qui le mitraillaient, il continuait à la fixer du même regard impénétrable, presque menaçant.

Troublée, Frankie se précipita dans le bar où elle était censée retrouver Esme.

Il y régnait une atmosphère intime, grâce aux lumières tamisées, aux meubles anciens en acajou, à la musique douce. Assise dans un confortable fauteuil tendu de velours rouge, Esme plaisantait avec ses amis du Palm Beach. Une fois les présentations faites, Frankie se retrouva comme par hasard assise à côté de Hugo…

Jetant un discret regard à sa montre, elle décida de rester

une heure tout au plus — de toute façon, Esme n'aurait pas supporté qu'elle s'en aille avant. Ensuite, elle retournerait à l'hôtel. Elle avait besoin d'une bonne nuit pour récupérer et affronter la journée qui l'attendait. Elle avait prévu une matinée de travail pour actualiser ses dossiers avant de partir pour Punta del Este avec son amie.

Là-bas, elle oublierait Rocco et profiterait à fond de ces quelques jours de vacances bien mérités.

La musique changea : du jazz, on passa au tango. Des couples se formèrent sur la piste. Frankie les observa, fascinée par la fusion des corps, l'harmonie des mouvements, la sensualité latente qui se dégageait de ces hommes et de ces femmes enlacés. Concentrés sur leurs pas, ils accordaient d'instinct leurs gestes avec une incroyable précision, parfaitement assortis, merveilleusement complémentaires.

Quand un cavalier s'inclina devant elle pour l'inviter, Frankie hésita un instant. Les cours de danse du lycée lui semblaient si loin ! Comme toute jeune fille bien élevée, elle avait appris le tango, au même titre que d'autres danses qu'on disait « de salon ». Mais à quatorze ans, elle avait décidé de tout arrêter. Le samedi matin, il fallait choisir entre danser et faire du cheval : elle n'avait pas hésité un instant.

Elle se laissa aller à l'étreinte ferme et rassurante de son partenaire ; à sa grande surprise, elle retrouva rapidement le rythme de la danse. Alors, ravie, elle se laissa aller au plaisir que lui procurait ce moment de liberté.

Soudain, elle aperçut Rocco, assis à une table devant la piste, les yeux fixés sur elle. Alors, elle perdit ses moyens. Pourquoi la poursuivait-il ainsi de ce regard accusateur ? Qu'attendait-il d'elle ? Qu'elle s'excuse de ne pas l'avoir suivi quand il était venu la chercher ? Il n'en était pas question !

Heureusement, le morceau arriva à son terme et son cavalier la raccompagna galamment à sa place.

Rocco se leva alors et se dirigea vers la piste, accompagné d'une ravissante blonde au corps sculptural. Tous les regards des convives étaient tournés vers lui.

Et ils ne furent pas déçus. Rocco dirigeait sa partenaire comme il montait ses chevaux : avec une incroyable maîtrise de son corps, de ses gestes, une puissance mâle exacerbée par une fascinante sensualité. Peu avare de mouvements lascifs, la jolie blonde se laissait mener, extatique, trop heureuse d'avoir été distinguée par le héros du jour.

Pour Frankie, c'en fut trop. Elle quitta la salle avant que Rocco ne comprenne à quel point il la fascinait.

Elle se réfugia dans les toilettes pour retrouver son calme, puis décida de regagner son hôtel sans plus attendre. Il était 2 heures du matin, une heure tout à fait honorable pour aller se coucher. Et si Esme n'était pas contente, tant pis pour elle !

Quand elle s'estima suffisamment apaisée, elle ouvrit la porte des toilettes. Elle allait prendre congé d'Esme et Hugo, prétextant une intense fatigue, puis irait se coucher.

Elle refermait la porte quand on la saisit violemment par le bras.

Rocco l'attira dans le boudoir qui jouxtait les toilettes et la poussa sans ménagement sur le canapé.

— Qu'est-ce que ça veut dire, Frankie ? lança-t-il d'un ton accusateur. D'abord tu me fais du charme, ensuite tu me poses un lapin et pour finir, tu t'exhibes sous mes yeux juste pour me provoquer ! Tu n'imagines tout de même pas que je vais rester sans réagir ?

Furieuse, elle se dégagea comme elle put et le toisa d'un regard courroucé.

— Comment oses-tu m'accuser ainsi ? s'écria-t-elle, scandalisée.

Emportée par la rage, elle leva la main pour le gifler, mais il arrêta son geste, l'immobilisant d'une main de fer.

— Lâche-moi ! s'écria-t-elle. Va danser avec ta blonde. Je ne veux plus jamais avoir à faire à toi. Jamais !

Derrière ses épais cils bruns, les yeux noirs de Rocco brillaient d'un éclat inquiétant.

— Alors c'est ça ? lança-t-il avec une moue dégoûtée. Tu veux bien coucher avec moi, à condition que personne ne le sache. Je me trompe ? Cesse de faire ta sainte-nitouche, Frankie ! Tu as envie de faire l'amour avec moi, tu ne peux pas le nier !

Elle tenta de se dégager sans y parvenir, ce qui décupla sa colère. Mais il ne sembla nullement impressionné par sa réaction. Il s'écarta un instant et, un petit sourire aux lèvres, lui effleura la joue de l'index. Son sourire s'accentua, presque démoniaque, quand il la sentit vibrer sous sa caresse

— Ma panthère, murmura-t-il. Ma petite panthère indomptable…

Puis il l'attira à lui et, d'une main possessive, plaqua son bassin contre le sien.

Frankie ouvrit la bouche pour crier, mais ne put émettre aucun son. Elle était envoûtée, fascinée, incapable de s'opposer aux forces incontrôlables qui déferlaient en elle. Elle était prise dans un piège tourbillonnant dont, au fond, elle ne souhaitait pas sortir…

Le désir la submergea. Sans plus réfléchir, elle se dressa sur la pointe des pieds, passa la main autour du cou de Rocco et lui offrit ses lèvres. Elle glissa alors les doigts dans ses boucles noires et l'embrassa à perdre haleine. Leurs langues se cherchaient avec violence, leurs dents s'entrechoquaient, le souffle leur manquait.

Un spasme la traversa jusqu'au cœur de sa féminité, d'une violence inouïe, et elle vacilla. C'était divin. Aussi puissant et déstabilisant qu'un tsunami…

Rocco lui mordit la lèvre inférieure, lui tirant un gémissement de plaisir. Dans un état second, elle lui entoura la cuisse d'une jambe pour mieux se presser contre son sexe durci.

Les yeux fermés, Frankie savourait chaque seconde de cette étreinte. Ne rêvait-elle pas depuis dix ans de ce moment où elle allait enfin être à lui ?

Il la poussa contre le mur et glissa la main sous sa jupe. Il écarta sans ménagement son shorty et trouva ce qu'il cherchait. Il caressa son sexe, et elle se cambra en arrière sous l'intensité des sensations.

— Rocco…, implora-t-elle dans un souffle.

— Patience, murmura-t-il. Je n'ai pas attendu dix ans pour te faire l'amour dans un couloir.

Un bruit se fit entendre derrière eux. Aussitôt, il se détacha d'elle, tandis qu'elle se rajustait à la hâte. Une silhouette glissa dans le couloir, puis disparut. Ils étaient seuls de nouveau.

Rocco la prit dans ses bras avec une douceur inattendue et lui effleura les lèvres d'un baiser furtif.

— J'ai envie de toi comme je n'ai jamais eu envie d'aucune femme, chuchota-t-il d'une voix rauque.

Il s'écarta et la dévisagea longuement, comme s'il voulait graver dans sa mémoire chaque détail de ses traits.

— Viens, dit-il. On va chez moi.

La tête lui tournait. Frankie ne songeait à rien d'autre qu'à cette nuit magique qui s'annonçait.

— Attends, balbutia-t-elle cependant dans un dernier sursaut de raison, d'une voix à peine audible. Je dois prévenir Esme.

— Esme, la femme de Brett Thomson ? Je lui ai déjà dit. A elle et à son copain Hugo. Pas question que tu passes une minute de plus avec lui.

Etait-il jaloux ? Elle se réjouit intérieurement à cette idée.

— Que leur as-tu dit ?

— Je leur ai demandé où tu étais. Puis je leur ai annoncé que j'allais te chercher et que tu ne reviendrais pas. Que nous avions quelque chose à terminer.

— Tu leur as dit ça ? s'écria-t-elle, partagée entre l'incrédulité et l'émotion.

— Oui. La soirée ne peut pas se finir autrement que dans mon lit. Nous sommes du même avis ?

Elle n'essaya même pas de discuter : elle était parfaitement d'accord avec lui…

4.

Rocco possédait un bateau et trois résidences : une maison située en plein centre-ville, à quelques pas du lieu de la réception ; son estancia, La Coronada, vaste domaine agricole à deux heures de voiture de Buenos Aires et sa villa au bord de la mer à Punta del Este, qu'on atteignait facilement d'un coup d'hélicoptère.

Tout en escortant Frankie vers la sortie de l'hôtel, Rocco hésitait. Où l'emmener, sachant qu'il voulait l'avoir tout à lui, et pour longtemps, sans que personne ne les dérange ?

Sa limousine avança au moment même où ils quittaient le hall d'entrée : il avait prévenu son chauffeur, toujours d'une parfaite ponctualité. D'instinct, Rocco jeta un rapide coup d'œil à droite, puis à gauche. Il avait depuis longtemps pris l'habitude d'assurer sa propre sécurité, lui qui était à la fois la cible des médias et de fans trop entreprenants.

— Quand rentres-tu en Europe ? demanda-t-il en enlaçant Frankie par la taille, possessif.

Elle se lova aussitôt contre lui, et il en éprouva une joie intense. Physiquement, ils étaient incroyablement en phase. Son pouls s'accéléra. Et ce n'était qu'un début : le final promettait d'être explosif !

Frankie tarda à répondre. Elle ne voulait pas penser à son départ, terriblement proche…

— Dans une semaine. Dans quelques heures, j'accompagne Esme et Brett à Punta del Este. Jeudi, j'ai des rendez-vous professionnels dans la région et je reprends l'avion pour Madrid vendredi, articula-t-elle finalement d'une voix sourde.

Comment ferait-elle quand des milliers de kilomètres les sépareraient ? s'interrogea-t-elle, la gorge soudain serrée.

— Brett et Esme vont à Punta pour assister à la soirée du club Turlington, je présume, dit Rocco.

Il y serait aussi, naturellement. C'était l'événement à ne pas manquer, où toute la bonne société se pressait. Il y aurait une foule de gens qu'il connaissait, des admirateurs trop zélés — sans parler des admiratrices. Exactement l'environnement qu'il souhaitait fuir dès lors qu'il était avec Frankie… Au propre comme au figuré, il voulait la savourer en toute tranquillité.

— Je t'emmènerai à Punta demain, déclara-t-il d'un ton qui n'admettait pas la réplique. Pas aujourd'hui.

Elle leva vers lui un regard stupéfait.

— Je pars tout à l'heure avec Esme, je te l'ai dit ! s'écria-t-elle.

— Tu la retrouveras demain. Ne me dis pas que tu préfères une séance à la plage avec ta copine à une journée au lit avec moi !

— Je ne peux pas changer mes plans à la dernière minute !

— Tu les as déjà changés, murmura-t-il en lui effleurant la lèvre inférieure de l'index. Tu es là avec moi…

Elle frissonna, incapable de s'opposer à lui. Encore une fois, il avait gagné.

— D'accord, murmura-t-elle. Je te consacre la journée. Mais après, je reprends mon programme tel que je l'avais prévu.

— Très bien, ça me va. Et puisque tu ne m'offres qu'une journée, il n'y a pas un instant à perdre ! lança-t-il d'un ton décidé. Je suggère que nous allions chez moi sans attendre. Et demain, je te le promets, je te rendrai ta liberté.

— Merci, dit-elle en se forçant à sourire.

La liberté sans lui, est-ce que ça en valait la peine ? s'interrogea Frankie, en plein désarroi. N'était-elle pas prête à tout accepter pour rester à ses côtés ? Même son autoritarisme, ses caprices de macho, au mépris de ses convictions le plus profondes ?

Rocco lui ouvrit galamment la portière et s'engouffra derrière elle sur le cuir moelleux de la large banquette arrière. Il ne leur fallut qu'une seconde pour se jeter avec avidité dans les bras l'un de l'autre, sans se soucier le moins du monde de la présence du chauffeur, qu'une simple vitre séparait d'eux. Seulement préoccupés d'eux-mêmes, ils l'avaient purement et simplement oublié…

Leur baiser se prolongea de longues minutes, comme si rien ne pouvait les rassasier l'un de l'autre. Enfin, Frankie se dégagea et regarda Rocco d'un air grave.

— J'ai une petite mise au point à faire par rapport à ce que tu as dit tout à l'heure, déclara-t-elle, soudain sérieuse. Sache que je ne suis pas venue à la soirée pour te provoquer, mais simplement parce que j'avais promis à Esme de l'y retrouver. Sans elle, nous ne nous serions même pas croisés à la réception et, à l'heure qu'il est, je serais tranquillement au fond de mon lit.

Elle lui adressa un sourire mutin qui le fit littéralement fondre.

— En fait, tu as eu de la chance qu'elle soit là. Tu lui dois une fière chandelle ! ajouta-t-elle, amusée.

Rocco resta songeur un instant. A quoi tenaient ses retrouvailles avec Frankie, dix ans après leur première idylle à peine ébauchée ? Au hasard ? Il n'en était plus si certain. Peut-être était-il écrit qu'ils devaient se retrouver pour aller au bout de cette histoire…

— Et si ce n'était pas une question de chance ? susurra-t-il. Si nous savions l'un et l'autre qu'il devait y avoir un deuxième épisode à notre aventure ?

Trop émue pour répondre, Frankie se contenta de se serrer plus fort encore contre lui. Le langage de leurs corps était plus fort que celui des mots.

La limousine démarra. Le ronflement du puissant moteur les berça, les isolant plus encore du monde extérieur. Rocco sentait qu'ils étaient dans leur bulle, indifférents à tout ce qui n'était pas eux. Seuls comptaient désormais leurs souffles qui se mêlaient, leurs peaux qui s'effleuraient, le désir qui enflait en eux tel l'immense vague d'un raz-de-marée.

Il glissa les doigts dans les boucles de Frankie et l'attira à lui. Sa bouche et ses lèvres étaient faites pour ses baisers, comme si elle l'attendait depuis toujours...

Quelques minutes plus tard, la limousine s'arrêta devant la résidence de Rocco.

Main dans la main, ils se dirigèrent en silence vers le vaste bâtiment, le long de l'allée pavée bordée de buis centenaires.

D'ordinaire, en parcourant ces quelques mètres, il éprouvait toujours une intense fierté en songeant au chemin qui avait été le sien, lui le petit voleur des rues sans un sou, désormais propriétaire d'une des plus belles demeures de Buenos Aires. Mais cette fois, il n'eut pas une seule pensée pour son éclatante réussite. Il ne songeait qu'à cette femme à ses côtés, cette femme qu'il allait posséder encore et encore, cette femme qui le rendait fou...

Ils gravirent les quelques marches du perron et il saisit leur reflet dans la grande porte vitrée. Comme elle était belle ! Il se remémora avec émotion l'adolescente ardente et pleine de vie qui s'était offerte à lui au mépris de toutes les conventions. Elle avait grandi, mûri, mais malgré ses talons hauts et son maquillage, Frankie Ryan avait gardé sa fraîcheur et sa spontanéité. Elle ne trichait pas, ne se croyait pas obligée de jouer un personnage, ce qui le changeait des femmes prêtes à tout pour le séduire qu'il avait l'habitude de fréquenter.

Quand elle pénétra dans le vaste hall, Frankie eut l'étrange impression que les portraits accrochés au mur les accueillaient d'un sourire, que les bouquets posés sur les meubles anciens répandaient leur parfum suave rien que pour eux.

Eblouie, elle embrassa d'un œil les dorures, le marbre, les soieries, l'immense lustre et ses pampilles en cristal, les parquets en marqueterie.

— Quelle magnifique maison..., murmura-t-elle, admirative.

— On monte, asséna Rocco comme s'il n'avait rien entendu.

D'un geste possessif, il la souleva dans ses bras comme si elle avait été une plume et se dirigea vers l'escalier.

Comme électrisée, elle s'accrocha à lui, écrasant ses seins contre sa large poitrine, et chercha sa bouche. Il monta l'escalier tout en l'embrassant et, par miracle, ne trébucha pas.

Mais quand il fut sur le palier et que, déchaînée, elle tenta maladroitement de lui défaire sa ceinture, le désir explosa en lui, incontrôlable.

Alors il la posa sans ménagement et la plaqua contre le mur. Il ne pouvait plus patienter…

Avec des gestes d'une violence qu'il ne chercha même pas à maîtriser, il lui souleva sa jupe qu'il remonta au-dessus de ses hanches. Le spectacle infiniment érotique de ses cuisses fuselées et du mini-string qui cachait à peine son sexe acheva de le bouleverser.

— Frankie, j'ai tellement envie de toi, balbutia-t-il d'une voix rauque.

Pour toute réponse, elle lui déboutonna sa chemise et caressa avec délectation son torse puissant recouvert d'une toison brune. Rocco était la virilité incarnée. Le rêve de toute femme normalement constituée. Et c'est elle qu'il avait dans ses bras !

Elle lui pétrit les épaules tandis que, d'un coup sec, il lui arrachait son string. Le tissu craqua, ajoutant encore à leur fébrilité. Il s'arrêta un instant et s'écarta pour la regarder.

— Tu es si belle. Si parfaite…

Elle ferma les yeux. Ravi, Rocco constata que sa poitrine se soulevait de plus en plus vite. Elle en était au même stade d'excitation que lui.

Alors, la tête en arrière, elle leva une jambe et la passa autour de sa cuisse pour se presser contre lui. Il sentit son odeur enivrante, subtilement féminine, discrètement musquée, et son sang s'accéléra encore dans ses veines. A son tour, il l'attira à lui. Il glissa la main entre ses jambes.

Frankie se raidit contre son amant, puis se pâma au fur et

à mesure que ses doigts audacieux la caressaient, déclenchant en elle mille sensations extraordinaires.

Elle se cambra pour mieux s'ouvrir à lui et cria sans retenue son plaisir.

Rocco lui laissa à peine le temps de reprendre ses esprits. Il voulait tout d'elle, tout de suite.

— A présent, il faut que je te goûte…, murmura-t-il en la faisant doucement s'allonger sur la moquette épaisse.

Elle prit à dessein une pose lascive pour mieux le provoquer, activer encore l'envie qu'il avait d'elle. Les bras au-dessus de sa tête pour faire ressortir ses seins gonflés, elle entrouvrit les jambes, faisant fi de toute pudeur. Elle n'avait rien à lui cacher… Pour lui, elle était prête à tout. Elle se sentait merveilleusement femme, objet de désir convoité, et elle en était fière.

Il s'allongea à côté d'elle et lui caressa les hanches, les cuisses, avant de revenir là où elle l'attendait…

Alors les lèvres de Rocco prirent le relais de ses mains, et de nouveau un cri lui échappa tant le plaisir était aigu. Il jouait d'elle comme un violoniste de son archet ; comme s'il devinait d'instinct les gestes qui la combleraient, les folles initiatives qu'elle appelait de ses vœux sans oser le lui avouer.

Leur rencontre était tout simplement magique, et cela la bouleversait.

— Viens, dit-il en se relevant brusquement. Cette fois, nous irons jusqu'au bout, je te le promets…

Frankie le suivit, à moitié nue, le cœur battant à tout rompre. Le moment qu'elle avait espéré depuis dix ans était proche : ils allaient enfin s'appartenir.

Ils s'abattirent sur le grand lit, toujours enlacés, et achevèrent de se dévêtir avec une frénésie partagée. Leurs vêtements tombèrent en désordre sur le sol. Bientôt, ils furent nus dans les bras l'un de l'autre, peau contre peau.

Puis ce fut une succession de baisers, de caresses, plus audacieuses les unes que les autres. Rien ne pouvait étancher la soif qu'ils avaient l'un de l'autre, le besoin de se redécouvrir, de tout partager.

Fascinée, Frankie prit le temps d'admirer Rocco, majestueux de puissance et de virilité dans sa nudité triomphante, avec ses cuisses musclées, son large torse d'athlète accompli, l'émouvante ligne de ses épaules carrées. Son sexe dressé l'attendait. Ce pouvoir qu'elle avait sur lui la chamboulait au plus haut point.

A son tour, elle le caressa, et sa bouche gourmande prit possession de son membre viril. Rocco ne put retenir un gémissement. Les lèvres audacieuses de Frankie l'amenaient au bord de l'extase. Il se retint et, au moment où il allait craquer, la fit rouler sous lui.

Alors ils s'enlacèrent et s'étreignirent, comme si rien ni personne ne pouvait plus jamais les séparer.

Rocco la pénétra d'un coup. Quand il fut au plus profond d'elle, Frankie eut la certitude que désormais sa vie prenait tout son sens. Elle ferma les yeux. Quoi qu'il arrive dans le futur, il y aurait un avant et un après Rocco, dont le sexe avait trouvé sa place en elle comme si elle avait été destinée de toute éternité à l'accueillir.

Puis le temps s'arrêta, et rien ne compta plus que cet homme qui allait et venait en elle, que leurs souffles qui s'accéléraient à l'unisson, que le plaisir qui enflait en eux, presque insoutenable.

Et enfin ce fut l'explosion finale. La sensation de partir ailleurs, très loin, vers des rivages inconnus, de ne plus s'appartenir, de n'être plus qu'un avec l'autre…

Leurs cris se mêlèrent, tandis que les vagues déferlaient en eux, d'une incroyable force, avant de décélérer doucement pour ralentir totalement, les laissant épuisés et comblés.

Quand elle reprit enfin conscience du monde extérieur, Frankie souhaita que ce moment ne s'arrête jamais. Elle venait de faire l'amour avec Rocco comme jamais elle n'aurait espéré pouvoir le faire un jour, d'une façon si fusionnelle qu'elle ne voulait pas revenir sur terre.

Il était encore en elle, et c'était tout simplement le bonheur absolu. Elle ne bougeait pas, de peur que son fabuleux amant ne se retire. Le temps s'étira ainsi longuement, empreint d'une parfaite félicité.

Enfin, Rocco ouvrit les yeux et bougea légèrement, ce qui suffit à les séparer. Frankie se lova contre lui, comme pour le retenir encore un peu tant cet arrachement lui était douloureux.

Il s'écarta et lui sourit.

— Tu es si belle, dit-il en passant l'index sur ses lèvres gonflées, puis sur ses mamelons durcis. Si belle…

Elle sourit à son tour et lui caressa l'épaule.

— C'était… unique, murmura-t-elle d'une voix à peine audible.

— Unique ? Oui, c'est le mot…

Rocco attira à lui sa maîtresse et prit ses lèvres qui lui manquaient déjà. Jamais il n'avait éprouvé ce besoin de retenir la femme à laquelle il venait de faire l'amour.

Ce constat le surprit. D'ordinaire, il mettait un point d'honneur à ne pas se livrer. L'expérience lui avait appris qu'après l'amour, on avait tendance à se lâcher et, sous le feu de la passion physique, à prononcer des mots qu'on pouvait regretter par la suite. A plusieurs reprises, par des paroles malheureuses, il avait fait naître chez ses conquêtes des espoirs qu'il n'avait pu que décevoir. Il se montrait donc généralement prudent.

Sauf avec Frankie…

Ce qu'il avait vécu avec elle était tellement spécial qu'il ne voulait pas être dans la tactique, la méfiance, ériger des barrières autour de lui pour se protéger comme il le faisait d'habitude. Il voulait juste profiter d'elle, encore et encore…

Elle lui posa la main sur la cuisse et le dévisagea, un petit sourire aux lèvres.

— Quand je pense que la dernière fois, tu m'avais purement et simplement mise dehors ! dit-elle, amusée.

— C'est vrai, concéda-t-il. Mais à l'époque, heureusement que moi j'avais la tête sur les épaules puisque tu étais impossible à raisonner ! Pourtant, si tu savais comme ça a été dur de te résister. J'avais tellement envie de toi. Mais tu avais seize ans à peine…

— Peut-être, mais nous étions attirés l'un par l'autre, alors où était le mal ?

Elle lui déposa un baiser sur l'épaule sans cesser de le dévorer d'un regard adorateur.

— Ta famille n'était pas particulièrement progressiste, il me semble, lui rappela Rocco. C'est un miracle que nous n'ayons pas été surpris. Je n'ose pas imaginer ce qui se serait passé si ça avait été le cas.

Elle retira sa main et se mit sur le dos, les yeux fixés au plafond.

— Nous avons été surpris, déclara-t-elle d'une voix posée.

Rocco s'écarta brusquement et, appuyé sur un coude, la dévisagea avec stupéfaction.

— Non ! Tu plaisantes ?

— Pas du tout, c'est la vérité. Mais ne t'inquiète pas, j'ai nié, de toutes mes forces, jusqu'à en perdre la voix. Sans réussir à convaincre mon père, malheureusement.

— Je suis navré, déclara-t-il d'un air grave. J'ignorais. Si j'avais su, je serais resté pour te soutenir.

— Tu n'aurais rien pu faire. Mon père n'écoute personne. Il a dû nous entendre. Après ton départ au milieu de la nuit, je suis retournée dans ma chambre. Il m'y attendait. Furieux.

Rocco se souvenait de chaque seconde de cette nuit. Frankie s'était glissée dans sa chambre avec la discrétion d'une petite souris, avait enlevé son peignoir, puis l'avait rejoint dans son lit, entièrement nue. Il n'avait pas pu résister au désir de la caresser, et c'était elle qui avait guidé sa main jusqu'au cœur de sa féminité, avec une détermination qui avait encore attisé son désir. Elle avait pris son plaisir dans ses bras, et il lui avait fallu un effort surhumain pour résister à l'envie de lui faire l'amour sur-le-champ.

La pensée qu'elle était vraisemblablement vierge l'avait arrêté. C'était presque une enfant qui ne savait pas ce qu'elle faisait. S'il était resté une minute de plus avec elle, il aurait succombé à la tentation. Alors il avait littéralement pris la fuite, après avoir empoigné à la hâte son sac de voyage.

Elle l'avait rejoint dans l'entrée et lui avait barré le passage, l'empêchant d'atteindre la lourde porte de chêne. Le désespoir qu'il avait lu sur son visage l'avait ému, et il avait failli se laisser attendrir. Elle semblait si malheureuse ! Après tout, si elle s'était entichée de lui, pourquoi ne pas lui faire l'amour comme elle le souhaitait tant ? Certes, elle était un peu jeune, mais ne valait-il pas mieux pour elle perdre sa virginité dans ses bras à lui, puisque c'était son souhait, plutôt que dans ceux du premier venu ?

Il avait hésité un instant, ébloui par le charme sulfureux de cette adolescente à la moue boudeuse et à la sexualité assumée. Mais il s'était rapidement rendu à la raison : il avait vingt et un ans, sa carrière de joueur de polo démarrait de façon prometteuse, il ne voulait pas s'embarrasser d'une femme. Frankie était craquante, mais s'il cédait à ses avances elle ne le laisserait pas en paix. Une relation avec une fille aussi jeune et aussi volcanique, c'était trop dangereux.

Alors il l'avait écartée sans ménagement et avait disparu dans la nuit… Ils ne s'étaient pas revus depuis, jusqu'à aujourd'hui, près de dix ans plus tard.

— Mon père a compris tout de suite qu'il se passait quelque chose, reprit Frankie. J'avais juste eu le temps d'enfiler une robe de chambre, mais je devais avoir un air bizarre. Il a été vérifier dans ta chambre, et quand il s'est aperçu que tu étais parti, que le lit était sens dessus dessous, sa colère a éclaté. Il m'a giflée, traitée de tous les noms et…

Elle se tut. Rocco lui passa doucement les doigts dans les cheveux.

— Je suis désolé.

— Ne t'en fais pas, j'ai résisté. J'ai menti, je lui ai dit que j'étais debout parce que j'avais entendu du bruit.

— Il t'a crue ? demanda-t-il en accentuant sa caresse.

— Je ne crois pas. Tout ce que je sais, c'est qu'il m'a

envoyée pendant deux ans dans un pensionnat qui ressemblait à une prison.

— Pauvre Frankie, la plaignit-il, sincère, en la serrant contre lui.

— Le pire a été quand il a obligé Mark à vendre Ipanema, ma jument adorée. Que tu aies été l'acquéreur était une coïncidence, mais ça m'a rendu les choses encore plus difficiles.

Rocco fronça les sourcils, contrarié.

— Tu aurais dû me prévenir, j'aurais peut-être pu intervenir ! En tout cas, j'aurais essayé. Tu n'aurais pas été seule à affronter la tempête.

Elle se redressa sur un coude et le dévisagea.

— Tu m'avais fait comprendre que tu ne voulais plus entendre parler de moi. Alors je me suis débrouillée. Mais ne t'en fais pas, tout ça est derrière moi aujourd'hui.

Rocco attira à lui sa belle Irlandaise, soudain songeur. Elle avait raison, le passé était le passé. Alors pourquoi ne parvenait-il pas, lui, à surmonter les traumatismes de son enfance ? Pourquoi l'image de Lodo le poursuivait-elle encore, le réveillant en sursaut au milieu de la nuit ? Tout ça malgré des années de thérapie, pendant lesquelles de doctes médecins lui avaient dit et répété qu'il n'était pas responsable de la mort de son petit frère adoré…

Pourtant, c'était bien lui qui lui avait appris à voler, qui l'avait entraîné dans cette vie de délinquant, puis qui l'avait poussé à devenir comme lui la petite main de trafiquants de drogue.

Il jeta un coup d'œil à la photo posée sur sa table de nuit, cette photo qui ne le quittait pas. On y voyait un petit garçon au sourire éveillé et au regard intelligent, presque trop mûr pour ses quatre ans.

Lodo n'avait jamais eu cinq ans. Martinez l'avait abattu comme un chien, et Rocco n'avait rien pu faire. Il s'était promis de venger son frère, et il y parviendrait. Il attendait encore et toujours l'occasion, mais l'étau se resserrait peu à peu autour du meurtrier.

Frankie l'enlaça par la taille et chercha sa bouche. Aussitôt, le désir se réveilla en lui, aussi intense que la première fois, et il repoussa les noires pensées qui l'assaillaient.

Il avait l'impression qu'il ne se lasserait jamais de cette femme ; ce qui l'inquiétait légèrement.

Pourtant, il se détacherait d'elle comme des précédentes, puisque l'idée même de se fixer et de fonder un foyer lui était étrangère. Donc il était en train de préparer à cette femme qui se donnait si totalement à lui des lendemains difficiles…

Elle s'agenouilla sur lui et le guida en elle. La sensation était si intense, le geste si beau qu'il chercha son regard. Elle le lui rendit avec une gravité et une intensité qui le bouleversa.

Oui, il avait raison d'être inquiet.

Pour elle, à coup sûr, mais peut-être aussi pour lui.

5.

Frankie se regarda dans le miroir et fit la moue. Elle avait vraiment l'air épuisé — ce qui n'avait rien d'étonnant étant donné l'intense activité physique qu'elle venait de pratiquer avec Rocco des heures durant !

En fait, elle n'avait quasiment pas dormi depuis vingt-quatre heures.

Deux salles de bains complétaient la suite de Rocco, l'une masculine, destinée au maître de maison, et l'autre dans laquelle elle se trouvait, plus féminine par les détails de sa décoration et la nature des produits mis à disposition : crèmes de beauté de luxe, bains moussants parfumés…

Elle jeta un œil autour d'elle, nota le raffinement des équipements, l'immense baignoire à remous, et préféra ne pas imaginer le nombre de conquêtes de Rocco qui s'y étaient prélassées après une nuit torride. Car, elle le savait, elle n'était ni la première ni la dernière.

Elle s'aspergea le visage d'eau fraîche pour se redonner des couleurs et se remémora sa conversation avec Rocco. Evoquer le passé faisait immanquablement resurgir des souvenirs douloureux qu'elle n'avait pas vraiment réussi à évacuer. Ainsi, le jour où Mark lui avait appris qu'Ipanema avait été vendue était resté gravé en elle comme le plus sombre de toute son existence.

— Tu savais que nous souhaitions la vendre, n'est-ce pas ? lui avait annoncé son frère, en visite au pensionnat qu'elle ne quittait que pour les grandes vacances. Eh bien figure-toi que c'est Rocco Hermida qui l'a achetée ! Tu dois être contente, n'est-ce pas ? Je me souviens que tu le trouvais très sympa quand il a habité chez nous quelques jours… J'aurais bien gardé Ipanema, mais on a trop de frais en ce moment. En tout cas, pas d'inquiétude à avoir, elle sera heureuse chez Rocco ! Bien plus heureuse que chez nous : depuis que tu n'es plus là pour la monter chaque soir, elle s'ennuie terriblement.

Mark lui avait donné une bourrade affectueuse, sans se douter un instant du traumatisme qu'il venait de déclencher en elle.

Isolée dans sa pension, loin des siens, coupée de ses chevaux adorés, Frankie avait dû faire face à un double choc : la perte de celui qu'elle aimait — car elle aimait alors Rocco de toute son âme — et de cette jument qu'elle montait depuis son plus jeune âge, avec laquelle elle avait développé un véritable lien affectif.

Elle s'était renfermée sur elle-même, avait perdu dix kilos, et n'avait dû son salut qu'à l'amitié indéfectible d'Esme, qui, patiemment, avait réussi à la sortir de sa dépression larvée.

Frankie redressa la tête, assaillie d'un terrible sentiment de culpabilité. Comment avait-elle traité Esme, qui ne l'avait jamais lâchée, qui avait toujours été là pour elle dans les moments difficiles ? Qui se réjouissait tant de la voir enfin après une longue séparation, de faire la fête avec elle au Molina Lario, de passer le week-end avec elle à Punta del Este ? En la laissant purement et simplement tomber, pour se précipiter sans plus réfléchir dans les bras de Rocco !

Elle avait honte de s'être montrée aussi égoïste, d'avoir agi de façon aussi irréfléchie…

Que lui arrivait-il ?

D'abord, elle avait posé un lapin à sa meilleure amie, qu'elle n'avait pas vue depuis des mois, puis elle s'était jetée dans les bras d'un séducteur professionnel au vu et au su d'une assemblée triée sur le volet, et enfin elle avait accepté de passer la nuit dans sa somptueuse résidence, telle une poule de luxe qui serait congédiée au petit matin. Tout ça dans le cadre d'un déplacement professionnel…

Et, pire encore, elle s'était laissée aller à faire à son amant des confidences qu'elle regrettait déjà. Elle n'avait jamais parlé à personne de cette nuit qui avait fini en cauchemar, de la violence verbale de son père, de la lâcheté de sa mère — qui n'était pas intervenue pour lui éviter la pension —, de l'indifférence de ses frères.

Elle ne voulait de la pitié de personne, et surtout pas de celle de Rocco ! Alors pourquoi s'était-elle épanchée ainsi ?

Une fois habillée, Frankie se sentit un peu mieux et tenta de relativiser.

Certes, elle avait passé la nuit avec Rocco, chez lui, mais elle n'avait pas commis un crime, si ? Ils étaient tous les deux célibataires, adultes, et rien ne les empêchait de donner libre cours à leurs pulsions sexuelles.

Et si l'aventure en restait là, ce qui à l'évidence serait le cas, il n'y avait pas mort d'homme. Des tas de filles autour d'elle avaient des liaisons sans lendemain, juste pour se faire du bien, et elles n'étaient pas clouées au pilori pour autant.

Elle assumait parfaitement ce qui s'était passé et n'attendait rien de Rocco. Cela avait été une façon de tourner enfin la dernière page d'une histoire restée inachevée, et de pouvoir ainsi repartir du bon pied.

Les pleurnicheries d'un cœur brisé, ce n'était pas son genre.

Rocco fut plus ébranlé qu'il ne l'aurait cru par les révélations de Frankie.

Comme elle avait dû souffrir, accusée des pires ignominies par son père, chassée de chez elle, éloignée de tout ce qui lui était cher, alors qu'elle n'était que pureté, innocence, générosité !

Car il n'y avait rien eu de mal ni de pervers dans la façon dont elle s'était donnée à lui, mais seulement l'inconscience, le romantisme et la naïveté de l'extrême jeunesse… Bien sûr, il comprenait que son père ait cherché à la protéger, mais pourquoi la brimer, la renier, alors que de toute façon la menace avait disparu, puisqu'il était parti ?

La confiance qu'elle lui avait témoignée cette nuit en s'épanchant le touchait... et l'inquiétait tout à la fois. Car il ne voulait pas que s'installe entre eux une trop grande proximité. Pas question qu'elle se mette à attendre de lui des choses qu'il ne lui donnerait jamais !

Elle ne le savait peut-être pas, mais il ne restait jamais longtemps avec une femme ; et il n'y avait aucune raison qu'il déroge à la règle pour elle. Même s'il n'avait jamais été aussi séduit, aussi troublé. Ce qu'il s'abstiendrait de le lui préciser...

— Salut, mec !

Rocco se retourna brusquement et, stupéfait, se retrouva nez à nez avec Dante.

— J'arrive juste pour le café, si je comprends bien, poursuivit son frère en désignant le plateau sur lequel étaient disposées deux tasses. Tu aurais pu me dire où tu étais ! Je te croyais déjà à Punta. Heureusement que quelqu'un m'a dit que tu avais repoussé ton départ...

Rocco fronça les sourcils, contrarié. Pourquoi diable son frère venait-il l'importuner alors qu'il avait prévu de passer encore quelques précieuses heures seul avec Frankie ?

— Dis donc, tu m'espionnes ou quoi ? maugréa-t-il. Je ne t'ai même pas entendu entrer !

— Je commençais à m'inquiéter, alors j'ai pris sur moi de venir ici. Tu ne vas pas en faire un plat, tout de même ! Sauf si je t'interromps en galante compagnie, naturellement...

Dante le dévisagea et claqua des doigts avec un clin d'œil.

— J'ai compris ! Tu es toujours dans ta période irlandaise, c'est ça ? Décidément, les mythes ont la vie dure, lança-t-il d'un ton railleur. J'espère que cette fois au moins, tu vas aller au bout de ton obsession !

— J'y travaille, fit Rocco de plus en plus agacé. Et toi, quand pars-tu ?

— Je ne vais pas tarder. Ils sont tous à Punta, ils font déjà la fête et ils se demandent ce que nous fabriquons. Personne n'a compris ton comportement hier soir, pour tout te dire. Mais bon, si tu soldes enfin cette vieille histoire, ce n'est pas plus mal. Elle passe le week-end avec toi ?

— Je ne vois pas pourquoi tu t'excites autant autour de ça, fit observer Rocco d'un ton détaché. Ce n'est pas la première fois que je passe le week-end avec une fille, il me semble.

— Peut-être, mais de là à rater la soirée Turlington, je t'avoue que ça m'étonne ! Tu n'as jamais manqué à l'appel, et il y a des tas de gens qui seront déçus si tu ne viens pas… ou si tu viens avec ton Irlandaise ! Frankie, c'est ça ?

— Absolument, confirma une voix féminine derrière eux.

Rocco et Dante se retournèrent d'un même mouvement et aperçurent Frankie qui se tenait dans l'embrasure de la porte.

Elle avait enfilé une chemise en lin à lui et l'avait boutonnée de guingois, ce qui ajoutait à l'impression qu'elle donnait d'être tombée du lit. Le lin bleu s'harmonisait avec l'azur de ses yeux, et ses boucles folles encadraient gracieusement son visage. Elle n'avait jamais été plus charmante.

Enjouée, parfaitement à l'aise en apparence, elle se dirigea vers la table, saisit un verre de jus d'orange frais que Rocco venait de presser et le leva en direction des deux frères.

— A votre santé !

Rocco, silencieux, fixait la naissance de son cou, la rondeur de ses seins que l'on devinait sous le tissu léger, et pestait mentalement contre la présence de son frère qui l'empêchait de la prendre dans ses bras et de lui enlever cette chemise tout à fait inutile.

Très décontracté, comme toujours, Dante s'approcha de Frankie, sourire aux lèvres.

— Très heureux de te revoir, déclara-t-il de son ton le plus mondain.

Comme si elle n'était pas à moitié nue, comme s'il n'avait pas parfaitement compris à quelle occupation elle s'adonnait avec Rocco, quelques instants auparavant…

Puis, lui prenant la main, il l'attira à lui et l'embrassa sur les deux joues.

— Dante était en train de partir, intervint Rocco d'une voix coupante.

Son frère ne se démonta pas.

— Oui, je vais à Punta. Demain soir, c'est la soirée Turlington. Je peux t'y emmener sans problème, Frankie.

Celle-ci souriait, visiblement sous le charme. Dante ne manquait pas de toupet à faire ainsi le joli-cœur, pensa Rocco, outré. Flirter avec la fille avec laquelle il venait de passer la nuit, il fallait oser ! Et le pire était que Frankie avait l'air plus que réceptive.

— En ce qui me concerne, je dois passer à La Coronara avant d'aller à Punta, précisa-t-il sèchement en se tournant vers son frère. Je te tiendrai au courant.

— Et toi, Frankie ? Tu ne préférerais pas t'offrir de bons moments à la plage avec les copains plutôt que de suivre notre cow-boy solitaire ?

Dante commençait à être vraiment lourd d'insister ainsi ! Rocco s'approcha de sa belle Irlandaise et lui posa la main sur l'épaule d'un geste possessif.

— Frankie est venue pour voir les chevaux. Je pense que ça répond à ta question.

Son frère éclata de rire.

— Quelle déception ! Je croyais qu'elle était venue pour toi.

Rocco se retint de remettre vertement Dante à sa place. Celui-ci dut se rendre compte qu'il était allé trop loin car il se calma soudain et lui fit un bref signe de tête.

— Bon, je vous laisse, dit-il d'un ton posé. On se retrouve demain, à la soirée. Tu me garderas une danse, Frankie ?

Elle opina avec un sourire, tout en se demandant s'il s'agissait d'un show bien rodé entre les deux frères. Combien de fois l'un avait-il fait du charme à la copine de l'autre, pour le seul plaisir de le provoquer ?

Dante parti, Frankie se tourna vers Rocco.

— Je ne savais pas que tu devais aller à La Coronara. C'est ton estancia, n'est-ce pas ?

— Oui. Ce n'était pas prévu, en effet…

Il y eut un silence. C'était l'instant ou jamais, songea-t-il. Avec toutes les autres, il aurait sauté sur l'occasion : « C'était merveilleux. Mais tout a une fin, et je dois m'absenter. Merci encore pour tous ces super moments… », aurait-il dit, la mine contrite, en croisant les doigts pour que son interlocutrice n'éclate pas en sanglots.

Mais il ne prononça pas un mot. Il la voulait encore un peu auprès de lui. Quelques heures de plus ne l'engageaient à rien, et lui permettraient de tourner définitivement la page. Il était encore un peu tôt : il n'était pas prêt à la voir partir.

— En ce qui me concerne, je dois aller retrouver Esme à Punta, murmura Frankie. Elle se réjouit tellement de ce séjour !

Elle prétendait être venue pour voir son amie, or jusqu'ici, elle avait passé le plus clair de son temps avec lui. Qui essayait-elle de convaincre ? Lui ou elle-même ?

— Comme tu voudras, dit-il. Punta n'est qu'à quelques heures d'ici, je peux t'arranger le voyage si tu souhaites partir maintenant. Je ne peux pas reporter ce déplacement à la Coronara. Juanchi, mon chef gaucho, a besoin de me voir. Il y a un problème avec un des poneys inclus dans l'expérimentation génétique. Tu fais exactement comme tu le sens. Je comprendrais très bien que tu désires retrouver tes amis. Sinon, tu me suis à la Coronara, et nous allons ensuite ensemble à Punta.

Frankie hésita un instant, désarçonnée par cette proposition.

— Bon, pourquoi pas ? murmura-t-elle d'un ton désabusé. Je veux bien t'accompagner. A condition qu'il n'y ait pas d'autres surprises…

Sa réaction surprit Rocco. N'importe quelle femme aurait sauté de joie à l'idée qu'il l'emmène dans son ranch, là où seuls les très proches étaient invités. Frankie, elle, n'était pas vraiment enthousiaste — et c'était un euphémisme !

Il s'approcha d'elle et l'attira à lui comme il en brûlait d'envie depuis qu'elle était apparue dans l'embrasure de la porte.

— Des surprises ? Il y en a d'agréables, tu ne trouves pas ? Toi et moi, par exemple, c'est plutôt une bonne surprise, non ?

Il glissa la main dans l'échancrure de sa chemise et s'empara d'un de ses seins. Le souffle de Frankie s'accéléra. Il suffisait que Rocco pose la main sur elle pour qu'elle perde tout contrôle. C'en était presque effrayant.

— Si, plutôt bonne, balbutia-t-elle.

Elle ferma les yeux pour mieux sentir la caresse experte des doigts de son amant sur son mamelon.

— Et même si ça ne dure que quelques jours, si ensuite nous partons chacun de notre côté, on peut encore s'accorder un peu de bon temps…

Tout en parlant, Rocco lui déboutonna sa chemise et la fit glisser à terre, dénudant sa poitrine. Puis il se pencha et goûta l'un après l'autre ses mamelons dressés, déclenchant en elle des spasmes de plaisir d'une violence extrême jusqu'au cœur de sa féminité. Elle gémit et se cambra en arrière pour mieux s'offrir à ses baisers. C'était divin…

— Rocco…, murmura-t-elle, dans un état second.

Elle se redressa et s'accrocha à son cou, cherchant sa bouche. Leurs lèvres s'unirent pour un long baiser, et plus rien ne compta que leurs corps pressés l'un contre l'autre, et l'anticipation des délices qui allaient suivre.

Avant de tout oublier, Rocco eut cependant le temps de constater avec inquiétude que cette femme exceptionnelle avait sur lui un pouvoir grandissant.

Il devait rester vigilant, garder coûte que coûte le contrôle de la situation.

6.

Le voyage se déroula dans un silence pesant, ponctué par les conversations professionnelles de Rocco sur son téléphone portable.

Elle aurait aussi bien pu être une valise, songea Frankie avec une rage sourde. Il discutait, les yeux rivés sur la route, l'air concentré à la fois sur la conversation et sur la conduite, sans lui jeter un seul regard. Exactement comme si elle n'existait pas.

Alors, ostensiblement, elle fourragea dans son sac et y trouva une lime à ongles.

Quand elle la remit à sa place dix minutes plus tard, elle songea qu'elle n'avait jamais pris autant de temps pour se faire les ongles…

Son propre téléphone restait silencieux, et elle eut une pensée gênée pour Esme. Elle aurait dû l'appeler, la tenir au courant, mais elle n'y parvenait pas. Peut-être craignait-elle la réaction de son amie qui risquait, avec raison, de la mettre en garde sur son aventure avec Rocco.

Elle se plongea dans le spectacle du paysage qui défilait sous ses yeux en tentant d'oublier la présence de l'homme à ses côtés, s'obligeant à ne pas tourner la tête pour apercevoir son beau profil, ses longs doigts élégants posés sur le volant.

Tout à coup, elle sentit sa main se poser sur la sienne, et une émotion intense l'envahit.

Les yeux brouillés de larmes, elle tourna la tête vers lui. Il fixait toujours la route devant lui, hiératique, mais tout en conduisant, il entrelaça ses doigts autour des siens. Puis il approcha sa main de sa bouche et lui déposa un baiser furtif au creux de la paume.

Il ne prononça pas un mot, continua à regarder droit devant lui, et Frankie comprit qu'elle devrait se contenter de ce geste en guise d'excuse. Avec quelle habileté, quel talent il soufflait le chaud et le froid ! Et avec quelle faiblesse elle succombait au pouvoir presque magnétique qu'il avait désormais sur elle... Dès qu'il la touchait, elle perdait pied, et son corps tout entier s'enflammait dans l'attente de ses caresses, de ses baisers. Elle devait admettre l'évidence : il faisait d'elle ce qu'il voulait...

A cet instant, elle aurait pu être déjà à Punta del Este, en train de s'amuser avec Esme et ses amis. Rocco ne lui avait-il pas proposé d'organiser le trajet pour elle ? Mais elle avait décliné, incapable de supporter l'idée de se séparer de lui.

Encore vingt-quatre heures, et leur tête-à-tête prendrait fin. Il retrouverait ses admiratrices, elle retrouverait Esme et la vie reprendrait son cours normal.

Ou tout au moins devait-elle s'en persuader...

Frankie ne fut pas surprise par la beauté des lieux : la longue allée bordée de jacarandas aux fleurs violettes, l'étang sur lequel se penchaient mélancoliquement les saules pleureurs, la vaste demeure blanchie à la chaux, les exubérantes fleurs en pot, et même la vue à 360° sur les collines alentours, qui toutes faisaient partie de l'immense domaine.

Rocco n'avait-il pas à la fois des moyens illimités et un goût très sûr ? Rien d'étonnant donc à ce qu'il élise pour résidence des endroits exceptionnels...

Mais, alors qu'ils approchaient de la maison, elle n'avait pas imaginé à quel point elle serait émue de voir les chevaux galoper vers la voiture de leur maître, comme pour lui souhaiter la bienvenue et lui exprimer leur joie de le revoir. Pas plus qu'elle n'avait anticipé l'expression de félicité de Rocco quand il était allé, après s'être garé, leur flatter l'encolure.

Comment un cheval n'aurait-il pas été heureux dans cet environnement ? Aucune barrière ne les entravait, les champs et les bois s'étendaient à perte de vue, ils bénéficiaient des meilleurs soins et, plus important encore, de l'attention vigilante de Rocco. Après la vente d'Ipanema, Frankie s'était peu à peu détachée du monde du cheval. Le redécouvrir ainsi, aussi beau, aussi pur, la bouleversait.

Elle n'avait rien oublié des odeurs, des bruits, du regard plein de confiance que les animaux portaient sur leur maître. Elle en avait les larmes aux yeux. C'était un peu comme si elle avait retrouvé le paradis perdu. Ce paradis qui avait disparu avec l'irruption dans sa vie de Rocco Hermida, dix ans auparavant.

— Je dois aller retrouver Juanchi, lui expliqua-t-il. Tu peux visiter les lieux en attendant.

C'était quasiment les premiers mots qu'il prononçait depuis qu'ils s'étaient réveillés après une courte sieste dans sa maison de Buenos-Aires, sieste pendant laquelle ils avaient peu dormi et beaucoup fait l'amour…

A peine Rocco avait-il ouvert un œil qu'il avait sauté hors du lit. Tout en s'habillant d'une main, il tenait son téléphone portable de l'autre et donnait des ordres d'une voix ferme à un interlocuteur, dont Frankie avait deviné qu'il s'agissait d'un de ses conseillers financiers.

Elle s'était habillée rapidement elle aussi et avait rassemblé ses affaires en rougissant : leur furie avait été telle qu'elles étaient disséminées dans toute la pièce… Elle avait déniché ses boucles d'oreilles sous le lit, sa montre sur le tapis ; en cherchant son portable sur les étagères, elle était tombée sur un cadre tourné à l'envers.

Cédant à la curiosité, elle s'en était emparé. Il s'agissait de la photo déjà ancienne d'un petit garçon aux grands yeux noirs et au sourire charmeur, qui semblait avoir quatre ou cinq ans. Dante ? Rocco ? Elle allait poser la question à celui-ci quand il s'était tourné vers elle. Il s'était figé et avait interrompu brusquement sa conversation téléphonique. Les traits tendus, il s'était dirigé vers elle et, sans un mot, lui avait pris le cadre des mains pour le remettre à sa place, toujours tourné à l'envers.

Il ne l'avait pas regardée, ne lui avait pas adressé la parole, mais le message était clair : cette photo était taboue et elle n'aurait jamais dû la voir. Elle s'était aventurée en eaux troubles, là où elle n'avait rien à faire. A tel point que Rocco ne voulait même pas évoquer le sujet.

Interloquée, Frankie ne s'était pas risquée à poser la moindre question : elle avait deviné que ce serait peine perdue. Mais, profondément blessée qu'il ne la juge pas digne de recueillir ses confidences, elle s'était promis intérieurement d'avoir un jour le fin mot de l'histoire…

Rocco restait pour elle une énigme. Il ne lui avait strictement rien confié sur lui, malgré les moments d'intense partage qu'ils avaient vécus dans les bras l'un de l'autre. Comme s'il cherchait à se protéger, comme si elle était pour lui quantité négligeable, alors qu'elle s'était de son côté ouverte à lui en évoquant son adolescence. Elle avait cru naïvement trouver en lui une véritable qualité d'écoute…

N'était-ce pas la preuve qu'ils n'avaient pas les mêmes attentes, et qu'en s'engageant dans une relation avec lui, Frankie ne récolterait que déception, douleur et frustration ?

Bien sûr, elle pourrait décider d'en rester là, de repartir de son côté en tentant, une deuxième fois, de l'oublier. Mais elle n'en avait pas le courage. Même si cette aventure ne menait à rien, elle voulait la poursuivre encore un peu, grappiller quelques instants de bonheur supplémentaires dans les bras de Rocco, moments dont elle chérirait le souvenir jusqu'à la fin de ses jours.

Alors, elle l'avait suivi dans sa voiture et ils avaient pris la route de l'estancia. En silence.

— Va retrouver Juanchi, dit-elle. Je me balade dans le parc en t'attendant.

Rocco rangea son portable dans sa poche et la dévisagea. Pour la première fois depuis leur départ, elle eut la certitude qu'il la voyait vraiment.

— Désolé, dit-il, je ne t'ai pas consacré beaucoup de temps dans la voiture. J'avais mille choses à régler.

Pas beaucoup de temps ? songea Frankie en dissimulant son amertume. Il ne lui avait pas adressé un mot de tout le voyage !

— Pas de problème, enchaîna-t-elle d'un ton dégagé. Tu es très occupé, c'est normal.

Il toussota.

— Je dois te laisser à nouveau, déclara-t-il, visiblement gêné. Tu ne m'en veux pas trop ?

— Pas du tout ! rétorqua-t-elle avec un éclat de rire, qui, par chance, sonna à peu près juste. Je suis une grande fille, comme tu le sais.

7.

Une fois Rocco parti, Frankie fit quelques pas dans le parc. Une longue allée bordée de chênes menait au perron de la vaste demeure.

Elle se remémora brusquement une photo qu'elle avait vue dans un magazine people. On y voyait Rocco au volant d'une voiture de sport devant ce même perron, accompagné d'une ravissante blonde qui répondait au nom de Carmen, elle s'en souvenait encore, une fille présentée par le journaliste comme « très proche » de la star du polo…

Frankie chassa ce souvenir de son esprit. Il y avait eu des femmes avant elle dans la vie de Rocco, il y en aurait d'autres après. Cela lui brisait le cœur, mais elle acceptait cette cruelle évidence. Pourtant, elle était décidée à vivre à 100 % chaque instant de cette parenthèse merveilleuse, à ancrer dans sa mémoire tous les détails de cette aventure éphémère, pour s'en repaître le jour où il disparaîtrait de son existence et où elle n'entendrait plus jamais parler de lui.

C'est-à-dire très prochainement…

Elle pénétra dans le vaste hall dallé de tommettes en terre cuite anciennes, orné de tapisseries multicolores et de meubles en acajou, puis changea d'avis et ressortit.

Avant de visiter la maison, elle voulait voir les chevaux.

Les écuries étaient les plus belles qu'elle ait jamais vues : impeccablement tenues, magnifiques avec leurs majestueuses charpentes de chêne. Une escouade de palefreniers en tenue gris et or s'affairaient à nettoyer, nourrir, sortir et rentrer les bêtes en fonction de l'activité prévue pour chacune pour la journée.

Personne ne prêta attention à elle.

Elle prit le temps d'admirer tranquillement les animaux avant de quitter les écuries. Il faisait beau, une petite promenade lui ferait du bien.

Elle longea les barrières peintes en blanc, sourit en remarquant les chiens affalés en pleine sieste à l'ombre des arbres et s'avança vers les prairies où s'ébattaient les chevaux.

Au loin, immobiles, deux hommes discutaient, face à face.

Elle reconnut immédiatement la haute stature de Rocco à ses larges épaules, ses longues jambes, cette impression de puissance qui se dégageait de toute sa personne.

Il était plus séduisant encore que dans ses rêves d'adolescente les plus fous, nota-t-elle, effrayée par la violence de sa réaction. Mais elle ne voulait plus souffrir à cause de lui.

Par bonheur, elle n'était plus la jeune vierge naïve qui croyait au prince charmant, prête à toutes les audaces pour qu'il la remarque. Elle avait eu des aventures, aucune véritablement satisfaisante jusque-là, mais elle avait confiance en son charme. Elle trouverait l'oiseau rare, elle en était certaine. Ce n'était qu'une question de temps ; et ça tombait bien, elle n'était pas pressée !

Elle était désormais une femme indépendante, raisonnable, parfaitement capable de dissocier sentiments et libido. Faire l'amour avec Rocco ne l'engageait à rien, et il n'y avait aucune raison qu'elle se refuse ce plaisir. Elle devait juste admettre qu'elle n'avait rien de plus à attendre de lui… et s'en contenter.

L'interlocuteur de Rocco tourna le visage dans sa direction et elle distingua ses traits. Il devait s'agir de Juanchi, un homme déjà âgé à la peau burinée par le soleil. Rocco lui parlait avec une expression de déférence et de respect qui frappa Frankie, lui révélant une nouvelle facette de son étonnante personnalité. Malgré sa notoriété, sa fortune, il savait rester humble, écouter, apprendre des anciens. C'était une qualité rare. Troublée, elle songea qu'elle ne connaîtrait jamais vraiment Rocco, qui savait la surprendre et casser l'image arrogante et volontiers méprisante que la presse donnait de lui.

Les deux hommes s'éloignèrent, contournèrent un bâtiment et échappèrent à sa vue.

Alors, Frankie inspira profondément pour mieux s'imprégner de l'odeur d'herbe fraîche. La descendance d'Ipanema était là, quelque part. Comme ce serait merveilleux de la retrouver et, peut-être, de la monter !

Elle marcha le long des barrières. Soudain, elle s'arrêta net. Elle avait reconnu les chevaux, sans l'ombre d'un doute tant ils ressemblaient à leur mère.

Le cœur battant, elle approcha. Ils étaient magnifiques d'élégance et de puissance, avec les caractéristiques parfaites qui avaient fait de leur mère une championne.

Elle éprouva subitement une terrible nostalgie à la pensée de cette époque révolue où elle ne vivait que pour sa passion. Mais la pension l'avait éloignée des écuries, et son profond mal-être avait fait le reste : elle avait tourné la page et décidé qu'elle ne travaillerait jamais dans le milieu de l'équitation, chargé pour elle de trop de souvenirs douloureux.

Pour retrouver son équilibre, elle avait choisi de s'éloigner du domaine familial, de son père qui l'avait tant brimée. S'installer à Madrid loin des siens avait été le début de sa thérapie, et se donner à fond dans son travail avait fait le reste.

Elle avait en quelque sorte fait la paix avec son père. A quoi bon ressasser des griefs ? Le passé était le passé, il fallait aller de l'avant. Elle avait des contacts réguliers mais rares avec sa mère et son frère Mark, resté en Irlande, et également avec son frère Danny, installé à Dubaï — leur exil volontaire les avait rapprochés.

Là, dans cette estancia, contre la barrière, elle avait l'impression merveilleuse d'être retournée dix ans en arrière, d'être redevenue l'adolescente exaltée qui ne s'épanouissait que dans les haras, la petite fille casse-cou que son père avait mise sur un poney le jour de ses quatre ans, déclenchant sans le savoir une véritable histoire d'amour.

La tentation était trop forte...

Avisant une selle et un mors posés sur la barrière, elle s'en saisit, s'approcha d'un des chevaux, le harnacha et le monta.

Sa monture partit aussitôt au galop, comme si elle avait compris que Frankie était une cavalière confirmée.

Alors, comme par un coup de baguette magique, toutes les sensations lui revinrent. Elles étaient là, intactes, et même magnifiées par le temps écoulé : le souffle du vent dans ses cheveux, le martèlement régulier des sabots sur le sol, l'impression de ne plus faire qu'un avec sa monture, l'excitation de la vitesse.

Quel bonheur de retrouver cette joie, cet extraordinaire sentiment de liberté !

Plus jeune, à peine rentrée du collège, elle se débarrassait de son cartable et de ses livres pour aller rejoindre Ipanema, et avec elle s'enivrer de bon air et d'espace. Dix ans après, l'enchantement était intact, la passion toujours là.

Le cheval continuait à galoper, ravi de se dépenser sans compter. Frankie se retourna pour s'assurer qu'elle voyait toujours la maison, mais autour d'elle il n'y avait plus que forêt et prairies.

Aucune importance ! pensa-t-elle. Quand le cheval en aurait assez, il prendrait de lui-même le chemin du retour. Au loin, elle entendit un grondement. Les nuages s'amassaient à l'horizon, donnant à la lumière orangée du soleil une magnifique teinte rouge. Un hélicoptère passa au-dessus d'eux, et elle se demanda ce qu'il pouvait bien faire dans cette contrée si sauvage.

Un instant, elle regretta d'avoir laissé sa montre dans son sac quand elle avait rassemblé à la hâte ses affaires en quittant la maison de Rocco. Elle n'avait aucune idée de l'heure. Par association d'idées, elle se remémora la photo de ce petit garçon, et l'étrange réaction de Rocco. Et si cet enfant était son enfant ? s'interrogea-t-elle avec un pincement au cœur. S'il avait un fils caché, peut-être avait-il aussi une femme cachée… ?

L'hypothèse était si perturbante qu'elle l'écarta de son esprit. Pourquoi gâcher un si beau moment en pensant aux frasques amoureuses de Rocco ?

Elle galopa de plus belle, cheveux au vent, jusqu'à ce qu'un coup de tonnerre la ramène à la réalité. L'orage menaçait. Il était temps de prendre le chemin du retour. Grand temps même…

Le vent se renforça, étrangement frais tout à coup. La pluie n'était pas loin. En effet, quelques secondes plus tard, un déluge se déversa sur Frankie et sa monture, les prenant par surprise.

Inquiète, elle jeta un coup d'œil autour d'elle à la recherche d'un abri. Elle comprit vite que c'était peine perdue : l'averse était si violente qu'aucun arbre ne ferait l'affaire.

Désorientée, elle hésitait sur la marche à suivre quand elle aperçut un cavalier qui approchait à toute allure.

Lorsqu'il s'arrêta à côté d'elle, Frankie, stupéfaite, reconnut Rocco !

— Qu'est-ce que tu fabriques ? lança-t-il d'un ton furieux en attrapant sans ménagement la bride de son cheval.

— Je rentrais, balbutia Frankie, mal à l'aise.

— Tu *rentrais* ? Mais pourquoi diable es-tu partie, bon sang !

— Ne me parle pas comme ça ! rétorqua-t-elle en le fustigeant du regard.

— Je te parle comme à une enfant qui a fait une bêtise, parce que c'est exactement le cas.

— Une bêtise ? J'avais très envie de cette balade. Où est le mal ? Ce n'est pas ma faute si un orage a éclaté. D'ailleurs, il est déjà presque fini.

En effet, la pluie s'était arrêtée aussi soudainement qu'elle s'était déclarée, et le soleil réapparaissait timidement derrière les nuages.

— D'abord, tu aurais pu me prévenir, ou prévenir quelqu'un, répliqua sèchement Rocco. Ensuite, tu n'étais pas obligée d'aller si loin ; tellement loin que j'ai dû envoyer un hélicoptère à ta recherche !

— Un… hélicoptère ? bredouilla-t-elle, angoissée.

— Oui. J'ai eu peur, figure-toi. Tu pouvais avoir fait une chute, être blessée. Mais ce n'est pas le plus grave. Le pire, c'est que tu as choisi un cheval que nous surveillons comme le lait sur le feu, car il fait partie de notre programme de recherche génétique le plus performant. Un cheval qu'il faut ménager.

Frankie mit pied à terre, comme Rocco venait de le faire.

— Je suis désolée, s'excusa-t-elle quand elle eut enfin accusé le coup. Je n'aurais jamais pensé…

— Par bonheur, coupa Rocco d'une voix plus douce, il ne vous est rien arrivé. Mais regarde-toi : tu es trempée jusqu'aux os, et probablement frigorifiée.

Frankie releva la tête et se força à sourire, malgré l'épuisement et le froid qui la gagnaient.

— Pas du tout, protesta-t-elle d'une voix qui sonna faux.

Il eut une moue désabusée qui trahissait son agacement.

— Tu me fatigues, Frankie.

D'une sacoche accrochée à sa selle, il sortit un poncho miraculeusement sec.

— Enfile ça. Je n'ai pas envie, en plus, d'avoir à t'amener chez le médecin.

— Et qu'est-ce que tu vas faire ? rétorqua-t-elle, contrariée par son ton condescendant. M'envelopper dedans et me jeter sur la selle comme un paquet en te prenant pour John Wayne ? Arrête de me considérer comme une pauvre petite chose qu'il faut prendre en charge, s'il te plaît !

Il eut un sourire ironique.

— Toi, une pauvre petite chose ? Tu es exactement l'inverse !

Il s'approcha d'elle et lui posa la main sur l'épaule en la fixant du regard. Ce simple geste désamorça aussitôt la mauvaise humeur de Frankie. Dès que Rocco la touchait, elle se dissolvait. En ce moment même, elle luttait contre la vague de chaleur qui l'envahissait. Ce n'était pas raisonnable, mais elle n'y pouvait rien. *Pourvu qu'il m'embrasse*, se dit-elle, éperdue.

— Regarde-moi, insista-t-il d'un ton qui n'admettait pas la réplique.

Elle le toisa d'un regard de défi, choquée par son ton autoritaire, déçue qu'il ne lui donne pas le baiser qu'elle avait espéré — et surtout furieuse de sa propre faiblesse.

— Tu n'as pas à me donner des ordres, lança-t-elle d'une voix étranglée. Je ne suis pas à ta disposition. Je te regarde si j'en ai envie et quand j'ai envie ! Exactement comme j'ai le droit de regarder une photo chez toi si ça me chante.

Les mots étaient sortis de sa bouche sans qu'elle les contrôle, et Frankie les regretta aussitôt. Trop tard, hélas…

— Inutile de revenir là-dessus. Il n'y a rien à dire, marmonna-t-il entre ses dents.

— Rien à dire ? releva-t-elle avec une ironie cinglante. Tu me prends pour une imbécile ? Allons Rocco, ne te cherche pas de mauvaises excuses ! On a tous un passé, tu sais. Inutile de faire comme s'il n'existait pas.

Il poussa un soupir las, le visage fermé.

— Ceci ne concerne que moi, et de toute façon je n'ai pas pour habitude de m'expliquer ou de me justifier.

— Eh bien peut-être devrais-tu essayer, une fois de temps en temps ! Se refermer comme une huître, ça n'a jamais fait avancer les choses. Et tu ne peux pas juste renvoyer les gens dans leur but comme s'ils ne comptaient pas.

Elle se redressa, tout à coup découragée par le mur qu'il lui opposait ; et terriblement lucide : rester et retomber dans les bras de Rocco ne ferait pas avancer les choses non plus…

Que cet enfant sur la photo soit son fils ou pas, au fond, peu lui importait. Ce qui comptait pour elle, c'était qu'il y ait entre eux un véritable dialogue, et ce n'était pas le cas. Ils n'avaient décidément rien à faire ensemble, même pour un temps limité, elle en avait désormais la confirmation.

Sa décision était prise, et elle devait la lui annoncer sur-le-champ sous peine de céder de nouveau aux forces qui la poussaient vers lui.

— Je rentre avec toi jusqu'au ranch et après, je partirai dans la foulée à Punta. Par mes propres moyens, annonça-t-elle d'une voix qui, par miracle, ne tremblait pas.

Elle essaya de ranger sa veste trempée dans la sacoche accrochée à sa selle, mais elle était si faible qu'elle n'y parvint pas. Sa course et son altercation avec Rocco l'avaient épuisée, nerveusement et physiquement. Elle se sentait à bout de forces.

En se hissant sur la pointe des pieds, Frankie tenta un dernier effort, avant de renoncer encore une fois. Alors elle posa le front sur sa selle et tenta de mobiliser le peu d'énergie qui lui restait. Elle ne devait à aucun prix s'effondrer devant Rocco !

Les yeux fermés, elle sentit les mains de son compagnon se poser sur ses épaules et se figea. Quand il lui fit faire volte-face, elle essaya maladroitement de le repousser ; hélas elle n'avait aucune chance contre lui.

Rocco plongea le regard dans le sien, comme s'il voulait lire au plus profond de son âme.

— Frankie, murmura-t-il d'une voix rauque, cesse de t'opposer à moi. Je ne suis pas ton ennemi.

Il semblait si perturbé que la colère de Frankie s'évanouit d'un coup. Alors, comme s'il devinait qu'elle était ébranlée par ses paroles, il l'attira à lui d'un geste possessif. Cette fois, elle n'essaya même pas de lui résister.

— Je ne peux pas te laisser partir comme ça, lui murmura-t-il à l'oreille. Hostile, lointaine…

Elle percevait son haleine chaude dans son cou, respirait avec avidité l'odeur enivrante de son corps mâle. L'émotion était telle que le souffle lui manqua.

— Nous avons tellement d'autres choses à faire que de nous disputer, reprit-il en la serrant contre lui. Des choses tellement plus belles…

Il glissa une main sous son T-shirt trempé et joua avec ses mamelons durcis. Frankie rejeta la tête en arrière, incapable de penser à autre chose qu'au plaisir intense que les doigts audacieux de Rocco déclenchaient en elle.

Elle s'accrocha à lui et, se pressant contre son bassin, découvrit la puissance de son érection.

— Rocco…, balbutia-t-elle, éperdue.

Il se dégagea et, avec des gestes rendus malhabiles par l'impatience, sortit un préservatif de sa poche.

— Quand tu es là, je suis toujours obligé d'en avoir sur moi, marmonna-t-il. Qu'est-ce que tu ne me fais pas faire…

Blessée, elle s'écarta de lui.

— Je ne te force pas ! rétorqua-t-elle vivement.

Il la prit par les épaules et la secoua sans douceur, plein d'une colère rentrée.

— Arrête de prendre mal tout ce que je te dis ! s'écria-t-il. De me considérer comme un adversaire, alors que ce que nous partageons est merveilleux ! Pourquoi gâcher le peu de temps qui nous reste ?

Un instant, Frankie fut tentée de faire amende honorable. Il avait raison, ils avaient mieux à faire que de se disputer. Mais brusquement, elle songea à la photo et au refus de Rocco de lui donner la moindre explication sur le sujet. Elle ne pouvait pas laisser passer ça ; il y allait de sa fierté, de son amour-propre.

— D'abord, je veux que tu t'excuses pour la façon dont tu as réagi lorsque j'ai vu cette photo, chez toi, déclara-t-elle en le regardant droit dans les yeux. Je ne te demande pas qui est cet enfant, je veux juste t'entendre dire que tu n'avais pas le droit de me traiter comme si j'avais commis un crime !

Les traits de Rocco se tendirent, et une ombre traversa son regard, comme en écho aux nuages noirs qui disparaissaient peu à peu à l'horizon, laissant place à un magnifique ciel bleu.

Un instant, Rocco fut tenté de raconter à Frankie ce dont il n'avait jamais parlé à personne — à part Dante. Mais un dernier réflexe de prudence le retint.

— J'étais très proche de cet enfant, fit-il comme s'il se

parlait à lui-même. Il est mort. Peu après que cette photo a été prise.

Atterrée, Frankie garda le silence un moment.

— Je suis désolée, murmura-t-elle enfin dans un souffle. Je ne voulais pas être indiscrète. Ni te blesser.

Rocco plongea le regard dans le sien. Puis il lui passa un bras autour de la taille et la serra contre lui à l'étouffer, comme s'il voulait lui interdire de s'échapper.

Longtemps, ils restèrent ainsi l'un contre l'autre, leurs cœurs battant à l'unisson, tandis que les rayons d'un soleil encore chaud perçaient au-dessus des nuages et que les chevaux attendaient, calmes, en broutant l'herbe fraîche.

Puis leurs bouches s'unirent pour un long baiser apaisé, scellant leur réconciliation. Frankie sut que cet instant magique resterait gravé dans sa mémoire comme le plus beau de toute son existence.

8.

Rocco observa le téléphone portable qu'il avait dans la main comme s'il s'agissait d'une bombe sur le point d'exploser.

Il tenait enfin Martinez, comme venait de le lui apprendre un texto.

Bien sûr, rien n'était confirmé ; toutefois, après de multiples fausses pistes, c'était la première fois que le détective privé qu'il avait mis sur l'affaire voilà près de dix ans lui fournissait un renseignement aussi précis.

L'ironie du sort voulait, si l'information était vérifiée, que l'assassin de Lodo ait vécu toutes ces années dans la même ville que lui, à Buenos Aires…

Cette nouvelle qui le bouleversait, il ne pouvait en parler à personne d'autre que Dante.

Il fixa ses boutons de manchettes en or et remit son col en place. Le miroir lui renvoya l'image d'un homme sous pression, aux traits tendus.

Au-delà de son élégant costume, de sa chemise en lin d'un blanc immaculé, son nez cassé autrefois lors d'un combat de rue lui rappelait toujours d'où il venait, ainsi que les conditions de vie difficiles qu'il avait réussi à surmonter. Et qui hélas avaient eu raison de Lodo…

Il jubila intérieurement à l'idée qu'enfin, Chris Martinez allait payer pour la mort de son petit frère. Voilà si longtemps qu'il attendait ce moment !

Malheureusement, plus occupé que jamais, il ne pourrait pas se consacrer autant à cette affaire qu'il l'aurait souhaité.

Parce qu'il était sur le point de conclure un contrat de plusieurs millions de dollars, qui portait sur l'achat d'un champ pétrolifère ; les discussions, très âpres, n'étaient pas terminées. Et puis, dans un tout autre domaine, il y avait Frankie. Elle retournerait bientôt à Madrid, et il voulait profiter de chaque instant de sa présence.

Pourtant, dans son esprit, la vengeance dont il rêvait depuis si longtemps primait sur le reste.

Pour la millième fois, il revécut en pensée ce moment terrible où, en pleine course folle pour fuir Chris Martinez lancé à leurs trousses, il avait malencontreusement lâché la main de Lodo. Son petit frère n'avait eu aucune chance de s'en sortir. Il avait été abattu comme un chien, alors même que Rocco s'apprêtait à revenir sur ses pas pour le tirer de là.

En le voyant étendu sur le trottoir, petite silhouette inerte baignant dans une mare de sang, il avait tout de suite compris qu'il n'y avait plus rien à faire. Après avoir réussi par miracle à échapper à son poursuivant, il avait erré à l'aventure pendant des heures, en sanglots. Puis, surmontant son désespoir, il avait repris seul sa vie dans la rue, survivant de petits trafics et de larcins comme il le faisait auparavant avec Lodo. Mais cette fois, il avait évité la drogue et tout ce qui tournait autour, en particulier les dealers qui n'hésitaient pas à tuer un enfant s'ils estimaient le travail mal fait. Il tenait à la vie…

Les années avaient passé, mais il n'avait jamais surmonté le sentiment de culpabilité qui l'avait accablé quand il avait compris que Lodo était mort. S'il avait tenu bon, s'il ne l'avait pas lâché ! ne cessait-il de se répéter en se repassant de manière lancinante le film de la fin tragique de son petit frère… Tout était sa faute, car c'était lui qui l'avait entraîné dans la délinquance, jusqu'à servir de petite main aux trafiquants de drogue du quartier.

A sa décharge, il n'avait guère eu le choix. Abandonnés par leur père, parti tenter sa chance aux Etats-Unis, délaissés par une mère à la dérive, voler était le seul moyen qu'il avait trouvé pour les nourrir, Lodo et lui.

Puis, après des mois d'errance et de solitude, le miracle avait eu lieu : il avait été sauvé par le couple Hermida qui l'avait récupéré dans la rue et, un an plus tard, adopté.

Alors, d'un coup, tout avait changé pour lui. Il avait vécu dans le confort et la facilité aux côtés de Dante, le fils des Hermida. Il avait été l'objet de tous les soins et fait les meilleures études.

Paradoxalement, il avait eu du mal à s'habituer à cette nouvelle vie. Il était poursuivi de loin en loin par son passé de petit délinquant, le souvenir de l'extrême pauvreté, de la faim, le traumatisme de la mort de Lodo. Il avait fugué des dizaines de fois et, par provocation, par désespoir, avait volé de nouveau, bien qu'à l'abri de tout besoin. Il avait fallu toute la patience et l'amour de ses parents adoptifs pour comprendre qu'il avait simplement besoin de liberté, qu'il lui fallait du temps pour se reconstruire. Qu'il ne voulait rien devoir à personne.

Ils l'avaient donc laissé faire ses propres choix, prendre des risques, entreprendre. Et ils avaient eu raison : il s'était lancé dans les affaires, et son énergie, sa créativité et sa force de travail l'avaient propulsé au plus haut.

Désormais, il avait tout ce qu'il pouvait souhaiter : argent, reconnaissance, maisons, amis. Il lui manquait juste une famille. Mais, marqué à jamais par l'abandon de ses parents, il avait décidé depuis longtemps qu'il ne serait jamais ni époux ni père.

Cependant, il était un homme, jeune et en pleine possession de ses moyens physiques. Avec une libido qui fonctionnait à plein régime. Il avait donc besoin d'une femme.

Le parfum de Frankie flottait dans la pièce, et Rocco se remémora avec émotion leur nuit torride.

Comme c'était étrange… Il avait cru que seul comptait le fantasme du passé, qu'il se lasserait de la belle Irlandaise dès qu'il l'aurait tenue dans ses bras, qu'il aurait été confronté à la réalité forcément décevante de sa présence.

Or rien ne se déroulait comme prévu.

Plus il la côtoyait, plus il la trouvait séduisante, attachante, originale, drôle. Et au lit, elle éclipsait littéralement toutes celles qui l'avaient précédée. Elle le rendait fou ! Il ne se rassasiait pas de l'ardeur de ses baisers, de la douceur de ses caresses, de la générosité et de l'impudeur avec lesquelles elle se donnait à lui.

Par ailleurs, elle avait du caractère à revendre et ne se laissait pas marcher sur les pieds, ce qu'il était loin de détester. Ses précédentes conquêtes, si dociles, si malléables, prêtes à toutes les compromissions pour le garder, finissaient toujours par l'ennuyer.

Frankie, elle, n'hésitait pas à s'opposer à lui, ce qui donnait encore plus de piment à leur relation — même s'il savait qu'il ne supporterait pas forcément très longtemps une femme dotée d'une aussi forte personnalité.

N'avait-elle pas montré lors de sa chevauchée sauvage qu'elle faisait fi de son avis, voire de sa personne ? Elle était partie galoper alors qu'il s'attendait à ce qu'elle reste à sa disposition. Aucune femme ne l'avait jamais traité ainsi !

De toute façon, la question de la durée ne se posait pas, ni avec elle ni avec une autre, puisque l'idée même de lier le reste de sa vie à une seule et unique femme le faisait fuir.

Et c'était fort bien ainsi…

Tandis que son hélicoptère privé amorçait sa descente, Rocco observait discrètement Frankie découvrir, émerveillée, la région de Punta del Este qui s'étendait sous leurs yeux. On distinguait parfaitement les vastes demeures de milliardaires, la côte rocheuse au relief découpé, les petites criques de sable blanc, les yachts luxueux alignés dans le port de plaisance.

Cette région avait toujours été une de ses favorites, et il était heureux de la faire connaître à Frankie.

Lorsqu'ils arrivèrent dans sa propriété, il prit le temps de lui montrer sa maison en bois aux lignes épurées, œuvre d'un architecte de renom. Entourée d'un jardin aux essences exotiques et aux arbres précieux, elle bénéficiait d'une vue imprenable sur l'océan.

— Quel endroit magnifique ! s'exclama-t-elle en ouvrant de grands yeux admiratifs.

Comme toujours, il fut séduit par la spontanéité de Frankie, sa capacité à s'enthousiasmer, son naturel. Quel changement par rapport aux postures dans lesquelles se complaisaient les femmes qu'il fréquentait d'habitude, prêtes à jouer n'importe quelle comédie pour lui plaire !

Avant de se rendre à la soirée, ils s'accordèrent quelques instants de calme dans la chambre de maître. Frankie resta un long moment plantée devant la fenêtre grande ouverte, face au parc et à l'océan, dont on entendait en arrière-plan le doux bruit du ressac.

— J'ai l'impression de vivre un rêve, murmura-t-elle comme si elle se parlait à elle-même.

Le rêve, c'était qu'elle était là avec lui, songea Rocco en sentant le désir se réveiller en lui. Il suffisait qu'il s'approche d'elle et lui effleure la tempe d'un baiser pour déchaîner en elle une passion égale à la sienne. Ils étaient parfaitement complémentaires, fusionnels même. Jamais il n'avait connu une telle osmose, et cette incroyable alchimie qui les unissait si mystérieusement l'effrayait presque.

Elle se retourna vers lui et toucha machinalement les magnifiques boucles anciennes en or et émeraude qui pendaient à ses oreilles. Rocco les lui avait confiées pour qu'elle les porte à la soirée, mais s'était abstenu de lui dire que quand ils se sépareraient, il les lui laisserait en cadeau. En souvenir de lui, d'eux, de leur magnifique aventure.

— Elles te vont à ravir, fit-il observer d'une voix sourde, les yeux fixés sur sa bouche pulpeuse qu'il ne se lassait pas d'embrasser.

— Ah ? Tant mieux ! rétorqua-t-elle en souriant. Mais je

t'avouerai que l'idée de me retrouver à ton bras sous le feu des flashs m'angoisse un peu.

Il ne l'écoutait que d'une oreille. Il ne l'avait jamais vue dans une tenue aussi sophistiquée. Sa robe au profond décolleté dévoilait la naissance de sa poitrine, ses talons hauts mettaient en valeur ses jambes au galbe parfait, exaltant sa féminité. Elle était irrésistible !

— Pourquoi ? De toute façon, tu t'en moques puisque tu seras la plus belle, la taquina-t-il d'un ton léger.

Elle lui offrit un sourire rassuré et se lova amoureusement contre lui. Ils échangèrent un long baiser, puis elle s'écarta de lui et fronça les sourcils.

— Mais tout de même, Rocco, reprit-elle, un pli soucieux lui barrant le front. Je risque d'être présentée comme ta conquête du moment dans tous les magazines people.

Cela ne manquerait pas de se produire, en effet, se dit Rocco. Mais alors que n'importe quelle fille normalement constituée aurait rêvé justement d'apparaître comme sa petite amie et de faire la une des magazines à ses côtés, Frankie, elle, ne le souhaitait à aucun prix !

Elle ne cessait de le surprendre…

Dans la voiture qui s'apprêtait à les déposer devant la grande demeure où se déroulait la fête, Rocco serra la main de Frankie dans la sienne pour lui donner du courage.

— Tu vas voir, murmura-t-il, ça va aller. Dis-toi que c'était bien pire à l'époque des premiers chrétiens de rentrer dans la fosse aux lions.

Ils échangèrent un sourire complice, et il la sentit se détendre un peu. Quelle femme surprenante, si forte et si fragile à la fois…

La soirée était exactement telle qu'on pouvait l'imaginer : une débauche de champagne millésimé et de petits fours raffinés dans un cadre grandiose, avec des invités triés sur le volet, plus élégants et branchés les uns que les autres.

Le country club avait élu domicile dans une ancienne maison coloniale au charme nostalgique. Galerie en bois et perron à colonnade rappelaient les fastes d'antan et donnaient un cachet tout particulier à ce lieu chargé d'histoire. Des centaines de bougies disposées le long des allées et autour de la maison diffusaient une douce lumière ; une brise légère apportait les senteurs iodées de l'océan tout proche.

Sur la vaste pelouse avaient été disposées des tentes qui accueillaient le buffet et la piste de danse, car la soirée se prolongerait vraisemblablement jusqu'au bout de la nuit.

D'un œil distrait, Rocco regarda la foule des invités qui se pressait autour des serveurs. Son esprit, soudain, était ailleurs.

Il songeait à Lodo, et surtout à son meurtrier, qui allait enfin payer pour son crime — à supposer que la nouvelle soit confirmée et l'identité de Martinez formellement établie. Dante était censé le tenir au courant des dernières évolutions du dossier, mais il ne l'avait pas encore appelé.

Au fur et à mesure que le temps passait, l'appréhension de Rocco croissait. Il avait été si souvent déçu jusque-là ! Et si, cette fois encore, l'assassin de son frère lui échappait ?

Le passé surgissait par bribes à sa mémoire, l'entraînant loin de la foule, de Frankie, de l'excitation de la fête, distillant comme toujours aux moments les plus inattendus des souvenirs diffus et terriblement déstabilisants. Celui du bonheur qu'il éprouvait quand sa mère — dont il avait oublié jusqu'aux traits — le serrait contre elle ; celui du rire de Lodo quand il le taquinait ; celui de ses sanglots incontrôlables quand il avait vu le petit corps de son frère baignant dans le sang.

Ce n'était pas le moment de penser à tout ça, se dit-il en chassant les fantômes de son enfance. L'important, c'était de mettre Martinez hors d'état de nuire, et il touchait enfin au but !

Il serra de nouveau la main de Frankie. Mais cette fois, c'était pour y chercher du réconfort, réalisa-t-il avec surprise. Il ne se reconnaissait pas : il n'avait pas l'habitude de dépendre des autres pour se redonner du courage. La vie ne lui avait-elle pas appris, avec une terrible cruauté, qu'il ne devait compter que sur lui-même ?

Au fur et à mesure que Frankie et lui approchaient du perron, les invités le reconnaissaient, les visages se tournaient vers eux, curieux, souriants, enthousiastes. Il savait que pour eux, approcher le célèbre champion de polo était une chance, et le voir avec une de ses conquêtes un privilège.

Rocco continuait à avancer, la main de Frankie toujours dans la sienne. Elle avait plaqué un sourire de circonstances sur son visage, se prêtait docilement aux sollicitations des photographes, mais il savait qu'elle aurait préféré être à mille lieues de là et que cette séance était pour elle un supplice.

Exactement à l'inverse de Carmel, songea-t-il tout à coup, en se remémorant une montée des marches à l'opéra de Buenos Aires en compagnie de la sulfureuse rousse. Carmel adorait être sous les feux de la rampe et s'exhiber à son bras, comme pour marquer son territoire au vu et au su de tous. Pendant leur courte aventure, elle avait cru naïvement pouvoir se servir des médias en annonçant d'un ton grave aux journalistes que leur relation était sérieuse. Or elle avait obtenu l'effet inverse : échaudé, Rocco avait aussitôt rompu.

Il aurait parié que Carmel était présente à cette soirée. En effet, elle ne ratait pour rien au monde les événements prisés de la jet-set, espérant mettre le grappin sur l'oiseau rare — à savoir un futur mari très argenté.

Il l'aperçut en effet rapidement au centre de la vaste salle, facilement repérable à ses cheveux cuivrés et à sa tenue comme toujours excentrique — un tailleur-pantalon violet, à la veste outrageusement échancrée qui dévoilait le galbe de ses seins un peu trop parfait pour être authentique…

Quand Carmel les vit, elle se figea l'espace d'une seconde, puis reprit aussitôt le dessus, soucieuse comme toujours de son image : pas question qu'on devine son trouble et sa jalousie. Elle se pencha vers son interlocuteur, éclata de rire et se redressa en faisant saillir ses seins siliconés.

Dante avait prévenu Rocco que leurs amis grillaient d'impatience de découvrir cette mystérieuse Irlandaise qui l'avait détourné de la soirée d'après-match, à laquelle il avait toujours pourtant mis un point d'honneur à assister. On ne savait rien de cette parfaite inconnue, tout le monde s'interrogeait.

Rocco aussi, d'ailleurs...

Il ne parvenait toujours pas à comprendre comment il avait pu la garder dix ans dans la tête, ni comment elle avait conservé une telle emprise sur lui. Une emprise qui, au lieu de s'atténuer comme il l'avait espéré, ne faisait que s'aggraver.

Il jeta un regard autour de lui, retrouvant avec plaisir ces lieux familiers. Il régnait dans ce club une atmosphère à la fois raffinée et détendue qu'il avait toujours appréciée. La famille Hermida fréquentait l'endroit depuis des générations ; Rocco et Dante y avaient tout de suite trouvé leur place. Leur père les y avait initiés au polo, sous le regard solennel de ses ancêtres, champions eux-mêmes, dont les portraits peints à l'huile étaient accrochés dans le fumoir.

Rocco avait presque réussi à s'approprier cette famille tombée du ciel. Sa gratitude pour les Hermida était immense. Toutefois, il lui restait encore une étape, la plus importante, pour faire la paix avec lui-même et son passé : venger la mort de Lodo en mettant son assassin hors d'état de nuire.

A travers la vaste pièce, Rocco conduisit Frankie vers la terrasse, fendant la foule. Les invités les suivaient des yeux, apparemment intrigués par cette jolie fille élégante et discrète. Sans doute parce qu'elle ne ressemblait en rien à ses compagnes habituelles qui, telles la reine d'Angleterre, distribuaient généreusement sourires et petits signes de la main dès que des photographes étaient présents.

Par les portes-fenêtres grandes ouvertes pénétrait la brise marine, mêlée aux senteurs sucrées des lauriers rose. L'orchestre avait commencé à jouer, distillant un rythme entraînant. Déjà, les couples se dirigeaient joyeusement vers la tente.

— Tu danses ? demanda-t-il à Frankie.

— Non merci.

Elle prit une gorgée de champagne. Il indiqua d'un signe de tête le buffet où étaient disposés les mets les plus délicats.

— Tu veux que j'aille te chercher quelques canapés ? Ceux au foie gras sont fameux !

— Non merci, je n'ai pas faim. Dis-moi, qui est cette fille en tailleur violet ? ajouta-t-elle tout à coup.

Rocco pesta intérieurement. Carmel avait certainement tout fait pour que Frankie la remarque, et c'était réussi.

— Là-bas ? lança-t-il d'un ton détaché. Il s'agit de Carmel de Souza, une ex pour tout te dire. Elle adore qu'on la regarde, comme tu peux le constater. Pendant un moment, elle a cru qu'elle pourrait me traîner devant monsieur le maire, mais j'ai vite mis les points sur les *i*. Je présume qu'elle a trouvé chaussure à son pied depuis. Cette fille ne peut pas rester seule.

— Rien de bien surprenant, étant donné son look.

— Elle y travaille vingt-quatre heures sur vingt-quatre !

— Elle n'a pas de métier ?

— Mais c'est un métier ! s'exclama-t-il, amusé. Trouver un beau parti, ça demande beaucoup d'efforts, tu sais.

Frankie retint un sourire.

— Donc, avec toi, j'en déduis qu'elle a perdu son temps. C'est ce qu'on appelle un mauvais retour sur investissement, ajouta-t-elle d'un ton ironique.

— En effet. J'ai arrêté les frais assez vite. Carmel n'était pas ma tasse de thé, et de toute façon, le mariage ne me tente pas.

Elle reprit une gorgée de champagne et le regarda droit dans les yeux, comme pour tenter de déchiffrer ce qu'il pensait vraiment. Il lui devait d'être clair, songea alors Rocco, ému par la franchise de son regard. Elle méritait bien cela. Pas question d'entretenir le doute par manque de courage. Il avait connu tant de filles persuadées qu'il allait les épouser et qu'il avait laissées le cœur brisé !

Il avait trop d'estime pour Frankie pour risquer ce genre de malentendu.

— Ce n'est pas un problème pour toi, n'est-ce pas ? interrogea-t-il en guettant sa réaction.

Pas un trait de son visage ne bougea.

— Pour être honnête, je n'ai pas vraiment réfléchi à la question, répondit-elle après un silence.

Il s'apprêtait à poursuivre sur le sujet quand il sentit son téléphone portable vibrer dans la poche de son pantalon.

— Excuse-moi, dit-il. J'attends un appel important. Je reviens dans une seconde.

Il s'éloigna à la hâte. L'appareil ne sonnait plus, mais on lui avait laissé un message.

A cette heure tardive, l'appel ne pouvait émaner que de son détective qui avait promis de les tenir au courant dans la soirée. Enfin ! Le suspect repéré était-il Chris Martinez, oui ou non ?

Une fois à l'écart, il consulta ses textos, pianotant sur son clavier d'un doigt fébrile. Etait-ce le round final d'une course qui avait débuté près de vingt ans auparavant ? La désillusion fut à la mesure de ses attentes :

Désolé, il s'agissait d'une fausse piste. Je vous recontacte très prochainement.

Il resta immobile, tétanisé. La musique continuait de jouer un rythme de samba, le vent de faire bouger les branches des palmiers dans un doux bruissement, les invités de deviser et d'éclater de rire, de plus en plus fort à mesure que le champagne faisait son effet. Pourtant, il n'entendait rien, ne sentait rien, ne voyait rien. Il était replongé dans le passé, à cet instant funeste où Lodo, dans la panique, lui avait lâché la main.

Où se cachait Martinez ? se demanda-t-il, au désespoir. Il était de notoriété publique que les frères Martinez étaient en cheville avec des trafiquants de drogue mexicains. Alors pourquoi la police n'avait-elle jamais réussi à les appréhender ? Etait-elle incompétente ? Corrompue ? Et pourquoi Chris Martinez filait-il régulièrement entre les doigts du détective privé à qui il offrait des ponts d'or pour le neutraliser ?

Il prit une profonde inspiration et se redressa, les traits crispés. Il avait perdu une bataille, mais pas la guerre. Un jour ou l'autre, il mettrait la main sur sa proie, et justice serait rendue à Lodo.

Soudain, il pensa à Frankie. Il avait un besoin urgent de la voir, de lui parler, d'entendre le son de sa voix. Elle seule pourrait l'apaiser, il en était certain. Avec cette femme, il se sentait bien. En harmonie avec lui-même…

Stop ! Il devenait beaucoup trop sentimental. Tellement que ça en devenait ridicule. Certes, il appréciait Frankie, certes, ils faisaient merveilleusement bien l'amour ensemble, mais il n'était pas nécessaire pour autant d'en faire tout un plat.

Ils savaient l'un comme l'autre que leur histoire ne durerait pas, alors mieux valait garder son calme et ne pas verser dans un romantisme de pacotille.

Rocco retourna vers la maison, après avoir jeté un coup d'œil à sa montre. Dante ne devrait pas tarder. Il tendit l'oreille pour guetter le vrombissement d'un hélicoptère, en vain. Peut-être était-il encore un peu tôt…

Puis il se demanda avec un pincement de jalousie si Frankie dansait avec un autre, avant d'écarter cette stupide pensée de son esprit. Il n'avait pas plus de droits sur elle qu'elle n'en avait sur lui.

Il la repéra bientôt : elle n'était pas sur la piste, mais dans un des salons, et il eut la désagréable surprise de constater que Carmel était à ses côtés.

Il aurait dû s'en douter ! Son ex devait prendre un malin plaisir à faire son show devant celle qu'elle considérait comme une rivale. Elle parlait fort, éclatait d'un rire perlé très étudié et faisait des efforts méritoires pour bomber sa poitrine et rejeter ses cheveux en arrière, avec des mouvements de tête qu'elle croyait sexy et qui n'étaient que ridicules. Son numéro était pathétique…

Frankie, quant à elle, semblait ailleurs. Le visage impassible, elle gardait le silence. Personne d'ailleurs ne pipait mot parmi les quelques amis qui les entouraient. Ce qui n'étonna pas Rocco : Carmel avait l'art d'occuper la place, stérilisant toute conversation autour d'elle.

Il s'approcha de Frankie en ignorant ostensiblement Carmel.

— Désolé, murmura-t-il, ça m'a pris plus de temps que prévu.

Carmel, dont l'unique but, quelle que soit la situation, était d'attirer l'attention sur elle, ne laissa pas à Frankie le temps de réagir.

— Rocco, mon chéri ! s'exclama-t-elle. Je suis ravie de te voir ! Je m'occupais de ta cavalière. Pourquoi donc l'as-tu abandonnée ? Tu me cherchais ? ajouta-t-elle en gloussant.

Il ne répondit pas. Son regard était happé par celui de Frankie, qu'il ne parvenait pas à déchiffrer.

— C'était l'appel que tu attendais ? demanda-t-elle d'une voix à peine audible.

Il fit un signe de tête affirmatif.

Carmel, qui ne s'avouait jamais vaincue, s'approcha et lui passa un bras autour de la taille en pressant les seins contre son torse.

— Rocco, susurra-t-elle, je t'ai manqué, n'est-ce pas ?

Des flashs crépitèrent. Personne — sauf Carmel ?... — ne s'était rendu compte que des photographes étaient postés en embuscade. Rocco pesta intérieurement. Dès le lendemain, il serait de nouveau fiancé à cette hystérique dans tous les médias people. Elle avait obtenu ce qu'elle voulait.

Tout à coup, apparemment incapable de supporter plus longtemps le comportement de la volcanique rousse, Frankie sortit de son silence et de ses gonds :

— Je crains que vous ne manquiez jamais à personne, lui lança-t-elle d'une voix coupante.

Suffoquée de surprise autant que d'indignation, Carmen mit quelques secondes à accuser le coup, tandis qu'un silence pesant se faisait autour des deux femmes.

— Je vous demande pardon ? dit-elle enfin, stupéfaite.

— La finesse, la subtilité, la discrétion, ça vous dit quelque chose ? rétorqua Frankie. On ne dirait pas. Peut-être devriez-vous vous pencher sur le sujet…

Rocco se retint de sourire, partagé entre l'admiration et l'étonnement. Il n'avait jamais vu personne remettre ainsi Carmel à sa place. Frankie avait vraiment du cran, et Carmel récoltait ce qu'elle avait semé, dans un juste retour des choses.

Frankie s'approcha de lui et, à son tour, lui passa un bras autour de la taille.

— Et rassurez-vous, ajouta-t-elle d'un ton perfide, Rocco n'a besoin de rien. Il a tout ce qu'il lui faut sous la main.

Pour Carmel, c'en fut trop. Les mains sur les hanches, à l'instar d'une poissonnière hystérique, elle se mit à agonir Frankie d'injures en espagnol, probablement convaincue qu'elle ne comprendrait pas son langage peu châtié.

Elle se trompait : non seulement Frankie comprit, mais elle lui répondit froidement — et avec plus d'élégance. Carmel s'approcha alors d'un air menaçant, et Rocco s'interposa.

— On arrête, ça suffit ! déclara-t-il d'un ton sec.

D'une main ferme, il entraîna Frankie à l'extérieur. Elle se laissa faire, soulagée qu'il ait mis un terme à cette pénible scène, mais satisfaite d'avoir eu le dernier mot.

Alors, sans se soucier d'être surprise par les photographes, elle se serra contre lui, le cœur battant. C'était si réconfortant de se ressourcer à son corps mâle, de sentir sa chaleur, son bras puissant serré autour de sa taille ! Avec lui, elle se sentait en sécurité.

Frankie resta un moment lovée contre lui, bouleversée, puis il se pencha et leurs lèvres s'unirent pour un long baiser passionné qui lui fit tout oublier. Carmel, la fête, les journalistes, les invités : tout avait disparu.

Ils étaient seuls au monde et c'était merveilleux…

Rocco se détacha à regret de sa superbe maîtresse. La tenir dans ses bras le mettait dans un état de félicité qu'il n'avait jamais connu. Heureusement, un vrombissement se fit entendre dans les airs et il revint à la réalité. Dante arrivait enfin. Avec probablement des détails sur l'opération ratée, et peut-être d'autres nouvelles qui laisseraient un espoir de retrouver un jour Martinez.

Mais de tout cela, il ne pourrait discuter qu'en tête à tête avec lui. Pour l'heure, il était en compagnie de Frankie, et il n'allait pas l'abandonner après la pénible scène qu'elle venait de subir.

— Je ne savais pas que tu avais un aussi riche vocabulaire en espagnol, lui glissa-t-il d'un ton amusé.

— Avoue qu'elle l'avait bien mérité, non ? Tu m'en veux de l'avoir remise à sa place ?

— Pas du tout.

— Je ne supporte pas ce genre de femmes, reprit-elle d'un ton ferme. Elles se comportent dans la vie comme si elles avaient tous les droits, sous le seul prétexte qu'elles font fantasmer les hommes !

— Détrompe-toi, Frankie. Je ne crois pas que Carmel fasse fantasmer longtemps un homme normalement constitué, avec son maquillage outrancier et ses seins gonflés aussi faux que les émeraudes à tes oreilles.

Elle le regarda d'un air ahuri.

— Elles sont fausses ? s'exclama-t-elle. Tu aurais pu me le dire ! J'ai passé ma soirée à avoir peur de les perdre.

Il éclata de rire, ravi de sa blague de potache.

— Mais non, bien sûr, elles sont vraies ! Aussi naturelles que tu l'es toi-même. Et c'est ça que j'adore en toi !

Elle sourit à son tour et fit mine de lui frapper le torse, mais il l'arrêta en l'attirant à lui.

Ils restèrent enlacés, leurs cœurs battant à l'unisson, sans même avoir besoin de s'embrasser. Profondément ému, Rocco constata qu'ils étaient bien, tout simplement. Il y avait tant de choses qu'il aimait en Frankie, au-delà de son corps parfait, de ses audaces au lit, de leur parfaite complémentarité physique. Il aimait son absence d'artifices, sa spontanéité, sa gaieté, son humour. La voir près de Carmel lui faisait réaliser à quel point elle comptait pour lui.

Commençait-il à s'attacher à elle ? s'interrogea-t-il soudain. Devait-il lui en parler, tenter de comprendre ce qu'elle attendait de lui ?

Mais il risquerait d'ouvrir la boîte de Pandore, et faire peut-être espérer à Frankie un avenir entre eux — qui ne se confirmerait pas. Non, mieux valait garder le silence. Il ne voulait à aucun prix la faire souffrir.

Rocco reconnut la silhouette de son frère, qui venait de sauter hors de son hélicoptère.

Avec son costume en lin gris clair de grand couturier, sa chemise rose et ses cheveux blonds laissés volontairement un peu trop longs, Dante avait un charme fou, et tous les regards féminins se tournèrent vers lui.

Il donna une accolade à Rocco, embrassa Frankie sur les deux joues et saisit la coupe de champagne que lui présentait un serveur.

— Alors, la soirée est sympa ? demanda-t-il avec un grand sourire, avant de lancer un regard admiratif à Frankie : Tu es ravissante. Parole d'expert !

Rocco fronça les sourcils. Il appréciait modérément l'empressement de Dante auprès de Frankie…

— Puisque tu es un *expert*, lança-t-il, cynique, va donc t'occuper de ton fan-club qui t'attend depuis des heures. Nous, nous avons des choses à faire.

Le regard de Dante alla de Frankie à lui, puis de lui à Frankie, et un sourire entendu se dessina sur ses lèvres.

— Je vois, je vois, fit-il. Je ne voudrais surtout pas interférer, c'est sûrement de la plus haute importance, n'est-ce pas ?

Il le gratifia d'un clin d'œil appuyé.

— Je me passerai de tes commentaires ! rétorqua Rocco en lui donnant une bourrade.

— OK, alors je me tais ! Amusez-vous bien, lança-t-il avant de s'éloigner.

A peine avait-il fait quelques pas que trois jeunes femmes en minijupe se précipitaient vers lui, émoustillées. Dante n'allait pas s'ennuyer : elles étaient ravissantes, et l'une d'entre elles finirait vraisemblablement la nuit dans son lit.

Mais il ne l'enviait pas une seule seconde. Lui, il avait Frankie, et il n'aurait pour rien au monde changé de place avec son frère.

Soudain, la foule, la musique, la gaieté ambiante lui furent insupportables. Il voulait Frankie pour lui tout seul. Il l'attira à lui et, avec douceur, lui caressa les cheveux. Elle parut bouleversée par son geste tendre et ferma les yeux comme pour mieux savourer le moment.

Alors, l'évidence s'imposa à Rocco : une fois de retour chez lui, il demanderait à Frankie de prendre un congé sabbatique. Pour quelques semaines, quelques mois, il ne savait pas, mais il n'était pas question qu'elle rentre en Europe et le laisse seul.

Ils avaient encore tant de nuits à passer ensemble, tant de plaisir à se donner, tant de fous rires à partager ! Il ne pouvait pas imaginer qu'elle refuse, car il sentait bien combien ces instants lui étaient précieux, à elle aussi.

Et de toute façon, ce n'était pas négociable !

9.

Frankie ouvrit les yeux. Autour d'elle régnait le noir le plus complet et il lui fallut quelques secondes pour réaliser où elle était.

Puis, soudain, tout lui revint en mémoire…

Leur retour à la hâte chez Rocco après avoir quitté la fête comme des voleurs, l'impatience avec laquelle ils s'étaient mutuellement arraché leurs vêtements, l'ardeur avec laquelle ils s'étaient donnés l'un à l'autre encore et encore, la rage avec laquelle son amant lui avait fait l'amour.

Son corps endolori portait la trace de ses assauts ; ses lèvres gonflées de ses baisers et chaque parcelle de sa peau vibraient encore de ses caresses. Elle rougit au souvenir de certaines de ses audaces et frissonna en se remémorant leurs ébats passionnés.

Rocco avait fait d'elle une femme, une vraie. Une femme fière de sa sensualité, assumant parfaitement ses pulsions, libérée de toute inhibition. Jamais avec aucun autre elle n'aurait osé ce qu'elle se permettait avec lui. Entre eux, c'était si beau, si fort, que tout était légitime.

Elle étendit le bras et ne trouva que les draps froissés. Où était-il ? Quelle heure était-il ?

A tâtons, elle chercha son téléphone portable posé sur la table de nuit.

Il était 4 heures du matin, et elle avait deux appels en absence. Elle reconnut immédiatement le numéro de Mark et fronça les sourcils, inquiète. Son frère ne l'appelait que très rarement. Lui était-il arrivé quelque chose ? A son père ? Sa mère ?

Elle s'assit sur le lit et, tout en ouvrant ses textos, calcula qu'il était 22 heures à Dublin.

Mark lui avait laissé un bref message, assorti d'une photo. On y voyait Danny, leur frère qui vivait à Dubaï depuis plusieurs années, accompagné d'une jolie rousse. Ils venaient de se marier sans avoir prévenu personne, précisait Mark, et leur mère était sous le choc.

Frankie posa son téléphone et alluma la lampe de chevet. Au fond, cette nouvelle ne l'étonnait guère. Danny s'était éloigné depuis longtemps de sa famille, au sens propre comme au figuré, et particulièrement de Mark. Il y avait toujours eu entre eux une rivalité malsaine qu'ils n'avaient jamais réussi à surmonter. Elle en avait été très triste, mais tous ses efforts pour les réconcilier étaient restés vains. Elle aurait tant aimé qu'ils s'entendent aussi bien que Rocco et Dante !

Elle posa les yeux là où Rocco avait dormi. Son absence lui serrait le cœur. Il avait laissé sa montre, mais repris la petite photo qui se trouvait sur la commode — celle de l'enfant mystérieux que Frankie avait déjà vue à Buenos Aires et qu'il semblait emmener partout où il allait. Elle aurait donné cher pour savoir de qui il s'agissait, mais n'avait pas osé lui poser de nouveau la question.

Elle ne s'expliquait pas ces zones d'ombre. Parfois, alors qu'ils venaient de faire l'amour dans une communion physique d'une extraordinaire intensité, elle le sentait soudain se replier en lui-même, comme perdu dans ses pensées, accablé de soucis.

Pourquoi ne s'en ouvrait-il pas à elle ? Frankie aurait tant voulu l'aider, l'apaiser…

Mais à quel titre se serait-il confié à elle ? Elle n'était rien pour lui, seulement sa petite amie du moment qui ne tarderait pas à repartir à des milliers de kilomètres de lui ; et qu'il ne reverrait jamais…

Son téléphone vibra, interrompant le cours de ses sombres pensées. Mark lui envoyait une nouvelle photo de Danny et de sa femme.

Elle sauta à bas du lit et enfila un peignoir. Il fallait qu'elle trouve Rocco. Il saurait certainement l'aider à gérer cette situation qui risquait de compliquer encore un peu des relations familiales déjà délicates.

Après avoir traversé un certain nombre de pièces, toutes plongées dans l'obscurité, Frankie commençait à se demander avec inquiétude si Rocco n'avait pas quitté la maison quand elle aperçut un rai de lueur bleutée s'échappant d'une porte presque fermée.

Approchant à pas de loup, elle regarda par l'interstice. Devant un immense écran de télévision, Rocco était assis sur un canapé de cuir, un verre à la main. Les traits figés, il contemplait la photo de l'enfant posée devant lui sur une table basse, et de temps à autre avalait une rasade de whisky comme en témoignait la bouteille à moitié vide à côté du cadre. L'image terrible de solitude et de désespoir qu'il offrait serra le cœur de Frankie. Il était malheureux, et elle aurait tout donné pour pouvoir le consoler. Mais accepterait-il seulement sa présence ?

Prenant son courage à deux mains, elle ouvrit doucement la porte et pénétra dans la pièce.

— Rocco…

Il tourna vers elle un regard absent, puis cilla et sembla revenir à la réalité. Sans prononcer un mot, il lui fit signe de le rejoindre d'un geste de la main. Frankie se glissa contre lui, bouleversée. Alors, un bras passé autour de ses épaules, il la serra contre lui.

Ils restèrent longuement enlacés. Ce fut Rocco qui brisa le silence :

— Quelqu'un a essayé de t'appeler pendant la nuit.

— Je sais, murmura Frankie. C'était Mark. Il m'annonçait que mon frère Danny s'est marié à Dubaï sans prévenir personne. Mes parents en sont malades.

— C'est son affaire, non ? fit-il remarquer d'une voix distante.

Elle s'écarta de lui, perplexe, et l'observa, cherchant à comprendre pourquoi il s'était de nouveau refermé, pourquoi il semblait tout à coup si lointain, presque inaccessible.

— Que se passe-t-il, Rocco ? Tu as l'air si malheureux, si sombre…

Il resta silencieux.

— Je n'aime pas te voir comme ça, ajouta-t-elle. J'aimerais tant pouvoir faire quelque chose ! Pourquoi ne m'expliques-tu pas ?

— Il n'y a rien à expliquer. Retourne te coucher, je te rejoindrai tout à l'heure.

— Non, je refuse de te laisser ainsi ! décréta-t-elle avec vigueur. Tant pis si tu ne veux pas parler, je reste avec toi quand même.

Rocco prit une autre gorgée de whisky et son regard fixa l'écran sans le voir.

— Ce n'est pas une bonne idée, Frankie. Je ne suis pas de très bonne compagnie ce soir.

— Je m'en fiche, dit-elle d'un air buté.

Elle se lova contre lui, et le silence retomba, plus lourd encore.

Frankie était déchirée. Pourquoi refusait-il de lui parler ? Elle comptait donc si peu pour lui qu'il ne la jugeait pas digne de partager ses soucis ?

Soudain, cette situation lui fut intolérable. Il fallait faire bouger les lignes, et tant pis si Rocco se sentait agressé. Il ne pouvait pas rester ainsi muré dans sa douleur.

— Parler fait toujours du bien, Rocco, et je suis là pour t'écouter. Je voudrais savoir qui est cet enfant sur cette photo qui ne te quitte pas. Il ne s'agit pas d'être indiscrète, mais juste de comprendre pour, peut-être, pouvoir t'aider…

— Tu ne peux rien faire, lâcha-t-il brutalement.

— Si tu ne veux pas me parler à moi, parle à quelqu'un d'autre, mais parle ! s'écria-t-elle, à bout de patience.

Rocco hésita un instant, troublé par l'empathie qu'il devinait en elle, par sa douceur, sa tendresse. Et soudain le fardeau lui parut trop lourd à porter. Frankie saurait l'écouter, le décharger de ce poids qu'il assumait seul depuis trop longtemps.

— Cet enfant, c'était mon frère, avoua-t-il d'une voix sourde.

Cette révélation bouleversa Frankie. Cependant, malgré son envie d'exprimer sa compassion à Rocco, elle ne fit pas un geste, ne prononça pas un mot. Il venait d'entamer un processus difficile et fragile : il fallait le laisser aller à son rythme, lui donner la possibilité d'arrêter s'il n'avait pas le courage de continuer. En tout cas, une brèche s'était ouverte dans un mur jusque-là infranchissable, et c'était un grand pas.

— Il s'appelait Lodo. Lodovico, reprit-il d'une voix sans timbre. Il avait trois ans quand la photo a été prise, et quatre quand il est mort.

Brusquement il se tut, ses traits se crispèrent, son regard se figea. Un instant, Frankie craignit qu'il en reste là, mais il reprit la parole au bout de quelques secondes :

— Mon père nous avait abandonnés, ma mère avait perdu la tête. Nous étions seuls au monde. Il n'avait que moi, je n'avais que lui. J'étais à ses côtés quand il est mort, et je n'ai rien pu faire. La culpabilité me mine depuis toutes ces années, conclut-il d'une voix étranglée.

— Comment est-il mort ? osa demander Frankie après un silence.

— On lui a tiré dessus. C'est moi qu'on voulait atteindre. Je faisais le guet pour des passeurs de drogue. A huit ans, comment pouvais-je savoir que je serais entraîné dans une guerre entre gangs, que pour ces gens-là une vie ne vaut rien, et la vie d'un enfant encore moins ?

Cette fois, les larmes aux yeux, Frankie ne put s'empêcher de poser doucement la main sur la sienne. Quelle tragédie avait vécu Rocco, dans la solitude la plus complète ! Comment rebondir après un tel traumatisme, croire de nouveau en l'existence, rencontrer le succès ?

Et pourtant, c'était ce qu'il avait fait… N'était-ce pas exceptionnel ?

— Tu n'étais qu'un enfant, Rocco, chuchota-t-elle. De toute façon, tu n'aurais rien pu faire, et peut-être vous auraient-ils tués tous les deux si tu étais intervenu.

— Je ne le saurai jamais. Mais c'est moi qui l'ai entraîné là-dedans, moi qui n'ai pas trouvé d'autre solution pour manger que côtoyer ces assassins qui lui ont troué la peau ! Lui, si petit, si fragile, lui dont j'entends encore le rire cristallin…

Sa voix se brisa. Frankie luttait contre les larmes.

— Tu as fait ce que tu as pu, fit-elle observer d'une voix douce. Tu n'avais pas le choix.

Il resta de marbre, figé contre elle, muré dans sa douleur.

— Si, asséna-t-il brutalement. Dans la vie, on a toujours le choix.

Alors, désespérée de le voir s'éloigner d'elle de nouveau, elle déposa sur son visage une myriade de baisers aussi légers qu'un souffle de vent.

Peu à peu, elle sentit sa résistance s'amoindrir, et elle comprit qu'elle avait gagné quand il ferma les yeux pour mieux s'abandonner à ses caresses.

Il se redressa sur le canapé et Frankie s'assit sur lui à califourchon, le berçant contre elle dans un lent mouvement de balancier comme elle l'aurait fait pour calmer un enfant en pleurs.

— Tu n'as pas à te sentir coupable, répéta-t-elle en posant la tête contre son épaule.

— Je sais, murmura-t-il. Mais je passe mon temps à rejouer le film et à me dire que si j'avais tenu sa main, si…

— On ne fait pas la vie avec des si, coupa-t-elle. Tu ne pouvais rien contre des adultes mal intentionnés, c'est tout. Je comprends ta souffrance, même si j'ai du mal à imaginer ce que tu as vécu. Mais il ne sert à rien d'ajouter de la souffrance à la souffrance en ressassant un sentiment de culpabilité qui n'a pas lieu d'être.

Il s'immobilisa, et elle plongea son regard dans le sien tout en passant les doigts dans ses boucles brunes.

— Tu dois surmonter cette détestation de toi, reprit-elle d'un ton grave. Te débarrasser de tes sentiments négatifs, apprendre à t'aimer.

Elle effleura d'un doigt l'arête de son nez et sourit.

— Il y a tellement de choses en toi à aimer, ajouta-t-elle tendrement. Comme cette cicatrice sur ton front, souvenir du temps où tu te battais dans les rues au lieu d'aller à l'école. Comme ce nez qui a pris un coup lui aussi, mais qui n'en a que plus de caractère. Comme ces lèvres qui m'embrassent si bien…, acheva-t-elle dans un souffle.

Elle se pencha sur lui et leurs bouches s'unirent, tandis que le désir se réveillait en eux.

— Rocco…, balbutia-t-elle, éperdue.

Rocco la souleva dans ses bras et regagna la chambre à coucher. Là, il l'étendit sur le lit défait avec d'infinies précautions.

— Frankie, ma douce Frankie, susurra-t-il, dénouant le peignoir dans lequel elle s'était enveloppée.

Il écarta les pans de tissu et contempla un long moment ce corps sculptural dont il connaissait désormais chaque centimètre carré. Sa gorge se serra d'émotion devant le spectacle ô combien émouvant de ses seins généreux, de la courbe si féminine de ses hanches, de cette toison discrète qui cachait le cœur de sa féminité.

— Tu es si belle…

Il se dévêtit et la rejoignit, déjà en pleine érection. Ils roulèrent l'un sur l'autre, avides de s'appartenir de nouveau.

Mais ils prirent le temps de se caresser, de s'embrasser tandis que la tension montait en eux. Ce lent chemin vers le plaisir partagé était un délice à lui tout seul, ils ne voulaient pas brûler les étapes…

Quand Rocco la pénétra enfin, Frankie poussa un cri

d'extase. Il avait sa place en elle, c'était lui qu'elle avait toujours attendu, pensa-t-elle, dans un état second.

Rocco, son amant, son amour… Le seul et l'unique.

Alors, nouant les jambes autour de ses hanches, elle s'abandonna au rythme qu'il imprimait. Leurs gémissements se mêlaient, de plus en plus rapides.

Le plaisir déferla en eux par vagues successives, les emportant loin, très loin, vers des contrées inconnues où seul comptait le bonheur du partage, où plus rien n'avait d'importance, hormis la certitude de ne plus faire qu'un avec l'autre. Frankie devinait qu'ils ressentaient la même chose, tout comme elle devinait que Rocco partageait le puissant sentiment de félicité qui l'avait envahie tandis que dans ses bras elle attendait que sa respiration se calme, que ses muscles se relâchent.

Ce moment resterait à jamais gravé dans sa mémoire. Ils avaient passé un palier dans leur relation, et même si tous deux ignoraient où ils allaient, Frankie était certaine qu'entre eux, il n'y avait pas de retour en arrière possible, et que Rocco le savait lui aussi.

10.

Ce n'était vraiment pas le moment d'avoir la gueule de bois, songea Rocco en tentant de faire le point sur les derniers événements. Il s'était passé tant de choses depuis vingt-quatre heures !

D'abord, cette fête au Turlington Club. D'ordinaire, il se faisait un plaisir d'y assister jusqu'à la fin, d'y retrouver des connaissances, des fans, d'y prendre du bon temps au milieu d'une assistance branchée bien décidée à danser jusqu'au bout de la nuit.

Mais cette fois, à peine arrivé, il s'était lassé de cette ambiance survoltée, de tous ces gens en représentation.

La faute, d'abord, à Carmel. Son comportement grossier face à Frankie lui avait confirmé, si besoin était, que la quitter avait été une excellente décision. Autant Frankie savait imposer sa présence en toute discrétion, autant Carmel surjouait en permanence pour se faire remarquer, avec pour seul résultat de faire le vide autour d'elle. Avec le recul, il comprenait mal comment il avait pu se laisser prendre à son jeu ne serait-ce qu'une seule seconde.

Ensuite, il avait eu une immense désillusion en apprenant que l'homme identifié comme Chris Martinez n'était pas le bon. Il y avait tout simplement eu erreur sur la personne… Tout était donc à recommencer, et il perdait espoir de rendre un jour justice à Lodo. Dès que possible, il ferait le point avec Dante pour tenter d'élaborer une autre stratégie. Savoir

Martinez toujours dans la nature vingt ans après son crime le rongeait.

Et, surtout, il y avait Frankie, et cette sensation déstabilisante et parfaitement nouvelle pour lui que la situation lui échappait.

D'abord, parce qu'il lui avait raconté son passé, ce qu'il n'avait jamais fait auparavant avec personne. Pourquoi diable était-il allé lui parler de Lodo, de son enfance, de sa vie dans la rue, alors qu'il n'évoquait jamais ces souvenirs trop douloureux, alors qu'il lui avait fallu des années de thérapie pour accepter l'inacceptable ?

Frankie n'était qu'un épiphénomène dans sa vie, sa compagne du moment, en sursis comme toutes les autres. Et même si elle faisait preuve d'une exceptionnelle empathie, d'une rare qualité d'écoute, d'une grande intelligence, elle ne pouvait rien pour lui.

La place qu'elle avait prise à ses côtés depuis quelque temps l'effrayait. Jamais il n'avait laissé ainsi entrevoir à une femme ce qu'il avait de plus intime, de plus vulnérable, et il n'aimait pas ça.

Mais les faits étaient là : il appréciait sa personne, son esprit, sa rigueur. Et la façon dont ils avaient fait l'amour la nuit précédente l'avait bouleversé. Jamais il n'avait vécu un moment empreint d'une telle tendresse, d'une telle beauté. D'ordinaire, il était parfaitement capable de dissocier le plaisir sexuel des sentiments. Avec Frankie, c'était impossible.

Il devait se reprendre. Continuer à gérer sa vie sans compter sur personne, comme il l'avait toujours fait, et ne pas se laisser attendrir ou influencer par ses rencontres du moment.

Frankie sortirait de sa vie comme toutes les autres, il n'était donc pas question ni de trop s'impliquer lui-même, ni de lui faire croire au Père Noël. Car un jour ou l'autre, si leur relation se prolongeait, elle finirait elle aussi par attendre qu'il lui passe la bague au doigt ; or il n'en était pas question.

Il rangea la bouteille de whisky à moitié vide en se promettant que jamais plus il ne noierait ses idées noires dans l'alcool, et eut une pensée pleine de gratitude pour Frankie. Si elle n'était pas arrivée, si elle n'avait pas insisté pour rester avec lui, il aurait probablement fini cette bouteille et ne serait certainement pas beau à voir à cette heure…

Elle avait eu l'intelligence de comprendre que, malgré ses dénégations, il avait besoin d'elle, puis de l'inciter à parler sans jamais le forcer et de l'écouter avec attention sans lui poser une seule question.

Il lui devait beaucoup ; à présent il devait aussi la protéger. Martinez était un homme dangereux. Jusque-là, personne en dehors de Dante et lui-même ne connaissait leur histoire. Frankie savait, désormais, et à ce titre il se devait d'assurer sa sécurité. Il ne lui dirait plus rien, songea-t-il en allumant la machine à café. C'était trop risqué.

Il songea à elle, toujours endormie sur le grand lit. Il avait eu le plus grand mal à résister à l'envie de la réveiller par un baiser et, encore une fois, de lui faire l'amour.

Rien ne semblait pouvoir le rassasier d'elle. N'était-ce pas effrayant ? Elle avait désormais sur lui une emprise contre laquelle il ne parvenait pas à lutter, et il n'arrivait même pas à imaginer qu'un jour elle partirait.

Pourtant, c'était la réalité à laquelle il devait faire face. Il n'était pas fait pour partager sa vie entière avec une femme. Même Frankie Ryan…

Il enfila un short et des baskets et partit courir. C'était une merveilleuse thérapie, qui à chaque fois lui remettait les idées en place — et il en avait bien besoin !

Il courut le long de la plage, déjà investie par les surfeurs. Il croisa un couple de cavaliers au grand galop sur le sable et se promit de proposer la même balade à Frankie. En plus de tout le reste, ne partageaient-ils pas le même amour des chevaux ?

L'adrénaline aidant, il se sentait de mieux en mieux, de nouveau en pleine possession de ses moyens.

Dès son retour, après une bonne douche et un grand verre de jus de fruits frais, il aurait une conversation avec la belle Irlandaise pour mettre les choses au point. Pas question qu'elle imagine quoi que ce soit de permanent entre eux, tout ça parce qu'il avait eu l'imprudence de lui faire des confidences.

Après s'être longuement étiré, Rocco remonta l'escalier qui, de la plage, menait à la terrasse. Il stoppa net avant la dernière marche, le souffle coupé comme si on lui avait décoché un coup de poing.

Sur la balancelle, épaule contre épaule, cuisse contre cuisse, étaient assis Frankie et Dante. Ils discutaient, les yeux dans les yeux, créant une scène d'une surprenante intimité. A quoi jouait Dante ? A lui piquer sa petite amie ?

— Il ne va pas aimer ça, dit son frère.

Ce fut l'instant que Rocco choisit pour faire son apparition.

— Qu'est-ce qu'il ne va pas aimer ? demanda-t-il avec une agressivité qu'il ne chercha même pas à contrôler.

Frankie et Dante s'interrompirent, l'air surpris. Apparemment, ils ne l'avaient pas entendu venir.

— Dis donc, Rocco, tu décoiffes ! lança Dante avec un sourire. Tu fais la fête toute la nuit, tu picoles et le lendemain matin, tu pars courir aux aurores. Quelle énergie ! Heureusement que Frankie était là pour s'occuper de moi…

Rocco comprit qu'il le provoquait, ce qui n'était pas inhabituel entre eux. Mais cette fois, il goûtait peu la plaisanterie.

— Tu es arrivé en avance, constata-t-il d'un ton coupant. Tu aurais dû m'envoyer un texto, j'aurais été là pour te recevoir.

— Au contraire ! Je suis ravi d'avoir pu profiter un peu de Frankie : pour une fois que tu ne l'accapares pas…

Frankie ébaucha un sourire un peu gêné, mais ne protesta pas quand Dante lui passa un bras autour des épaules.

— Détends-toi, Rocco ! reprit Dante, très à l'aise. Je discute un peu avec ta petite amie, ce n'est pas un péché, que je sache. Et il se trouve que nous nous sommes trouvés plein de points communs…

Rocco se renfrogna. Quelle idée son frère avait-il de jouer au beau-frère et au bon copain, comme si Frankie faisait partie de la famille ? C'était non seulement insupportable, mais proprement irresponsable !

L'atmosphère se tendit. Frankie se leva vivement.

— Tu pars ? lui lança Rocco. Voilà qui tombe bien, j'ai des choses à discuter avec Dante.

— Oui, je vais me préparer. Je te dis au revoir, Dante, je ne suis pas sûre que nous nous reverrons avant mon départ pour l'Europe.

— Tu t'en vas ? s'exclama Dante, étonné.

— Oui, mon travail m'appelle.

Dante eut une moue déçue.

— Ah bon… Je te croyais avec nous pour un moment. Dommage ! Mais tu vas peut-être revenir plus tôt que prévu, ajouta-t-il avec un clin d'œil. Les Hermanos Hermida ne vont pas te lâcher comme ça, tu sais !

Elle lui décocha un sourire amusé, l'embrassa et s'éclipsa. Rocco jeta à son frère un regard courroucé.

— Mais qu'est-ce qui te prend ? lança-t-il. Pourquoi lui raconter qu'on ne va pas la lâcher ?

— Du calme, frérot ! C'est toi qui ne sais plus ce que tu dis. Depuis quand as-tu vu un homme parler comme tu viens de le faire à la femme qu'il aime ?

Le silence tomba entre eux. Rocco, paralysé, resta muet, tandis que Dante finissait tranquillement son café comme si de rien n'était.

— Tu dis n'importe quoi ! protesta enfin Rocco d'une voix sifflante.

Son frère le regarda droit dans les yeux.

— Vraiment ? Aurais-tu l'audace de nier que tu es amoureux de Frankie ? C'est aussi évident que les faux seins de Carmel ! D'ailleurs, tu ferais bien de vérifier la presse, même si tu n'es pas un grand lecteur des magazines people ! Tu y trouveras des photos intéressantes. Regarde, dit-il en lui tendant son téléphone portable.

Rocco fit défiler les clichés, pris la veille lors de la soirée. Il apparaissait avec Frankie : on les voyait s'embrasser avec passion, serrés l'un contre l'autre, se regarder dans les yeux, parfaitement indifférents aux gens qui les entouraient. S'affichèrent d'anciennes photos, où il s'affichait au bras de précédentes conquêtes. Le contraste sautait aux yeux, devait-il admettre. Avec Frankie, il avait l'air heureux ; avec les autres il semblait parfaitement indifférent…

Les commentaires des journalistes allaient bon train : on le disait amoureux fou, définitivement casé, dompté par la belle Irlandaise.

— Et alors ? rétorqua-t-il en haussant les épaules. Ce n'est pas la première fois que les journalistes me fiancent. J'ai appris depuis longtemps à ne pas lire ce qu'on disait de moi dans une certaine presse, ce n'est qu'un tissu d'inepties.

Il se servit un verre d'eau et s'assit en face de son frère.

— Il y a un autre sujet, Dante, un vrai sujet, et tu sais très bien de quoi je parle, poursuivit-il d'un ton grave. As-tu du nouveau ?

Dante se redressa sur son siège, cette fois parfaitement concentré, la mine sérieuse.

— Oui, mais rien n'est sûr encore. On a eu des infos par un indic, expliqua-t-il. Quelqu'un se vante d'avoir été en prison avec Martinez. Celui-ci n'aurait fait que quelques mois pour une affaire d'extorsion de fonds et serait sorti sous une nouvelle identité. Ce qui expliquerait pourquoi on a tant de mal à mettre la main sur lui.

— L'indic dont tu parles n'a pas pu en savoir plus ?

— Non. Et j'ai coupé court à nos rencontres. Il manifestait un peu trop de curiosité à ton égard, je me suis méfié.

Rocco fronça les sourcils. Il avait toujours fait preuve d'une extrême prudence dans son enquête. Il connaissait la dangerosité de Martinez.

— Tu as bien fait, dit-il. Merci.

Dante poussa un soupir.

— Tu ne crois pas que tu devrais faire une pause ? Laisser le soufflé retomber ? Peut-être Martinez se doute-t-il de quelque chose à présent. Et puis, tu as une autre affaire en cours, non ?

— Une autre affaire ? répéta Rocco qui ne comprenait pas. A quoi fais-tu allusion ?

Dante leva les yeux au ciel.

— Arrête de faire l'imbécile ! s'exclama-t-il. Je parle de Frankie, bien sûr !

— Frankie ? Quel est le problème avec Frankie ? demanda Rocco d'une voix détachée.

— Tu es insupportable, frérot ! Elle va rentrer en Europe. Tu ne vas pas la laisser partir comme ça, tout de même ? Tu sais ce que tu risques ?

— Non.

— Tu risques de la perdre, tout simplement !

Il y eut un silence.

— Réfléchis juste à ce que je te dis, reprit Dante. Frankie est quelqu'un de spécial ; de *très* spécial. Quand elle ne sera plus là, tu la regretteras.

— Ne t'en fais pas, répondit-il, je gère.

Dante eut une moue dubitative qui trahissait son scepticisme, mais jugea préférable de passer à autre chose. Quand il le voulait, Rocco était une véritable tête de mule…

— Quand rentres-tu à Buenos Aires ? demanda-t-il.

— En fin de journée. J'attends Frankie qui a un rendez-vous professionnel avec un producteur d'aloe vera. Elle est chargée de ramener des échantillons en Europe.

— Très bien, dit Dante en se levant. Alors votre temps est précieux, je vous laisse tranquilles. Profite, frérot, profite : cette fille est super !

Il lui donna une accolade affectueuse, puis s'éloigna de son pas souple, avec son déhanchement caractéristique qui faisait fantasmer toutes les filles.

Rocco sourit. Parfois, il avait envie de lui taper dessus tellement il l'agaçait, mais en fait, il adorait cette façon qu'avait parfois son frère de le bousculer. D'autant qu'il n'avait pas toujours tout à fait tort…

Frankie relut pour la dixième fois le courriel qu'elle venait d'écrire et, après un dernier instant d'hésitation, cliqua sur « ENVOYER ».

Le sort en était jeté…

Ses employeurs n'apprécieraient certainement pas d'apprendre qu'elle leur demandait un congé sans solde, mais elle avait bien réfléchi. C'était la seule chose à faire.

Car elle ne pouvait pas quitter Rocco.

Pendant deux heures, elle avait écrit sur deux colonnes les arguments pour et les arguments contre. Rester avec lui, c'était positif. Comment dire non à leurs extraordinaires nuits d'amour, à ce monde excitant qu'elle découvrait grâce à lui, à sa magnifique propriété, aux chevaux qu'elle était si heureuse de retrouver ? Mais c'était aussi négatif : plus elle le côtoyait, plus elle était amoureuse de lui, et elle n'était pas suffisamment naïve pour imaginer un seul instant qu'il lui proposerait quoi que ce soit qui ressemble à un engagement.

Après s'être confié à elle sur son passé, Rocco était de nouveau rentré dans sa coquille. Il s'était même montré presque grossier lorsqu'il l'avait trouvée en compagnie de Dante.

Regrettait-il ses confidences ? Se reprochait-il d'avoir levé le voile sur ses fragilités, ses traumatismes d'enfant de la rue, lui qui était l'image même de la puissance et du contrôle de soi ? Pourtant, ils avaient partagé de précieux moments lorsqu'il avait évoqué son frère disparu, et elle l'avait senti merveilleusement proche. Ensuite, ils avaient fait l'amour avec une intensité d'émotions et une tendresse qui lui avaient prouvé si besoin était que leur relation était unique.

Le sentir s'éloigner d'elle de nouveau n'en avait été que plus cruel…

Pourtant, elle restait, et cette nouvelle allait mettre ses employeurs de très mauvaise humeur. Elle était cependant décidée à tirer profit de ce séjour en Argentine pour peaufiner le projet d'une ligne de cosmétiques bio qu'elle avait depuis toujours. Evana Cosmetics en tirerait profit car la marque avait besoin de rajeunir son image. Si elle parvenait à prendre les contacts intéressants, à répertorier les bons producteurs, à s'assurer de la qualité de leurs plantes, elle serait reçue à bras ouverts à son retour. Ses employeurs étaient depuis longtemps à la recherche d'une idée pour booster leur marque, et celle-là était la bonne ! Elle ferait donc d'une pierre deux coups : aller au bout de sa relation avec Rocco et préparer son retour — puisqu'elle rentrerait, c'était certain.

Frankie mit la dernière main à ses bagages, puisqu'il avait été décidé qu'ils partiraient tôt le lendemain matin pour Buenos Aires, à bord de l'hélicoptère privé de Rocco. Cela l'avait infiniment soulagée : ainsi, ils ne seraient pas assaillis par les paparazzis.

A cette heure, peut-être ses parents avaient-ils vu les photos qui la montraient dans les bras de Rocco, l'embrassant à pleine bouche… Cette pensée la mit mal à l'aise. Sa mère, si discrète, si sensible au qu'en-dira-t-on devait en être malade ! Quant à son père, il devait voir là la confirmation que sa fille était décidément bien décevante… En tout cas, ils ne lui avaient pas donné de leurs nouvelles ; vu les circonstances, elle ne s'en plaignait pas.

Elle fit glisser la fermeture Eclair de son sac et jeta un regard autour d'elle, au grand lit qui avait abrité leurs ébats, à la photo de Lodo posée sur la table de nuit.

Elle secoua la tête. Elle devait cesser de penser à Rocco et se concentrer sur son projet professionnel. Car quoi qu'il arrive entre eux, elle voulait rentrer en Europe la tête haute. Elle présenterait à sa direction un projet solide et elle affronterait sans trembler les commentaires de son père sur sa liaison avec Rocco.

Oui, elle assumait tout, jusqu'au fait de poursuivre une relation qui, elle le savait, ne menait nulle part…

11.

Comment cette réunion s'était-elle transformée en un tel fiasco ?

Pourtant, tout avait bien commencé. Rocco et elle avaient pris leur petit déjeuner sur la terrasse, face aux collines qui ondulaient à l'horizon, à l'ombre des glycines en fleurs. Les jus de fruits frais étaient délicieux, tout comme le pain juste sorti du four. Le soleil brillait, annonçant une belle matinée.

Rocco lui avait fait part de son programme : il comptait passer quelques heures à son bureau, puis lui proposait de faire avec lui une longue promenade à cheval à travers sa propriété. Il attendrait qu'elle soit revenue de son rendez-vous professionnel, avait-il assuré, car il se réjouissait déjà de lui montrer des coins qu'elle ne connaissait pas. Frankie avait accepté, d'autant plus ravie qu'elle monterait Roisin, la fille d'Ipanema.

Frankie se sentait en pleine possession de ses moyens pour rencontrer les négociants avec lesquels elle discuterait prix et approvisionnement des plantes destinées à la nouvelle ligne de cosmétiques qui devait relancer Evana Cosmetics. Elle savait exactement ce qu'elle voulait, ce qu'elle était prête à payer, et ne doutait pas du succès de ce projet.

Et puis tout s'était écroulé lamentablement !

Tout d'abord, elle avait dû marcher plus longtemps que prévu pour atteindre le lieu du rendez-vous. La chaleur aidant, elle était arrivée en nage, les pieds douloureux, son rimmel donnant des signes de faiblesse. Grossière erreur : la première image qu'on donnait de soi était la plus importante, particulièrement en affaires, et elle avait raté cette étape essentielle.

Déstabilisée, elle avait appris de surcroît qu'outre les deux négociants prévus, elle serait face à toute une équipe d'experts, alors qu'elle n'avait pas vraiment l'habitude de prendre la parole en public. Mais elle n'était pas au bout de ses peines, et le coup de grâce avait été aussi violent que sournois.

Pour se rendre à la salle de conférences, elle avait dû traverser une autre salle, plus petite. Une grande table en occupait le centre, sur laquelle étaient disposés des magazines. Certains étaient ouverts, d'autres affichaient leur une. Et sur toutes les photos, on voyait Rocco avec Carmel de Souza, tout sourire…

Ce ne pouvait pas être un hasard, avait-elle pensé, l'estomac noué. Ces magazines avaient été placés là exprès, en guise de comité d'accueil d'un goût plus que douteux. Que voulait-on lui signifier ? Qu'elle ne faisait pas le poids face à la pulpeuse Carmel ? Qu'elle n'avait pas le droit de leur voler Rocco Hermida, le héros national ? Qu'elle était une erreur de casting ? Le ton était donné…

Tout au long de la réunion, elle avait dû faire face à des attaques déloyales, à des questions pièges, à des allusions déplacées sur sa relation avec Rocco, sans que le nom de ce dernier soit jamais prononcé. Et pour finir, ses interlocuteurs lui firent des propositions commerciales qui étaient une véritable plaisanterie, tant au niveau du prix que des délais.

Elle en avait conclu avec amertume qu'ils ne la prenaient pas au sérieux, et sa liaison affichée avec Rocco était certainement la cause du peu de cas que ces hommes faisaient d'elle. Dans un monde professionnel très masculin, où les femmes commençaient juste à se faire une place, elle était apparue comme une fille légère, plus intéressée par les fêtes que par le business.

Cette image lui était revenue en boomerang, tuant dans l'œuf tous ses espoirs de monter un vrai projet commercial en Argentine.

De retour chez Rocco, elle était restée un moment sur la

terrasse, les yeux fixés sur le paysage bucolique qui s'étendait devant elle. Elle avait envoyé un texto à son amant pour le prévenir de ne pas l'attendre pour la balade à cheval.

Elle n'avait plus le cœur à ça…

La maison était vide. Frankie traversa comme une âme en peine les salons de réception où Rocco avait aligné les coupes qui témoignaient de ses nombreuses victoires.

Il était absent, mais pourtant il était là, partout, bien présent. Dans ses pensées, dans sa chair, dans son cœur…

Sans plus réfléchir, elle poussa la porte d'une chambre d'amis, s'allongea sur le lit et ferma les yeux. Elle avait besoin d'être seule, comme quand elle était plus jeune et cachait sa peine en se retirant dans sa chambre, pour oublier un temps l'autorité paternelle, l'ambiance pesante qui régnait dans la maison familiale.

Elle se sentait perdue, en plein désarroi.

Pourquoi était-elle venue en Argentine ? s'interrogea-t-elle tout coup avec une amère lucidité. Elle avait jusque-là réussi à se convaincre que ses seules motivations étaient professionnelles, mais c'était un leurre. En réalité, elle n'était là que pour Rocco. Elle ne l'avait jamais oublié, et les dix années écoulées n'avaient fait qu'accentuer la fascination qu'il exerçait sur elle.

Certes, elle l'avait retrouvé, et était même devenue sa maîtresse en titre, mais elle s'était brûlé les ailes à ce jeu dangereux. Non seulement elle se retrouvait plus seule encore qu'auparavant, car elle avait enfin compris que leur relation n'avait aucun avenir, mais elle avait mis sa carrière en danger en retardant son retour, pour la simple raison qu'elle n'avait pas le courage de le quitter. Et après le revers qu'elle venait d'essuyer, elle n'était même pas sûre que ses employeurs ne la licencieraient pas.

Il était urgent de prendre des mesures pour limiter les dégâts. Elle ne pouvait pas continuer ainsi à faire n'importe quoi sans souci des conséquences.

Sa vie partait à vau-l'eau, elle devait réagir.

Rocco traversa salon et salle à manger. Il avait passé un après-midi merveilleux à chevaucher dans la campagne. Bien sûr, il était déçu que Frankie n'ait pas été à ses côtés, mais ce n'était que partie remise. Ils auraient d'autres occasions.

Il s'habituait de plus en plus à sa présence, au point qu'il n'imaginait même plus vivre sans elle. Ils partageaient tant de choses, et pas seulement au lit !

Mais il y avait un hic, et de taille : s'ils restaient ensemble, elle s'attendrait un jour ou l'autre à ce qu'il lui parle d'engagement. Or le mariage lui faisait toujours aussi peu envie…

L'idée même de lier sa vie à celle d'une autre personne, d'avoir des enfants et d'en être responsable jusqu'à la fin de ses jours lui était totalement étrangère. Peut-être était-ce dû à son histoire familiale tragique, au fait qu'il n'avait jamais connu la douceur d'un foyer et que la figure paternelle était pour lui synonyme d'abandon.

Toujours est-il qu'il ne se voyait pas en bon mari et bon père, alors qu'il savait parfaitement que la plupart des femmes finissaient par avoir envie d'un enfant.

Il fallait donc qu'il prenne son courage à deux mains pour mettre définitivement les choses au point avec Frankie, comme il s'était promis de le faire depuis déjà un certain temps.

Il ouvrit une bouteille de vin pour lui laisser le temps de s'aérer en prévision du dîner. Il avait prévu une belle pièce de bœuf au barbecue sur la terrasse, et se voyait déjà serré contre Frankie sur la balancelle, dégustant ce vin capiteux tous les deux. C'était ainsi qu'ils passaient leurs soirées depuis quelques jours, et il ne se lassait pas de ces délicieux moments d'intimité.

Il nota soudain que la maison était silencieuse. Où était donc Frankie ? s'interrogea-t-il en fronçant les sourcils. Il s'était tellement réjoui de la retrouver après ces quelques heures de séparation que l'impatience le gagnait.

Leur chambre était vide. Peut-être son rendez-vous professionnel s'était-il prolongé plus longtemps que prévu ?

Il prit une douche rapide, déplorant une nouvelle fois

l'absence de sa maîtresse. Ils avaient maintenant leurs rituels, et la douche commune en faisait partie. Inutile de préciser que l'exercice finissait toujours de la même façon : après s'être mutuellement savonnés, ils faisaient l'amour sous le jet puissant…

Il enfila à la hâte un T-shirt noir, un jean et des mocassins en daim beige, puis appela Frankie sur son portable. Seul le silence lui répondit. Il vérifia ses textos, ses messages audio : rien…

Après avoir arpenté la maison de long en large, il finit par la dénicher dans une des chambres d'amis.

A l'origine, cette pièce était sa chambre. Après avoir acheté l'estancia dans un état pitoyable, il avait investi tout son argent dans la réfection des écuries avant de s'intéresser à son propre logement. Pendant la première année, il avait campé de façon presque spartiate dans une habitation délabrée, mais cette période faisait partie de ses meilleurs souvenirs.

Les chevaux étaient sa vie, et ses parents adoptifs n'y avaient rien trouvé à redire, heureux de le voir enfin se reconstruire autour d'un projet qui tenait la route.

La pièce était plongée dans la pénombre. Seule source de lumière, le faible soleil du soir se glissait à travers les rideaux entrouverts.

Frankie avait les yeux ouverts et l'avait forcément entendu pousser la porte. Pourtant, allongée sur le lit, elle ne bougeait pas.

Rocco s'assit à côté de la jeune femme et se pencha pour lui déposer sur le front un baiser furtif.

— Quel dommage que tu n'aies pas pu faire cette balade avec moi, murmura-t-il. Tu m'as manqué. Mais ce n'est que partie remise.

Au lieu de se précipiter dans ses bras, elle se recroquevilla encore un peu plus et évita son regard.

— Pourquoi es-tu dans cette chambre et pas dans la nôtre ?

Comment s'est passée ta journée ? demanda-t-il, soudain en alerte, à la fois surpris et inquiet.

— Pas très bien.

— Tu n'as pas signé le contrat que tu espérais ?

— Non. J'ai été accueillie par le fan-club de Carmel, et ceci explique cela, précisa-t-elle d'une voix sourde.

Rocco resta silencieux, stupéfait. Pourquoi lui parlait-elle de Carmel ? Que signifiait ce changement brutal d'attitude, cette hostilité presque palpable ? Il avait l'impression d'être face à une ennemie.

— Peux-tu être plus spécifique ? demanda-t-il enfin.

Cette fois, elle s'assit sur le lit, croisa les bras sur ses genoux et s'adossa au mur, comme pour mettre la plus grande distance entre eux.

— Tout à fait, répondit-elle d'un ton sec. En guise de comité d'accueil, j'ai eu droit à un étalage de photos de vous deux en amoureux.

Il ouvrit de grands yeux.

— C'est certainement un hasard ! Que tu n'as pas dû apprécier, je le comprends.

Elle le fustigea du regard.

— Ce n'est pas un hasard, asséna-t-elle brutalement.

Rocco se leva, décontenancé.

— Je reviens, dit-il. Je vais chercher la bouteille prévue pour ce soir. Je crois que nous avons besoin de nous détendre, tu ne penses pas ?

Sans attendre une réponse dont il savait qu'elle ne viendrait pas, il s'éclipsa. Il revint quelques minutes plus tard, avec la bouteille et deux verres en cristal ciselé.

Frankie n'avait pas bougé, et son visage fermé n'augurait rien de bon. Pourvu que le délicieux Malbec 2006 qu'il avait choisi pour eux, encensé par tous les œnologues, fasse de l'effet ! Il n'avait jamais vu Frankie ainsi…

Il lui tendit un verre et la regarda y tremper les lèvres. D'ordinaire, un tel geste aurait été empreint pour lui d'une charge érotique ; cette fois, il n'en fut rien. Il lui semblait qu'une barrière s'était dressée entre eux.

— Alors ? fit-il.

— Très bon, répondit-elle, laconique.

— Voyons, Frankie, explosa-t-il, tu ne vas pas faire la tête toute la soirée pour une stupide histoire de photos !

— Ce n'est pas une simple histoire de photos. Depuis cette maudite soirée de gala, je suis cataloguée comme ta nouvelle petite amie. Aux yeux du monde, c'est devenu ma seule raison d'exister ! Je suis allée à cette réunion en croyant être considérée comme une professionnelle, et j'ai tout de suite compris que personne ne me prenait au sérieux. A cause de ces maudites photos…

Rocco fit tournoyer le vin dans son verre pour tenter de garder son calme. La réaction de Frankie lui paraissait tout à fait disproportionnée.

— Je viens d'acheter ce vignoble, déclara-t-il d'un ton neutre. J'ai toujours beaucoup apprécié ce qu'ils font. Leur maître de chais est un artiste.

— J'en suis ravie, enchaîna-t-elle, glaciale. Et moi, j'ai raté un beau contrat parce que mes interlocuteurs n'ont vu en moi que la petite amie du moment de Rocco Hermida, oubliant d'un coup que j'ai un métier, un savoir-faire, des compétences.

Comme Rocco ne répondait pas, persistant à garder les yeux fixés sur son verre, Frankie n'eut d'autre solution que de le provoquer. Elle ne supportait plus cette distance qu'il savait si bien prendre avec elle, ce refus de s'impliquer qu'il mettait tant de soin à cultiver.

— D'ailleurs, ils ont raison, reprit-elle avec cynisme, et une agressivité mal contrôlée. Je suis ta petite amie du moment, point. Il y en a eu d'autres avant moi, il y en aura d'autres après. C'est bien ça ?

Il cessa enfin de fixer son verre et le posa avec précaution sur la table de chevet.

— Disons que pour l'instant, nous sommes amants, déclara-t-il d'un ton parfaitement neutre.

Au prix d'un effort surhumain, Rocco résista à l'envie d'attirer Frankie à lui et de mettre un terme à cette discussion stupide par un baiser. Cette journée sans elle lui avait paru interminable, et tout ce qu'ils trouvaient à faire en se retrouvant était de se disputer ! C'était absurde.

Hélas, il était évident qu'ils n'étaient pas sur la même longueur d'onde…

— C'est ça, nous sommes amants, répéta-t-elle d'une voix sans timbre.

Il plongea le regard dans celui de Frankie et le désespoir qu'il y lut lui confirma, si besoin était, qu'elle l'aimait. Bon sang ! Il tenait à elle, bien sûr, mais il était incapable de répondre à cet amour comme elle l'attendait. Il allait la faire souffrir. C'était inévitable.

— Frankie…, murmura-t-il.

Elle se décomposa. Alors, Rocco, atterré, devina qu'elle avait compris. Elle savait qu'il ne prononcerait pas les mots qu'elle rêvait d'entendre. Ces mots qu'il n'avait jamais dits à aucune femme, et qu'il ne dirait jamais…

— Frankie, on est si bien ensemble, chuchota-t-il comme s'il se parlait à lui-même.

Livide, elle se redressa et trouva la force de le regarder en face.

— On est si bien ensemble, mais quoi ? insista-t-elle d'une voix étranglée qui trahissait sa souffrance. Car je sais qu'il y a un *mais* ! Que vas-tu trouver pour m'expliquer que ça ne peut pas durer ?

Un roulement de tonnerre résonna au loin, donnant un tour encore plus dramatique à leur conversation. Rocco songea à ces promenades à cheval qu'ils ne feraient pas ensemble, à ces nuits qu'il passerait privé de sa présence, et, l'espace d'un instant, il hésita.

Pourquoi ne pas lui dire de rester, lui expliquer qu'il ne pouvait plus vivre sans elle ? Un dernier sursaut de lucidité l'en empêcha. Il lui devait la vérité, même si celle-ci était infiniment cruelle.

— Tu as l'air d'avoir besoin d'aide, ironisa-t-elle avec amertume, alors je vais t'aider. Nous sommes bien ensemble parce que c'est super au lit. Mais il n'y a rien d'autre. Rien qui vaille la peine d'en parler.

— C'est faux ! s'exclama Rocco.

Elle eut un petit rire métallique qui sonna lugubrement dans le silence de la maison.

— Ah, j'oubliais : on aime tous les deux les chevaux et le champagne bien frappé. Mais à part ça, je ne vois rien d'essentiel, acheva-t-elle, plus cynique que jamais.

— Frankie, comment peux-tu dire une chose pareille ?

— Parce que c'est vrai. Tu ne laisses personne s'approcher vraiment de toi. Tu te protèges, toujours.

— Mais nous sommes proches ! s'écria-t-il avec véhémence.

— Pas assez pour moi, trancha-t-elle.

Ils se dévisagèrent un long moment. Pour la première fois, il sembla à Frankie que le fossé entre eux était devenu infranchissable, que quelque chose s'était cassé. S'il avait voulu la convaincre, Rocco aurait trouvé les bonnes paroles, les mots justes.

Mais il ne les prononçait pas…

Rocco était paralysé. Il savait ce que Frankie attendait de lui, mais ne pouvait pas la satisfaire.

Comment lui donner un amour qu'il n'était pas sûr d'éprouver, lui faire croire à un avenir commun alors qu'il ne se voyait pas s'engager ?

Le cœur serré, la rage au ventre, il resta muet.

Ne rien dire, c'était la perdre.

Cette seule idée le dévastait.

Mais les mots ne venaient pas…

Soudain, le visage marqué par une infinie détresse, Frankie se leva. Elle ramassa sa veste posée dans un fauteuil et, l'air plus morte que vive, quitta la pièce sans se retourner.

Longtemps, Rocco resta assis sur le lit, prostré, avec

l'insupportable conviction qu'il venait de gâcher ce qu'il avait de plus précieux dans la vie, mais qu'il ne pouvait pas en être autrement.

Il songea à la douce chaleur du corps de Frankie quand elle se blottissait contre lui, à ces moments magiques où ils se réveillaient au petit matin dans les bras l'un de l'autre après une nuit d'amour passionnée, à leurs discussions animées à propos de tout et de rien, au bonheur de savoir qu'il comptait enfin pour quelqu'un.

Tout cela était fini.

Alors, il saisit son verre de vin et, incapable de contrôler la rage qui l'envahissait, le jeta avec violence contre le mur.

Le cristal éclata en mille morceaux. Le vin dégoulina sur le mur blanc, laissant une tache rouge comme le sang. Il l'observa longtemps, avec la terrible impression que c'était son propre cœur qui venait de se briser. Pour toujours.

12.

Allongée sur le lit étroit de sa chambre de jeune fille, les yeux fixés au plafond, Frankie songeait que le rituel du dimanche matin n'avait pas changé depuis son enfance.

L'inévitable poulet et ses non moins évitables pommes de terre étaient en train de rôtir dans le four, les casseroles d'eau bouillante où cuisaient carottes et navets diffusaient une vapeur épaisse qui embuait les fenêtres, et sa mère portait son sempiternel tablier à carreaux sur lequel elle s'essuyait les mains toutes les trois minutes, chaque fois qu'elle s'interrompait dans sa tâche.

Dans le salon, où personne n'entrait jamais sauf le dimanche, son père était occupé à lire la presse du week-end dans son fauteuil attitré à la tapisserie élimée, en émettant de temps à autre un grognement de mécontentement ou de satisfaction selon les nouvelles.

Voilà quarante ans que la vie de ses parents se déroulait ainsi. Calme, totalement dénuée de fantaisie, terriblement casanière, mais néanmoins confortable et rassurante.

Plus jeune, Frankie avait cette existence en horreur et priait pour ne pas suivre le même chemin. Le monde l'attendait, se disait-elle, elle voulait découvrir d'autres continents, d'autres peuples, satisfaire la curiosité qui la tenaillait. Elle avait soif d'autre chose, sans savoir vraiment de quoi…

Et puis Rocco était entré dans son existence, et elle avait su ce qu'elle cherchait. Elle irait là où il était, c'était aussi simple que cela.

Mais le rêve s'était écroulé…

Dix ans après leur première rencontre, leurs retrouvailles s'étaient soldées par un fiasco. Laissant Rocco en Argentine, elle était piteusement rentrée chez ses parents, où elle pleurait toutes les larmes de son corps depuis son arrivée, incapable de surmonter l'idée qu'elle ne le reverrait jamais.

Après Buenos Aires, elle avait d'abord passé une semaine à Madrid. La seule idée d'affronter ses patrons dans l'état catastrophique dans lequel elle se trouvait l'affolait, mais il avait été impossible d'échapper à cette épreuve.

Curieusement, ils s'étaient montrés plutôt compréhensifs. Ses traits tirés et ses yeux rougis n'y étaient certainement pas pour rien : ils avaient dû comprendre qu'elle était au plus mal et avaient fait preuve d'indulgence, lui conseillant d'aller se reposer dans sa famille.

Elle avait cependant eu le temps de leur expliquer que ses espoirs de collaboration avec des producteurs argentins n'avaient rien donné, et qu'il fallait peut-être explorer d'autres pays, en particulier l'Inde. Par miracle, elle avait trouvé la force de continuer à défendre son projet, à essayer de les convaincre que son idée était la bonne.

Comment avait-elle réussi à ne pas craquer devant eux ? Elle l'ignorait. Toutefois, au prix d'un effort surhumain, elle avait tenu le coup.

Une fois seule, elle s'était effondrée en sanglots, épuisée moralement et physiquement. Penser à Rocco provoquait en elle une souffrance terrible. Elle ressentait son absence dans sa chair, dans son corps, et la certitude qu'elle ne toucherait plus jamais sa peau, n'entendrait plus jamais sa voix grave, ne respirerait plus jamais son odeur la déchirait.

Comment retrouver le goût de vivre, sans lui ? Comment aller de l'avant alors qu'elle n'avait ni le courage ni l'envie de parler aux autres, de se lever, de faire semblant ?

Son cœur était brisé, et rien ni personne ne pourrait la guérir de cet amour qui brûlait en elle et la consumait de l'intérieur.

Elle se pelotonna sur le lit en position fœtale et ferma les yeux pour tenter d'oublier la réalité.

Au rez-de-chaussée, elle entendit son père tousser. Rien n'avait changé, là non plus, songea-t-elle avec un cynisme amer : lui et elle avaient à peine échangé trois mots depuis son arrivée… D'ailleurs, elle préférait presque ce silence, car leurs rapports étaient si tendus qu'elle n'aurait pas supporté ses commentaires forcément acerbes sur Rocco et son escapade en Argentine.

Sa mère, elle, ne cessait de lui jeter des regards désolés, atterrée par sa pâleur, sa passivité, sa tristesse. Aux quelques questions qu'elle avait osé lui poser, Frankie avait répondu de manière si évasive qu'elle n'avait pas insisté.

Elle s'assit sur le lit et resta un moment le regard perdu dans le vide. La tête lui tournait, jamais elle ne s'était sentie aussi faible. Elle devait se reprendre, car à force de rester enfermée dans sa chambre et de ne rien manger, elle allait dépérir. Elle tenta de se convaincre que la vie continuait. Même sans Rocco, son cœur continuerait à battre, ses poumons à lui apporter l'oxygène dont elle avait besoin, son sang à circuler dans ses veines.

Elle ne pouvait pas se retirer du monde, même si c'était son souhait le plus cher. Pour commencer, elle devait affronter ses parents, quoi qu'il lui en coûte.

Elle se leva à contrecœur et s'arrêta devant le miroir en pied. Un instant, elle observa ce visage aux traits tirés, aux joues creuses et aux yeux cernés qu'elle reconnaissait à peine. Et pourtant, c'était bien elle… Mais il y avait un monde entre celle qui était arrivée pleine de confiance à Buenos Aires pour reconquérir Rocco et cette jeune femme à l'expression hagarde qui lui faisait face.

Après avoir remis en place tant bien que mal ses cheveux en désordre, elle se pinça les joues pour se redonner des couleurs. Puis, lentement, elle quitta la chambre et s'engagea dans l'escalier.

Dans le hall, au bas des marches, elle aperçut son père, dont la haute silhouette immobile lui parut soudain presque menaçante. Il avait les yeux rivés sur elle.

— Nous ferais-tu la grâce de dîner avec nous ? demanda-t-il, désagréablement ironique.

— Oui.

— Quelle bonne surprise ! s'exclama-t-il sur le même ton.

Dans sa voix, elle sentit le reproche, dans son regard la critique. Toute son enfance, il l'avait évaluée pour mieux la juger. Et elle le décevait toujours. Qu'attendait-il d'elle ? Qu'elle soit la fille parfaite, l'enfant idéal qui correspondrait en tout à ses attentes ?

— J'avais raison en ce qui te concerne, décréta-t-il, péremptoire. Avec Rocco Hermida, tu t'es fourvoyée.

Le hall était à peine éclairé, et son père n'en paraissait que plus inquiétant avec son visage aux traits durs. Avait-elle toujours peur de lui, comme autrefois ?

Cette seule pensée la fit réagir et lui redonna du tonus. Frankie réalisa tout à coup qu'elle n'avait aucune raison d'avoir peur, ni de rougir de ce qu'elle avait fait. Elle devait lutter contre ce pouvoir délétère qu'elle laissait son père prendre sur elle comme quand elle était enfant. Les années avaient passé, elle était désormais une adulte, une femme qui assumait ses choix ainsi que ses échecs. Elle refusait cette culpabilité que John Ryan avait toujours essayé d'instiller en elle avec une indéniable perversité.

Oui, elle assumait ses choix. Que cela lui plaise ou non. Pour la première fois de sa vie, elle se sentait capable de l'affronter d'égal à égale.

— Oui, tu avais raison, confirma-t-elle d'une voix qui ne tremblait pas. Et apparemment, ça te fait plaisir de constater qu'il n'a pas voulu de moi.

— Plaisir ? rétorqua-t-il sèchement. Comment pourrais-je me réjouir de te voir dans une situation aussi *honteuse* ?

— Je n'ai jamais rien fait dont je doive avoir honte, répliqua-t-elle, lapidaire.

Aimer, ce n'était pas honteux ! C'était magnifique, même si cet amour n'était pas payé de retour.

— Pourtant, tu m'as traitée comme si j'avais commis un crime, ajouta-t-elle. Jusqu'à me chasser de la maison.

— C'était pour ton bien.

— Pour mon *bien* ? lança-t-elle, cinglante. Comment peux-tu dire cela alors que tu as vendu mon cheval adoré sans même m'en avertir, que tu m'as envoyée dans une quasi-prison ?

— Je n'avais pas le choix. Tu avais besoin de retrouver tes repères, d'être encadrée. La pension t'a fait du bien.

Frankie ne protesta même pas. A quoi bon ? Son père ne comprendrait jamais à quel point elle avait souffert d'être séparée des siens, des chevaux, de la ferme, de cette vie au cœur de la nature qu'elle aimait tant. John Ryan ne raisonnait qu'en termes de dressage et de convenances morales d'un autre âge.

Elle descendit les dernières marches et se retrouvait face à lui au moment où il reprenait :

— Je pensais d'ailleurs que tout était arrangé depuis que tu avais ce travail à Madrid, que tu avais enfin compris comment gérer ton existence. Et puis il a refait surface et tu as de nouveau perdu la tête. Tiens, regarde.

Il alluma le plafonnier, saisit un magazine posé sur la table de l'entrée et le lui tendit.

Sous la lumière blafarde, Frankie reconnut tout de suite la photo en une : on les voyait, Rocco et elle, tendrement enlacés à la soirée du Club Turlington. Les yeux dans les yeux, ils semblaient seuls au monde, seulement occupés d'eux-mêmes, heureux tout simplement.

Le cœur de Frankie se mit à battre la chamade au souvenir de ces moments merveilleux, et la tristesse la terrassa.

— Déjà, il y a dix ans, il avait failli te détruire, ajouta son père d'un ton accusateur. Et voilà qu'il revient et recommence, alors que tu allais bien, que tu n'avais rien demandé à personne ! Pourquoi est-il venu te rechercher ?

Frankie lui jeta un regard parfaitement serein, décidée

à mettre définitivement les choses au point : elle n'était pas une victime.

— Il faut que tu saches la vérité, papa, commença-t-elle d'un ton posé. C'est moi qui suis allée vers Rocco, hier comme aujourd'hui. Moi qui suis entrée dans sa chambre en pleine nuit quand il habitait chez nous, moi qui suis allée en Argentine sous un prétexte professionnel, mais en fait pour la seule et unique raison que je voulais le revoir, que son souvenir me poursuivait depuis toutes ces années.

Elle le vit blêmir. Pourtant, alors qu'elle s'attendait à ce qu'il explose en récriminations, il resta silencieux, à son grand étonnement.

— Et ça ne me pose aucun problème de te raconter tout ça, papa, poursuivit-elle avec le même calme. J'assume parfaitement.

Son père se redressa, fronça les sourcils et l'observa avec une soudaine intensité. Ils se défièrent un moment du regard, dans un silence pesant.

— Moi, ça me pose un problème, lança-t-il enfin, presque avec douceur. Si tu tiens tant à lui, pourquoi es-tu revenue ? Pourquoi n'es-tu pas restée là-bas ?

Cette fois, ce fut elle qui eut du mal à accuser le coup. Ces paroles, qu'elle n'aurait jamais imaginé que son père puisse un jour prononcer, étaient tellement marquées au coin du bon sens qu'elle le fixa avec stupéfaction. Soudain, pour la première fois depuis son retour, elle se demandait pourquoi, en effet, elle avait repris l'avion pour l'Europe…

Cette simple question en entraînait beaucoup d'autres.

Comment avait-elle pu quitter l'homme de sa vie sans avoir tout essayé pour le garder, ni sans lui avoir laissé le temps de comprendre qu'ils étaient faits l'un pour l'autre, de vaincre enfin sa peur de l'engagement ?

Elle aimait Rocco Hermida, elle n'aimerait jamais que lui, et elle se battrait bec et ongles pour cet amour. Comment n'avait-elle pas compris plus tôt que sa place était auprès de lui, que tout entre eux était encore possible ? Que faisait-elle en Irlande ?

Soudain, tout était clair !

— Tu as raison, papa, je me demande ce que je fais là alors que je devrais être auprès de lui, déclara-t-elle avec simplicité. En tout cas, une chose est sûre, ce n'est pas pour l'amour et le soutien que vous m'apportez que je suis rentrée…

Sa pique mouillée d'ironie amère fit naître une lueur de douleur dans le regard de son père. Pour la première fois de sa vie, Frankie réalisa que John Ryan était capable d'empathie.

— Si nous ne vous aimions pas, ton frère et toi, nous ne souffririons pas autant de vous voir faire les mauvais choix, murmura-t-il comme s'il se parlait à lui-même.

— Danny a épousé la femme qu'il aime ! protesta Frankie d'une voix vibrant d'émotion. Et Rocco, je sais qu'il m'aime lui aussi, même s'il ne veut pas se l'avouer.

Elle songea à l'enfance tragique qui l'avait marqué à jamais, l'empêchant d'accéder au bonheur, lui interdisant de s'engager par crainte de perdre encore une fois l'amour dont il avait toujours été privé. Il avait peur de se laisser aller à aimer : il avait aimé sa mère, il avait aimé Lodo, et il les avait perdus l'un et l'autre.

Mais sa réserve d'amour était immense, infinie, elle n'en doutait pas. Si Rocco n'avait pas prononcé les mots qu'elle attendait, chacun des gestes qu'il avait pour elle était une preuve d'amour, et elle se faisait fort de le lui faire admettre un jour. Même si cela devait prendre du temps.

— S'il t'aime, pourquoi n'est-il pas à tes côtés ? dit son père. Pourquoi laisse-t-il la presse à scandale te présenter comme sa énième petite amie ? Pourquoi t'a-t-il laissée partir ?

Frankie resta silencieuse. Et elle, pourquoi s'était-elle enfuie alors que le bonheur était à portée de leurs mains ? Elle avait abandonné avant même d'avoir combattu, ne leur laissant aucune chance.

— Je…

Elle s'interrompit. Son père s'approcha d'elle et la regarda droit dans les yeux.

— Si tu es en Irlande et qu'il est en Argentine, je ne vois pas comment vos affaires peuvent avancer, asséna-t-il avec une imparable logique. Puisque tu prétends que vous vous aimez, il n'y a pas trente-six choses à faire, mon enfant ! Prends le premier avion et va mettre les choses au point avec lui, au lieu de passer tes journées à pleurer sur ton lit. Au moins, tu sauras de quoi il retourne.

Frankie le dévisagea longuement, comme si elle découvrait tout à coup un autre homme. Un homme dur, certes, dépourvu d'indulgence, mais un père clairvoyant et, malgré tout, aimant. Un père qui voulait la voir heureuse…

— Tu as raison, murmura-t-elle, soudain étrangement apaisée. C'est rare, mais je suis d'accord avec toi. Je vais repartir. De toute façon, je n'ai rien à perdre.

Une ébauche de sourire se dessina sur les lèvres de son père, et elle songea qu'elle ne l'avait jamais vu exprimer ainsi ses émotions.

— Allons manger, ma fille, dit-il en la prenant maladroitement par le bras. Tu en feras ce que tu voudras, mais je suis content de t'avoir donné mon point de vue. C'est incroyable ce que vous pouvez être idiots, parfois, vous les jeunes !

Il lâcha un petit rire et entraîna Frankie vers la salle à manger.

Rocco éteignit la radio. Le commentateur sportif venait de prédire la victoire de l'équipe Hermanos Hermida et, bien entendu, il ne pourrait en aller autrement.

Pour la première fois, Dante assumerait le rôle de capitaine. Cavalier émérite, athlète accompli, il était resté jusque-là dans l'ombre de son frère. Il était temps qu'il prenne sa place, d'autant qu'il était dans une forme impressionnante : Rocco la lui laissait volontiers. C'était son tour à présent, son talent méritait de se déployer.

Lui ne participerait pas à la compétition. A la fois pour

permettre à son frère de prendre son envol, mais aussi parce qu'il ne parvenait pas à s'impliquer à 100 % dans cette épreuve comme il l'avait toujours fait jusque-là.

A vrai dire, il ne pouvait s'impliquer dans rien, tant son esprit était occupé par Frankie.

« Frankie, c'est quelqu'un de spécial, de très spécial. Quand elle ne sera plus là, tu la regretteras », lui avait un jour dit Dante. Ces paroles tournaient en boucle dans sa tête.

Quarante-huit heures après le départ de Frankie, inquiet de ne pas avoir de ses nouvelles, son frère l'avait rejoint chez lui. Il l'avait trouvé vautré sur son lit, pas rasé, entouré de cadavres de bouteilles, et avait tout de suite compris de quoi il s'agissait : après le départ de Frankie, Rocco avait tenté de noyer son chagrin dans l'alcool, sans autre résultat qu'un teint verdâtre et une gueule de bois tenace.

Jamais Dante n'avait vu son frère dans cet état.

— Rocco, s'écria-t-il, horrifié, ça ne va plus du tout ! Imagine ce que Frankie dirait si elle te voyait ainsi, avec ta barbe de trois jours, ton air de zombie.

— Fiche moi la paix ! rétorqua sèchement Rocco. De toute façon, peu m'importe à présent, elle n'est plus là... Laisse-moi me soûler si j'ai envie de me soûler, bon sang ! Tu n'as jamais eu envie de tout plaquer, de ne plus penser à rien ? Non, bien sûr, tout a toujours si bien marché pour toi. Tu ne sais pas ce que c'est de souffrir.

Une ombre voila soudain le regard de Dante.

— Détrompe-toi, dit-il après un silence. Tu ne t'en es jamais rendu compte, mais j'ai beaucoup souffert, enfant, de savoir que tu avais eu une autre famille, un autre frère, un vrai frère celui-là. Tu as mis longtemps à te laisser apprivoiser, à accepter l'amour que t'offraient mes parents. Et moi, je savais que je n'étais rien pour toi comparé à Lodo.

Il se tut brusquement, comme s'il regrettait d'avoir trop parlé, et Rocco le fixa, la gorge nouée. Les confidences inattendues de ce frère qui cultivait d'ordinaire avec soin son personnage de boute-en-train à l'immuable bonne humeur le bouleversaient.

— Dante..., murmura-t-il d'une voix à peine audible. Pourquoi as-tu gardé tout ça pour toi ? Je n'ai jamais rien soupçonné.

Il s'interrompit, profondément ému.

— C'est vrai, accepter cette nouvelle famille a été un long processus après ce que j'avais vécu, reprit-il, mais heureusement, tu étais là. Tu m'as accueilli avec une incroyable générosité, tu as su me convaincre que je valais la peine d'être aimé. Sans toi, je n'y serais peut-être pas arrivé, je serais peut-être retourné à la rue. Tu es pour moi bien plus qu'un frère : mon alter ego, et tu le sais...

Il y eut un long silence, chargé d'une intense émotion.

— Oui, aujourd'hui, je le sais, Rocco, déclara Dante d'une voix étranglée.

Il marqua une pause et se racla la gorge pour reprendre le contrôle de lui-même. Les mots forts de Rocco l'avaient apaisé, même si, au fond, il n'avait jamais douté de l'attachement que son frère lui portait.

— Mais ce n'est pas la question qui nous occupe à cet instant, poursuivit-il d'une voix plus ferme, un peu gêné de s'être ainsi mis à nu. Le problème, c'est que tu es en train de tout gâcher avec Frankie, parce que tu refuses d'admettre que tu l'aimes et que c'est la femme de ta vie. Ai-je tort ?

Rocco baissa la tête, anéanti. Dante avait raison, lui qui le connaissait mieux que personne, réalisa-t-il tout à coup. Comment n'avait-il pas compris plus tôt la profondeur des sentiments qu'il éprouvait pour Frankie ? Pourquoi avait-il fait l'autruche si longtemps ?

— Non, concéda-t-il enfin.

Dante eut un petit sourire de soulagement. Le premier pas, le plus dur, était fait : Rocco avait admis l'évidence. Le reste suivrait, il en était certain.

— Alors tu vas me faire le plaisir de régler cette question, et vite ! Comme un grand garçon que tu es. Bon, j'y vais, j'ai un rendez-vous. Tu me tiens au courant, bien sûr.

Puis il se pencha vers son frère, lui donna une chaleureuse accolade et quitta la pièce.

Une fois seul, Rocco resta un long moment plongé dans ses réflexions. Il ressentait le besoin impérieux de faire le point sur lui-même, sur ce qu'il voulait faire de sa vie.

Une seule personne apportait les réponses à toutes ses questions : Frankie Ryan. Elle avait tout changé en lui, avec sa gaieté, son énergie, son aptitude au bonheur. Après toutes les tragédies qui l'avaient marqué à jamais, elle lui avait réappris à aimer; et, plus encore, à accepter d'être aimé. Mais tout cela, il ne l'avait compris qu'après son départ…

Réussirait-il à la reconquérir, à la convaincre qu'il voulait construire sa vie avec elle ?

Tout ce pour quoi il avait lutté jusque-là lui paraissait soudain dérisoire. Les compétitions de polo, les coupes, les chevaux, ses propriétés, sa notoriété : ce n'était rien par rapport à ce que Frankie avait à lui offrir, à cet engagement qu'il appelait désormais de ses vœux après l'avoir tant redouté.

Il se leva et prit une longue douche qui lui remit les idées en place. Dorénavant, il savait ce qu'il avait à faire…

Après avoir ramassé les cadavres de bouteilles qui gisaient sur le tapis de sa chambre, il appela Dante. Il commença par s'excuser de s'être montré à lui dans un aussi piteux état. Ensuite, il lui annonça qu'il allait changer de vie, prendre de la distance avec la compétition et, avant tout, retrouver Chris Martinez.

Et une fois qu'il aurait fait la paix avec lui-même et avec son passé, il irait voir Frankie.

Le soir même, il relançait son détective privé. Et, comme par miracle, celui-ci lui révéla qu'il avait enfin débusqué Martinez. Marié, père et grand-père, il vivait une petite vie tranquille de banlieusard et ne faisait plus parler de lui depuis des années.

Il était temps de solder cette souffrance qui le minait. Il

refusait de passer le restant de son existence à ressasser la mort de Lodo et à se complaire dans le malheur. Le moment était venu de tourner la page. Ceci ne signifiait en aucun cas qu'il oublierait Lodo, bien au contraire : son petit frère serait toujours avec lui, dans son cœur, dans ses pensées. Mais faire enfin face à son assassin lui permettrait de repartir de l'avant.

Frankie lui avait appris que la haine ne le menait nulle part. Seul l'amour valait la peine qu'on se batte pour lui.

Le lendemain matin, il prit sa voiture et roula vers la ville de banlieue où vivait avec sa famille Chris Martinez, devenu Chris Gomez.

Dans la petite rue tranquille, il stoppa devant la modeste maison et son petit jardinet, où poussaient quelques tomates anémiques.

Puis il sonna à la porte : une jeune femme sortit de la maison, un bébé dans les bras. Derrière elle se profila aussitôt la silhouette de celui que Rocco cherchait depuis près de vingt ans…

Il reconnut à peine le fringant dealer dans cet homme vieilli aux épaules voûtées, vêtu d'un pantalon informe et d'une chemise froissée. Quand il aperçut Rocco, la stupeur se lut sur son visage, aussitôt remplacée par une angoisse qu'il ne chercha même pas à cacher.

— Rentre dans la maison, murmura-t-il à sa fille, j'ai des choses à discuter avec ce monsieur.

Puis il s'avança lentement vers Rocco et lui fit face.

— Je sais qui vous êtes, déclara-t-il d'une voix tremblante.

— Alors vous savez pourquoi je suis venu, enchaîna Rocco sèchement.

Ils se dévisagèrent longuement, et Rocco constata avec étonnement qu'il ne ressentait même pas de haine pour cet homme affaibli. Seulement un immense mépris.

— Je savais que vous viendriez, reprit Martinez, les traits

crispés. Je ne voulais pas le tuer, ajouta-t-il d'une
glée. Ils m'ont donné une arme, et…

Il baissa la tête, anéanti.

— Je ne m'en suis jamais remis, balbutia-t-il. Cette faute me poursuit depuis, surtout maintenant que je suis père et grand-père. Il était si jeune ! Juste après, j'ai coupé tout lien avec le milieu de la drogue. J'aimerais tant que vous me pardonniez…

Il sanglotait, à présent. Il leva vers lui un regard suppliant. Le cœur battant à tout rompre, Rocco ressentit tout à coup un immense soulagement : après toutes ces années, il était enfin arrivé au bout de sa quête. Alors qu'il avait devant lui l'assassin de son frère, il n'avait même plus envie de se venger. Le voir dans un si piteux état, le savoir torturé par la culpabilité depuis son crime était en soit la meilleure des vengeances.

— C'est fait, dit-il, lapidaire.

Et, sans ajouter un mot, il tourna les talons et remonta dans sa voiture, laissant le vieillard tremblant de peur.

Lodo était vengé, se dit Rocco en démarrant.

Il se nourrirait du souvenir de cet extraordinaire amour fraternel qui les avait unis au lieu d'entretenir cette haine pour Martinez, qui n'avait plus de sens. Peut-être un jour créerait-il une fondation qui porterait le nom de son frère et aurait pour mission d'aider les enfants des rues. Ce serait une belle revanche sur le passé, un message d'espoir qui perpétuerait le souvenir de Lodo de façon positive.

Désormais, il était prêt à construire sa vie, à penser au futur. Et ce futur, il ne l'envisageait pas sans Frankie.

Tout était organisé : il partirait le surlendemain la rejoindre à Dublin dans son jet privé. Il ne l'avertirait pas de son arrivée… Dans l'intervalle, il repasserait une journée à La Coronara pour s'assurer que tout était en ordre avant son départ, car Dante l'avait averti qu'il n'aurait pas le temps d'y aller.

En effet, son frère était trop occupé. Par les entraînements et les compétitions, bien sûr, mais aussi par une mystérieuse jeune femme dont on murmurait qu'il était amoureux, une

…onne ne connaissait vraiment
…ait été pris en photo sur un yacht à
…e, et la presse people ne parlait que de ça…

Rocco ralentit pour franchir le grand portail qui menait à sa demeure. Pour la millième fois de la journée, il pensait à Frankie.

Elle lui manquait tellement qu'il en perdait le sommeil, l'appétit, qu'il était incapable de se concentrer sur ses affaires. Comment le recevrait-elle ? Parviendrait-il à la ramener avec lui en Argentine ? Comment avait-il pu être assez entêté, assez aveugle pour la laisser partir et prendre le risque insensé de la perdre ?

Il remonta l'allée bordée des jacarandas dont elle aimait tant les fleurs violettes, et son cœur se serra. Elle avait laissé sa trace dans chaque endroit de cette maison, et il ne savait pas comment il survivrait si elle refusait d'y revenir avec lui.

Il se gara, monta les marches du perron, ouvrit la lourde porte de chêne et pénétra dans le vaste hall dallé de tommettes anciennes.

La maison était parfaitement silencieuse. Ce qui l'étonna : à cette heure, il aurait dû y avoir du bruit, des employés encore présents, un minimum d'agitation. Pas un son, pourtant. Exactement comme quand il avait donné congé à ses collaborateurs pour que Frankie et lui aient la maison à eux tout seuls, quand ils y avaient passé leur premier week-end en amoureux.

Ces moments heureux paraissaient si loin déjà…

Il erra comme une âme en peine dans les pièces du rez-de-chaussée, de plus en plus intrigué par ce calme inhabituel, puis se dirigea vers sa chambre à coucher. Au moment d'en ouvrir la porte, il s'arrêta, la main sur la poignée, en proie à un étrange pressentiment. Il se passait quelque chose de bizarre, mais quoi ?

Poussant la porte, il aperçut aussitôt le sac posé sur le

tapis. Son rythme cardiaque s'accéléra d'un coup, et il faillit se trouver mal.

C'était le sac de voyage de Frankie, celui qu'elle avait remporté avec elle en Irlande !

Soudain en alerte, il en arriva à la seule conclusion possible, même si elle paraissait absurde : si ce sac était là, Frankie l'était aussi. A moins que quelqu'un ne lui ait fait une très mauvaise blague, ce qui n'était pas crédible.

Alors, comme un fou, il traversa de nouveau la maison, inspecta la cuisine, la salle à manger, le salon, la bibliothèque.

Personne…

Il commençait à croire qu'il était victime d'une illusion ou d'une plaisanterie de très mauvais goût quand tout à coup, il sut où il devait la chercher : auprès des chevaux !

Rocco courut plus qu'il ne marcha jusqu'aux écuries et se dirigea directement vers les stalles de Roisin et Orla.

Il lui sembla que son cœur s'arrêtait de battre quand il aperçut la silhouette gracile penchée sur le box de Roisin. Frankie lui flattait doucement le museau. Elle portait un jean et un T-shirt qui lui donnaient le charme d'une adolescente, et sa désarmante féminité le bouleversa.

Elle se retourna en l'entendant arriver et sourit, comme si la situation était parfaitement naturelle.

— Bonjour, Rocco, déclara-t-elle d'une voix posée. Je suis de retour. Tu avais raison : ce n'est pas pour les chevaux que je suis venue la première fois. Pas plus qu'aujourd'hui…

Elle se tut, et ils se dévisagèrent dans un silence d'une extraordinaire intensité émotionnelle.

Puis Rocco sourit à son tour, tandis qu'un fol espoir l'envahissait. Et si c'était la fin du cauchemar ? Si elle était revenue *pour lui* ?

— Jamais je n'aurais imaginé que c'est mon père qui me donnerait l'avis le plus utile en matière de tactique amoureuse, reprit-elle, une lueur mutine s'allumant dans son regard.

— Que t'a-t-il dit ?

— Que parfois les hommes peuvent être vraiment stupides. Particulièrement toi.

— Les femmes aussi sont parfois… surprenantes. Certaines s'amourachent d'un parfait inconnu, peu recommandable, hébergé au domicile familial, la taquina-t-il en la couvant du regard.

Il avança d'un pas et lutta contre l'envie de la prendre dans ses bras.

— Mais ton père a raison, j'en ai peur, reprit-il d'une voix rauque. Je suis idiot d'être tombé amoureux fou de cette adolescente nue comme un ver, qui s'est glissée dans mon lit au nez et à la barbe de ses parents. Tu te souviens ?

— Si je me souviens ? C'est un des plus beaux souvenirs de toute mon existence, murmura Frankie.

Cette fois, n'y tenant plus, Rocco lui effleura la joue avec tendresse.

— Et aujourd'hui ?

— Aujourd'hui, c'est à toi d'en décider, répondit-elle dans un souffle.

Submergé de bonheur, il l'attira à lui et la serra à l'étouffer.

— Tu es revenue, mon amour ! Je suis si heureux que j'ai envie de le crier au monde entier, s'exclama-t-il, bouleversé de joie. Sais-tu qu'à quelques heures près, tu ne me trouvais pas ? J'allais partir te chercher en Irlande. Je ne peux pas vivre sans toi, Frankie Ryan. Je ne te laisserai pas partir une troisième fois.

Elle se blottit contre l'homme qu'elle aimait, les larmes aux yeux. Là était sa place. Etre à ses côtés, elle n'en voulait pas plus…

Soudain, Rocco s'écarta de Frankie et fit ce qu'il s'était toujours jugé incapable de faire : il mit un genou en terre et lui prit la main. Tant pis s'il était ridicule, pensa-t-il. C'était la femme de sa vie et il voulait qu'elle le sache. Il voulait le clamer à l'univers.

— Frankie, veux-tu m'épouser ? demanda-t-il d'une voix sourde.

Partagée entre le rire et les larmes, Frankie fut d'abord incapable de prononcer un mot. Puis elle s'agenouilla à son tour, face à lui, et posa les lèvres sur les siennes.

— Oui, je le veux, répondit-elle, bouleversée.

Alors ils s'enlacèrent, toujours à genoux, et échangèrent un long baiser aussi tendre que passionné sous l'œil approbateur de Roisin.

« Ils en ont mis du temps à se trouver ces deux-là ! semblait penser la jument. Pourtant, depuis le début, il était évident qu'ils étaient faits l'un pour l'autre… »

Rocco se remit debout, prit sa désormais fiancée par la main et l'entraîna vers la chambre à coucher.

— J'ai hâte de rencontrer mon futur beau-père, lui glissa-t-il à l'oreille en riant. Peut-être nous donnera-t-il d'autres bons conseils ?

Frankie glissa amoureusement la main sous la chemise de son homme, tandis que le désir se réveillait en elle.

— Qui sait ? répondit-elle, mutine. En tout cas, pour les quelques heures qui viennent, je crois qu'on se débrouillera très bien sans lui !

La douce morsure du désir, de Jennifer Garland - N°4459

Pour Emily, Sandlake Meadows est bien davantage qu'un domaine consacré à l'élevage de pur-sang. C'est son histoire, son héritage – toute sa vie ! Aussi, quand Mark Callaghan, un arrogant promoteur immobilier, lui propose d'acheter ses terres, est-elle sur la défensive. Comment pourrait-elle accepter que ces lieux chargés de souvenirs soient dénaturés à jamais par cet homme d'affaires puissant et sans scrupule ? Hélas, ce dernier se montre aussi persuasif qu'irrésistible. Et à mesure qu'ils se rapprochent tous les deux Emily craint de ne bientôt plus pouvoir résister au désir fou qu'il lui inspire…

Son irrésistible patron espagnol, de Susan Stephens - N°4460

Grand, ténébreux et viril : Raffa Acosta est l'homme le plus sexy de la terre, selon Rose. Mais il est surtout son patron, elle ne doit pas l'oublier, même si ce soir tous deux dansent langoureusement à l'occasion d'un mariage. Dès demain, Raffa redeviendra le célèbre joueur de polo que tout le monde admire et elle, une simple palefrenière. Du moins le croit-elle, car il lui propose soudain de passer une semaine en tête à tête avec lui, sur son yacht…

L'héritière d'une île grecque, de Jennifer Faye - N°4461

Les chanceux qui se disent oui sur l'île de l'Éternité resteront unis à jamais. La légende est si belle que les couples affluent du monde entier pour se marier là, dans cet endroit enchanteur dont Lea est l'héritière. Hélas, malgré tous ses efforts pour développer sa société d'organisation de mariages, Lea rencontre de grandes difficultés financières. Pas question pour autant d'accepter l'offre d'achat de Xander Marinakos qui ne voit dans ce lieu romantique qu'un moyen d'étendre son empire…

La reine de Cyrano, de Marcella Bell - N°4462

SÉRIE : *GARDE ROYALE* - 1/3

Enfin, Mina voit son rêve se réaliser : elle vient d'être nommée conseillère scientifique du souverain de Cyrano. Un grand honneur et l'occasion pour elle de servir son pays. Hélas, à peine a-t-elle le temps de se réjouir qu'elle est enlevée et conduite de force dans une chapelle où l'attend le roi Zayn lui-même. Celui-ci, qu'elle rencontre pour la première fois, a une révélation à lui faire : un accord a été conclu entre leurs pères respectifs il y a bien longtemps de cela et, s'il entend qu'elle joue un rôle auprès de lui, c'est en tant que son épouse et sa reine…

Le rêve d'Izzy Stowe, de Cathy Williams - N°4463

SÉRIE : *LE MYSTÈRE DES STOWE* - 2/3

C'est le cœur brisé qu'Izzy Stowe se réfugie dans le ranch familial. Sous le soleil californien, elle espère panser ses blessures. Mais dès son arrivée elle se heurte à Gabriel Ricci, son irascible voisin. Alors qu'elle voudrait le détester, Izzy le découvre papa d'une adorable fillette dont il craint de perdre la garde s'il ne peut témoigner de sa stabilité. Un défi que Gabriel lui demande de relever avec lui, en se faisant passer pour sa fiancée…

Dans le lit d'un milliardaire,
de Louise Fuller - N°4464

De retour d'une exploration polaire, Arlo Milburn est heureux de rentrer à Hadfield Hall, son manoir isolé et tranquille. Or alors qu'il se croit seul il découvre une inconnue dans son lit ! Celle qui se présente sous le nom de Frankie est une amie de son frère, lui explique-t-elle, tout en éveillant chez lui méfiance… et désir. Bien qu'il veuille lui demander de partir, il ne peut s'y résoudre. Une tempête fait rage dehors, et Arlo n'a d'autre choix que d'offrir l'hospitalité à la belle intruse…

La vengeance de Lazaro Herrera,
de Jane Porter - N°4465

Lazaro Herrera ! En découvrant l'identité de son ravisseur, Zoé a le souffle coupé. L'homme qui l'a si honteusement kidnappée n'est autre que le beau-frère de sa sœur ! Dans son regard, elle lit une colère froide qui ne laisse pas l'ombre d'un doute : elle est l'instrument parfait de sa vengeance. En s'en prenant à elle, en effet, il ne manquera pas d'atteindre sa sœur et son mari, à qui il reproche d'avoir gâché sa vie. Face à cet homme si ténébreux, Zoé est démunie… mais aussi confuse. Car, lorsque Lazaro s'approche d'elle, l'alchimie qui opère entre eux se fait dangereusement tentatrice…

VOTRE COLLECTION PRÉFÉRÉE DIRECTEMENT CHEZ VOUS

Vous souhaitez découvrir nos collections ? Une fois votre colis de bienvenue reç
si vous souhaitez continuer à recevoir nos livres, cela se fera automatiquement.
Vous n'avez aucune obligation d'achat et cette offre est sans engagement de durée

Dans votre 1er colis, 2 livres au prix d'un + 1 cadeau

☛ COCHEZ la collection choisie et renvoyez cette page au
Service Lectrices Harlequin – CS 20008 – 59718 Lille Cedex 9 – France

Collections	Prix 1er colis	Réf.	Prix abonnement (frais de port compris
❑ **AZUR**	4,50€	AZ1406	6 livres par mois 29,99€
❑ **BLANCHE**	7,30€	BL1603	3 livres par mois 24,45€
❑ **HISTORIQUES**	7,20€	LH1202	2 livres par mois 17,09€
❑ **PASSIONS**	7,70€	PS0903	3 livres par mois 25,89€
❑ **BLACK ROSE**	7,70€	BR0013	3 livres par mois 26,19€
❑ **HARMONY***	5,99€	HA0513	3 livres par mois 20,16€
❑ **NORA ROBERTS***	8,90€	NR2403	3 livres tous les 2 mois, prix variable**
❑ **SAGAS***	7,99€	SA2303	3 livres tous les 2 mois 28,86€
❑ **VICTORIA**	7,90€	VI2113	3 livres tous les 2 mois 26,19€
❑ **GENTLEMEN***	7,50€	GT2022	2 livres tous les 2 mois 17,35€
❑ **ALIÉNOR**	7,70€	AL2132	2 livres tous les 2 mois 17,75€
❑ **HORS-SÉRIE***	7,70€	HS2812	2 livres tous les 2 mois 18,25€

*livres réédités / **entre 27,59€ et 30,19€ suivant le prix des livres

F22PDFM

N° d'abonnée Harlequin (si vous en avez un) ___________

Mme ❑ Mlle ❑ Nom : ____________________

Prénom : ____________________ Adresse : ____________________

____

Code Postal : ______ Ville : ____________________

Pays : ____________________ Tél. : __________

E-mail : ____________________

Date de naissance : ____________________

Date limite : 31 décembre 2022. Vous recevrez votre colis environ 20 jours après réception de ce bon. Offre soumise à acceptation et réservée aux personnes majeures, résidant en France métropolitaine, dans la limite des stocks disponibles. Prix susceptibles de modification en cours d'année. Vous pouvez demander à accéder à vos données personnelles, à les rectifier ou à les effacer. Il vous suffit de nous écrire en nous indiquant vos nom, prénom et adresse à : Service Lectrices Harlequin CS 20008 59718 LILLE Cedex 9. Service Lectrices disponible du lundi au vendredi de 9h à 17h : 01 45 82 47 47.